MICHAEL REAVES
E
MAYA KAATHRYN BOHNHOFF

STAR WARS

PERSEGUIÇÃO AO JEDI

São Paulo
2018

Disney · LUCASFILM

Grupo Editorial
UNIVERSO DOS LIVROS

Star Wars: perseguição ao Jedi é uma obra de ficção. Todos os nomes, lugares e situações são resultantes da imaginação dos autores ou empregados em prol da ficção.

Copyright © 2013 by Lucasfilm Ltd. & ® or ™ where indicated.
All Rights Reserved. Used under authorization.

Excerpt from Star Wars: Dawn of the Jedi: Into the Void
copyright © 2013 by Lucasfilm Ltd. & ® or ™ where indicated.

© 2017 by Universo dos Livros
Todos os direitos reservados e protegidos pela Lei 9.610 de 19/02/1998.
Nenhuma parte deste livro, sem autorização prévia por escrito da editora, poderá ser reproduzida ou transmitida sejam quais forem os meios empregados: eletrônicos, mecânicos, fotográficos, gravação ou quaisquer outros.

Diretor editorial
Luis Matos

Editora-chefe
Marcia Batista

Assistentes editoriais
Aline Graça
Letícia Nakamura

Tradução
Felipe CF Vieira

Preparação
Nestor Turano Jr.

Revisão
Alexander Barutti
Juliana Gregolin

Arte
Aline Maria
Valdinei Gomes

Adaptação de capa
Valdinei Gomes

Dados Internacionais de Catalogação na Publicação (CIP)
Angélica Ilacqua CRB-8/7057

R226s
    Reaves, Michael
        Star Wars : perseguição ao Jedi / Michael Reaves, Maya Kaathryn Bohnhoff ; tradução de Felipe C. F. Vieira. — São Paulo : Universo dos Livros, 2018.
        480 p.

        ISBN: 978-85-503-0068-9

        Título original: *Star Wars: The last Jedi*

1. Literatura norte-americana 2. Ficção científica I. Título II. Bohnhoff, Maya Kaathryn III. Vieira, Felipe C.F.

17-1762   CDD 813.6

Universo dos Livros Editora Ltda.
Rua do Bosque, 1589 – Bloco 2 – Conj. 603/606
CEP 01136-001 – Barra Funda – São Paulo/SP
Telefone/Fax: (11) 3392-3336
www.universodoslivros.com.br
e-mail: editor@universodoslivros.com.br
Siga-nos no Twitter: @univdoslivros

Para minha família, por não se importar com todas as vezes que fiquei tagarelando sobre droides, sabres de luz e adeptos da Força. E por me lembrar de que até mesmo os Jedi precisam comer, dormir e lavar roupa.

— M.K.B.

Este aqui é para Grant Fairbanks.

— J.M.R.

PERSONAGENS

Aren Folee: Ranger Antariana (mulher humana).
Darth Vader: Lorde Sith e executor do imperador Palpatine (homem humano).
Degan Cor: Líder da resistência de Toprawa (homem humano).
Den Dhur: Ex-jornalista (Sullustano macho).
Geri: Mecânico de robótica da resistência (Rodiano macho adolescente).
I-Cinco: Droide de protocolo senciente.
Jax Pavan: Cavaleiro Jedi (homem humano).
Laranth Tarak: Paladina Cinza (Twi'lek fêmea).
Magash Drashi: Bruxa de Dathomir do Clã da Montanha Cantante (Zabrak humana fêmea).
Pol Haus: Chefe de polícia setorial (Zabrak macho).
Príncipe Xizor: Vigo do Sol Negro (Falleen macho).
Probus Tesla: Inquisidor (homem humano).
Sacha Swiftbird: Ranger Antariana (mulher humana).
Sheel Mafeen: Poetisa (Togruta fêmea).
Thi Xon Yimmon: Líder da Whiplash (Cereano macho).
Tuden Sal: Agente da Whiplash (Sakiyano macho).
Tyno Fabris: Tenente do Sol Negro (Arkaniano macho).

Há muito tempo, numa galáxia muito, muito distante...

"Os Jedi estão extintos; sua chama desapareceu do universo."
– Grão-moff Tarkin

PARTE UM

MAIS VASTO QUE IMPÉRIOS

UM

—Aqui é o cargueiro sakiyano *Far Ranger* requisitando permissão para decolar.

I-Cinco imitou a voz áspera de Tuden Sal impecavelmente. Ninguém que estivesse ouvindo – ou, mais precisamente, nenhum analisador vocal – saberia que, na realidade, o mercador Sakiyano estava em algum lugar seguro no emaranhado de vias perto do porto oeste, tramando infâmias contra o Império. Ninguém, exceto a tripulação da *Far Ranger* e seu único passageiro.

Jax Pavan, segurando o manche da nave, percebeu que prendia a respiração enquanto esperava o controlador de voo do porto oeste aprovar a decolagem. Jax liberou a tensão soltando o ar e ignorou a vontade de usar a Força para dar um empurrãozinho na decisão do controlador. Era tentador, mas era melhor não se arriscar. Até mesmo algo simples assim poderia alertar Darth Vader sobre suas intenções... Claro, se Vader, mesmo contra todas as chances, ainda estivesse vivo.

Jax acreditava que ele estava vivo. Mesmo não sentindo a poderosa marca no tecido da Força nos últimos tempos, era difícil acreditar que um poder daqueles, um mal tão concentrado, tivesse desaparecido, tivesse acabado, tivesse *descansado*. E até que pudesse colocar os olhos no cadáver de Vader, até que pudesse tocar com os filamentos que constituíam sua própria conexão com a Força e sentir que não havia recíproca...

Bom, até isso acontecer, Jax sabia que não poderia ser cuidadoso demais.

E por falar em errar para o lado da cautela... será que o silêncio do comunicador não estava se estendendo demais? Será que alguém havia suspeitado do registro relativamente novo do cargueiro e agora investigava uma possível conexão com Jax Pavan?

Será que sou paranoico demais?

— *Far Ranger*, sua decolagem foi aprovada. Sua janela de partida é...

Houve uma pausa, e Jax prendeu a respiração novamente. I-Cinco olhou para ele e fez dois pontos luminosos passarem de um lado a outro seguindo a curva superior de seus fotorreceptores — era o equivalente droide de um revirar de olhos.

— Dez minutos-padrão... a partir do meu sinal.

— Afirmativo — disse I-Cinco.

— Contagem... agora.

— Iniciando subida. — I-Cinco desligou o comunicador e se virou para Jax. — Ela é toda sua. E não temos nenhum cruzador de batalha em nosso encalço, ao menos não que eu possa ver.

Jax ignorou o sarcasmo do droide. Sua mão esquerda empurrou levemente a alavanca de aceleração enquanto a direita puxou o manche para trás. A nave, um transporte corelliano Action vi modificado, começou a subir do ancoradouro até o céu noturno, que, mesmo naquela altitude, ainda recebia muita luz ambiente. Jax sentiu a vibração da nave através do manche. Uma vibração que se misturava com seu desejo de estar longe de Coruscant até parecer que a própria *Far Ranger* desejava ganhar o hiperespaço antes mesmo de cruzar a atmosfera.

Então o céu se transformou, ganhando tons quentes do crepúsculo, do amanhecer, do dia pleno, depois o ciclo continuou, passando pelo crepúsculo e anoitecer até que eles, finalmente, ganharam o breu do espaço. Não viram nenhuma estrela; o glorioso brilho do lado noturno da cidade-planeta era suficiente para apagar totalmente inclusive a nebulosa mais próxima do Núcleo Galáctico.

I-Cinco enviou uma última mensagem para o controle de tráfego usando o tom grave de Tuden Sal:

— *Far Ranger* em rota.

— Positivo. Caminho livre.

O droide desligou o comunicador e Jax navegou sobre o plano orbital, ajustou o curso e programou o piloto automático para a primeira entrada no hiperespaço. Depois ele se recostou no assento para clarear a mente.

Ele sentiu um toque — em sua mente e em seu braço. Laranth. Jax virou a cabeça e olhou para ela. Laranth sorria para ele — ou, ao menos, fazia o mais próximo de um sorriso que ela conseguia. Todo o canto de sua boca havia se curvado ao menos um milímetro.

— Nervoso? — ela perguntou. — Senti toda a sua ansiedade na cabine de artilharia.

— O que você estava fazendo lá em cima?

— Testando o novo mecanismo de disparo.

— Nervosa? — Jax disse, imitando Laranth e sorrindo.

— Cuidadosa. — Ela apertou o braço dele e olhou para a janela. — Ficarei contente quando sairmos dessa faixa de gravidade. Tráfego demais. Qualquer uma dessas naves... — ela fez um gesto com a cabeça para as naves mais próximas: um transportador de grãos toydariano, outro cargueiro corelliano, um iate privado — poderia estar nos observando agora mesmo.

— Você está sendo paranoica — Jax disse. — Se Vader estivesse nos monitorando, eu saberia. *Nós saberíamos*.

— Vader nos monitorando... Que pensamento reconfortante. — Den Dhur entrou na ponte e tomou o assento atrás de Jax. — Espero que esteja nos acompanhando do outro lado do crematório.

— Paranoia — I-Cinco disse. — Outra emoção humana que não entendo. A lista de coisas animadas e inanimadas nesta galáxia que são capazes de aniquilar vocês completamente é mais longa do que uma supercorda. Porém, o perigo real evidentemente não é o bastante: vocês, orgânicos, não ficam felizes se não inventarem um bicho-papão para assustá-los ainda mais.

Jax não disse nada. Nos meses desde o último confronto com o lorde sombrio – um confronto no qual um dos membros da Whiplash os traiu e outro ateou fogo em si mesmo tentando assassinar Vader –, eles não ouviram nem um sussurro sobre seu paradeiro ou condição. Nenhuma notícia na HoloNet, nenhum rumor de altos oficiais, nenhuma especulação ou histórias das várias formas de vida em lugares como a favela Cova Negra ou o Subsolo do Sul. Era como se o próprio conceito de Vader tivesse desaparecido junto com sua forma corpórea.

Mas Jax ainda não conseguia acreditar que seu maior inimigo estivesse morto, por mais que quisesse. Todo aquele cenário era *perfeito demais*. Em meio ao transe de uma droga potente que aumentava as capacidades da Força de maneiras imprevisíveis, Vader havia atacado incontrolavelmente, tentando se defender da tentativa de assassinato. A liberação de energia fora suficiente para vaporizar o pobre Haninum Tyk Rhinann, que havia forçado Vader até seu limite – de mais de uma maneira. Os dois despencaram por uma grande altura. Rhinann morrera.

Vader desaparecera.

Se Darth Vader fosse um humano comum – ou mesmo um Jedi comum –, Jax poderia assumir que estava morto. Mas ele não era nenhuma dessas coisas. Era ao mesmo tempo menos e mais do que humano. Ao mesmo tempo, menos e mais do que um Jedi. Era uma poderosa mistura do humano e do inumano. Ele era um Sith... que no passado havia chamado Jax de amigo. Pois Jax suspeitava – não, mais do que suspeitava, ele *sabia* – que Darth Vader de algum jeito fora Anakin Skywalker. Ele sentira através da Força e, em seu último encontro, Vader havia confirmado deixando escapar algo que, talvez, tivesse sido intencional.

O homem que não morria.

— Você vai compartilhar sua preocupação com a gente, Jax? — Den olhava para ele com olhos que apenas pareciam preguiçosos. — Por acaso você sentiu alguma coisa sobre Vader desde... — O Sullustano imitou uma *explosão* com suas duas mãos de dedos carnudos.

Jax sacudiu a cabeça.

— Nada. Mas, Den, se ele morreu, acho que eu saberia. Aconteceria uma grande mudança na Força se um ser com todo aquele poder concentrado fosse destruído.

— Eu vi a explosão de energia lá embaixo — Den contestou. — Aquilo não foi uma mudança?

— Não, aquilo foi só um show de luzes. Muito brilho, mas pouca substância. Foi suficiente para matar Rhinann. Mas não acho que matou Vader.

O Sullustano olhou para Laranth.

— Nenhum otimismo de você também?

— Desculpe, Den. Minha opinião é a mesma. Ele pode estar muito ferido e dentro de um tanque bacta em algum lugar, mas não está morto. Só podemos esperar que ele fique fora de campo o suficiente até conseguirmos entregar Yimmon em segurança.

— Você acabou de sair da cabine de Yimmon, não é? — Jax perguntou para Den e, quando o Sullustano confirmou, ele acrescentou: — Como ele está?

Den encolheu os ombros.

— Do jeito que se espera de um cara que quase morreu quatro vezes nas últimas três semanas.

Jax respirou fundo e soltou o ar lentamente. Aquelas tentativas eram a razão para eles levarem Thi Xon Yimmon de Coruscant. O líder da unidade de resistência anti-imperial, conhecida localmente como Whiplash, sofrera vários ataques das forças imperiais nas últimas semanas. Em dois casos, a ameaça só pôde ser evitada no último minuto porque Jax e sua equipe possuíam um amigo na força policial – um Zabrak chamado Pol Haus – que os avisou com antecedência.

De uma maneira distorcida, a atenção que o Império estava dando para a Whiplash – e para Yimmon em particular – era lisonjeira. Significava que eles haviam passado de mera irritação a uma ameaça concreta. Talvez o Império tivesse até percebido a conexão entre a resistência local no centro imperial e o movimento mais amplo que estava acontecendo em um número cada vez maior de mundos distantes. Em termos práticos, isso significava que – nos últimos meses – as ordens do Império passaram de "atirem neles se entrarem no caminho" para "arranque-os de seus buracos, persigam a todos e os destruam".

O imperador também havia mudado suas táticas. Ausentes dessas recentes tentativas de aniquilação estavam os Inquisidores, seres inclementes que podiam rastrear a Força. Agora, os ataques vinham de caçadores de recompensas insensíveis à Força e droides de batalha. Era como se, após falhar em usar a Força contra Yimmon e seu bando, o imperador estivesse simplesmente jogando qualquer arma mundana disponível em seu arsenal contra eles.

Jax queria acreditar que aqueles eram atos de um tirano desesperado que acabara de perder sua arma mais potente. Queria acreditar nisso tanto quanto queria acreditar que Vader estava morto. Mas...

O homem que não morria.

Ele estremeceu, percebendo que agora pensava em Vader como inevitável... e imortal.

Fosse qual fosse a terrível verdade por trás daquela sensação, Jax não podia deixar que aquilo o distraísse da dura realidade de que o Império queria a Whiplash morta e enterrada. O Império, sendo a fera hierárquica que era, entendia que seria mais fácil fazer isso se destruísse o cérebro da organização. Mas Yimmon – com seu córtex duplo e unidade pessoal de agentes que incluía um Jedi, uma Paladina Cinza e um droide senciente – era um homem difícil de matar ou capturar. Mesmo assim, a última tentativa havia chegado perto. Perto demais.

Muito perto demais. Essa tentativa acabou destruindo várias vitrines de lojas e mais do que uma dezena de cidadãos inocentes próximos demais de uma taverna usada pela Whiplash para passar mensagens.

Jax não conseguia afastar a lembrança da rua após o ataque. Os corpos espalhados pela calçada, o forte cheiro de ozônio no ar carregado, as manchas fotônicas de pessoas nas paredes dos prédios, como sombras reversas congeladas no instante da morte. A sensação de que toda a vizinhança prendia a respiração, preparando um rugido de ultraje... um rugido que não seria ouvido por ninguém.

Ultraje contra o Império parecia algo fútil; mas Jax precisava acreditar que não era.

A decisão de tirar o líder da resistência do centro imperial fora unânime. A única voz discordante fora o próprio Yimmon. Apenas após um grande clamor ele finalmente aceitou que uma mudança da base de operações para Dantooine seria o melhor a fazer.

E já estava mais do que na hora.

Jax afastou a sensação de terror que ameaçava tomar conta dele. Pela centésima vez naquele dia, ele abriu a boca para falar com Laranth sobre os "chamados" que recebera três dias antes de um informante Cefalônio da Whiplash. Mas a cautela e a presença de Den mantiveram as palavras longe de sua boca.

— Vou lá atrás conversar com Yimmon — ele disse, levantando-se. — Você assume o leme?

Laranth assentiu e deslizou para seu assento. Jax se virou para I-Cinco.

— Avise quando estiver pronto para entrar no hiperespaço, certo?

— Você não confia em nós para entrarmos corretamente? — perguntou o droide.

Laranth apenas olhou para Jax com seus grandes olhos verde-esmeralda.

— É *claro* que eu confio em vocês. É que eu gosto de ficar na janela durante o salto. Sim, eu sei que não é racional — ele acrescentou quando I-Cinco soltou um clique rabugento. – Mas eu gosto de ver o rastro de estrelas. Pode ser?

– Como quiser – o droide e a Twi'lek disseram ao mesmo tempo.

Jax pensou ter ouvido Den Dhur rindo levemente.

Ele encontrou Thi Xon Yimmon sentado diante de uma mesa de duraplast confeccionada para parecer madeira, simplesmente porque Jax gostava de madeira. Em longas missões no espaço – que aconteciam cada vez mais graças ao aumento das atividades da resistência – ele não queria esquecer que em algum lugar da galáxia ainda existiam mundos com florestas vivas e crescendo.

Ele possuía uma verdadeira árvore em sua cabine – uma coisa pequenina em um vaso de cerâmica. Foi um presente de Laranth e tinha muitos anos de vida, embora continuasse pequena. I-Cinco havia ensinado a Jax como os mestres de uma arte antiga chamada miisai podavam e guiavam os galhos. Jax aprendera a fazer isso usando delicados filamentos da Força. A prática havia se transformado em meditação. A mesma coisa aconteceu com as formas de combate de sua nova arma – um sabre de luz que ele e Laranth construíram usando um cristal que caíra em suas mãos a partir de uma fonte inesperada. O peso da arma era uma presença tranquilizadora em sua cintura; não menos reconfortante do que poder aposentar a lâmina Sith que ele vinha usando.

Jax não tivera tempo para meditar nos últimos dois dias. Dissera a si mesmo que era devido à pressa em tirar Yimmon de Coruscant. Mas sabia que isso não era totalmente verdade. Era porque meditar o fazia pensar sobre a mensagem que o Cefalônio havia transmitido.

O tempo, para um Cefalônio, era uma substância maleável. "Plástico", diria um filósofo ou físico. Den o chamava de "esponjoso". Seja qual for o adjetivo mais adequado, tudo se resumia a uma coisa: os Cefalônios "enxergavam" o tempo da mesma maneira que outros seres enxergavam relações espaciais. Um objeto pode estar diante, atrás de você ou até ao seu lado, mas, se você virar a cabeça para olhar, esse objeto ficaria visível. Se andar ao redor do objeto, você poderia ver seus diferentes lados – ou seja, em diferentes perspectivas. É uma analogia rasa, mas próxima de como os Cefalônios enxergam o tempo. Um momento poderia se apresentar diante deles, atrás deles ou em cima deles – futuro, passado ou presente –, mas eles poderiam virar suas mentes imensamente complexas e analisá-lo, poderiam andar ao redor dele e vê-lo de diferentes perspectivas.

Essa percepção poderia – ou não – ter algo a ver com o fato de que os Cefalônios possuíam aquilo que era conhecido como inteligência aumentada ou pontuada. Isso significava que possuíam, além de um grande cérebro, vários "subcérebros" – nódulos ganglionares, na verdade – que cuidavam de funções corporais mais ativas e deixava o grande cérebro livre para fazer... bom, para fazer aquilo que ele fazia.

Por meio de sua conexão com a Força, Jax já havia ocasionalmente chegado perto de entender essa realidade, mas mesmo um Jedi não era capaz de compreender a natureza precisa da relação de um Cefalônio com o tempo. E, veja só, o que os Cefalônios *não* conseguiam fazer bem era comunicar aquilo que percebiam da realidade. Eles não compreendiam os tempos verbais. Aquilo que aconteceu no dia anterior ou no século anterior era tão presente quanto algo que aconteceria no dia seguinte ou daqui a um século no futuro. E já que eram ligados uns aos outros pela Força, um Cefalônio poderia muito bem ser capaz de "ver" algo que ainda não aconteceu ou não aconteceria durante seu próprio tempo de vida.

E era por isso que receber uma mensagem de um agente Cefalônio da Whiplash antes de uma grande missão era, para Jax Pavan, um sério teste para sua paciência Jedi. Ele geralmente enviava I-Cinco, com sua natureza não passional, para entrevistar os Cefalônios, mas dessa vez isso não foi uma opção. Quando Jax recebera a mensagem, I-Cinco estava com Den Dhur e Tuden Sal, assegurando uma série de códigos de identificação falsos que poderiam ser úteis em sua jornada rumo a Dantooine. Então ele fora sozinho para sua velha vizinhança perto do Mercado de Ploughtekal para se encontrar com um Cefalônio que havia se instalado em uma residência preparada para receber formas de vida que não respiravam oxigênio. Cefalônios preferiam metano e gostavam de sua atmosfera um pouco mais "viscosa", como dissera Den.

Jax chegara ao endereço disfarçado pesadamente. Para qualquer pessoa comum, ele parecia um diplomata Elomin – exatamente o tipo de visitante que um Cefalônio teria. Diplomatas e políticos sempre procuravam alguma vantagem quando se tratava de eventos futuros – ou passados. Os Cefalônios não possuíam escrúpulos sobre divulgar informações. Eles apenas eram incapazes de comunicá-las claramente.

Jax encontrou o alienígena em um apartamento considerado grandioso para os padrões dos Cefalônios. Dentro do habitat cheio de metano, havia uma série de fontes cinéticas, esculturas e quadros nas paredes. Os Cefalônios gostavam de movimento. O enorme ser – cuja designação, Aoloiloa, que vagamente significava "aquele antes de Lo e depois de Il" – vivia atrás de uma grande barreira de vidro na qual flutuava em sua sopa de metano como um melão gigantesco salpicado de cinza. O alienígena comia e se comunicava com o auxílio de cerdas que filtravam nutrientes da sopa de metano e vibravam para dar forma a pensamentos que eram mostrados em um painel de uma antecâmara do lado de fora de seu santuário interno. O nome, Jax sabia, era apenas para o benefício dos outros seres que interagiam com eles – um meio para aqueles seres inferiores que vivem apenas no presente poderem distinguir entre os indivíduos. Presumivelmente, os Cefalônios possuíam seu próprio meio para fazer isso.

Jax anunciou sua chegada usando o dispositivo de tradução ao lado do monitor que mostrava as palavras do Cefalônio.

— Eu, Jax Pavan, venho como requisitado. — *Agora me alerte sobre algum plano imperial.*

O Cefalônio, é claro, não fez nada desse tipo. Em vez disso, ele fez uma pergunta:

— *Viajar você (foi/irá)?*

Jax estranhou. Claramente era uma pergunta sobre algum evento futuro.

— Sim.

— *Crux.* — A palavra apareceu no painel.

— Crux? — Jax repetiu. — Um cruzamento? Uma encruzilhada?

— *Nexus* — disse Aoloiloa. — *Locus. Sombras cruzam/cruzaram/vão cruzar a luz.*

— Sim, eu sei o que é uma encruzilhada. Mas o que significa neste caso?

— *Diante crux: escolha é/foi/será perda. Indecisão é/foi/será perda total.*

Jax esperou, mas o Cefalônio não reelaborou sua resposta.

— O que isso significa: "Escolha é perda. Indecisão é perda total"?

— *Significa o que significa. Tudo.*

Jax manteve a compostura com um pouco de esforço. *Ouça*, ele disse a si mesmo. *Ouça.*

— Escolha de quem? — ele perguntou. — Indecisão de quem? Minha?

— *Escolha sobre escolha. Decisão sobre decisão. Indecisão é/foi/será acumulativa.*

— Indecisão ao longo de um período de tempo? Ou a indecisão acumulada de um número de pessoas?

O Cefalônio flutuou para cima e para baixo lentamente, depois se virou e se afastou da barreira de transparisteel que o protegia da atmosfera de oxigênio-nitrogênio de Coruscant.

Então, silenciosamente, Jax havia sido dispensado. Ele voltara para a galeria de arte e centro de eventos, que servia como quartel-general da Whiplash, ponderando sobre as palavras do Cefalônio: escolha é perda; indecisão é perda total.

De qualquer maneira que interpretava aquilo, o resultado não parecia nada bom.

Jax parou diante da passagem para o convés da tripulação da *Far Ranger*, estudando o líder da Whiplash, que se sentava diante da mesa de madeira imitada.

— Você ainda não se conformou, não é?

— E você estaria conformado caso tivesse que se mudar e deixar o coração de suas operações? A única razão para eu concordar com isso é que, se o imperador suspeitar que me mudei, ele talvez concentre seus esforços em me encontrar e assim dê uma folga para nossa rede em Coruscant.

— O ataque perto da Cantina do Sil chegou próximo demais de ser bem-sucedido, Yimmon. E a perda de vidas inocentes…

O Cereano concordou tristemente.

— Sim. Isso também. Aquele banho de sangue foi… imperdoável. Pensar que ele enviou droides de batalha para matar indiscriminadamente…

— Pelo jeito eles sabiam que nós estávamos na área, mas sua informação não era precisa o suficiente para atacarem de maneira efetiva. Cargas fotônicas deram uma chance a eles de matar alguns de nós sem danificar demais a infraestrutura. — Jax se esforçou para manter o sarcasmo longe de sua voz.

— Talvez. E talvez…

— O quê?

O Cereano sacudiu sua imensa cabeça.

— Você mesmo já disse: parecia que o imperador estava desesperado. Se Vader estiver fora do caminho por um tempo e os Inquisidores não conseguirem nos rastrear sem que você sinta suas intenções, então isso faz algum sentido, mas…

Jax sentiu uma pontada de inquietude, mas afastou logo a sensação. Entendera o alerta do Cefalônio, ele disse a si mesmo, e agora prestava atenção a tudo.

– Você está sugerindo que o imperador possa não estar tão desesperado quanto parece? – Jax perguntou a Yimmon.

O Cereano suspirou, expandindo profundamente seu peitoral musculoso.

– Digamos que nunca considerei Palpatine propenso ao pânico. Mas, como eu já disse, com seu maior defensor fora do caminho...

– E você recebeu mais alguma notícia dos informantes?

– Não. Ninguém viu ou ouviu sobre Vader, nem mesmo algum rumor sobre sua condição desde seu último encontro.

O último encontro – no qual Vader tentara punir Jax por ainda ser um Jedi, no qual ele cultivara um traidor dentro da equipe de Jax, no qual tentara usar um raro agente biológico para incrementar sua própria conexão com a Força. Jax achava irônico que, em seu estado normal, Vader pudesse ter conseguido capturá-lo ou matá-lo... junto com seus companheiros. Mas o lorde sombrio exagerou e acabou derrotando a si mesmo. Havia ali uma lição sobre arrogância e impaciência. Jax se perguntou se Anakin Skywalker – preso dentro daquela armadura negra suportada por implantes cibernéticos – reconheceria seu erro.

– Então, temos uma janela de oportunidade – disse Jax. – Ser receoso agora...

– Receoso? – Yimmon riu. – E não estou mostrando receio ao fugir correndo?

– Não. Você está mostrando sabedoria. A Whiplash precisa de você. O crescente movimento de resistência precisa de você. O ataque cego do imperador quase o matou.

Thi Xon Yimmon olhou para Jax com olhos firmes da cor de bronze antigo.

– E se ele não estiver atacando cegamente, Jax? E se *existir* um método por trás desses ataques?

Jax afastou o frio que tentava invadir seu âmago.

— Então vamos nos afastar do perigo. Olhe, Yimmon, se ele soubesse que a Cantina do Sil era o ponto de encontro de nossos agentes, ele teria simplesmente apagado aquele lugar do mapa. Se soubesse onde fica a nossa base de operações, teria enviado seus caçadores de recompensa, seus droides de batalha e seus Inquisidores e matado todos nós enquanto dormíamos. O que ele poderia ganhar ao atacar aleatoriamente como um rancor[1] com sede de sangue?

— Talvez o que ele *já* tenha ganhado: a minha retirada de Coruscant. Meu afastamento da batalha por tempo suficiente para nos mudarmos e também nos reagruparmos. Tempo suficiente para *ele* se reagrupar. Isso tudo pode ser uma janela de oportunidade *também* para o imperador.

Jax tirou as costas da moldura da escotilha.

— Eu já disse, se você quiser que minha equipe fique com você em Dantooine...

O líder da Whiplash sacudiu a cabeça.

— Não. Tuden Sal precisa de você em Coruscant. Ele já está descontente o bastante por você me servir de babá nessa viagem. Ele está certo. Eu o convenceria se pudesse. Prefiro manter nossos melhores agentes perto de Palpatine... e Vader, se ele reaparecer.

Se? Não, não *se*. Jax sabia que era apenas uma questão de *quando*.

---

1 Rancor é um reptomamífero que pode ter de cinco a dez metros de altura. Apesar de ser originário de Dathomir, pode ser encontrado em outros planetas, como Carida, Felucia, entre outros. Dentre seus principais usos, destaca-se a montaria pelas Bruxas de Dathomir. (N. E.)

DOIS

A rota para Dantooine foi decidida em uma conversa acirrada na qual Laranth e I-Cinco defenderam um caminho direto pelo Espaço Selvagem e de lá atravessando a Flecha de Myto, enquanto Tuden Sal e Thi Xon Yimmon aconselharam que eles tomassem uma rota mais mundana viajando por uma via com tráfego mais pesado.

A Flecha de Myto era um corredor estreito que os levaria da periferia da galáxia diretamente para Dantooine através de uma região instável afetada pelas marés gravitacionais de um sistema estelar binário particularmente violento chamado Gêmeos. O lado positivo era que os campos magnéticos altamente flutuantes ao redor do par binário mascaravam qualquer mudança de atitude de uma nave que passasse por lá. Em teoria, um bom piloto fugindo de um inimigo poderia escapar para dentro do ímã gravitacional, sair do hiperespaço apenas por tempo suficiente para fazer uma mudança brusca de curso, depois saltar novamente no hiperespaço seguindo uma direção completamente diferente enquanto o perseguidor tentava entender que direção ele havia tomado.

A mera menção à Flecha de Myto fez o rosto de Tuden Sal

empalidecer. Sua recomendação de fazerem uma parada em Bandomeer fez Laranth revirar os olhos.

— Ainda existe uma presença imperial pronunciada em Bandomeer, Sal — ela dissera. — Após Vader esmagar a revolta dos mineradores no ano passado, o imperador manteve um olhar atento sobre tudo.

— E é por isso mesmo que ninguém esperaria que uma nave cheia de subversivos aterrissasse ali — Sal argumentara. — Seria apenas mais um cargueiro fazendo seus negócios mundanos em um porto imperial.

No fim, foi Thi Xon Yimmon quem decidiu.

— O que chama menos atenção do que um cargueiro parando em um porto normal? Acho que Sal está certo. Se alguém suspeita que a *Far Ranger* está fazendo qualquer outra coisa além do que ela faz normalmente, eles podem muito bem perder interesse quando tudo que fizermos for parar em portos para descarregar e embarcar carga.

E então eles acabaram ali, na movimentada Via Hydiana, viajando na direção do Setor Corporativo... mas sem nenhuma intenção de ir tão longe. Eles iriam aterrissar em Bandomeer, entrariam brevemente em contato com a nascente unidade da resistência local, depois seguiriam viagem, parando em sequência em Botajef, Celanon, Junção Feriae e Toprawa, onde contatariam o que sobrara dos Rangers Antarianos.

Os Rangers — um pouco menos odiados pelo imperador do que os Jedi — haviam desaparecido dos mapas do Império, mas não estavam mortos. No coração de Jax havia uma profunda, porém frágil, esperança de que talvez o mesmo fosse verdade para os Jedi. Que talvez ele não fosse, como suspeitava, o último Jedi.

De fato, em Bandomeer havia uma presença imperial. Também havia um ou dois Inquisidores, o que significava que Jax e Laranth precisavam permanecer a bordo da *Far Ranger* em um estado de dormência. I-Cinco e Den foram responsáveis pela farsa necessária para negociarem ionita — o que também resultou em um contato e troca de informações com membros da Whiplash naquele planeta.

Ionita era uma substância de propriedades extraordinárias – ela cancelava qualquer carga que recebesse, fosse positiva ou negativa –, o que a tornava ideal para escapar de dispositivos como geradores de escudo e redes de comunicação. Também se mostrava um componente eficaz para armamentos, tornando essa substância muito valiosa para a resistência.

Com os compartimentos de carga cheios de minério e lingotes, a *Far Ranger* decolou novamente e continuou seu itinerário, fazendo várias paradas ao longo da Via Hydiana e passando pelo último trecho com ionita suficiente para as necessidades de seus aliados em Toprawa.

Eles chegaram à última parada dez dias depois de deixarem Coruscant. O plano era parar ali antes de entrar na Trilha Thesme na direção de Dantooine. Toprawa era um mundo cujas zonas temperadas eram cobertas com exuberantes florestas que cercavam cada porto e posto avançado. O pequeno espaçoporto que eles contataram ficava na periferia da cidade de Big Woolly, no gelado extremo norte de uma grande região. "Big Woolly", Jax descobrira, era uma referência à aparência da cadeia de montanhas que ficava ali perto, que era coberta por uma grossa camada de coníferas. Eles decidiram aterrissar longe do complexo de docas principal, em um porto aberto, com a intenção de chamar o mínimo de atenção possível.

O sol estava quase se pondo quando Jax desembarcou da *Far Ranger* em meio a enormes coníferas cujo perfume doce e penetrante superava os aromas mecânicos do espaçoporto. Ele se sentiu aturdido pela enorme vivacidade e vitalidade da floresta. Não era tão sublime quanto a vegetação do planeta dos Wookiees, Kashyyyk, nem tão exuberante quanto as florestas tropicais em Rodia, mas envolvia as estruturas metálicas do espaçoporto com uma vida fervilhante. Era emocionante e tranquilizador ao mesmo tempo, e Jax desejou, por um momento, que eles simplesmente pudessem ficar ali – todos eles – e fazer de Toprawa seu novo quartel-general.

– Majestoso, não é mesmo? – Yimmon estava atrás dele, olhando através da plataforma de aterrissagem para os picos de madeira avermelhada e folhagem verde-azul, agora também marcada de dourado pelo sol poente. – E é incrível como algo tão enorme e duradouro quanto essas árvores consegue também ser flexível o bastante para se dobrar ao vento.

Jax pensou nessas características dos gigantes que o cercavam. Eram profundamente enraizados, antigos, fortes e conectados com a maior força da natureza, mas se dobravam e se moviam diante das exigências invisíveis do vento e do clima. Pensou que havia uma lição a ser aprendida ali.

– Eu invejo os Rangers por sua capital. – Yimmon suspirou. – Embora Dantooine não seja desagradável.

Jax sorriu.

– Por acaso isso o lembra de sua casa?

O Cereano confirmou.

– Mesmo assim, eu raramente via árvores tão altas em meu planeta natal. Existe uma vivacidade aqui que é... intoxicante.

Jax precisava concordar. O ar frio e úmido era inebriante. Ele respirava esse ar profundamente. Isso o lembrava do aroma de seu pequeno miisai quando acariciava os galhos com os dedos... ou com a Força.

– Eles dizem – Yimmon continuou – que a Força flui na seiva de florestas como esta.

– Quem diz? – Laranth surgiu na plataforma de desembarque para analisar a paisagem de Toprawa.

– Para citar um nome, Ki-Adi-Mundi – disse Yimmon. Membro do Alto Conselho Jedi, o Cereano Ki-Adi liderou o Grande Exército da República ao longo de várias batalhas importantes, mas acabou morrendo em meio à violência e traição da Ordem 66. Ele era um herói particular de Thi Xon Yimmon.

Laranth sorriu. Jax sabia o que ela estava pensando – como era engraçado que um homem com a estatura heroica de Yimmon tivesse ele próprio heróis.

— Bom, se o General Ki-Adi disse, então deve ser verdade — ela falou. Laranth esticou o braço na direção das árvores e fechou os olhos como se testasse a veracidade das palavras de seu herói.

Usando a Força, o curioso Jax fez o mesmo, analisando o limiar da floresta, acariciando galhos e ramos, sentindo a textura da madeira e das folhas, saboreando a força vital da seiva.

Sim. Ali estava — um tecido sedoso de energia da Força. Como o som de um murmúrio, uma onda de vibração, uma pulsação de luz. Era adorável. Frio e fundo enquanto as sombras...

Sombras.

Seus pensamentos se aceleraram. Será que sentiu uma faísca — um mero tremor — de algo que não era da floresta?

Jax piscou e olhou ao redor da plataforma de aterrissagem. Outra nave — a alguns metros de distância — havia acabado de retrair sua rampa de embarque e agora aquecia os motores. Talvez o tremor de energia tivesse vindo dali.

— Nós vamos ficar aqui a noite toda admirando o cenário? — I-Cinco saiu da nave com impaciência. — Achei que precisássemos contatar um importante cliente, não?

— Sim, o sol já está se pondo — disse Den. — Não precisávamos falar com uma mulher sobre o carregamento de ionita?

Jax assentiu. Ele pensou sobre a breve impressão extrassensorial que acabara de sentir e decidiu que provavelmente era algum reflexo ou eco.

— Certo. Laranth e eu vamos fazer contato. I-Cinco, você poderia preparar a carga para o desembarque?

— Considere feito.

Disfarçados, Jax e Laranth se dirigiram para Big Woolly. A pequena cidade havia crescido ao redor do espaçoporto — um aglomerado em forma de lua crescente de casas e comércios que se estendia a partir dos atracadouros, com quase cinco quilômetros em seu ponto mais largo. O alojamento onde deveriam encontrar seu contato ficava na ponta ao norte, em uma avenida curva cujo comércio servia grandes mercadores. Era um respeitável local de encontro para donos de frotas e comerciantes. Portanto, o disfarce que Jax e Laranth adotaram permitia que se misturassem em meio à clientela.

Jax, vestindo um terno de seda sintética e brilhantes botas pretas, assumiu o papel de um bem-sucedido capitão de cargueiro. Laranth, passando-se por sócia de Jax, vestia uma esvoaçante túnica translúcida que dizia que ela era membro de um clã de mercadores. Ela também usava um par de mantos de seda laranja sobre seus lekkus, escondendo o lekku esquerdo mutilado, assim como suas emoções. O lekku danificado exibia um velho ferimento que Laranth sofrera em uma disputa com armas de fogo; também era um claro sinal de identificação que ela geralmente não escondia. Porém, agora era crucial ocultar a identidade e qualquer mudança de cor que denunciasse suas intenções. Seus blasters também estavam ocultos; Jax deixara seu sabre de luz com I-Cinco. Esse não era o tipo de lugar onde você alardeava suas armas, e ele não queria que alguém suspeitasse que era um Jedi.

Como parte dos ornamentos, Laranth também usava um medalhão que, assim como os mantos sobre os lekkus, era mais do que apenas um disfarce. Era um sinal destinado apenas ao seu alvo – uma Ranger Antariana.

Eles entraram no grande salão principal do Hotel Mossy Glen e olharam ao redor. Jax sorriu. Era bem diferente que entrar na Cantina do Sil, onde todos olhavam para você tentando disfarçar – ou na Taverna Crepúsculo, no Mercado de Ploughtekal, onde todos se viravam para avaliar o potencial dos recém-chegados de serem explorados de alguma maneira. Ali, eles atraíram apenas os olhares mais casuais. Jax sentiu uma momentânea admiração sobre a aparência física dos dois, mas nenhuma intenção ilícita.

A variedade de seres não era de forma alguma notável – havia formas de vida de uma dezena de mundos, embora os colonizadores humanos fossem o grupo mais bem representado. Todos estavam bem-vestidos e servidos – com os padrões de cada espécie – e todos pareciam desfrutar de uma boa refeição, uma boa bebida e uma boa discussão de negócios.

Laranth olhou ao redor do salão com um rápido olhar de negociante, depois seguiu para uma escadaria que levava ao segundo andar. Ali era mais tranquilo, e o anoitecer mais pronunciado. Pequenos abajures reluziam sobre as mesas e uma enorme lareira no canto mais afastado do salão enviava luzes e sombras sobre cada superfície. As sombras dançavam e nunca deixavam que fossem reconhecidas como uma coisa ou outra.

Ambiguidade. Jax repentinamente achou isso inquietante, por razões que não tinha tempo para contemplar. Ele sentiu uma súbita mudança nas energias de Laranth – como se estivesse mais atenta. Ela cruzou o salão até uma cabine semicircular ao lado direito da grande lareira. Jax a seguiu.

Uma mulher estava sentada na cabine. Ela vestia um casaco decotado com colarinho e mangas de pele sintética. Seu cabelo estava preso para trás em uma apertada espiral na altura da nuca, e seus olhos cinza eram luminosos e perspicazes. Jax suspeitava que aquele casaco ocultava uma série de armas.

Laranth inclinou a cabeça.

– Saudações. Tenho o prazer de falar com Aren Folee?

– Sim, tem – respondeu a outra mulher, também inclinando levemente a cabeça. – E você é…?

– Pala D'ukal – disse Laranth. – Este é meu sócio, Corran Vigil.

Folee o cumprimentou com um aceno de cabeça. Sua expressão era de interesse educado, não mais do que isso.

– Nós trazemos uma mensagem de um amigo em comum. Um Cereano conhecido seu, que recentemente residia no centro imperial.

Os olhos de Folee se acenderam.

– Como ele está?

– Ele está bem. Ele fala muito bem de você e recomenda que nós façamos negócios.

Folee indicou os lugares à sua frente.

– Por favor.

Os dois se sentaram.

– O quão confidencial serão nossos assuntos? – Jax perguntou, olhando ao redor do salão sutilmente iluminado.

Folee não respondeu imediatamente. Ela preferiu tocar um medalhão que usava ao redor do pescoço, em um grosso colar de metal.

– Muito confidencial agora – ela disse. – Se alguém estiver bisbilhotando, vai ouvir apenas a conversa de negócios mais entediante possível em vez de nossa conversa real. Então precisamos discutir um pouco sobre negócios para que o gerador de conversa possa se basear em alguma coisa.

Jax ficou intrigado. Já ouvira rumores sobre esse tipo de dispositivo antimonitoramento que aparentemente estava atuando naquela conversa. Seu circuito de ionita não apenas obstruía os sinais bisbilhoteiros, como também os alimentava com diálogos falsos construídos com base em diálogos verdadeiros. Era preciso apenas que os falantes embaralhassem seu rastro verbal com fragmentos inócuos para enganar potenciais intrometidos. O dispositivo escondia palavras e frases importantes, e os sistemas de monitoramento não conseguiam detectar qualquer coisa estranha.

– Nada poderia ser mais fácil – disse Laranth. – Na verdade, nós temos ionita suficiente em nosso compartimento de carga para enganar uma frota inteira de vigilância.

– E em troca?

– Um desses medalhões adoráveis que você está usando, para começar – disse Laranth. – Essa tecnologia seria muito útil para nós.

– E informação – Jax disse –, sobre a presença imperial no setor.

Folee sorriu abertamente.

— Bom, existe uma presença, ou ao menos os restos de uma. Conseguiram estragar minha última grande missão. Destruíram muitos recursos... materiais e pessoais.

— Entendo – Jax disse. – Nós também sofremos perdas... o que é, francamente, a razão para nosso amigo em comum estar movendo sua base de operações.

— Para onde?

— Como qualquer piloto diria: na ponta. – Jax usou o dedo para desenhar sobre a mesa. Uma longa linha diagonal. Ele acentuou o final da linha com um toque mais pronunciado.

Folee estranhou, depois assentiu quando compreendeu. "Qualquer piloto" saberia que o planeta "na ponta" da Flecha de Myto era Dantooine. Ela ergueu a cabeça para chamar a atenção de um droide garçom e pediu bebidas e uma bandeja de aperitivos – itens necessários para negociações sérias e amigáveis.

Quando o droide se retirou com o pedido, a Ranger se inclinou na direção de Jax e Laranth, olhando de um rosto para outro.

— Essa mudança significa que estamos perto de incorporar nossos esforços e mover nossas ações em conjunto contra nossos competidores?

A pergunta era sincera e tinha por trás dela todo o peso de uma profunda e visceral decepção. Aren Folee pode ter falado casualmente sobre a destruição dos recursos, mas suas emoções sobre isso estavam longe de serem casuais.

Jax trocou um olhar com Laranth.

— Mais perto, talvez. Muito perto de orquestrar esses esforços com mais eficiência, no mínimo. Esse foi um dos incentivos que nosso amigo teve para fazer a mudança. Onde ele *estava* instalado...

— Era um lugar que prejudicava cada vez mais sua saúde – Laranth completou. – Às vezes era difícil se comunicar com organizações satélites. Embora houvesse argumentos a favor de se ocultar em plena vista...

– Ou se perder em uma multidão – acrescentou Jax. – Infelizmente, nossos... competidores estão tornando difícil permanecer perdido.

Folee assentiu pensativamente.

– Comunicação não é um problema aqui. Temos uma rede eficiente que funciona muito bem. Mas sobre a, hum, competição na área... às vezes ela pode ser muito feroz. Recentemente, por exemplo, a rota de comércio entre aqui e o sistema Telos foi tomada pelas naves da competição. E também são pesos-pesados. Muito maiores do que qualquer coisa que nós, humildes Rangers, conseguimos colocar nas vias espaciais. Então, se o seu compartimento de carga for modesto...

– É sim – Laranth e Jax disseram ao mesmo tempo.

Folee sorriu.

– Então aconselho a nem tentar passar pela Via Hydiana. Aqui é um ótimo lugar para vocês repensarem sua rota.

O droide chegou com o pedido e eles reservaram um tempo para comer e beber casualmente antes de voltar para a conversa, combinando a entrega de toda a ionita que seus aliados em Toprawa pudessem precisar.

– Vocês vão voltar por esta mesma rota? – Ranger Folee perguntou quando concluíram os arranjos.

Jax e Laranth trocaram um breve olhar antes de ele dizer:

– Não havíamos planejado fazer isso. Pensamos em tomar uma rota mais direta para o centro imperial.

Os olhos cinza de Folee se arregalaram.

– Vocês vão voltar para o centro imperial? Por quê?

– Nós temos... interesses por lá, como você pode imaginar – Jax explicou. – Negócios de que precisamos cuidar...

– E pessoas que estão contando com a gente – acrescentou Laranth.

– Vocês poderiam ter isso aqui também, sabe – Folee disse. – Eu poderia usar associados com os seus... talentos.

Ela conquistou a atenção de Jax.

– Nossos talentos?

— Claramente vocês dois possuem uma conexão com a Força. Ouvi dizer que nosso amigo estava trabalhando com dois indivíduos especialmente talentosos. Indivíduos por quem o imperador possui um interesse especial. Imagino que ele se referia a vocês dois.

Jax olhou para Laranth. Será que Aren Folee era sensível à Força? Ele considerou brevemente tentar vasculhar sua mente, mas achou melhor não fazer isso; se ela conhecesse a Força o bastante para ser uma ameaça ou uma aliada, de qualquer maneira perceberia a intenção. Se não fosse, não haveria razão para fazer isso.

— O que a fez pensar assim? — ele perguntou.

— Primeiro, ouvi dizer que um desses agentes especiais era uma Twi'lek.

— E segundo?

Folee riu.

— Subtexto. Metade do que vocês conversam entre si é não verbal, e vocês completam as frases um do outro. — Sua expressão voltou à sobriedade e ela se inclinou na direção deles de novo. — Estou falando sério. Nós realmente poderíamos usar vocês dois aqui. Este é o melhor de dois mundos... literalmente. Estamos no meio de uma grande rota de comércio, então é fácil encobrir os trajetos de nossas naves e cargas especiais, mas estamos longe o bastante do centro da galáxia para que o Império não preste muita atenção em nós. Somos apenas um centro de comércio longínquo. Mas eu posso dizer com segurança que muitas outras coisas acontecem por aqui longe dos olhos do Império. Temos uma extensa rede subterrânea... *realmente* subterrânea. — Ela olhou para o chão, depois voltou a olhar para os dois agentes. — Parece atrativo?

Laranth se recostou na cadeira.

— É claro que sim. Mas...

— Mas — concluiu Jax —, com nosso amigo ausente, alguém precisa cuidar dos negócios no centro imperial.

— E precisa ser vocês dois?

37

Precisava? Jax tinha de admitir que se perguntara isso várias vezes nas últimas semanas. Também tinha de admitir que Toprawa era mesmo atraente. Ele lançou um rápido olhar para Laranth. Ela permanecia impassível em sua atitude reservada. Desta vez ele não conseguia dizer o que ela estava pensando, mas suspeitava que Laranth se ofendeu um pouco com a ideia de que ela e Jax pudessem abandonar suas operações em Coruscant.

Jax voltou a olhar para Folee e sorriu tristemente.

— Temo que sim — ele disse.

— Então... nós completamos as frases um do outro. — Laranth andava ao lado de Jax enquanto caminhavam casualmente na direção de sua nave.

Ele sorriu.

— Aparentemente.

— Só falta a gente começar a comer do prato um do outro.

Eles continuaram andando em silêncio até avistarem o espaçoporto. Então Laranth disse:

— O que você acha da proposta de Folee?

— Sobre atuarmos aqui? — Ele deu de ombros. — Não vejo como poderíamos fazer isso. A Whiplash precisa de nós em Coruscant.

— Precisa mesmo? — Ela virou o rosto na direção dele. — Será que não serviríamos melhor a causa se estivéssemos aqui, onde nossas forças estão crescendo? A mim parece que o fronte está aqui. É *aqui* que a resistência se tornará uma força real dentro da galáxia.

Jax ficou surpreso. Aquela não era a Laranth Tarak que ele conhecia. Laranth, a guerreira mais leal de todas, a defensora da honra e do dever. Ele riu com hesitação.

— Quem é você e o que fez com Laranth?

Ela fez um gesto impaciente.

— Não estou brincando, Jax. Em Coruscant parece que as paredes estão se fechando sobre nós. Eles estão aprendendo os nossos truques. Aprendendo o tipo de situação em que nos envolvemos. Que tipo de pessoa nós arriscamos a vida para ajudar. Em Coruscant eles estão aprendendo como nos atrair para uma armadilha... e como nos pegar...

Jax ergueu os olhos para a grande barreira de árvores que cercava o espaçoporto. Descomplicado. Natural. Um chão de verdade sob seus pés, o aroma de grama e folhas, o simples sussurro do vento. Coruscant, com suas barreiras de sons e energias – sua confusão de ângulos e padrões caóticos de luz e sombra –, parecia repentinamente sufocante. Era como viver dentro de uma colmeia. Não havia distância entre você e a pessoa seguinte... e a pessoa seguinte poderia ser um agente do Império com instruções para capturar ou matar você. Se não deixasse sua percepção da Força sintonizada ao perigo a cada minuto de cada dia, você poderia ser pego de surpresa.

Voltar para Toprawa e trabalhar com os Rangers Antarianos? Talvez usar o planeta como base para encontrar outros Jedi – se ainda *restarem* outros Jedi – e construir uma nova Ordem? Voltar para Toprawa... com Laranth?

Jax voltou a olhar para o rosto de sua amiga. No momento em que seus olhos se cruzaram, fazer isso – voltar ali com ela e se misturar com a rede subterrânea – era algo que ele desejou mais do que qualquer coisa. O desejo cresceu dentro dele e quase o inundou.

Quase.

Ele respirou fundo e deixou aquele sentimento se esvair.

– Não podemos deixar Coruscant, Laranth.

– Tuden Sal acabou se tornando um ótimo agente – ela argumentou. – Ele é esperto, conhece bem a política, é dedicado...

– E ainda acha que seria uma boa ideia assassinar Palpatine.

Isso a parou.

– Sim. É verdade. Certo. Mas Pol Haus pode equilibrar isso, não acha?

– Pol Haus não é, estritamente falando, membro da Whiplash.

Ele certamente é um aliado, mas... – Yimmon havia assegurado que o chefe de polícia era confiável, mas Jax não sabia quanta influência Haus tinha sobre Tuden Sal.

– Você preferia estar fora daqui? – ela perguntou diretamente. Laranth olhou para o céu noturno, que brilhava com milhões de estrelas junto à larga mancha pálida que era o Centro Galáctico cintilando como um rio de luz.

– Acontece que... – As palavras ficaram presas na garganta de Jax. – O problema não é aquilo que *nós* queremos, Laranth. O ponto central é o que *a galáxia precisa*. E ela precisa ser libertada das trevas.

Laranth estremeceu visivelmente.

– Você acha que isso um dia vai acontecer?

Jax deu um passo em sua direção. Pousou as mãos sobre os ombros dela.

– Laranth, tem alguma coisa errada?

Ela se livrou do toque com raiva.

– Pela Deusa, Jax! Diga uma coisa que *não esteja* errada!

– Você? Eu? Nossa conexão com a Força? – Ele tentou sorrir. – O fato de que nós completamos as frases um do outro?

Laranth respirou fundo, exalou e sacudiu a cabeça, fazendo os pequenos sinos no manto de seus lekkus cantarem.

– Desculpe. É só que... voltar para Coruscant parece voltar para uma armadilha. – Ela virou a cabeça na direção da plataforma de aterrissagem e começou a andar. – Vamos preparar a ionita para nosso cliente.

– Claro. – Jax a acompanhou.

Talvez realmente fosse o momento de considerar uma nova base de operações.

A *Far Ranger* deixou Toprawa com o nariz virado na direção de Ciutric. Eles chegariam a Dantooine após uma série de saltos cuidadosamente intermediados. Jax pilotou a nave até o sistema Ciutric, depois ajustou o curso, entregou o leme para I-Cinco e se retirou para sua cabine privada.

A árvore miisai estava sobre uma coluna, banhada por um feixe de luz. Seu tapete de meditação estava diante da coluna e ele seguiu até lá, sentando-se com as pernas cruzadas no chão. Ele respirou fundo e se concentrou na árvore, seguindo com os olhos o contorno dos galhos e do tronco elegantemente curvado. Quando fechou os olhos, a imagem da árvore permaneceu em sua mente – o tronco em espiral, os galhos voltados para cima, a energia das folhas. Ele a viu como uma figura de pálida luz verde – uma imagem espectral impressa em suas retinas.

Não há emoção; há paz.

Paz. Ele precisava cavar fundo para encontrar um pouco disso agora, mergulhando abaixo da corrente de emoções que vinha sentindo desde que tomaram a decisão de tirar Yimmon de Coruscant. Jax percebeu, pela primeira vez, que havia tomado isso como um sinal de fracasso. Às vezes, parecia que estavam em constante fuga – fugindo do imperador. Fugindo de Vader.

Fugindo de si mesmos...

Não há ignorância; há conhecimento.

Não. Sabia que não estavam fugindo. Era um sinal de seu sucesso o fato de o Império ter aumentado a pressão sobre eles. E, a partir de seu novo quartel-general, Thi Xon Yimmon estaria muito mais livre para organizar uma resistência que fizesse jus ao nome. Lá fora, Jax disse a si mesmo, haveria muito mais oportunidades de se conectarem com outras unidades da resistência como aquela em Toprawa.

Não há paixão; há serenidade.

Toprawa.

O mundo de Aren Folee parecia o lugar mais sereno da galáxia, e sua oferta para que ficassem lá e trabalhassem com os Rangers Antarianos era, ele precisava admitir, muito atraente. Não, era mais do que atraente, era sedutora.

Não há caos; há harmonia.

Jax freou seus pensamentos. A Whiplash precisava estar em Coruscant e – pelo menos agora – ele, Laranth também precisavam estar lá. Talvez mais tarde. Talvez se ele e Laranth e os outros pudessem encontrar reforços. Talvez quando algumas batalhas fossem vencidas ou mesmo quando um pouco de equilíbrio retornasse para a Força.

Não há morte; há a Força.

A imagem do miisai ainda queimava atrás de suas pálpebras fechadas. Jax achou paradoxal que aquele pequeno espécime, com seus ramos frágeis, possuísse uma relação próxima com as enormes colunas de madeira ao redor do espaçoporto de Toprawa. Ambos tiravam vida do solo e do sol. Ambos pulsavam com força vital. Ambos eram ao mesmo tempo fortes e flexíveis.

De fato, havia uma lição a se aprender, e isso voltou seus pensamentos para a maneira como sentiu a Força em meio às árvores de Toprawa. Foi diferente de sua percepção normal. Ele sempre "enxergava" a Força como uma teia de energias dentro da qual ele existia. Quando usava essas energias, ele as via como filamentos ou faixas que se expandiam de dentro dele até interagir com o universo material.

Mas, em Toprawa, Jax sentiu a Força como algo que fluía do coração de um mundo, através das artérias de cada gigante da floresta até a atmosfera. No olho de sua mente, ele enxergou as árvores – as grandes e monumentais árvores – com as raízes no solo, alcançando os céus com os galhos, ao mesmo tempo paradas e em movimento.

Subitamente, uma quietude tomou conta de Jax Pavan. Ele direcionou sua conexão com a Força para o miisai em seu vaso de terra. Ele podia ver, podia *sentir* a Força originando-se de alguma fonte infinita, fluindo através do tronco esguio e dos galhos graciosamente curvados, exalando para o éter.

Ele respirou fundo, com sua mente à beira de uma epifania. Sentiu um eco daquele momento de inefável paz quando, meses atrás, ele havia tocado brevemente a margem da Força Cósmica. Sentiu o movimento em suas veias e artérias e, querendo desesperadamente, tentou alcançar a percepção que estava quase tocando...

E então sentiu o coração negro do vácuo.

Vader!

Jax recuou, literalmente jogando a si mesmo para trás, para longe daquela conexão gélida. Ele queria acreditar que fora uma simples manifestação de sua própria apreensão, mas sabia que não era isso. Havia sentido o toque de Darth Vader com a mesma certeza que sentia o convés da *Far Ranger* sob seus pés.

Jax se levantou rapidamente do tapete de meditação e saiu pela porta. Andou poucos passos pelo corredor curvado até se deparar com Laranth. Os olhos dela estavam negros como uma tempestade, sua expressão era sombria. Jax não precisava de confirmação verbal; Laranth também não. Os dois haviam sentido.

Eles se viraram ao mesmo tempo e correram para a ponte.

TRÊS

◆

Den Dhur olhou pela janela e considerou se valeria a pena a humilhação que se seguiria se desafiasse Thi Xi Yimmon para um jogo de dejarik para aliviar o tédio. Até hoje ele nunca conseguiu durar mais do que dez minutos contra o Cereano. Yimmon possuía uma vantagem injusta com seu cérebro de córtex duplo. Den havia considerado perguntar se seria possível desligar um dos córtices, ou distraí-lo calculando o número pi em milhares de dígitos ou algo assim, mas isso seria reclamar demais. Ele odiava reclamações. Principalmente se viessem de sua própria boca.

Ele se espreguiçou, bocejou e olhou para I-Cinco, que estava pilotando.

— Já chegamos? — resmungou.

O droide virou a cabeça, fixando suas duas lentes ópticas em seu companheiro.

— Obviamente, ainda não chegamos, ou então já estaríamos... lá. Estamos programados para sair do hiperespaço em exatamente vinte minutos e 33 segundos.

— Estou só tentando puxar conversa.

— Por quê? Oh, espere, deixe-me adivinhar, você está entediado.

— E você não está?

— Eu nunca fico entediado. É uma das vantagens de possuir a inteligência de uma máquina em vez de inteligência orgânica. Vocês biológicos são amaldiçoados pela sensação da passagem do tempo. Eu não sofro dessa praga.

Den se ajeitou no assento, olhando cuidadosamente para o droide.

— E *como* você sente a passagem do tempo?

I-Cinco virou suas lentes ópticas para a janela.

— Que tipo? O tempo universal ou o tempo da teoria de Tiran? Ou o hipertempo?

— Hum... — Den havia apenas ouvido vagamente sobre a unificação do tempo sublime e o espaço do grande físico Tiran, e nunca ouvira falar do hipertempo. Mas, óbvio, não deixaria que I-Cinco soubesse disso. — Não igual aos Cefalônios, certo? Você não sente o tempo daquele jeito. Quer dizer, do jeito que você descreveu para mim daquela vez... como objetos no espaço.

— Ah, sim. Eu me lembro daquela conversa. Sugeri que havia uma lata de lixo no seu futuro. Você me assegurou do seu otimismo inabalável.

— Isso. Mas você... sente o tempo como os Cefalônios?

— Imagino que ninguém sinta o tempo como eles. A diferença entre a maneira como você e eu sentimos o tempo se dá em razão de como nossas memórias funcionam. A sua memória é volátil. A minha...

Den olhou para o droide com curiosidade. Por que essa hesitação?

— A minha não é – o droide finalmente completou, secamente. – A menos que alguém apague o meu núcleo de memória...

— E isso já aconteceu.

— Já aconteceu – concordou I-Cinco. — Mas, se ninguém mexer nela, a memória permanece intacta.

Impiedosamente intacta, Den sabia. Embora tivesse sido apagada há uns vinte anos, as memórias de I-Cinco sobre a morte de seu amigo humano Lorn Pavan – o pai de Jax – foram restauradas em vívidos e completos detalhes. Assim como a traição que o droide sofreu nas mãos de Tuden Sal. Den às vezes se perguntava como I-Cinco conseguia trabalhar tão casualmente ao lado do sakiyano na Whiplash. Den duvidava que *ele* próprio conseguisse agir com tanta frieza – apesar do fato de Tuden Sal ter perdido todos os seus negócios, ter seu nome acrescentado na lista negra do Império e ter precisado realocar sua família em um planeta distante onde suas vidas continuaram sem ele.

– A memória de uma forma de vida orgânica – I-Cinco disse – é manipulada pela corrente emocional que acompanha os eventos *dentro* da memória. Eles se transformam, expandem, contraem, assumem proporções épicas ou submergem nessas correntes. É ao mesmo tempo uma grande força e uma grande fraqueza.

Den abriu a boca para responder quando Jax e Laranth entraram correndo na ponte.

– Saia do hiperespaço e dê o sinal para nossa escolta – Jax disse laconicamente. – Vader está atrás de nós.

As palavras mal haviam saído de sua boca quando a *Far Ranger* pareceu hesitar como um dançarino no meio de um movimento, depois saltou de volta para o espaço normal, com os sistemas automáticos sendo acionados para assegurar que a nave não colidiria com algo sólido nem seria atraída para algum poço de gravidade.

Den saiu imediatamente do assento do piloto, permitindo que Jax tomasse seu lugar diante do console e acionasse o monitor da cabine.

I-Cinco virou a cabeça, olhando para o Jedi.

– Eu não fiz isso, Jax. Não tive tempo. Nós fomos puxados de volta para o espaço normal.

– Onde? – perguntou Laranth.

– Ao que parece, precisamente onde alguém nos quer – disse I-Cinco.

Den viu exatamente o que ele queria dizer. Outras naves estavam aparecendo no espaço normal ao redor deles. Embora estivessem a milhões de quilômetros de distância, os Gêmeos ainda incendiavam o vazio do espaço com sua exibição mortal. Den sentiu a garganta fechar e suas extremidades esfriaram como se a temperatura tivesse caído vinte graus. Havia tantas! Formavam uma semiesfera ao redor da *Far Ranger* e se aproximavam para impedir qualquer fuga.

— Jax… — Den forçou o nome entre seus lábios secos. — Jax, diga que você tem um plano.

— São naves do Império? — perguntou Laranth, embora ela soubesse muito bem a resposta.

Jax não respondeu a nenhuma das perguntas.

— Acho que são umas vinte naves.

Vinte! Vinte naves imperiais apenas para *eles*? Só para um mísero cargueiro rebelde?

— Ele sabe que estamos a bordo — Jax murmurou. — *Ele sabe.*

Laranth soltou um som que foi metade rugido, metade gemido.

— Mas como ele pode *estar* aqui?

— Eu não sei. Ele apenas está. — Jax se virou para olhar em seu rosto. — Cuide das armas dorsais. Den, você cuida da artilharia horizontal… mas, antes, leve Yimmon para uma cápsula de fuga.

— Você sabe o que ele vai dizer…

— *Coloque-o dentro da cápsula.*

— E o que você vai fazer? — Den perguntou. Com o canto do olho, ele viu Laranth se virar e desaparecer no corredor.

— Vamos tentar nos esgueirar entre os Gêmeos.

Den fechou os olhos.

— Eu não precisava saber disso. — Depois ele deixou a ponte em direção a Thi Xon Yimmon.

— Você está falando sério? — I-Cinco perguntou. — Vai mesmo mergulhar no meio de duas estrelas que estão se desintegrando?

Os dedos de Jax voavam sobre o console de navegação, corrigindo o curso e determinando a velocidade.

– Não exatamente. Apenas perto o bastante de duas estrelas que estão se desintegrando para mascarar nosso sinal. Depois vou reorientar a rota e disparar na direção de Dathomir.

– Dathomir?

– Não posso arriscar direcionar Vader para Dantooine.

– E, por "disparar", imagino que você queira dizer saltar para o hiperespaço. No meio do redemoinho gravitacional entre uma anã branca e uma gigante azul.

– Sim.

– O que é imensuravelmente arriscado.

Jax fez uma pausa para lançar um pequeno sorriso para seu amigo metálico.

– Eu não disse que não seria arriscado, Cinco. Apenas preferível à alternativa. – Ele colocou as mãos no manche do copiloto. – Transfira os controles para minha estação.

– Transferência, entendido.

Jax viu a luz verde de sua estação se acender e depois puxou a alavanca do motor iônico com toda a força. Eles dispararam na direção do cintilante véu de matéria e energia que se estendia entre as duas estrelas. Agora atrás deles – e acima, abaixo e pelos lados – as naves imperiais iniciaram uma perseguição, fechando o cerco.

Jax olhou para uma imagem aumentada das naves mais próximas que confirmou sua suspeita: era um grande contingente da frota de ataque do lorde sombrio, a 501ª Legião, conhecida como o Punho de Vader.

Em qual?, Jax se perguntou. *Em qual nave estaria Vader?* Ele não tinha intenção alguma de usar a Força para descobrir. Em algum lugar da falange havia uma nave-chefe, disso ele tinha certeza. Possivelmente era aquele grande cruzador que agora seguia as naves menores – sem dúvida a nave cujos geradores de gravidade sugaram a *Far*

Ranger para fora do hiperespaço. Era a única de tamanho considerável na formação; o resto eram fragatas e corvetas de ataque com alguns caças TIE jogados no meio.

— Você está ciente de que isso é suicídio? — I-Cinco disse.

— Não temos escolha. Bom, sim, nós temos: nos render ou lutar. Mas provavelmente não vamos durar muito tempo em nenhuma dessas opções. Talvez devêssemos ter ficado em Toprawa.

— Talvez.

O rio azul esbranquiçado de matéria estelar se aproximava cada vez mais. As naves no Punho de Vader se aproximavam cada vez mais. A *Far Ranger* começou a tremer e, de repente, parecia que estava voando através de caramelo. A ideia era quase divertida — o fluxo de substância entre as estrelas lembrava algo parecido com um caramelo cósmico. E eles poderiam acabar como uma pequena partícula crocante em meio àquele oceano cremoso.

Jax inclinou a proa da nave para baixo e para bombordo muito levemente, raspando as margens do fluxo. A nave lutou contra seu comando, tentando deslizar diretamente para o coração da anã branca. Ele insistiu, lançando-os entre a anã e a gigante, através do furacão de plasma escaldante sugado pela estrela menor e mais densa.

Era como entrar no caos. A *Far Ranger* foi envolvida por um inferno uivante; a temperatura do casco disparou.

— A temperatura exterior está registrando 5 mil graus — I-Cinco relatou.

Jax fechou os olhos, deixando a Força tomar conta de si, imaginando-a como uma teia de energia congelante ao redor do pequeno cargueiro. Sentiu algo que nunca havia sentido: era como se as correntezas e redemoinhos de energia entre as duas estrelas estivessem conectados através dele como rédeas em suas mãos. Ele sentiu as correntes, gentilmente manipulou as rédeas e navegou pelos redemoinhos.

— Sairemos do outro lado em dez segundos — I-Cinco informou.

— O percurso já está calculado. Acione o hiperpropulsor ao meu comando.

— Entendido.

Jax olhou para a contagem no monitor.

— Acionar em cinco, quatro, três, dois, um...

— Olhe! — I-Cinco exclamou.

Jax sentiu antes de ver. Eles saíram da tempestade binária e entraram em um bolsão formado por outro conjunto de naves imperiais.

Os alarmes de proximidade gritaram e Jax fez a única coisa que poderia fazer. Ele girou a *Far Ranger* de cabeça para baixo com a intenção de escapar pelo mesmo caminho que fizeram até ali. Teriam que saltar no meio do fluxo de matéria. Mas o problema com esse plano se tornou imediatamente aparente quando uma formação de cinco naves emergiu de dentro da torrente dos Gêmeos.

Jax sabia, sem precisar usar a Força, que a nave no centro da formação carregava Vader.

Ele acionou o comunicador.

— Estamos cercados! Comecem a atirar! Deem tudo que temos!

A resposta de Laranth e Den foi imediata — laser e raios de partículas dispararam da *Far Ranger*. O canhão da artilharia dorsal concentrou fogo na nave central da formação inimiga. Laranth sabia quem estava naquela nave e também que sob nenhuma circunstância eles poderiam permitir que ele abordasse o cargueiro.

Eles tinham uma chance, e apenas uma. Teriam que penetrar a formação imperial, voltar para o fluxo entre as estrelas e saltar para o hiperespaço dali. Era mais do que suicida, mas não havia escolha — eles *não* podiam deixar que Vader abordasse e levasse Yimmon.

Jax moveu a *Far Ranger* diretamente para a nave de Vader e sentiu uma onda doentia de divertimento atingi-lo um pouco antes de o inimigo abrir fogo. Os primeiros tiros foram um alerta, errando o alvo por vários quilômetros, mas eles se aproximavam rapidamente. Em questão de segundos, os tiros estariam chovendo sobre os escudos da *Far Ranger* – escudos que, mesmo com o incremento feito pelo antigo dono, não chegariam nem perto de aguentar mais do que alguns segundos de fogo concentrado das naves imperiais. Os escudos cederiam, depois entrariam em colapso, e então...

Um bipe e um sinal de luz surgiram de repente no painel de comunicação. I-Cinco reagiu instantaneamente, retornando o bipe.

– Nossa escolta nos encontrou – ele disse.

– O que significa que também podemos encontrá-los – Jax complementou. – Digite as coordenadas para as cápsulas de escape, depois vá para Yimmon.

– Você não vai abandonar a nave...

– Apenas se for preciso. Vá!

O droide enviou as coordenadas para a escolta e correu para fora da ponte.

Jax olhou pela janela. Eles se aproximavam rapidamente das naves de Vader, e os quatro grandes caças que o acompanhavam estavam fechando sua formação. Um disparo imperial fez o pequeno cargueiro balançar quando raspou nos escudos. Eles miravam o motor iônico. Jax esperou por um segundo tiro, depois virou o manche totalmente para o lado, lançando a *Far Ranger* em uma espiral estreita. Se conseguisse sincronizar direito, eles voariam – de barriga para cima – diretamente abaixo da nave-chefe, passando entre ela e a nave vizinha mais próxima.

Se...

Os disparos continuaram enquanto eles giravam. Para Vader, provavelmente pareceria que um de seus tiros tivesse acertado o alvo e deixado a nave da Whiplash fora de controle. Se quisesse pegá-los, teria que reverter o curso e segui-los para dentro do fluxo de matéria. Se a Força estivesse com eles, Vader chegaria tarde demais.

A dois quilômetros da nave de Vader, Jax baixou a proa da *Far Ranger* mais um pouco e mergulhou na direção da brilhante luz. Ele esticou o braço para tocar os controles do hiperpropulsor.

E o tempo parou.

STAR WARS

Jax sentiu como se estivesse mergulhando em água. Em um instante, a inércia foi substituída por uma sensação de queda livre.

Eles entraram em um campo de inatividade.

A mente de Jax lutou contra essa ideia. Uma grande nave poderia gerar um campo desses, mas era impossível para algo tão pequeno quanto o cruzador de Vader. Ciente e frustrado pela lentidão em seus neurônios, causada pelo campo, Jax se esforçou para analisar a situação. Felizmente, seu treinamento Jedi o ajudou a resistir – de outro modo, ele simplesmente congelaria, de corpo e mente, e seu próximo pensamento consciente aconteceria provavelmente na presença de Vader.

Jax tentou se concentrar. Para escapar da situação, primeiro precisava entendê-la. A explicação o atingiu quando a espiral da nave ficou ainda mais lenta, e ele estudou os pontos representativos das naves da 501ª exibidos no monitor. E então ele pensou: a resposta estava no padrão de dispersão deles. O campo de inatividade estava sendo gerado pelas cinco naves como *se fossem uma* – espalhado entre elas como a teia de uma aranha, cada nave gerando uma seção dos fios invisíveis enquanto voavam em um padrão exato e perfeito. Isso provavelmente podia ser atribuído à presença de Darth Vader – junto com um seleto grupo de seus Inquisidores.

Jax jogou a nave em marcha reversa; o movimento pareceu levar uma eternidade. O casco gemeu e estalou, mas eles estavam muito bem presos... e sendo atraídos na direção da nave-chefe. Ele entendera a situação, mas era tarde demais para tentar escapar.

De repente, conseguiu se mexer novamente – o tempo subjetivo havia voltado ao normal. Jax não precisou que os instrumentos contassem o que havia acontecido: o Lorde Sombrio havia abandonado o campo de inatividade em favor de um raio trator mais eficiente. Um erro da parte dele do qual Jax tiraria vantagem.

Jax acionou o comunicador.

– Abandonar a nave. Todos os imediatos, *abandonar a nave!*

— Ele ativou a alavanca de escape, deixou o assento correndo e se dirigiu à popa.

O alerta para abandonar a nave ecoou no comunicador de Den Dhur. Ele estava tão focado em se reorientar após o súbito término daquele mergulho na direção da destruição total que o som da voz de Jax o chocou. Ele cambaleou para fora da cabine do canhão até a plataforma que ficava abaixo do assento giratório.

A artilharia ventral ficava logo abaixo do compartimento de carga frontal. Através do casco, explosões de tiros laser iluminavam a quilha com lampejos de luz vermelha.

Primeiro um campo de inatividade, depois um raio trator, ele pensou. *Por que, oh, por que não guardamos um pouco de ionita?*

Den subiu a escada para fora da artilharia e para dentro do compartimento de carga. Então parou para se reorientar. Jax havia ordenado a todos que entrassem nas cápsulas de fuga, no entanto eles ficariam presos no raio trator do mesmo jeito que a nave... bom, até Vader atracar o cruzador para abordá-la.

Aquela ideia o tirou de seu transe. Quando Vader atracasse, as naves imperiais precisariam baixar os escudos *e* forçar a *Far Ranger* a também baixar os seus, assim tendo que desligar o campo por um momento. Esse seria todo o tempo disponível para tirar as cápsulas de fuga do campo trator.

Eu preciso *chegar à popa*.

Os pensamentos de Den implodiram quando a nave foi sacudida novamente por uma força externa. O tremor foi seguido por um gemido do casco. Todo o sangue sumiu de seu cérebro e o instinto de sobrevivência tomou conta de seu corpo. Ele correu para a escotilha do compartimento de carga. Ao acabar de tocar a escotilha, ouviu um som parecido com a ignição de mil propulsores. As luzes piscaram, depois se apagaram completamente. Os motores silenciaram.

Assim como o canhão laser de Laranth.

Só então ele percebeu que vinha ouvindo os disparos dela desde que saiu de seu posto – até agora. Isso era bom, Den pensou. Agora aquela Twi'lek insana *teria* que abandonar a nave. Eles estavam flutuando no espaço, sem motores, sem armas, sem suporte de vida...

Ele parou de repente quando entendeu a consequência disso. *Sem suporte de vida!*

Den engoliu seu medo, sacou o blaster e começou a atravessar cuidadosamente a passagem entre a proa e a popa. Havia tomado a precaução de prender o comunicador na gola de sua jaqueta; agora sintonizou na frequência de I-Cinco.

– Cinco? Aqui é o Den. Responda.

Silêncio... então, logo quando Den pensou que iria chorar:

– I-Cinco falando. Onde você está?

– Estou cruzando a passagem. E você?

– Estou no meio da nave, no convés inferior, tentando subir. Estamos sendo abordados a bombordo, pelo compartimento de carga.

Os joelhos de Den se enfraqueceram.

– Estou indo na sua direção. – Ele se virou e correu para a escada mais próxima.

Den pisou no convés superior e imediatamente ouviu o som de metal gemendo novamente à sua direita. Engoliu um grito de terror e disparou em direção à popa o mais rápido que suas pernas permitiam.

Jax sentira os tremores percorrendo a nave enquanto os Stormtroopers imperiais preparavam a abordagem. Ele havia se esforçado para *não* tentar localizar Vader. Estava ativamente tentando não sentir a Força. O peso do sabre de luz na cintura lhe dava um pouco de tranquilidade, mas ele esperava não precisar usá-lo. Se tivesse que usar, significaria que teria deixado Vader se aproximar demais.

— PERSEGUIÇÃO AO JEDI —

Jax correu para a popa em meio à escuridão, diminuindo a velocidade assim que chegou ao meio da nave. Será que Laranth ainda estava na artilharia dorsal? Com certeza não. Com certeza abandonou o posto após sua ordem.

Ou não. Laranth era teimosa. Ele hesitou, olhando para a passagem transversal escura.

Mas sem força, ele pensou, e com a nave presa no raio trator como um inseto em âmbar, ela não conseguiria mais disparar o canhão. Ela teria optado por proteger Yimmon. Teria ido até as cápsulas de fuga. Jax voltou a se mover.

Ele alcançou I-Cinco quando o droide subia pela escada até o convés superior.

— Onde estão Den e Laranth?

— Den está a caminho – disse I-Cinco. – E, até eles desativarem nossos sistemas, Laranth ainda estava atirando contra as naves imperiais. Acredito que ela foi forçada a fugir.

Jax estranhou. Sob circunstâncias normais, ele simplesmente teria usado a Força para encontrá-la, mas não podia arriscar fazer isso agora, podia apenas se confortar sabendo que ela não havia tentado a mesma coisa com *ele*. Jax averiguou a passagem para estibordo. Não havia nada. Então voltou os olhos para a popa.

— Ela provavelmente já está nas cápsulas de fuga. Vamos.

Havia cinco cápsulas de fuga na *Far Ranger*, sendo três delas na popa – duas em cada um dos conveses: bordo e estibordo – e uma logo atrás da ponte. Cada uma era equipada para receber até quatro pessoas confortavelmente, cinco apenas se estivessem em boas condições. Todas as cápsulas já possuíam as coordenadas da escolta antariana, mas não teriam mais quando fossem finalmente ejetadas. Apenas aquela que Jax e seus companheiros abordassem – aquela na qual Thi Xon Yimmon os esperava – encontraria a escolta. Ele agradeceu à Força por Aren Folee.

STAR WARS

Eles alcançaram a passagem transversal da popa e a cruzaram em direção à primeira das cápsulas de fuga. O mecanismo de tranca brilhava com uma luz verde – ocupada. I-Cinco enviou um sinal para Yimmon, que abriu a escotilha.

Yimmon estava sozinho na cápsula. Nada de Laranth.

Jax tentou seu comunicador. Ela não respondeu. Isso poderia não significar nada... ou poderia significar que...

Um breve medo o envolveu. Se ao menos pudesse usar a Força. Apenas uma extensão de pensamento. O fio mais fino... Ele fechou os olhos, estendeu suas sensações...

– Jax? – I-Cinco pousou a mão metálica sobre seu ombro com firmeza suficiente para impedir sua tentativa de tentar contatar Laranth. – O que faremos agora? Esperamos ou nos separamos?

Den agora estava no meio da nave, chegando perto da intersecção com a passagem transversal, quando duas coisas aconteceram quase simultaneamente: as luzes de emergência começaram a piscar, ligando e desligando, e ele se deparou com um súbito manto de fumaça acre. Den parou, sentindo o coração martelar, e espiou dentro da crescente nuvem lugubremente iluminada por uma luz dourada e lampejos de uma incandescência mais brilhante, vindo de algum ponto perto do centro da passagem transversal.

Ele engasgou – menos por causa da fumaça e mais pela percepção de seu ponto de origem – a artilharia dorsal. Den voltou a se mover, forçando a si mesmo a atravessar a fumaça e a luz intermitente. Podia ouvir o som de curto-circuito e metal estalando ao esfriar.

Por favor, Triakk,[2] *permita que ela tenha escapado. Misericordiosa Mãe-Guia de todos os Sullust, eu imploro!*

Ele se apressou na direção da confluência entre a passagem transversal e as passagens da popa e proa. Como temia, a artilharia dorsal

---

2   Triakk era a antiga deusa Sullust do caos. Foi extremamente idolatrada durante a Guerra Civil Galáctica. (N. E.)

era a fonte da fumaça. Era lá também o local onde se ouvia uma voz rouca e feminina proferir uma série de pragas ou, talvez, agradecimentos. A litania terminou assim:

— É isso aí! Vai, vai, *vai!*

Laranth!

Den parou debaixo da artilharia e olhou para cima. A escada retrátil estava baixada até a metade, mas Laranth ainda estava no compartimento, usando um painel de controle que aparentava ter sido implodido. Seu rosto estava cheio de cortes; os ombros nus e os lekkus sangravam graças a vários ferimentos.

— O que você está fazendo? — ele exigiu saber. — Saia logo daí!

— Ainda não. Não até enviar uma última mensagem para o lorde Vader. — Ela estava tocando o mecanismo de disparo — ou o que havia sobrado dele.

Espiando pela carenagem de transparisteel acima da cabeça dela, Den percebeu o que Laranth queria fazer. O canhão turbolaser dorsal estava voltado diretamente para a barriga da nave de Vader à queima-roupa.

— Laranth, *não!*

Mas ela já estava decidida. As luzes de emergência se acenderam quando a força voltou, e ela disparou.

O coice foi tão intenso que derrubou Den e o jogou para a passagem abaixo como se fosse uma folha ao vento.

Em meio ao brilho âmbar das luzes de emergência, Jax analisou as cápsulas de fuga. Havia uma em cada lado de um tubo de acesso que corria de onde eles estavam descendo até o convés de carga e subindo até um conjunto de scanners. Ele considerou ejetar I-Cinco e Yimmon na cápsula a bombordo, mas, se eles se separassem, seu plano de escape se complicaria seriamente. Ele abrira a boca para dizer a I-Cinco que se juntasse a Yimmon na cápsula quando uma explosão iluminou a passagem entre a proa e a popa. A nave se inclinou, jogando Jax para o convés. Levantando-se, ele sentiu um frio súbito. Era como se alguém tivesse sugado o vazio congelante do espaço para dentro de sua alma.

Ele se levantou rapidamente, olhando para o corredor da passagem. Um odor acre o alcançou, lançado pelo sistema de suporte de vida danificado. Através das luzes oscilantes, Jax percebeu que sua visão da seção frontal da nave estava obscurecida por fumaça.

Não.

Jax correu, vagamente ouvindo I-Cinco chamar seu nome.

A nave parecia estranha sob as botas de Den enquanto ele se arrastava no meio do redemoinho de fumaça sufocante. Ela balançava como uma boia, o que não fazia sentido algum. O campo de gravidade A só podia estar ligado ou desligado. Se estivesse ligado, o campo de bósons geraria massa e estabilidade; se estivesse desligado…

Ele cambaleou de volta para a cabine de artilharia e se assustou quando uma grande figura sólida surgiu da escuridão e quase o derrubou novamente. Precisou de um momento até perceber que era Jax. O Jedi ergueu os braços até a artilharia e puxou a escada travada. O maldito pedaço de metal lutou contra sua tentativa de puxá-lo totalmente para baixo.

Den se impulsionou para cima. Ele conseguiu apenas alcançar o degrau mais baixo e acrescentar seu peso. Ouviu o som áspero de respiração forçada, mas não sabia se era a respiração de Laranth, de Jax ou dele mesmo. Den engasgou com os vapores pungentes e piscou quando faíscas caíram em seu rosto.

A escada finalmente cedeu e Laranth caiu da artilharia para os braços de Jax, com os ossos estraçalhados e a força vital vacilando como as luzes de emergência que banhavam seu rosto. Seu lekku esquerdo estava quase decepado e um estilhaço estava cravado em seu pescoço, logo abaixo do queixo, quase cortando uma artéria.

Den podia apenas se apoiar na escada e observar. Ele passou os olhos do rosto de Laranth para o rosto de Jax. Estava bem pior do que imaginara. Den precisou desviar o olhar.

Ele se virou para a popa e sentiu o ar prender na garganta. I--Cinco se aproximava deles. Yimmon havia deixado a segurança da cápsula de fuga. Atrás deles, descendo por uma escada...

– *Jax.* – A voz de Den foi um mero sussurro rouco.

Ele voltou a olhar para Jax e Laranth, flagrando o momento no qual Laranth sussurrou algo no ouvido de Jax e então entregou sua alma de volta para a Força. Foi como se o universo inteiro parasse para observar o momento antes de seguir em frente.

Jax não precisava ouvir sobre aquilo que Den havia visto na passagem da popa. Den podia ver que ele sabia. A informação estava escrita no súbito enrijecimento de seu corpo, no duro distanciamento dos olhos ao baixar o corpo sem vida de Laranth gentilmente sobre o convés antes de se levantar.

Seu sabre de luz ganhou vida com um zumbido, iluminando o corredor escuro com um brilho azul-esverdeado. Jax deu um passo para trás e foi envolvido pela fumaça. Den observou, impotente, quando o Jedi se aproximou de I-Cinco e Yimmon. O líder da Whiplash e seu droide protetor estavam bloqueados por uma imponente figura negra flanqueada por um quarteto de Stormtroopers.

Darth Vader também empunhou seu sabre de luz e deu um longo passo na direção de Jax e seus companheiros. Sua arma foi acionada com uma explosão de brilho vermelho iluminando as paredes metálicas. A nave balançou novamente, com o sistema de gravidade A vacilando igual às luzes. Um dos Stormtroopers correu para o lado de Vader e falou com ele, gesticulando para cima, com a voz muito baixa para ser ouvida.

Em resposta, Vader fez um gesto rápido com a mão e os

Stormtroopers se viraram ao mesmo tempo, apontando suas armas na direção de Jax.

— Sua companheira morta — disse Vader, com a voz sombria denunciando sua falta de emoções — desativou nosso campo de inatividade, um ato pelo qual pagou com a vida. Esta nave está flutuando na direção do fluxo de matéria entre as estrelas, então isso também servirá como punição. Tenho apenas mais uma coisa para tirar de você.

— Minha vida? — Jax perguntou, com a voz áspera e endurecida.

— Não. Isso seria fácil demais, não é mesmo?

O Stormtrooper mais próximo virou a cabeça.

— Mas, lorde Vader, as ordens do imperador...

Vader ergueu sua mão enluvada, fechou o punho e o soldado silenciou.

— Estou muito ciente das ordens do imperador. Eu as executo à minha própria maneira. O que vou tirar de você, Jax Pavan, é aquilo que vem protegendo com tanto afinco nos últimos meses.

Vader virou o rosto mascarado na direção de Yimmon. Os olhos do Cereano se reviraram e ele foi atirado contra a parede. Vader fez um movimento com a mão livre que parou a queda de Yimmon. Dois dos Stormtroopers se moveram rapidamente para agarrar seus braços e erguê-lo.

Jax e I-Cinco saltaram ao mesmo tempo, Jax girando o sabre de luz. Os Stormtroopers dispararam em uma série de raios de luz que preencheram a passagem.

Den não teve tempo para cobrir os olhos. Ele ficou completamente cego. Quando finalmente conseguiu enxergar novamente, Jax estava no centro da passagem, empunhando seu sabre de luz defensivamente. O corredor estava repleto de escombros. Vader e suas tropas haviam sumido e, com eles, Thi Xon Yimmon.

A nave flutuava inerte pelo espaço na direção da destruição. O corpo quebrado de Laranth estava caído no convés. E I-Cinco...

Den tentou se mover e quase tropeçou sobre algo. Ele olhou para baixo. A cabeça de I-Cinco, amassada e apagada, também estava caída no convés diante de seus pés.

QUATRO

Eles precisavam sair imediatamente ou nunca escapariam. Jax sabia que o corpo de Laranth era apenas uma casca vazia.

Sabia disso. Ele era, afinal, um Jedi. A morte não lhe era estranha.

Porém, queria ficar mais um pouco naquela nave moribunda, embalando-a nos braços. Ou, se não isso, queria levar o corpo de Laranth junto com ele na cápsula de fuga.

Ele silenciou esses desejos.

Não há morte; há a Força.

Suas últimas palavras.

Ele procurou Den ao redor. O Sullustano ainda estava vivo, tremendo contra uma parede com a cabeça de I-Cinco nos braços. Jax precisava tirar Den da *Far Ranger*. E isso significava que ele precisava deixar Laranth para trás.

Ele forçou a si mesmo a se mover. Jax desativou o sabre de luz e pousou a mão sobre o ombro do Sullustano.

– Vá para a cápsula de fuga. Aquela a estibordo.

Den olhou para ele com olhos assombrados; Jax enxergou o próprio reflexo neles.

— Não... sem você.

— Espere por mim. Preciso de um minuto... só isso. Se eu não voltar em um minuto, ejete a cápsula.

Ele correu para sua cabine, confiando que Den não tentaria segui-lo. Levou apenas alguns segundos para entrar e apanhar a árvore miisai – era tudo que restara de Laranth. Ele gastou mais um segundo considerando a ideia de não se juntar a Den na cápsula de fuga.

Jax sacudiu a cabeça. *Estúpido*. Estava sendo estúpido e trágico. Agora não era hora de tomar esse tipo de decisão.

Carregando a árvore, ele correu na direção da popa novamente, parando apenas para apanhar um dos blasters de Laranth – o único que ainda estava inteiro – e tocar seu rosto arruinado. A pele estava fria. Sua casa estava vazia.

A nave tremeu novamente, lembrando-o de que seu tempo era limitado – não que esperasse que Den fosse deixá-lo para trás. Não de verdade. Ele alcançou a cápsula de fuga e deslizou para dentro, selando a porta atrás dele. Den estava sentado no assento do copiloto, trabalhando na cabeça de I-Cinco, reconectando alguns dos muitos fios pendurados no pescoço do droide. Jax pensou ter visto as lentes ópticas do droide piscarem brevemente, mas o efeito foi rápido demais para ter certeza.

Ele tomou o assento do piloto – não que precisasse realmente pilotar –, apertou os cintos e acionou o mecanismo de lançamento. Segundos mais tarde eles estavam voando através das ondas gravitacionais dos Gêmeos.

Levou longos e agonizantes momentos para se livrarem da gravidade das estrelas, mas finalmente conseguiram. No relativo silêncio da cápsula, Jax girou o assento para olhar para Den. O Sullustano o encarou de volta, com a cabeça de I-Cinco pressionada entre as mãos. Seu olhar recaiu sobre a árvore no colo de Jax.

— Ela... hum... ela deu isso a você? – Den perguntou.

A voz de Den saiu tão suave que Jax quase não ouviu. Ele então confirmou.

– Sei que parece estúpido, mas...

– Não. Não é estúpido.

– Você esperou mais do que um minuto.

– Você *levou* mais do que um minuto.

– Ordenei que partisse.

– *Ele* ordenou que eu esperasse. – Den ergueu a cabeça do droide.

– Den...

– Eu ordenei *mesmo* que ele esperasse – disse I-Cinco sucintamente. Suas lentes ópticas piscaram, desta vez inquestionavelmente. – Já perdi muito hoje. Todos nós perdemos. Perder você... *não* está nos meus planos.

Jax sentiu como se seus ossos estivessem derretendo. Suas mãos tremiam. Ele agarrou os braços do assento do piloto para impedir a tremedeira – agarrou com tanta força até embranquecer as mãos.

– Escolha é perda; indecisão é perda total – ele murmurou. – Eu escolho Yimmon; eu perco Laranth. Eu escolho Laranth; eu perco Yimmon. Eu hesito; eu perco os dois... e a nave *e* você.

– Acontece que eu ainda estou aqui – I-Cinco disse com simpatia. – Embora, é verdade, eu tenha perdido um pouco de peso. – Após uma pausa, o droide acrescentou: – Em certo sentido, Laranth também ainda está aqui. Lembre-se de seu treinamento, Jax. Não há morte; há a Força.

Jax olhou pela janela para o vazio do espaço, ciente de que, atrás deles, a *Far Ranger*, com toda a sua carga solitária, mergulhava na matéria estelar – retornando para a fornalha primal. Era mais fácil meditar sobre essas palavras do que entender o que significavam. Ele perdera seu mestre e entendera as palavras, Jax pensou. Perdera Nick Rostu e pensara que havia entendido as palavras. Mas agora – perder a mulher que fora sua companheira mais íntima, a pessoa que completava suas frases – esta não era uma perda como as outras. Sentia como se um pedaço de sua própria alma tivesse sido arrancado.

O pedaço que o iluminava.

Ele queria, desesperadamente, usar a Força para sentir sua presença – para ter certeza de que o mantra Jedi era verdadeiro. Disse a si mesmo que não faria isso apenas porque denunciaria a Vader o fato de que ainda estava vivo.

Mas Vader sabia. Ele levou o líder da Whiplash, quase casualmente explodiu I-Cinco em pedacinhos quando o droide tentou impedi-lo, e também casualmente fez os músculos de Jax travarem em um espasmo titânico. Depois deu meia-volta e saiu com sua tropa.

Um sinal alto ressoou no silêncio. Uma luz piscou em seus olhos. Jax olhou pela pequena janela e viu uma nave pairando a apenas meio quilômetro de distância. Era a escolta Ranger que chegara para resgatá-los.

Resgatar aquilo que havia sobrado de sua equipe, Jax pensou. Dois homens devastados e um droide despedaçado.

CINCO

◆

As pequenas naves furtivas dos Rangers – apelidadas de "dardos" – se aproximaram da cápsula de fuga que levava Jax e seus companheiros no limiar do poço de gravidade dos Gêmeos, atracaram-se a ela, transferiram-nos para a nave de Aren Folee e os levaram de volta para Toprawa.

Jax passou toda a viagem em um estado de bloqueio mental. Após aquela explosão de angústia, ele se tornou uma cova. Um buraco. Um poço de gravidade que sugava toda a luz ao redor. Ele observava a boca do abismo de um ponto alto e distanciado dentro de sua mente – não podia permitir que o fervilhar invisível de emoções no fundo emergisse ou vazasse para a superfície.

Vader acreditaria que ele estava morto, despedaçado pelo inferno plasmático dos Gêmeos, e Jax temia que mesmo um sussurro da escuridão de sua alma pudesse expô-lo.

Jax sentiu o olhar de Den sobre ele, depois o olhar de Aren Folee quando ela deu as costas ao manche da nave. Podia até mesmo sentir o pesar de I-Cinco. Ainda não havia se acostumado com isso.

Ele relaxou a guarda por um instante quando alcançaram Toprawa, até percebeu quando a nave mergulhou diretamente em um penhasco rochoso e – no ponto de impacto – simplesmente passou pela projeção holográfica e adentrou uma grande caverna que não era inteiramente natural.

Havia meia dúzia de naves de tamanhos variados no chão da caverna. Acima, o teto da montanha desaparecia na escuridão pontuada por pálidas luzes amarelas. Elas piscavam em meio à queda d'água que se derramava como uma fita de cristal de uma fonte oculta por centenas de metros até o chão da caverna. Jax seguiu seu trajeto prateado com os olhos – o grupo de naves que os acompanharam havia pousado em uma ilha no meio de um pequeno lago.

– Isso é incrível – disse Den discretamente. Depois falou para Jax:
– Quando você disse que eles possuíam um subterrâneo, não pensei que fosse literalmente.

– Bem-vindos ao Lar da Montanha – Aren disse.

Ela guiou o dardo habilmente até a ilha e pousou sob o abrigo de uma nave maior que Jax reconheceu como sendo um interceptador classe *Helix*. Os pequenos e armados cargueiros foram proibidos pelo Império por causa de sua velocidade, mobilidade e poder de fogo. As primeiras naves que saíram da linha de montagem da Arakyd mal haviam alcançado seus donos quando o imperador ordenou que desmontassem as naves ou se livrassem delas. A maioria obedeceu – mas, aparentemente, nem todos.

Aquele interceptador estava totalmente armado e parecia estar sendo reparado.

Quando Aren Folee tocou a areia com o dardo, Jax emergiu de sua dormência o suficiente para examinar as outras naves mais próximas. Reconheceu várias: um caça CloakShape da Sistemas Kuat que estava recebendo novos lançadores de mísseis, um caça de patrulha Cutlass e uma terceira nave que não poderia ser aquilo que parecia.

Jax respirou fundo.

– Aquilo é um Delta-7?

Aren desligou os motores.

— É sim. Quer dar uma olhada?

Querer. Isso era uma noção distante. Ele assentiu, mesmo assim. Eles desembarcaram — Jax ainda carregando a árvore miisai, Den carregando a cabeça de I-Cinco — e a Ranger os conduziu rumo à esbelta nave com formato de cunha. Estava avariada — tão queimada que a cor original havia quase desaparecido. Era vermelha, o que significava que havia pertencido a um Jedi. As naves Delta-7 — oficialmente, a série *Aethersprite* — foram usadas pelos Jedi tão extensivamente que as pessoas passaram a simplesmente chamá-las de caças Jedi. Jax nunca teve a oportunidade de pilotar uma.

Ele deu a volta na nave, passando por baixo da ponta estreita da proa, sentindo como se tivesse entrado em um templo. Tocou a asa a bombordo, notando que a entrada droide estava vazia.

— A quem pertenceu? Você sabe? — ele perguntou para a Ranger atrás dele, que se mantinha silenciosa. Jax podia sentir seu olhar enquanto se movia debaixo da asa.

— Não. Quando foi encontrada, estava vazia e à deriva. O astromecânico também havia sumido.

Jax se virou para olhar em seu rosto.

— Em Geonosis?

— Após. Mas havia flutuado tão longe no espaço que ninguém sabia como ou quando havia chegado ali. O navcom[3] foi apagado completamente.

Jax tocou a nave outra vez, tentando identificar qualquer sinal da Força que pudesse reconhecer — algo que sugerisse qual dos seus companheiros Jedi teria pilotado a nave. Não havia nada identificável, apenas um sinal difuso. Acabou tirando a mão e limpando-a em sua túnica.

Aren se aproximou e tocou seu braço.

— Precisamos ir. É melhor você contatar seu pessoal em Dantooine e Coruscant.

---

3 **Computador de navegação.** (N. T.)

Jax se afastou da nave Jedi.

– Para onde estamos indo?

– Para o Pé da Montanha. É onde fica nosso quartel-general.

– Pé da Montanha, Lar da Montanha... são codinomes? – perguntou Den, que os seguia de perto.

– Mais como descrições genéricas. Existe uma rede de passagens subterrâneas que passa debaixo do espaçoporto e chega até os limites da cidade. Nós a batizamos com nomes de ruas. Faz você parecer um pouco menos suspeito quando pode andar à luz do dia e conversar sobre sua cidade subterrânea secreta. As pessoas simplesmente pensam que você está falando dos locais de Big Woolly.

I-Cinco soltou um clique.

– *Cidade* subterrânea?

Aren olhou para a cabeça do droide e sorriu, como se falar com uma máquina sem corpo fosse algo que ela fazia todo dia.

– Você vai ver. – Ela se virou e os conduziu para onde a queda-d'água se encontrava com o lago, produzindo plumas de névoa molhada.

– Como tudo isso foi construído? – Den perguntou.

Aren sacudiu a cabeça.

– A grande caverna... Honestamente, nós não sabemos. Foi algo com que nos deparamos no começo da guerra. A maior parte da seção perto da cidade nós escavamos na rocha e no solo.

Ela os conduziu entre trabalhadores e pilotos, que observavam e às vezes acenavam. Eles cruzaram uma ponte de madeira que parecia terminar em uma pilha de pedregulhos. Passando por essa pilha, separada da própria caverna, havia uma passagem que circulava o perímetro da orla externa do lago. Aren virou para a esquerda e os fez atravessar a queda-d'água. A passagem continuava atrás da cachoeira e terminava em um túnel largo o bastante para os três andarem lado a lado.

Talvez chamar o posto avançado dos Rangers de "cidade" fosse um pouco grandioso demais, porém era mais do que um mero bunker.

Havia corredores que se separavam, salas de armazenamento, aposentos, uma enfermaria, uma capela de meditação e uma pequena cantina do tipo que você encontraria em uma estação espacial.

O lugar era povoado, mas não muito, por espécies de vários mundos, embora a maioria parecesse humana. Todos olharam para Jax e seus companheiros com interesse; todos claramente conheciam Aren Folee muito bem.

— Para onde você está nos levando? — Jax perguntou quando alcançaram uma intersecção com um segundo túnel.

— Isso depende de vocês — Aren disse. — De como vocês se sentem. Posso levá-los para seus aposentos. Vocês poderiam descansar... dormir um pouco.

— Não — Jax disse, mais secamente do que gostaria. — Não quero dormir.

— Comer, então?

Quando Jax não respondeu, Den disse:

— Acho que não estamos com fome agora. Qual é a terceira opção?

— Levar vocês para o Degan.

— Degan? — I-Cinco repetiu.

— Degan Cor. Ele e eu compartilhamos a liderança aqui. Eu represento os Rangers. Ele representa outros grupos interessados. Vocês estão... Quer dizer, vocês querem conhecê-lo agora? Eu poderia ao menos mostrar os aposentos para terem um lugar para guardarem sua... sua árvore? — A voz dela sumiu com uma entonação interrogativa.

Jax olhou para o miisai — a única de suas posses que precisava de um lugar para ficar. Além das roupas que usava, ele agora possuía quatro outros pertences: dois sabres de luz — a lâmina Sith que um anônimo dera a ele e a nova que ele e Laranth construíram —, o pironium que Anakin lhe dera há muito tempo "por segurança" e o holocron Sith que seu pai lhe havia passado. Esses objetos ele carregava pessoalmente.

— Vou ficar com ela nas mãos, obrigado.

Aren Folee assentiu, embora não conseguisse conter um certo divertimento.

— Eu também vou ficar com isto, obrigado — Den disse, erguendo a cabeça de I-Cinco. Os largos cantos de sua boca se levantaram em um sorriso, mas a expressão não chegou aos olhos.

De repente, Jax percebeu que não estava sozinho em sua tristeza. Como pôde pensar que estava? Ele se virou para Aren Folee.

— Precisamos de um mecânico de droides, se você puder nos emprestar um... para nos ajudar com I-Cinco.

Ela olhou longamente para a cabeça do droide.

— Achei que isso parecia uma unidade I-5YQ. Ele parece... curioso, de um jeito incomum.

— É uma longa história — Jax disse a ela. — Mas Cinco é... mais do que um simples droide. Ele tem sido meu companheiro e amigo desde... — Ele não conseguiu terminar a frase.

— Entendo — disse Aren.

Embora fosse impossível que ela realmente entendesse a relação entre um homem e uma máquina, Jax sabia que ela entendia sobre tristeza e perda. Certamente experimentara isso nos últimos anos, já que o Império desprezava os Rangers tanto quanto os Jedi e também havia tentado exterminá-los.

— Sigam-me. — Ela virou à esquerda no túnel que cruzava a passagem, que era ainda mais largo do que o primeiro e mais iluminado. O chão era polido, com pedras de um cinza pálido e listras verdes.

— Acontece que Degan Cor é um gênio mecânico — Folee continuou. — Ele recuperou a maioria dos sistemas das naves que foram trazidas para o Lar da Montanha. Ele não é especialista em droides de interface humana como a sua unidade YQ, mas conhece muito sobre inteligência artificial em geral. Ele administra uma instalação de reparos de naves e veículos lá em cima. — Ela olhou para o teto rochoso. — É conhecido por consertar hiperpropulsores. Não sei se temos partes sobrando para um I-Cinco, mas tenho certeza de que ele pode ajudar de alguma maneira.

Degan Cor era um homem alto e magro no auge da vida, com olhos sombrios de uma coloração indeterminada e cabelos tão negros que pareciam absorver a luz. Ele vestia um macacão de mecânico debaixo de um casaco de muitos bolsos, cujo conteúdo era um mistério. Den não diria que ele era um líder da resistência nem em 1 milhão de anos – o que provavelmente era parte da razão de ser um bom líder da resistência.

Ele não possuía partes para um I-5YQ, mas ofereceu a Den acesso a suas bancadas de trabalho e um assistente para ajudar a completar um corpo para o droide. Den ficou grato por qualquer coisa que recebesse. A reparação de I-Cinco dominava seus pensamentos, e ele permitia isso. Era muito melhor do que aquilo que lutava para tirar a reconstrução de sua cabeça. Havia uma imagem no fundo de sua mente: uma passagem escura repleta de fumaça e luz intermitente, uma escada retorcida, um corpo quebrado...

Den sacudiu a cabeça e tentou se concentrar naquilo que o líder da resistência estava dizendo. Algo sobre a perda que eles sofreram.

Sim, que *eles* sofreram. A perda de Jax. A perda da Whiplash.

Den se sentiu sobrecarregado por um instante pela pura magnitude daquilo: Laranth se foi, Yimmon capturado, a nave destruída, e I-Cinco... Ele agarrou a cabeça do droide com mais força e percebeu que estava tremendo.

– Você se importa? – uma voz áspera disse debaixo de seu braço. – Você está cobrindo minhas entradas de áudio.

Den riu de um jeito automático e baixou a cabeça de I-Cinco na mesa em frente ao banco no qual estava sentado. Mas não tirou as mãos dela. Possuía uma sensação horrível de que poderia desabar no chão se fizesse isso. Olhando para Jax, Den se perguntou se o Jedi sentia o mesmo sobre a pequena árvore entre suas botas, que ele acariciava com as pontas dos dedos.

Degan Cor entregou a Jax, depois a Den, uma xícara de um líquido âmbar fumegante. Aren Folee se serviu do jarro sobre a mesa enquanto Degan se sentava em uma cadeira virada na diagonal de Jax e de frente para Den.

— Isso é *shig*. — Degan fez um gesto de cabeça na direção das xícaras. — Nós cultivamos o *behot* aqui mesmo. Acho revigorante. Achei que vocês precisavam se revigorar um pouco depois de tudo que passaram.

Aquilo que nós passamos. Den se transportou de volta para a passagem escura. Precisou se esforçar para sair dali. Imaginou que faria isso muitas vezes por um bom tempo. Também tinha a sensação de que não ficaria mais fácil com o passar do tempo.

— Obrigado — Jax disse, depois tomou um gole da bebida.

Den cheirou a sua. Tinha um aroma cítrico. Ele tomou um gole, sentindo o líquido descer queimando até sua barriga vazia. Realmente era revigorante. Den fechou os olhos. Tudo estava escuro ali.

Escuro no meio da passagem.

Ele abriu os olhos e sentiu novamente o aroma do *shig*. Quanto tempo passaria até conseguir fechar os olhos e não voltar para os últimos momentos da *Far Ranger*... os últimos momentos de Laranth?

Degan Cor observava Jax com uma expressão séria.

— Tomei a liberdade de alertar seu pessoal em Dantooine dizendo que algo havia acontecido... que um problema havia surgido. Achei melhor deixar que você contasse a eles os detalhes. A menos que prefira que eu...

— Não. — Jax sacudiu a cabeça. — Não, eu preciso fazer isso. E também preciso contatar a Whiplash em Coruscant.

E depois?, pensou Den.

— É claro — disse Degan. — Mas o *que* aconteceu, afinal? Como Vader sabia onde vocês estavam?

— Não sei. Gostaria de saber. Odeio pensar que agora ele simplesmente consegue sentir minha presença.

— Simplesmente? — repetiu Aren. Os olhos negros de Degan se arregalaram.

— Em nosso último encontro, ele ingeriu um potente agente biótico que... acho que abriu as comportas de sua percepção da Força, e isso o sobrecarregou. Pelo menos inicialmente. Como tentar atravessar aquela cachoeira lá fora por um pequeno tubo. Ou passar toda a força de um hiperpropulsor através de um único barramento. É impossível ter certeza sobre o efeito em sua percepção da Força. Embora eu não teria apostado que ele se tornaria *mais sensitivo* como resultado.

Degan assentiu.

— Certo. Geralmente, se você sobrecarrega um sentido, ele acaba inerte por um tempo depois. Mas também pode se tornar hipersensível... ou mesmo as duas coisas, alternadamente. Também é igualmente provável que exista um espião na sua organização. — Ele sorriu melancolicamente. — Não sei o que é pior... um Sith hipersensível ou um espião.

— Prefiro o espião — I-Cinco disse. — Acho que temos uma chance de descobrir quem é.

Os dois toprawanos olharam surpresos para ele.

— Teria que ser alguém que estava presente na sala quando fizemos os planos de ir para Dantooine — I-Cinco continuou. Sua voz estava fraca e esganiçada sem a câmara de ressonância de seu torso. — Ou alguém na equipe de preparação da *Far Ranger*.

Jax sacudiu a cabeça.

— Poderia ser alguém no controle do porto oeste. Nós registramos um itinerário.

— Sim, mas os Gêmeos não apareciam nele. Apenas agentes da Whiplash sabiam em que ponto nós iríamos desviar do itinerário. Assim como algumas pessoas daqui.

Jax olhou para Degan Cor, que encolheu os ombros.

— O droide está certo, Jax. E isso é algo que... teremos que considerar. — Ele trocou olhares com Aren Folee.

— O que você vai fazer agora? — Aren perguntou. — Continuar até Dantooine?

— Não tenho razão para fazer isso. Vamos voltar para Coruscant e reagrupar. Pensar em uma maneira de resgatar Yimmon.

Degan e Aren trocaram olhares novamente. Depois o mecânico se inclinou para a frente em sua cadeira, pousando os cotovelos nos joelhos.

— Você poderia trabalhar aqui em Toprawa, Jax. Você não é apenas bem-vindo aqui, mas é também necessário. É aqui que a batalha será vencida. Aqui, onde o Império precisa se espalhar. Muitos esquadrões daqui servem apenas para manter as aparências. Eles não fazem nada além de manter uma presença estratégica... e deixar os povos locais nervosos. Deixamos que pensem que estão fazendo isso enquanto construímos uma frota bem debaixo do nariz deles. Você poderia ser parte disso e comandar sua própria frota de caças.

Den segurou a respiração, observando atentamente o rosto sem expressão de Jax.

— Por que eu em particular? — Jax finalmente perguntou.

— Aren e eu sabemos que você é um Jedi, embora ninguém mais aqui saiba disso... ou, ao menos, não deveria saber. Seus talentos poderiam ser muito úteis aqui. E você poderia ter uma nave. Qualquer nave que quiser... até mesmo aquele velho caça Jedi. Porém, mais do que isso... existem unidades de resistência ao Império funcionando independentemente. Às vezes nós cruzamos o caminho dos outros. Às vezes acabamos trabalhando com os mesmos objetivos. Um grupo de rebeldes quer sangue, o outro quer esperar. Com você na vanguarda, tenho certeza de que poderíamos juntar todas as unidades sob uma única liderança. Fazê-los trabalhar em conjunto conosco, em vez de contra nossos esforços. Você poderia ser esse agente unificador, Jax. Eles se juntariam a um Jedi. Você seria um milagre para eles, pois pensam que toda a Ordem foi destruída.

O rosto de Jax empalideceu ainda mais. Ele baixou a mão e passou os dedos nos ramos da árvore miisai. Então sacudiu a cabeça.

— Preciso encontrar Yimmon e libertá-lo.

— Entendo. Mas…

— Vader poderia tê-lo matado, mas não fez isso. — O olhar de Jax passou de Aren para Degan. — Após meses tentando assassiná-lo, atacando cegamente, de repente eles acionam uma armadilha muito bem montada e o capturam. Yimmon disse algo antes de deixarmos Coruscant que eu deveria ter ouvido. Disse que sentia como se estivéssemos sendo direcionados como um rebanho. Encorajados a fazer exatamente o que fizemos: sair de Coruscant. Acho que agora já não importa mais se eles apenas tiveram sorte no fim. O resultado é que agora eles possuem a única pessoa cujo conhecimento da Whiplash poderia destruí-la completamente. Se não tirarmos Yimmon de Vader antes que ele extraia essa informação, a Whiplash estará morta… e qualquer outra parte da resistência de que Yimmon tenha conhecimento.

Degan Cor sacudiu a cabeça.

— Jax, o que o faz pensar que Vader já não possui essa informação?

Den começou a respirar com dificuldade. Em meio a toda aquela loucura, ele não havia considerado isso. Olhando as expressões sombrias de Aren Folee e Degan Cor, Den soube que os dois já haviam considerado.

— Thi Xon Yimmon é o líder indiscutível da Whiplash — Jax disse obstinadamente. — Ele foi líder da Whiplash desde o início e tinha ao menos um Mestre Jedi contente em ser um de seus agentes. Havia uma razão para aquilo. Yimmon possui mais disciplina mental do que alguns Jedi que conheci. Ele é excepcional, mesmo para um Cereano. E nenhum de nós, exceto talvez por Laranth… — Ele parou e molhou os lábios. — Não sei nem se Laranth sabia o quanto ele é sensitivo à Força.

— Mesmo assim…

— E tem outra coisa — Jax interrompeu. — Na nave, quando Vader usou a Força para controlá-lo, Yimmon pareceu perder a consciência. Ou melhor, pareceu desistir dela. Para mim, foi como se ele desaparecesse ou... se desligasse antes que Vader pudesse controlá-lo. Por um momento, pensei que Vader havia feito aquilo, mas ele também pareceu surpreso. Ele precisou reagir rápido para impedir que Yimmon desabasse no chão. Se Yimmon conhece alguma maneira de suprimir sua consciência ou negar acesso a Vader, ele pode ao menos ser capaz de nos dar um pouco de tempo. Mas não sei quanto tempo ele consegue aguentar.

— O que você pretende fazer? — Degan perguntou.

— Primeiro, precisamos alertar a Whiplash. Tuden Sal precisa saber o que aconteceu, pois provavelmente terá que desmantelar e reconstruir toda a rede e isso vai levar tempo, um tempo que ele pode não ter. Depois precisamos encontrar Yimmon.

O líder da resistência concordou.

— Podemos fornecer um canal seguro para seus contatos em Coruscant. Mas e se você não conseguir encontrar Yimmon?

— Não posso pensar assim — Jax disse. — Preciso acreditar que *posso encontrá-lo*. Que *vou encontrá-lo*. E depressa. Você disse que eu poderia ter uma nave. Vou precisar de uma para voltar a Coruscant. A menos que alguém descubra o contrário, preciso assumir que é para lá que Vader vai levar Yimmon.

Degan concordou.

— Quanto falta para aquele velho interceptador ficar pronto?

— Mais alguns dias.

— Será que eu posso...?

— É claro — disse Aren. — Com uma condição. Que você considere seriamente voltar para Toprawa e se juntar aos Rangers... aconteça o que acontecer com Thi Xon Yimmon.

Den respirou fundo ao mesmo tempo que Jax. O Jedi concordou.

— Vou considerar. Seriamente. Mas, agora, preciso usar o hipercomunicador para tentar enviar uma mensagem para a Whiplash.

SEIS

Ele precisava comer. Fez isso sem nem sentir o sabor daquilo que colocava na boca. Bebeu grandes quantidades do *shig* quente porque o fazia pensar que sua mente estava alerta e funcionando direito. Também precisava dormir, mas adiou o sono o máximo possível. Quando notou que Den fazia a mesma coisa, abriu a boca para repreendê-lo, mas desistiu. Quem era ele para dizer algo?

É fato que uma mente cansada acaba divagando. Se houver um lugar desagradável para ela ir, a mente irá até esse lugar. Naquele exato instante, a mente de Jax caminhava por uma avenida de pensamentos perturbadores. Ele enviara uma curta mensagem codificada para Tuden Sal em Coruscant, mas até aquele momento não houvera resposta. Ele não sabia se Sal havia recebido ou não – ou mesmo se estava vivo para receber.

Ficar ruminando sobre isso era inútil. Jax decidiu tentar meditar como antídoto. No pequeno e aconchegante aposento que Aren forneceu ao lado do aposento de Den, o Jedi se sentou diante da árvore miisai, seguindo seus ramos cheios de folhas como se viajasse entre um cânion urbano em Coruscant.

Seguindo o fluxo da Força.

Não há emoção; há paz.

Pensara que a exaustão seria uma forma de paz. Mas Jax agora percebia a loucura que havia sido evitar o sono pelas últimas trinta horas. Precisava pensar com clareza e firmeza. Se fosse encontrar Yimmon, necessitaria de todas as faculdades e poderes que tinha ao seu comando – faculdades que agora estavam se desfazendo.

Não há ignorância; há conhecimento.

Ele não apenas precisava de conhecimento, como também precisava ser capaz de conduzi-lo, de convocá-lo, de usá-lo. Estava longe de conseguir – longe até mesmo de saber por onde começar sua busca por Yimmon.

Não há paixão; há serenidade.

Mas ele *não* estava sereno. Um turbilhão de emoções fervilhava debaixo da superfície – sentimentos que não tinham um escape prático. O que ele queria – voltar no tempo para reescrever os últimos dois dias – ele não podia fazer. Tentou manter a explosão de energia sob controle para direcioná-la de volta ao caminho – a árvore. Mas sua mente se rebelou, implorando que *fizesse algo* mesmo quando não havia nada a ser feito.

Não há caos; há harmonia.

Mas não havia nada além do *caos*. Nada. Jax Pavan, o Jedi, estava vazio de qualquer coisa além de desordem e perturbação.

Não há morte; há a Força.

Como um Jedi ele aprendera que, na morte, um indivíduo e a Força se tornam apenas um. Se isso fosse verdade, não poderia ele sentir Laranth por meio da Força, de algum jeito? Novamente, ele teve esperança de encontrar na Força algo que fosse capaz de permitir que Laranth respondesse. Jax reprimiu a compulsão, lutando para extingui-la. E não podia mais fingir que Darth Vader era a razão para sua relutância.

Jax sentiu as lágrimas quentes descendo pelo rosto, um pouco antes de os soluços irromperem.

O "assistente" que Degan Cor forneceu a Den era um garoto. Um garoto Rodiano. O que significou que, por mais que Den quisesse recusar a oferta, ele não recusou.

Afinal, como poderia dizer não a um órfão?

O garoto possuía um droide que ele mesmo havia construído. Ele o chamava de "Bombom", porque era um "doce de lata velha". O droide já fora uma antiga unidade P2, mas agora restava pouca semelhança. O garoto – seu nome era Geri – substituíra a torre do P2 com a cabeça de um droide piloto da série rx. Den achou que "Olho de Inseto" seria um nome mais apropriado do que "Bombom", mas achou melhor não falar nada. Afinal, quem era ele para comentar sobre o tamanho dos olhos de alguém – além disso, não queria ferir os sentimentos do garoto Rodiano.

Se o assistente não impressionava muito à primeira vista, a oficina para a qual ele conduziu Den certamente impressionava. Tinha trinta metros de extensão e quase metade disso de largura. Os equipamentos e ferramentas – embora claramente retirados de uma variedade de fontes – eram, em sua maioria, altamente avançados com muitas modificações e atualizações, algumas das quais seriam impressionantes, não fosse a dor de cabeça causada pelas míseras quatro horas de sono que Den conseguiu nos últimos dois dias.

A estação de diagnóstico de droides era extraordinária. Possuía não um, mas três módulos de inteligência artificial conectados em série, de um jeito que o operador podia analisar e reparar os caminhos neurais de um droide em menos da metade do tempo que levaria com apenas um.

– Isso é incrível – disse Den. – Degan montou tudo isso?

– Não. Eu montei – Geri respondeu. Não havia vaidade naquela simples admissão. O garoto sorriu com aquele jeito estranho Rodiano, com os cantos da boca virando para cima enquanto a ponta de seu focinho protuberante se virava para baixo. – Degan disse que eu levo jeito com máquinas.

Adoração de heróis. Conforme Den se lembrava de um lugar em

seu nebuloso passado, ia se lembrando de como era bom ter heróis.

— Então viemos para o lugar certo — disse I-Cinco, debaixo do braço de Den.

O Sullustano teve um sobressalto. Havia se esquecido de que o droide estava ali.

O sorriso de Geri se curvou ainda mais nos cantos da boca.

— Com certeza! Espere só até ver o inventário.

Ele atravessou o lugar até um par de portas de metal do outro lado da oficina e as abriu, acenando para Den.

O garoto estava certo. O "inventário" era incrível — droides e partes de droides forravam as paredes de uma sala não muito menor do que a própria oficina. Den esperava uma bagunça, mas as partes estavam arrumadas de forma ordenada, embora aleatória. Cabeças, torres, esteiras, pernas e braços estavam empilhados metodicamente, mas...

— Certo, posso ver que você tem um sistema — Den disse —, mas não estou conseguindo...

— Está em ordem alfabética rodiana — I-Cinco disse secamente. — Podemos começar a encontrar um veículo apropriado para mim?

— Sim — Den disse. Ele perguntou a Geri: — Você tem alguma parte de um I-5YQ?

Franzindo o focinho e girando a cabeça de lado a lado, Geri procurou em seu inventário.

— Não recebemos muitos pedidos para droides de protocolo aqui. Na maioria das vezes eu conserto robôs tecnológicos. Tenho um 9T e alguns 5Y. — Ele apontou para um peculiar droide de pernas curtas com longos braços magros e nenhum exoesqueleto.

— Eu ficaria igual a uma galinha. Você não tem nada mais próximo do meu corpo original?

— Tenho partes de um LE-BO2D9. Mas apenas o torso, braços e cabeça. A maioria das nossas peças são braços e córtices. Sãs as partes que mais usamos.

— Você ainda tem o resto da unidade rx que usou para fazer esse seu amiguinho?

Bombom, que estava parado em silêncio debaixo da porta atrás deles, soltou um bipe ofendido diante daquele adjetivo.

— Perdão – disse I-Cinco. – Eu não quis ser desrespeitoso.

Bombom aceitou o pedido de desculpas com um único assobio.

Geri sacudiu a cabeça.

— Desculpe. A cabeça foi tudo que conseguimos salvar.

— Sei como se sente – I-Cinco disse para o híbrido RX-P2, que respondeu com um som vibrante.

— Quais são suas três características mais desejadas? – Geri perguntou, soando como um vendedor de droides usados.

— Força, mobilidade e capacidade de modificação.

Geri pensou um pouco, depois começou a procurar pelas pilhas de partes, murmurando para si mesmo.

Den, entediado e cansado até os ossos, olhou ao redor da oficina. Seu olhar passou várias vezes sobre um canto nas sombras onde podia vislumbrar uma pessoa de pé olhando para ele.

— Hum, Geri… quem é aquela pessoa ali?

O garoto ergueu a cabeça e seguiu os olhos de Den até as sombras. Ele riu.

— Aquilo não é uma pessoa. Aquilo é um BB-4000.

— Um o quê?

— Deixe-me ver também – I-Cinco pediu.

Den apanhou a cabeça do droide e a carregou até o canto.

Olhando para aquilo que estava parado ali, Den estranhou. Parecia um homem vestido com um macacão azul-escuro justo. Mas não era um homem. Não estava se movendo. Não movia nenhum músculo. Não respirava. Não mexia os olhos debaixo das pálpebras fechadas. Era simplesmente *estranho*.

Ele percebeu, tardiamente, que o droide estava de pé em um caixote aberto. Uma etiqueta impressa em um dos lados dizia: BB-4000.

— Isso é um droide?

Geri não tirou os olhos da pilha de partes.

— É um Bobbie-Bot, um DRH, ou um "droide replicante humano".

— Como — perguntou I-Cinco —, nos sete infernos de Frolix, você conseguiu colocar as mãos em um desses?

— Nós temos dois. Você já deve ter ouvido falar da Lazer Mecânico.

— Até *eu* já ouvi falar da Lazer Mecânico — disse Den. — Eles arriscaram tudo no sucesso da série de replicantes. Mas os clientes não gostaram e a Lazer Mecânico faliu.

— Pois é, eles venderam todo o estoque quando faliram. Degan pagou muito barato pelos nossos. Eu acho que eles são muito legais, mesmo com, você sabe, toda essa coisa de serem humanos demais para um droide e inumanos demais para uma pessoa real.

— Ele é, realmente, muito legal — disse I-Cinco. — Ele funciona?

— Não. Uma das razões para Degan conseguir comprá-los tão barato foi a falta de unidades de processamento que funcionassem. Eles estão preparados para receber seus cérebros, com todas as conexões da estrutura e da musculatura, mas não têm nada lá dentro.

— Interessante — I-Cinco disse com um tom de voz que Den achou pensativo demais.

— Cinco, nem pense nisso. *Eles derretem*. Você não se lembra? Kaird contou que viu um deles derretendo. — Den estremeceu com aquela lembrança. — No Distrito das Fábricas, um pouco antes de nós... bom, *de você*, na verdade, explodir o lugar inteiro.

— Bons tempos — I-Cinco disse suavemente. Depois, ele continuou: — De qualquer maneira, aqueles eram droides da série 3000. Este aqui faz parte da geração seguinte; é um projeto diferente dos modelos anteriores. Eles desistiram de usar uma programação genômica/algorítmica e órgãos clonados com pele sintética e se concentraram em processamento de redes neurais paralelas, o que aumentou em muito as interações neurais e diminuiu o desenvolvimento de memes mortais. O lado negativo era que levava mais tempo e mais dinheiro para produzir um...

— Mas acabou o problema de poças nojentas no seu carpete — Geri completou. — Só que não foi o derretimento que matou a Lazer Mecânico. Foi a TPI.

Den sacudiu a cabeça.

— A o quê?

— Transtorno da Planície Insólita — disse I-Cinco. — Se refere à sensação de inquietude que humanos e humanoides sentem quando encontram um droide que parece quase, mas não inteiramente, humano. A maioria dos humanoides é geneticamente programada para usar a pareidolia, que é a habilidade de extrapolar imagens ou sons complexos a partir de estímulos simples; enxergando um rosto nas nuvens, por exemplo. A Nebulosa da Bruxa é uma clássica interpolação de...

— Ele vai continuar por horas se você deixar — Den comentou.

— É interessante — Geri disse. — Mas — ele continuou, olhando para o droide — e daí?

— E daí que é fácil resolver esse problema. É uma simples questão de mudar sutilmente os tons da pele. O droide parece estranho para seres sencientes porque sua pele possui um tom muito uniforme.

Geri encarou o droide.

— Hum. Sabe, isso faz sentido. Pena que você não trabalhava na LM. Por que será que nenhum engenheiro de lá pensou nisso?

— Provavelmente — disse I-Cinco — porque nunca perguntaram para um droide.

— Permita-me lembrá-lo — Den interveio — de que o seu interruptor de força ainda está operacional e é muito fácil de acessar.

O droide soltou um som de desdém, depois perguntou para Geri:

— Encontrou algo útil?

— O quê? Oh, sim. Que tal isso aqui?

Ele ergueu algo do chão. Era um conjunto ridiculamente compacto de barras e juntas de metal debaixo do que parecia uma panela de sopa ou um capacete de piloto de AT-AT. Mal alcançava os joelhos de Den.

– Hum – Den disse –, não é um pouco... pequeno?

– Oh, desculpe. Aqui vai. – Geri tocou o topo da cabeça e o droide se desdobrou, transformando-se em um diminuto, mas imensamente forte, droide DUM. Com pouco mais de um metro de altura, os droides DUM eram usados como mecânicos para reparar carros flutuantes e pods de corrida... que Den suspeitava serem muito raros naquela parte cheia de florestas densas em Toprawa.

– Como é que isso veio parar aqui? – ele perguntou.

– Uma das Rangers era campeã de corridas de pod lá no sul. É bem mais seco e desértico por lá – Geri disse. – Enfim, ela era piloto de corridas até se acidentar há dois anos. Perdeu um olho. Claro, agora ela possui um implante, mas desistiu das corridas. Esse carinha aqui – ele indicou o droide DUM – teve sua rede neural arrancada no mesmo acidente. Um dos pilotos entrou no boxe rápido demais.

– Então – I-Cinco disse –, ele não tem cérebro.

– Isso. Só os reflexos básicos. Posso dobrá-lo e desdobrá-lo, pedir para andar por aí, mas fica nisso.

– Forte, manobrável e modificável – murmurou I-Cinco. – E com ótima destreza manual, o que seria uma vantagem se eu quisesse modificar a mim mesmo. Eu diria que vai servir muito bem. Meu córtex se encaixa debaixo do capacete?

Geri pensou um pouco.

– Com algumas modificações. É claro, posso simplesmente montar sua cabeça no corpo dele.

Den segurou uma risada.

– Isso seria... interessante.

– Sim – I-Cinco concordou. – Seria. E eu não quero ser interessante. Quero ser invisível. Para onde vamos, a invisibilidade será uma grande vantagem.

– Ótimo – Geri exclamou entusiasmado, esfregando as mãos. – Pronto para uma experiência científica?

Den respirou fundo.

— Olha, Cinco. Isso vai servir por enquanto, mas... você não vai querer, você sabe, *ficar assim*, não é? — Ele inclinou a cabeça na direção do pequeno droide mecânico.

— Eventualmente, eu gostaria de encontrar um corpo YQ ou algo semelhante. Mas, por enquanto, isso aqui vai servir. Apesar de que eu gostaria de levar algumas partes sobressalentes, Geri, se você não se importar.

O focinho de Geri se contorceu com um sorriso.

— Beleza — ele disse. — Então, mãos à obra.

— Estou surpreso por você não querer o caça Jedi — disse Degan. Sua voz veio abafada e baixa pelo fato de estar deitado dentro do exaustor iônico do interceptador, alinhando os defletores.

— Pequeno demais — disse Jax automaticamente. — Foi feito para acomodar apenas um piloto e um droide.

— Eu poderia modificá-lo para você. Podemos criar espaço para seu amigo Sullustano.

Isso veio da engenheira que ajudava Degan com os reparos. Seu nome era Sacha Swiftbird. Swiftbird foi seu codinome durante seus dias de piloto de corridas de pod, e ela o manteve mesmo após se tornar uma Ranger.

Isso intrigou Jax. Ela não era muito mais velha do que ele e fora forçada a se aposentar das pistas após um acidente horrível — que ela insinuava que não fora acidente coisa nenhuma, mas uma vingança de um piloto perdedor. O acidente a deixou com um implante cibernético onde antes ficava seu olho esquerdo e uma cicatriz prateada que percorria as pálpebras de cima a baixo. Naquele momento, ambos estavam cobertos por uma grossa mecha de cabelo preto. Era difícil entender por que ela quis manter o nome ligado àquela vida morta. Mas Jax não perguntou. De fato, achava difícil encarar seu olhar cinza pálido. Suas cicatrizes o lembravam de Laranth. A Paladina Cinza também havia ganhado cicatrizes permanentes – eram suas lembranças pessoais da Ordem 66 e da Noite das Chamas.

Jax sacudiu a cabeça, sem tirar os olhos dos refletores.

– Não estou realmente pronto para fazer propaganda pela galáxia mostrando que sou um Jedi. E não preciso das capacidades de um caça. O que preciso é de invisibilidade com velocidade e músculos. Esta nave aqui é perfeita.

Ele pôde sentir a consideração da mulher por mais um momento, antes de ela encolher os ombros e se ajoelhar para vasculhar sua caixa de ferramentas.

– Você decide. Mas, se eu fosse você, não perderia a chance de pilotar aquela belezinha.

– Mas eu não sou você – Jax murmurou, arrependendo-se das palavras logo depois de dizê-las. Felizmente, Swiftbird pareceu não o ouvir – ou, se ouviu, escolheu ignorar.

– Bom, esta nave pode não ser tão jeitosa e prática quanto o caça Jedi – Degan disse, deslizando para fora do exaustor. – Mas vai acomodar sua tripulação com espaço de sobra, isso é certeza. E também carga, se você precisar.

– Exatamente – comentou Sacha. – E vai surpreender qualquer um que pensar que é apenas um cargueiro comum.

Isso era verdade, Jax pensou.

– Têm certeza de que vocês não precisam da nave mais do que nós? – Jax perguntou pela décima vez.

Degan parou enquanto limpava as mãos em uma toalha, olhou para Sacha, depois lançou um olhar para Jax que penetrou pele, ossos e atingiu sua própria alma.

– Todos somos *nós*, Jax. *Todos somos* a Whiplash, seja lá o nome que usamos. Rangers, resistência, guerreiros da liberdade… não importa. Estamos todos do mesmo lado. Se você precisa da nave, você terá a nave.

Jax sorriu seu agradecimento, desejando que a expressão fosse mais do que um movimento físico dos lábios.

— Como vai batizá-la? — Sacha perguntou.

Laranth. O nome saltou na mente de Jax tão rápido que ele quase falou em voz alta.

— Eu... ainda não pensei nisso. Acho que vou deixar Den escolher o nome.

— Laranth. — Den disse o nome imediatamente quando Jax perguntou, mais tarde naquele dia.

Ele estava com Jax, Degan e Sacha na plataforma de aterrisagem, debaixo da grandiosa caverna do Lar da Montanha, olhando para o interceptador. Ao ver o rosto de Jax se fechar subitamente — e o frio distanciamento dos olhos — ele estremeceu.

— Quer dizer, acho que poderíamos fazer *algo* para...

Jax cortou uma súbita onda de raiva — de quem ou o quê, ele não sabia. Talvez estivesse com raiva do universo, dos deuses ou da Força, por abandoná-los. Por *abandoná-la*. Por colocar Yimmon nas mãos de Darth Vader e do imperador.

Den começou novamente.

— Quero lembrar dela, Jax. Quero honrá-la. Quero...

— Você queria que ela ainda estivesse aqui. Eu também queria isso. Mas ela não está. — Jax fechou os olhos, depois acrescentou: — Laranth... é um bom nome.

— Eu concordo — disse uma voz praticamente dentro do ouvido de Jax — que uma nave pronta para a batalha como esta seria um ótimo recipiente para o nome de Laranth.

Jax se virou para trás.

— *Cinco?*

O pequeno droide mecânico com a voz de I-Cinco havia atravessado a plataforma de aterrissagem com Geri seguindo triunfalmente logo atrás. O estranho droide virou seu único grande "olho" na direção da nave e passou a vista por toda a sua extensão.

— Ela parece estar em boa forma.

— Você também — Degan disse com hesitação. — Um pouco, hum, diferente desde a última vez que o vi.

— Pense em mim como um trabalho em andamento.

Sacha lançou um olhar seco.

— Você também fala mais do que o Ducky.

— Ducky? — I-Cinco repetiu.

— Meu droide mecânico. Você o está vestindo. — Sacha fez um gesto para o novo corpo de I-Cinco.

— Espero que não se importe.

— Não. Na verdade, estou contente em ver essa lata-velha servindo para algo.

Algo no tom de sua voz e a inclinação da cabeça fez Den suspeitar que a ex-piloto não estava tão indiferente quanto queria fazer parecer. Ele trocou olhares com Geri por cima da nova cabeça de I-Cinco — que agora ficava no mesmo nível que a sua própria. Ele havia deixado o pequeno Rodiano na oficina supostamente trabalhando em alguns problemas lógicos causados pelo grande córtex de I-Cinco. Problemas que — para o Sullustano emocionalmente exausto — pareciam insuperáveis.

— Estou vendo que você solucionou o problema da caixa cerebral.

O Rodiano deu de ombros.

— Sim... pois é...

— Geri — I-Cinco disse — é um jovem senciente muito engenhoso e criativo.

Geri sorriu e passou a mão pela caixa cerebral cuidadosamente trabalhada à mão. Ele havia criado um tipo de crista que se estendia da frente do capacete até a parte de trás em uma única e elegante linha.

— E também possui todo tipo de blindagem e uma estrutura antichoque. Sem mencionar que a crista é reforçada com durasteel de três níveis. Se tudo mais falhar, ele pode servir como um aríete.

O droide que sempre acompanhava Geri soltou um bipe que Den achou que fosse uma risada mecânica. I-Cinco girou a cabeça para se dirigir ao outro droide.

— Não sei qual é a graça.

— Só *você* não sabe – Den murmurou.

Jax sacudiu a cabeça.

— Não sei se algum dia vou me acostumar com a sua voz saindo disso...

— Não é para se acostumar – I-Cinco disse. – Não tenho intenção de continuar deste jeito.

Ele avançou na direção do interceptador com um delicado zumbido mecânico. Geri realmente havia feito um bom trabalho.

— Corrija-me se eu estiver errado – I-Cinco disse, dirigindo-se a Degan –, mas o cargueiro classe *Helix* não possui um computador de voo LBE?

O mecânico confirmou.

— Incrementado, é claro.

— É claro. Você pode incrementá-lo ainda mais para permitir uma comunicação direta com uma segunda inteligência artificial?

— Você quer dizer... *você?*

— Sim, quero dizer *eu* – I-Cinco respondeu. – Ao menos em minha presente encarnação.

— A nave possui uma entrada auxiliar para uma unidade R2, mas...

— Isso deve funcionar bem, eu acho.

— Mas você não é uma unidade R2.

— No momento, não. – I-Cinco se virou para Geri, gesticulando na direção dos túneis que levavam para as instalações subterrâneas. – Tenho uma ideia. Você está pronto para fazer mais alguns experimentos científicos?

O rosto de Geri se acendeu e seus olhos pareceram crescer ainda mais – se é que era possível.

— Beleza! – ele exclamou, e partiu correndo na direção da oficina seguido pelos dois droides.

Jax os observou com uma expressão inquieta no rosto.

— Den, você poderia acompanhá-los para ter certeza de que não farão nada… permanente?

Den assentiu, entendendo o que ele queria dizer. As coisas estavam mudando um pouco rápido demais para ele também. Ele seguiu seu "assistente" e os droides para fora da caverna.

— Então, qual é esse plano em que você pensou? – Den perguntou para I-Cinco quando eles se reuniram na oficina.

— É mais fácil mostrar do que falar – I-Cinco disse, depois ergueu um braço para soltar uma presilha do lado de baixo de seu capacete. O casco se levantou para revelar uma caixa de aço suspensa atrás da lente óptica do pequeno droide. – Geri e eu conseguimos colocar meu córtex de rede sináptica aqui dentro, o que vai permitir que ele seja removido mais facilmente de um receptáculo para outro.

Den apenas piscou lentamente para ele.

— Isso é… hum. Uau. Então, quando você falou sobre a entrada R2… – Ele parou de falar quando Geri puxou uma unidade R2 até o centro da oficina, debaixo das luzes de sua mesa de operação. – Você pretende conversar diretamente com a nave através da entrada astromecânica.

— Isso não é muito maneiro? – Geri perguntou com entusiasmo. – Cara, eu gostaria de ter um droide que pensasse igual a este aqui.

Bombom soltou um bipe que comunicava uma completa revolta.

— Maneiro – Den murmurou, depois voltou ao trabalho. Manter suas mãos e mente ocupadas era uma boa distração da dura realidade de voltar para Coruscant nas atuais circunstâncias.

SETE

Jax não deixou que nada o distraísse do retorno a Coruscant. Ele já havia perdido um dia e meio. Não perderia mais nenhum minuto. Agora seu prazo era limitado – uma janela de oportunidade durante a qual poderia tentar rastrear os movimentos de Vader desde a emboscada. O interceptador estaria pronto dentro de dois dias. Ele precisava levar algo de volta para Coruscant que não fosse sua tristeza e seu sentimento de perda. Precisava voltar com alguma pista sobre Thi Xon Yimmon e Darth Vader.

Para isso, havia levado o assunto a Aren Folee quando se sentaram juntos no refeitório do complexo subterrâneo.

– Tudo que tenho – Jax disse a ela – são os dados da cápsula de fuga. Se eu pudesse conseguir dados de qualquer nave ou estação de observação no setor...

– Nem precisa pedir. Já estamos trabalhando com essa alternativa.

– Alguma conclusão?

– Sobre para onde eles foram? Não. Mas, à primeira vista, parece que usaram as distorções gravitacionais ao redor dos Gêmeos para mascarar seus movimentos. Claramente eles tiveram que saltar até a área, depois usaram propulsão iônica para posicionar suas forças.

– O que deixaria algum rastro.

– Exatamente. Então, se você for até o centro de comando...

Ele realmente não queria ficar no centro de comando. Já havia notado que sua presença atraía muita atenção – e especulação – sobre quem era e de onde vinha.

– Será que existe outro lugar onde eu possa trabalhar com mais privacidade?

Aren assentiu.

– Claro. Temos uma sala que é metade oficina e metade sala de conferência ao lado da estação de comunicações. Posso transferir qualquer informação que você queira para lá. Quer minha ajuda para analisar os dados?

– Não – ele disse mais secamente do que gostaria. – Mas... posso precisar dos dados de rastreamento da sua nave. Talvez você tenha detectado algo...

Algo que eu falhei em detectar, ele completou para si mesmo.

Ela pareceu que iria responder, mas permaneceu em silêncio. Aren Folee apenas assentiu e se retirou para cuidar da transferência de dados.

Jax estava na oficina quando Den apareceu procurando por ele uma hora depois.

– Eles me disseram que você estaria aqui. O que está fazendo?

Jax ergueu os olhos da simulação que estava construindo com os vários conjuntos de dados que recolheu das estações de monitoramento e naves que alimentavam a telemetria da resistência. O trabalho era lento e fragmentado, mesmo com a ajuda da inteligência artificial da estação.

– Estou tentando descobrir de onde Vader apareceu e para onde ele foi.

O rosto de Den se iluminou.

– Então acho que cheguei bem na hora certa. Tenho uma coisa que vai acelerar o trabalho: um droide mecânico cheio de modificações. Armas, campos de força, mecanismos centrais redundantes e velocidade de processamento de zilhões de teraflops por segundo. O lado ruim é que ele vem com a personalidade sarcástica do I-Cinco. Não consegui fazer o Geri reprogramar isso.

Jax respirou fundo e depois soltou o ar. Achava que ainda não estava pronto para voltar a fazer piadas.

— Você tem certeza de que ele dá conta? Você já rodou o diagnóstico nele?

— Se ele dá conta? Sim, nós rodamos o diagnóstico. Ele está ótimo. Bom… com exceção de ter explodido em pedacinhos. Os reforços que o seu pai instalou em sua caixa cerebral salvaram sua vida… ou imitação de vida, no caso. Ele consegue dar conta. Melhor do que você. Ele não precisa esperar que os dados sejam exibidos antes de decodificar e entender o significado.

Jax olhou para o monitor que esteve estudando. Queria que os dados fossem exibidos – *precisava disso* – com uma intensidade que não entendia. Em algum lugar no meio daqueles dados estava a resposta para uma questão, a questão que Jax Pavan realmente queria – e *precisava* – responder.

Por quê? Por que Laranth morreu… e será que havia algum cenário em que ela *não morreria*?

— Se I-Cinco analisar tudo isso aqui, então não terei nada para fazer, Den.

— Com todo respeito, se ele não analisar, podemos deixar alguma coisa passar.

— Você quer dizer, *eu* poderia deixar alguma coisa passar.

Den abriu a boca, depois fechou, então abriu novamente e disse:

— Sim. Foi isso que eu quis dizer.

Ele estava certo. Jax sabia disso. O Jedi lutou contra si mesmo por um instante, reconhecendo a futilidade e a estupidez dessa luta, depois finalmente concordou.

– Certo. Você está certo. Não estou pensando com clareza. Vamos trazer o I-Cinco.

Era a decisão correta. Por mais errada que parecesse.

Cinco minutos depois de colocar I-Cinco para analisar o fluxo de dados, Jax percebeu mais um motivo de estar evitando aquela colaboração. Isso o forçava a lembrar que Laranth não estava mais entre eles. Desde que ficasse sozinho, o espectro dela concordava em se manter distante. Quando Den e I-Cinco não estavam com ele, trabalhando como uma equipe e lembrando-o da ausência dela, Jax podia fingir que era temporário. Com aquelas vozes familiares em seus ouvidos, ele sabia que isso não seria possível.

Jax estremeceu. Ele precisava se acostumar com tal fato. Não havia opção.

O novo corpo de I-Cinco deixava o ambiente com um ar de considerável surrealismo. O pequeno droide puxou uma cadeira e se sentou diante do computador da oficina, de onde manipulou os dados conectando um apêndice incrementado diretamente em uma entrada do computador.

Jax compartilhou aquilo que vinha pensando sobre o rastro iônico e a necessidade que a 501ª teria de manobrar nos arredores dos Gêmeos abaixo da velocidade da luz. I-Cinco confirmou a adequação da hipótese imediatamente e, em questão de minutos, construiu uma simulação da emboscada com os dados de uma variedade de fontes – incluindo seus próprios dados da *Far Ranger*. Ele exibiu a simulação por meio de um pod de projeção holográfica que Geri havia instalado atrás de seus instrumentos ópticos.

A projeção mostrou o momento quando eles emergiram dos turbulentos campos gravitacionais dos Gêmeos para dentro do espaço "livre" e a rápida aproximação de seu comitê de recepção. A *Far Ranger* era um ponto brilhante de luz azul; as naves imperiais eram vermelhas. O resto do tráfego na área era exibido com um verde apagado.

Jax sentiu o peito como se fosse feito de chumbo – pesado e tóxico. Era *o momento*, congelado no tempo...

– Ali – disse Den. – Rastros iônicos.

Realmente havia rastros iônicos. Eram como filamentos vermelhos que se estendiam dos Gêmeos na direção do Núcleo Galáctico; eles terminavam no ponto onde as naves entraram no espaço local pouco antes do poço gravitacional dos dois sóis.

– Foi dali que eles vieram – disse I-Cinco. – Vamos ver se também foi para lá que eles foram.

O droide avançou a simulação no tempo, passando pelo momento em que Jax hesitou entre a segurança de Laranth e Yimmon, passando pelo momento em que Laranth deu seu último suspiro e sussurrou as últimas palavras, passando pelo momento em que I-Cinco explodiu, passando pelo momento em que Thi Xon Yimmon foi perdido para o lorde sombrio, passando pelo momento quando os filamentos cor de sangue dispararam e desapareceram no hiperespaço.

Den soltou um som baixo de ar escapando que – para um Sullustano – funcionava como um assobio.

– Não são *todos* os pontos que estão voltando para o Núcleo. Algumas naves estão indo na direção contrária.

Mas Jax notou mais uma coisa naquela simulação – vários padrões separados de assinaturas verdes que também deixaram rastros saindo do espaço local dentro do mesmo curto período. Algumas estavam orientadas na mesma direção das assinaturas vermelhas enquanto outras pareciam se dirigir para os Mundos do Núcleo quando saltaram.

– O que são esses pontos verdes? – Ele indicou quatro padrões separados.

I-Cinco usou o monitor para mostrar o novo padrão de pontos e rastros em amarelo.

– Eu diria que são formações de naves nos arredores dos Gêmeos que partiram aproximadamente no mesmo momento que o esquadrão de Vader.

– Quando eles entraram no espaço local?

I-Cinco recuou a simulação no tempo até o ponto em que Vader apareceu pela primeira vez saindo do hiperespaço. O padrão de pontos vermelhos que representavam a 501ª de Vader foi aumentado por vários pontos amarelos espalhados ao redor.

– Todos eles chegaram ali juntos, aparentemente – disse I-Cinco. – E olhe para isto... – Ele avançou a simulação novamente. Um dos pontos vermelhos parecia partir na companhia de um conjunto de pontos amarelos.

Jax observou quando as naves se separaram em cinco grupos e partiram em direção aos Gêmeos. Então o ponto vermelho mudou de curso, voltando a se juntar com seus companheiros e partindo em direção ao *momento*.

– Obviamente – disse Den, quase sussurrando –, aqueles eram todos esquadrões imperiais. Estou orgulhoso de ser digno de tanto poder de fogo.

Jax se recostou na cadeira. *Vader*. Era Vader naquela nave que se destacou – a nave que alterou seu curso. Ele levou tantas naves e as espalhou em tantas posições porque não sabia exatamente onde a *Far Ranger* estaria. Algo o fez mudar de ideia. Talvez tivesse detectado a presença deles ou talvez eles tivessem feito algo que denunciara sua posição. Jax nunca saberia a resposta. Mas agora sabia a direção geral que Vader e suas forças haviam tomado no momento em que entraram e saíram da área. Aparentemente, algumas das naves haviam retornado para o Núcleo enquanto outras partiram em direções diferentes.

Isso era tudo que o monitor tático mostrava – dois grupos de naves que saltaram para o hiperespaço com diferentes orientações. A questão era: em qual dos grupos estava a nave de Vader? E estaria Yimmon a bordo?

Den havia tentado várias vezes chamar a atenção de Jax para as modificações que ele, Geri e I-Cinco estavam fazendo no droide. Modificações pelas quais, em qualquer outra circunstância, Jax teria se interessado muito e até mesmo participado das decisões. Mas Den descobriu que o Jedi estava concentrado em apenas uma única coisa: rastrear a nave de Vader. Ele havia vasculhado incontáveis mensagens do hipercomunicador procurando por alguma menção de uma frota imperial ou, se não isso, menção de um grupo de caças estelares com um cruzador imperial agindo como nave-mãe.

Havia um vago relato de uma breve e inesperada presença imperial em Mandalore, e vários outros – menos vagos – de um grande contingente de caças imperiais se movendo pelo Núcleo Galáctico. Uma decisão precisava ser tomada, sobre qual rota eles tentariam rastrear, e não havia informação exata para basearem essa decisão. O que significava que Jax Pavan provavelmente estava se sentindo tão impotente quanto Den Dhur se sentia. Obviamente, Jax tinha a Força para ajudá-lo, então Den perguntou que proveito ele havia tirado desse "recurso".

Nenhum, Jax respondera. Mas havia algo sobre o jeito como ele respondera que deixou Den com um frio no estômago. *Mas você chegou a tentar?*, ele queria perguntar, mas não fez isso. Den apenas perguntou:

– Então, para onde vamos?

– Coruscant. Faz mais sentido que Vader tenha ido para lá, onde o imperador pode supervisionar o interrogatório e onde ele possui o melhor aparato de segurança.

Onde o imperador pode supervisionar o interrogatório. Essa era uma frase que *realmente* enviava uma onda gelada através dos seus ossos.

OITO

Na noite anterior ao teste final da *Laranth*, Jax não conseguia dormir. Não conseguia meditar. Mal conseguia pensar direito, embora soubesse que, para o bem de seus companheiros e da resistência, precisava fingir que conseguia. Então, no meio da noite, decidiu levar alguns de seus pertences para a nave e começar a se acostumar com ela.

O interceptador era muito menor do que a *Far Ranger*, e Jax descobriu que, embora o aposento do capitão refletisse essa diferença, o lugar era confortável o suficiente. Encontrou um ponto para a árvore miisai sobre uma bandeja que se estendia para fora da parede ao lado de sua cama. O pequeno "vaso inteligente", no qual a árvore estava plantada, era equipado com um conjunto de contatos na base que lhe permitia uma sincronização com a rede elétrica de toda a nave. O vaso usava um delicado sensor para monitorar o fornecimento de nutrientes e líquido para a planta, mantendo-a molhada retirando umidade do ar. Uma suave luz amarela brilhava na frente do vaso pequeno quando o reservatório de nutrientes se esgotava, e um alarme de proximidade apitava um modesto som caso fosse detectado movimento perto da árvore faminta – era um jeito mecânico de o miisai pedir alimento.

Jax jurou que nunca deixaria que a luz se acendesse e o alarme tocasse.

Ele encheu o reservatório com alguns farelos de uma barra de proteína que o vaso reduziria até suas partes componentes. Depois ele se sentou com as pernas cruzadas no chão da cabine para clarear a mente. Jax se concentrou em sua respiração – e visualizou a Força como filamentos de energia de cura que envolviam seu corpo.

Assim como antes, quando abriu os olhos, ele viu uma energia pulsando e fluindo através da pequena árvore – desde a raiz, passando pelo tronco e indo até os ramos delicados. Dançava entre as folhas e enviava extensões em sua direção que se entrelaçavam com os filamentos da Força que ele gerava.

Isso era uma nova experiência. Ficou surpreso com a sensação de calor e serenidade que sentiu ao observar as extensões de energia do miisai se misturando com as suas próprias. Seu estado meditativo se aprofundou e, finalmente, ele conseguiu invocar o mantra Jedi.

Não há emoção; há paz.
Não há ignorância; há conhecimento.
Não há paixão; há serenidade.
Não há caos; há harmonia.
Não há morte; há a Força.

Jax entoava as palavras em sua mente sem pensar demais sobre os significados. O ritmo era aquilo por que ele ansiava.

Sim, *ansiava*. Essa era a palavra. Passara dias em turbulência; aquele suave redemoinho de tranquilidade era um bálsamo.

Jax aproveitou a sensação momentaneamente, depois voltou os pensamentos para Thi Xon Yimmon... e para Darth Vader. Um tremor atingiu sua concentração quando fez isso, mas ele manteve os pensamentos firmes. Se fosse usar a Força para ajudá-lo a encontrar o líder da Whiplash, precisaria de firmeza. Jax visualizou os rastros holográficos de I-Cinco das naves imperiais como se flutuassem nas ondulações da Força ao seu redor. Ele vasculhou a imagem, procurando pela escuridão que seguiria a presença de Vader.

Em uma fração de segundo, ele estava de volta ao corredor esfumaçado da *Far Ranger*, face a face com o lorde sombrio.

— Tenho apenas mais uma coisa para tirar de você — Vader dissera.

Jax estremeceu e se afastou da realidade.

Anakin Skywalker dissera aquilo.

Anakin tirou Laranth dele — e Yimmon também. E mais. O quanto mais, Jax estava apenas agora começando a entender.

Por quê? Por que o lorde sombrio estava brincando com ele igual um predador brinca com sua presa? Que benefício para o Império resultaria disso?

A resposta veio em uma epifania. Aquilo não tinha a ver com o Império ou o imperador. O próprio Vader dissera: ele obedecia ao imperador *à sua própria maneira*. Aquilo tinha a ver com as escolhas de *Vader*, não de Palpatine.

O que foi mesmo que o Cefalônio havia dito? *Escolha é perda; indecisão é perda total.*

Será que isso fora tão verdadeiro para Anakin Skywalker quanto fora para Jax Pavan? Será que houvera um momento no qual o lorde sombrio pudesse ter entrado em combate com ele — talvez matá-lo ou capturá-lo — e será o que o homem por trás da máscara perdeu essa oportunidade em seu próprio momento de indecisão?

— Por que você me odeia? — Jax murmurou. — O que foi que eu fiz?

A resposta veio tão forte quanto se tivesse sido dita em voz alta: ele *havia sobrevivido.* Jax havia sobrevivido à Ordem 66 e sua existência era uma lembrança de... do quê? Do fracasso? Será que Jax era meramente aquele que fugiu — ou será que havia mais coisas além disso?

Quando olha para mim... será que enxerga aquilo que ele próprio poderia ter sido?

A memória de Jax mostrou uma imagem vívida de seu treinamento com Anakin, em um tempo em que pensava que ele e seu amigo um dia poderiam alcançar a condição de Mestres Jedi. De qualquer maneira, esse sempre fora o *seu* objetivo, mas muitas vezes tinha uma inquieta sensação de que Anakin não se contentaria apenas com isso.

Jax procurou no bolso da túnica o pironium que Anakin havia deixado aos seus cuidados. O metal reluzia em sua palma – era uma joia do tamanho de um pequeno ovo, estranhamente iridescente. Era uma entidade desconhecida, supostamente fonte de um poder inimaginável. Um poder a ser convocado – também supostamente – *se* o portador soubesse o segredo. E isso, Jax havia sido levado a crer, seria revelado no holocron Sith que recebera de Haninum Tyk Rhinann. O holocron que seu pai, Lorn Pavan, havia tentado adquirir.

Outra entidade desconhecida. Jax ainda possuía o holocron, mas nunca tentou acessar o conhecimento contido ali. Os holocrons Sith eram raros, poderosos e conhecidos por perturbarem profundamente a Força e seduzirem os Jedi que interagiam com eles sem estarem preparados para o ataque que um conhecimento tão sombrio pode causar na razão. O holocron criava uma leve perturbação na Força com sua mera existência – Jax podia sentir a discreta atração quando ficava perto do objeto – e ele não queria arriscar ativá-lo.

Na verdade, duvidava que tivesse a capacidade de fazer isso agora. Sua concentração fraturada tornava sua inquietude com o artefato Sith irrelevante.

Jax olhou para a prateleira onde estava o miisai. O holocron estava guardado em um compartimento secreto na parte de trás do espaço criado quando a prateleira se estendia da parede. Às vezes, Jax desejava se livrar do pironium e do holocron sepultando-os em algum lugar para que nunca mais precisasse pensar neles de novo, mas nunca seguiu esse impulso. A ideia de deixar os objetos caírem nas mãos de Darth Vader gelava suas veias. Portanto, ele os mantinha por perto, pensando que, algum dia, pudesse encontrar um uso legítimo para eles.

Certamente, nenhum dos objetos invocava lembranças agradáveis. Quando Anakin passou o pironium para Jax – para mantê-lo em segurança por um tempo, Anakin dissera – ele já desconfiava de seu amigo. Jax se lembrou da primeira vez que vislumbrou Anakin em um momento raivoso, irradiando tentáculos tão sombrios quanto a mais escura noite, contorcendo-se e esticando-se ao redor dele.

Eles estavam treinando com sabres de luz quando algo – até aquele momento Jax não sabia o quê – transformou Anakin de colega de treino amigável, embora discreto, em um inimigo determinado. Ele de repente se lançou com toda a fúria na direção de Jax, forçando-o a defender uma rápida série de golpes que poderiam facilmente matá-lo.

Jax já havia encontrado auras sombrias antes, mas nunca daquela maneira e nunca em um colega padawan. Naquele momento, Anakin parecia estar no centro de uma espiral de raiva e frustração. Ele era um buraco negro – sugando luz e cor de tudo e todos em seu campo gravitacional.

O momento passou tão rápido que Jax pensara que havia imaginado tudo aquilo. Ele acabou confuso, desorientado e constrangido, quando Anakin cessou os ataques, sorriu para ele, bateu em seu ombro e perguntou:

– O que foi, Jax? Isso foi demais para você?

Mais tarde, Jax estava prestes a contar para seu mestre aquilo que sentiu, mas ficou em silêncio quando percebeu que o próprio mestre de Anakin, Obi-Wan Kenobi, que observava ao lado, parecia não ter notado nada.

Se Jax tivesse contado aquilo que sentira, será que as coisas teriam sido diferentes? Será que aquele fora outro momento no qual a escolha era perda e a indecisão era mortal?

Ele respirou fundo e tentou controlar seus pensamentos, guardando o pironium de volta no bolso. Agora sabia que os tentáculos sombrios que imaginara ter visto eram as ondas do imenso potencial de Darth Vader. Jax enterrou as imagens do Templo Jedi, dos círculos de treinamento, das memórias da Noite das Chamas que ameaçavam se intrometer em sua meditação. Ele invocou a imagem mental do monitor tático de I-Cinco, depois a vasculhou – na direção daquele ponto vermelho separado dos outros – procurando pela escuridão que sempre emergia no rastro de Vader.

Não.

A inquietude que sentiu o impediu de "tocar" o limiar daquela escuridão.

Ele vai sentir você. Saberá que você está procurando por ele.

(A *Far Ranger*, cheia de fumaça e cheiro de carne queimada, com as luzes de emergência piscando, com Laranth morta no chão do convés atrás dele...)

Jax empurrou a memória para longe e tentou de novo.

Deixe como está, por enquanto. Deixe-o pensar que você está morto.

Ele hesitou pensando se deveria tocar a escuridão, desconfiado de sua própria incerteza.

Vader no meio do corredor esfumaçado, provocando-o friamente...

Jax abriu os olhos e se levantou ofegante. E por acaso havia alguma situação na qual não era preciso escolher? Havia algo que pudesse fazer sem indecisão?

Ele olhou ao redor da cabine aconchegante e pousou a mão na parede de metal. Não estava fria nem quente. A nave estava em silêncio. Não era possível nem ouvir o sistema de ventilação que soprava ar quente dentro do compartimento. Ele imaginou que a nave estava esperando que ele fizesse algo – que *decidisse* algo.

E decidiu. Decidiu deixar a nave e voltar para seu quarto no complexo subterrâneo. Jax deixou seus pertences e a árvore miisai para trás.

O derradeiro improviso transcorreu sem nenhum problema. O cérebro de I-Cinco foi pareado com uma unidade R2 que Geri havia encontrado no depósito – o qual também se encaixava perfeitamente no sistema de navegação astronômica da nave. O conjunto deu ao interceptador os reflexos de um "falcão-morcego" – assim que I-Cinco concebesse uma manobra, a nave executaria imediatamente. Se entrassem em uma situação de batalha, a capacidade de tomar decisões imediatas podia ser a diferença entre o sucesso e o fracasso – ou de vida e morte.

Com os testes improvisados finalizados, a nave reabastecida e repleta de caixotes com "peças de reposição" para I-Cinco, ele, Jax e Den se encontraram com seus anfitriões na plataforma de aterrissagem do Lar da Montanha. Além de Degan Cor e Aren Folee, havia mais alguns outros, incluindo Sacha Swiftbird e Geri.

Degan havia oferecido Sacha para ir com Jax a Coruscant, no intuito de facilitar qualquer reparo necessário, além de servir como emissária da resistência de Toprawa. Jax recusou a oferta.

— Não sei que tipo de situação encontraremos em Coruscant – ele explicou. – A Whiplash está se reorganizando; os agentes imperiais podem ter aumentado a segurança ou mesmo as agressões. Vader provavelmente levou Yimmon até lá para interrogá-lo. Não quero colocar mais nenhuma vida em perigo desnecessariamente.

Ele não acrescentou que a presença de uma mulher na nave apenas acentuaria a ausência de Laranth.

— Colocar a *minha* vida em perigo? – Sacha contestou. – Eu estaria lá para proteger *você*, Pavan. Não o contrário.

— Não estou duvidando das suas capacidades... – ele começou a argumentar, mas ela lançou um olhar direto demais que fez Jax engolir as palavras.

— Eu sei o que está pensando. Você não se sente confortável comigo. Eu entendo. Mas, se eu fosse você, não tomaria decisões estúpidas por causa disso.

Jax abriu a boca para responder, mas ela o impediu novamente.

— Eu sei, eu sei, eu *não* sou você...

— Eu apenas ia dizer que não acho que é uma decisão estúpida. Sim, você poderia ser útil. Mas também poderia estar fora da sua zona de conforto. Aren disse que você poucas vezes saiu de Toprawa e nunca esteve no centro imperial. Aquilo é um lugar... diferente.

Sacha sorriu com o canto da boca.

— Você quer dizer que eu atrapalharia e chamaria uma atenção indesejada se ficasse olhando de queixo caído para tudo ao meu redor.

— Algo assim.

Ela encolheu os ombros e ficou em silêncio. Nem ela nem Degan voltaram a tocar no assunto.

A despedida foi breve, e o compartimento de carga ficou cheio de itens úteis para a Whiplash, incluindo um pouco de ionita e uma seleção de partes de droides para I-Cinco e Den fazerem experimentos. Eles decolaram no meio da noite com as luzes apagadas, com a nave sendo pilotada pela versão R2 do droide. Uma vez no hiperespaço, I-Cinco completou a integração da identidade falsa da nave em cada canto e componente possível. Por motivos óbvios, a nave não poderia aparecer nos registros galácticos como *Laranth*. As pessoas que conheciam Jax Pavan poderiam desconfiar daquele nome.

Mas, no final das contas, ele não se importava com o nome. Era apenas uma nave. Den a rebatizou de *Corsair*, e então foi a *Corsair* que levou Jax e seus companheiros de volta a Coruscant.

NOVE

A *Corsair* – uma diminuta nave cargueira registrada por um pequeno consórcio de Toprawa – aterrissou em um atracadouro afastado do porto oeste, preparado para lidar com naves de tamanho reduzido. Ela se acomodou entre dezenas de outras naves do mesmo porte em uma plataforma de aterrissagem e desembarcou sua tripulação – um humano de cabelos negros e desarrumados, um mecânico Sullustano e um droide que carregava seus pertences.

Para um observador casual, a nave e sua tripulação não eram nada fora do habitual e não mereciam qualquer atenção particular, mas, para aqueles que estavam de olho em ocorrências como aquela – a aterrissagem de uma nave pequena de Toprawa com um registro novo, com tudo que *parecia* ter sido enterrado no sistema por cinco anos –, tal evento sinalizava a necessidade de uma ação rápida.

E então, quando "Corran Vigil" e sua tripulação colocaram os pés no terminal com a intenção de tomar um tubo elevador até os Subníveis mais profundos, foram recebidos por uma escolta policial. Um oficial Zabrak vestindo um longo casaco negro e acompanhado por dois oficiais uniformizados mostraram suas credenciais a eles. Jax

Pavan não precisava ver credenciais. Ele sabia com quem estava lidando.

— Corran Vigil? Você precisa me acompanhar para ser questionado, se não se importa. Na verdade, mesmo se você se importar.

Jax encarou o oficial.

— Posso perguntar do que se trata?

— Temos um pequeno problema com o registro da sua nave e uma certa conexão com uma pessoa desaparecida.

Jax assentiu, passando o peso do corpo de um pé para o outro.

O Zabrak completou com um tom irônico:

— Espero que você não tenha nenhuma ideia brilhante, como tentar fugir de mim. Eu lhe asseguro que meus associados estão acostumados com esse tipo de coisa. Na verdade, eles gostam muito de uma corrida.

Jax suspirou.

— Olha, eu não sei do que se trata, mas...

— Você vai descobrir, se me acompanhar.

— Acompanhar até onde?

— O Departamento de Segurança Imperial.

Den Dhur soltou uma bufada de ar.

— Grande Mãe de todos os...

O agente policial apontou um longo dedo cinzento para ele.

— Olha a educação.

Ele os conduziu para o elevador e depois dispararam para dentro das entranhas do terminal, saindo em um cavernoso estacionamento. Um par de deslizadores policiais estava estacionado na calçada em frente às portas de transparisteel do terminal.

Os dois policiais colocaram os prisioneiros no banco de trás de um dos veículos, trancando cuidadosamente as portas pelo lado de fora. Eles saudaram o oficial, embarcaram em seu próprio veículo e foram embora. O oficial observou enquanto os dois desapareciam de vista, depois entrou no banco do motorista do deslizador, acionou os motores e ganhou as vias aéreas.

Ele não disse nada enquanto conduzia seus passageiros, se embrenhando cada vez mais nos cânions de duracreto.

Finalmente, Jax falou.

— Chefe Haus, claramente não estamos indo para o DSI. Para onde você está nos levando?

Pol Haus olhou para o monitor que dava uma visão clara do banco de trás do veículo.

— É claro que não estamos indo para o DSI. Por que diabos eu levaria vocês para lá? Quanto a nosso *destino*... Bom, já chegamos.

Enquanto falava, Haus manobrou atrás de uma velha barreira policial e parou o carro flutuante. Diante deles havia um prédio suspeito com uma fachada negra e janelas viradas para a rua que pareciam olhos vazios. O oficial destravou as portas do deslizador. Elas se abriram soltando um chiado hidráulico.

— Todos para fora.

O coração de Den martelava em sua garganta quando ele desceu do deslizador e olhou ao redor. Haus os levou para um terminal de transporte público abandonado — um remanescente do antigo sistema de trens magnéticos de Coruscant. Não havia nenhum ser por perto — o que não ajudou em nada a acalmar os nervos de Den.

— Agora vem a parte em que você saca um blaster para nos fritar?

Haus se virou para ele com um olhar matreiro.

— Não. Aqui é onde eu entrego vocês para as partes interessadas. — Ele começou a andar na direção de um antigo edifício, com seu casaco esvoaçando como as asas de um falcão-morcego.

Den olhou para Jax, que respirou fundo e seguiu o chefe de polícia.

— I-Cinco? — Jax murmurou. — Não tire os olhos dele, certo?

— Certo — disse o droide, e Den sabia que ele faria exatamente aquilo. Uma das modificações que ele fizera em seu corpo foi substituir o emissor de luz de sua unidade óptica por um poderoso laser.

Pol Haus, um chefe de polícia setorial, já havia pedido ajuda para eles várias vezes no passado e havia ajudado em troca, chegando cada vez mais perto de uma aliança com a Whiplash. Mas agora as coisas estavam do avesso e, até onde eles sabiam, Haus poderia estar a serviço do inimigo – poderia até mesmo ser o espião que vazara os planos de tirar Thi Xon Yimmon de Coruscant. Den não deixou de considerar essa possibilidade.

A mente de Jax aparentemente percorria as mesmas avenidas, pois, assim que entraram no terminal abandonado, ele perguntou ao oficial:

– O que você sabe sobre a... situação?

– Mais do que você gostaria. Por aqui.

Haus os guiou por vários longos e desertos balcões de serviços e por um pátio escuro que terminava naquilo que claramente era a entrada de uma plataforma de embarque. Den olhou para a desolação da tubulação. As paredes mostravam algum sinal de desgaste, mas também não pareciam tão abandonadas quanto ele esperava.

Haus puxou um comunicador e falou em seu microfone.

– Tenho uma entrega que precisa ser recebida imediatamente.

Houve uma curta resposta do outro lado da linha.

Haus guardou o comunicador no bolso e se virou para Jax e Den.

– Eles estarão aqui em alguns instantes. Eu só queria dizer... – Ele hesitou, e Den percebeu que nunca vira Haus mostrar esse nível de acanhamento; já o vira fingindo não saber de nada, fingindo irritação, até mesmo raiva, mas nunca hesitação. – Sinto muito por Laranth. E também por Yimmon, é claro... – Ele sacudiu cabeça. – Apenas sinto muito. Sei como é perder alguém próximo.

Jax reagiu ao chefe de polícia com uma intensidade solene. Ele o encarou por um momento, depois assentiu.

– Obrigado.

– Você também perdeu seu droide sabichão?

– Não, não perdeu o droide sabichão – I-Cinco disse rispidamente.

O Zabrak olhou para o droide e em seguida soltou uma risada.

— Bom saber.

Com uma onda de ar frio e úmido e um suave sussurro dos freios, um trem flutuante deslizou da escuridão do túnel e parou na plataforma. Uma porta se abriu no primeiro vagão.

Pol Haus inclinou a cabeça na direção da porta.

— Todos a bordo.

Den ficou de queixo caído.

— Nós vamos para o quartel-general em um velho trem maglev?

— Não exatamente. — Haus os conduziu para dentro do trem.

O interior do veículo não possuía mais os assentos originais dos passageiros e agora parecia mais a sala de espera de algum escritório. Antes que pudessem perguntar quem iriam encontrar, a porta do vagão seguinte se abriu e Tuden Sal apareceu.

O sorriso do Sakiyano não chegou nem perto de seus olhos.

— Olá, Jax, Den... I-Cinco?

O droide inclinou a cabeça com um clique.

— Eu gostaria que nosso reencontro acontecesse em circunstâncias... — Sal perdeu as palavras — menos terríveis — concluiu, fazendo um gesto para o vagão atrás dele. — Bem-vindos ao quartel-general da Whiplash. Entrem, entrem.

Com Sal os conduzindo para o vagão seguinte, o trem fechou as portas e deixou a estação. Den ficou surpreso por isso, mas ficou ainda mais surpreso quando Pol Haus se juntou a eles na sala principal.

Eles se sentaram ao redor de uma mesa baixa no segundo vagão — Tuden Sal, Den, Pol Haus e quatro capitães da Whiplash — uma poetisa Togruta chamada Sheel Mafeen, o dono Amani da Cantina do Sil, Fars Sil-at, uma cantora Devaroniana chamada Dyat Agni e um humano do mercado negro chamado Acer Ash. I-Cinco ficou entre Jax e Den; Pol Haus tomou a cadeira ao lado direito de Jax — o lugar normalmente ocupado por Laranth.

Quanto tempo, Jax se perguntou, levaria até que parasse de pensar sobre onde Laranth estaria ou o que estaria fazendo se estivesse ali?

– Você tem alguma ideia – Tuden Sal perguntou a ele – de como Vader sabia onde vocês estariam?

Jax sacudiu a cabeça.

– Não. Talvez eles... talvez tenha sido a nave. Ela pode ter sido afetada de alguma forma. Talvez exista um espião...

– Havia apenas seis pessoas na sala quando fizemos aqueles planos. Nós vasculhamos o local procurando por dispositivos de escuta antes da reunião. Não encontramos nada.

– Nenhum de nós – disse Fars Sil-at, inclinando sua larga cabeça na direção dos outros capitães – sabia como ou quando Yimmon seria transferido para fora do planeta. E claramente o DSI não tinha ideia de onde ficava nosso antigo quartel-general, ou então eles teriam apenas invadido e acabado com todos nós. Eles não são sutis desse jeito.

– E quanto aos seus contatos em Toprawa? – Sal perguntou. – Os Rangers. Será que um deles ou algum de seus associados pode ser o traidor?

Era uma possibilidade horrível, mas real – e fez Jax estremecer.

– Aparentemente – ele disse devagar –, apenas algumas pessoas em Toprawa sabiam sobre a transferência: Degan Cor, Aren Folee e uma mecânica chamada Sacha Swiftbird.

– Folee poderia ser a espiã – o Sakiyano sugeriu. – No ano passado, ela causou o fracasso de uma missão. Seus dois cúmplices foram pegos. Mas ela, não.

Era uma ideia terrível, mas, se a Ranger fosse a traidora, será que Jax não teria sentido algo? Assim como agora mesmo sentia as ondas de tensão e medo irradiando de Tuden Sal e seus aliados? Talvez não, considerando o estado emocional em que ele se encontrava na época.

– Se algum deles tivesse nos traído – Sheel Mafeen sugeriu –, certamente Jax ou Laranth teriam sentido algo.

Uma onda de alívio atingiu Jax. Tanto ele quanto Laranth haviam encontrado Aren *antes* da desastrosa missão. Nenhum deles havia sentido nada de diferente sobre ela. Se houvesse um espião, não era a Ranger Antariana... ou ao menos não *aquela* Ranger Antariana. Ainda sobrava Sacha Swiftbird. Ela não estava com os Rangers por muito tempo e havia tentado convencer Jax a levá-la junto para Coruscant...

Jax olhou para os rostos de seus aliados e percebeu que aquela desconfiança crescente era, em parte, culpa dele. Isso poderia paralisá-los. Mas não podia permitir que isso acontecesse.

— Nós temos que confiar em alguém, Sal — Jax disse. — Se vamos resgatar Yimmon, precisamos confiar em nossos aliados porque vamos precisar deles... e eles vão precisar de nós. Existe... um membro do grupo de Aren Folee que pode ser o culpado. Vou me certificar de que ela fique ciente disso.

— *Se* — a Devaroniana repetiu rispidamente. — *Se* formos resgatar Yimmon. É preciso considerar quais são as chances de algo assim ser possível.

— Imagino que vocês escolheram um líder interino — I-Cinco disse, chamando uma atenção abrupta para sua diminuta presença.

Sal negou com a cabeça.

— Nós decidimos que não devemos ter um líder, mas muitos líderes. Cada um com diferentes esferas de responsabilidade. Pol Haus, por exemplo, é o responsável pela inteligência e segurança.

Jax se virou para o chefe de polícia.

— É mesmo?

— Achamos que fazia sentido — disse Sal. — Ele possui conhecimento interno de como o DSI funciona. E sabe como nos manter escondidos. Isto — Sal fez um gesto ao redor do trem flutuante — foi ideia dele.

Jax escondeu uma pontada de desconfiança. Pol Haus repetidamente esteve em posição de entregá-los, mas nunca fez isso. Ele havia interferido no Departamento de Segurança Imperial para que procurassem nos lugares errados, havia escondido agentes da Whiplash e manteve contato próximo com Jax e Yimmon. Ele teve muitas oportunidades para matá-los ou capturá-los, mas não o fizera.

Mesmo assim...

– Então, agora você está dentro de uma vez? – ele perguntou.

Haus assentiu.

– Estou dentro.

– Se isso provou uma coisa para nós – Sal disse –, é que ter nossos créditos em um único banco não faz sentido. Nossa liderança precisa ser redundante, mas ao mesmo tempo cada um de nós precisa de uma certa autonomia e uma certa sobreposição de responsabilidades.

Pol Haus observou Jax intensamente.

– É claro que, agora que você está aqui, estou perfeitamente disposto a entregar meu cargo...

Jax sacudiu a cabeça com veemência.

– Não. Eu não posso liderar vocês. Não posso tomar o lugar de Yimmon. Foi por minha causa que nós precisamos substituí-lo. É meu dever trazê-lo de volta.

– E isso é mesmo possível? – Sal perguntou. – Por mais forte que seja a mente de Thi Xon Yimmon, Vader eventualmente vai conseguir penetrá-la.

– Yimmon nunca trairia a resistência – Jax murmurou.

– Nunca? – Den disse discretamente. – Mas e se ele não tiver escolha? Nós sabemos que tecnologia o imperador possui debaixo da manga? Sabemos do que Vader é capaz?

Não, Jax não sabia do que Darth Vader era capaz. Nos últimos momentos da *Far Ranger*, ele pensou ter visto Vader falhando em manipular a mente de Thi Xon Yimmon e, em vez disso, contentando-se em manipular a gravidade. Mas mesmo assim...

– Nunca encontrei um usuário da Força tão poderoso quanto Vader – ele admitiu. – O que apenas torna mais importante o resgate de Yimmon.

Pol Haus se recostou na cadeira.

— E como você propõe que façamos isso? No momento, não temos ideia de onde eles podem ter levado Yimmon. Ele poderia estar aqui em Coruscant, ou poderia estar em alguma fortaleza imperial. E, se descobrirmos onde ele está, como você acha que vamos resgatá-lo? É muito provável que Vader o use apenas como armadilha para capturar você, Pavan. *Você* é o verdadeiro prêmio, e acho que você sabe disso.

Jax já estava sacudindo a cabeça.

— Não. Ele poderia ter me capturado quando capturou Yimmon. Se realmente quisesse me pegar...

— Você não está pensando claramente, Jax — disse Den. — Laranth havia acabado de explodir um buraco na nave de Vader e desativar o raio trator. Ele ficou sem tempo. E pensou que o nosso tempo também havia acabado. Ele pensou que o fluxo interestelar iria nos destruir. Estamos vivos graças a Aren Folee e sua equipe.

Den estava certo. Jax encarou seu amigo sem realmente enxergá-lo. *Ele não precisava me matar. Ele já tinha feito algo pior.*

— Fossem quais fossem os motivos de Vader — Sal disse secamente —, nós temos trabalho a fazer. Estamos no processo de desmantelar nossa rede e começar tudo de novo. Abandonamos todos os postos, todos os locais de encontro, todas as passagens, todos os corredores de fuga, pois Thi Xon Yimmon pode comprometer todos eles.

Uma raiva queimou no coração de Jax.

— Ele morreria antes disso.

— Espero que você esteja certo.

Jax se levantou como se tivesse levado um choque na cadeira.

— Yimmon é seu amigo!

O Sakiyano olhou para ele com uma expressão cansada.

— Yimmon era nosso capitão. Nosso conselheiro. Nosso líder. Precisamos seguir em frente como se ele tivesse morrido. É isso que ele esperaria de nós, você não acha?

Jax começou a protestar.

— Deixe-me colocar de um jeito diferente — Sal disse. — Você acha que Thi Xon Yimmon iria querer que arriscássemos toda a organização para localizá-lo e resgatá-lo? Sacrificando todas as outras prioridades?

Pela reação de Pol Haus e dos outros agentes, Jax percebeu que não era a primeira vez que discutiam aquilo. Havia uma discórdia pairando entre eles. Haus olhava para algo invisível na parede curva do vagão, com o rosto profundamente fechado. Fars, Acer e Dyat assentiam sombriamente; Sheel olhava para suas mãos juntas.

Jax olhou para Pol Haus.

— Vocês concordam que devemos... desistir de Yimmon?

— *Eu* não concordo — murmurou Sheel.

Haus tocou as mãos da poetisa para silenciá-la quando ela olhou nos olhos de Jax.

— Acho que podemos dizer que Yimmon teria argumentado que a Whiplash precisa se reagrupar, reabastecer e repensar sua estratégia... e precisa fazer isso rápido. Estamos no meio desse processo agora. E quando isso terminar...

— Quando terminar — Sal disse, com a voz presa na garganta —, precisamos atacar o Império enquanto eles pensam que ainda estamos nos recuperando da perda. Isso tudo será uma tragédia apenas se permitirmos que seja. Se olharmos como uma oportunidade para agirmos de maneiras que o imperador nunca suspeitaria, tudo continuará sendo uma perda pessoal, mas não uma perda para a resistência. Eles acham que agora nós somos uma criatura sem cabeça. Mas, como Pol Haus sugeriu, temos seis ou sete cabeças onde antes havia apenas uma. E cada cabeça é capaz de direcionar os esforços do corpo.

— Atacar — Jax repetiu. — Atacar como?

O olhar de Sal passou brevemente pelos rostos de seus aliados.

— Isso ainda não foi decidido. Mas precisa ser um ataque devastador e decisivo.

Jax abriu as mãos em um gesto de súplica.

— O que seria mais devastador do que tirar Yimmon das mãos do imperador?

Tuden Sal fechou o rosto.

– Talvez se tivéssemos pelo menos alguma noção de onde ele está...

– Nós temos uma noção – I-Cinco disse.

A afirmação causou um súbito silêncio ao redor da mesa.

– Continue – disse Pol Haus.

– Eu rastreei a rota que as forças de Vader tomaram para entrar e sair da área onde nos emboscaram. Temos quase certeza de que algumas das naves, talvez até a nave de Vader, fizeram uma parada em Mandalore, depois seguiram de lá para a Orla Média.

– *Algumas* das naves?

– A maior parte da legião voltou para o Núcleo. Yimmon pode até estar aqui em Coruscant neste exato momento. Se concentrarmos nossos esforços para encontrá-lo...

– Não podemos – a Devaroniana rugiu – jogar tudo que temos em uma busca por Yimmon. Você não tem nem certeza do seu paradeiro. Na verdade, ele pode já estar morto. E, mesmo se não estiver, cada recurso que dedicarmos para sua busca é um recurso que não teremos para outras grandes tarefas. – Ela terminou sua fala com os olhos vermelhos focados em Tuden Sal. – Isso não é verdade?

Sal se ajeitou na cadeira em aparente desconforto.

– Dyat está correta. Em sua ausência, Jax, nós tivemos que... seguir com os planos para fortalecer nossos contatos dentro do Departamento de Segurança Imperial. Se tivermos que reduzir esses esforços, nós perderemos o terreno que já ganhamos.

– Você ficou sumido – Dyat disse a Jax – por mais de um mês. Foi tempo suficiente para jogar toda a organização em um caos que só recentemente conseguimos controlar. Considere as consequências, Jax Pavan, se Darth Vader fez isso esperando que nós, como você sugere, direcionássemos todos os recursos em um resgate de nosso líder sequestrado.

As palavras atingiram Jax como um golpe físico. Ele voltou a se sentar, sentindo como se as pernas tivessem levado uma rasteira.

– Você está certa. – Ele se recostou no assento, fechando os olhos.

– Não podemos comprometer nossos recursos na busca por Yimmon.
– *Mas, sem esses recursos, nunca vamos trazê-lo de volta.*

– Jax parece que precisa de um tempo para descansar – Pol Haus disse bruscamente.

– É claro – disse Sal. – Se você não se importa...

Jax sentiu um toque em seu braço e abriu os olhos para encontrar Pol Haus de pé ao seu lado.

– Vou mostrar a você e seus companheiros nossos novos aposentos.

Jax assentiu em silêncio e se levantou para seguir o oficial para o vagão seguinte. Den e I-Cinco o seguiram. Haus os conduziu pelo vagão-restaurante, que oferecia uma área comum repleta de máquinas de comida e várias áreas de estar. O vagão seguinte possuía dois compartimentos privados acessados por um corredor.

– Este aqui é o compartimento do Sal – Haus disse, mostrando a porta da direita. – O outro eu uso de vez em quando.

Eles continuaram rumo ao vagão seguinte, até uma porta perto do fim.

– Este aqui é bom para você, Den?

O Sullustano deu de ombros e começou a se mover na direção indicada. Ele hesitou e olhou para trás.

– Cinco? Você vai vir comigo ou...?
– Acho que vou ficar com Jax por enquanto.

Den fitou Jax e assentiu.

– Boa ideia.

Quando Den fechou a porta, Pol Haus conduziu Jax para seu compartimento. O lugar era mais do que adequado, tendo quase duas vezes o tamanho da cabine da *Laranth*. Havia uma cama que descia da parede, uma área de estar e até mesmo um pequeno bar onde seria possível fazer uma refeição com outra pessoa. I-Cinco entrou primeiro, checou o lugar e se posicionou ao lado da porta.

Jax apenas ficou parado no meio da cabine, sentindo-se momentaneamente sem direção.

— Nem todos concordam que devemos considerar Yimmon como perdido — Pol Haus disse. — Ao menos Sheel e eu não concordamos com essa ideia.

— Facções? — I-Cinco perguntou.

Haus se virou para o droide.

— Eu não diria isso. Apenas... incertezas. Eles não estão acostumados a operar sem uma liderança forte, mas, ao mesmo tempo, estão um pouco desconfiados de eleger um único líder forte novamente.

— O Império parece funcionar com único líder forte — I-Cinco observou. — Um governante absoluto, na verdade.

— A liderança do Império está em sua posição de poder. O imperador governa através de segredos e medo, enquanto ele próprio teme uma única coisa... Bom, se ele for esperto o bastante para temer.

— Vader. — A palavra saiu dos lábios de Jax como uma pedra.

— Sim. Vader. Estou certo?

Vader: o elemento imprevisível.

— Eu gostaria de dar mais motivos para o imperador ter medo — Jax murmurou.

Os lábios de Haus se curvaram ironicamente.

— Então você e Sal deveriam estar na mesma página.

Jax se levantou e se virou para o chefe de polícia.

— Eu deveria? Você acha que eu deveria simplesmente deixar Yimmon nas mãos de Vader? Simplesmente seguir em frente?

— O que a sua percepção da Força lhe diz?

— Que eu não deveria.

— Não dá para argumentar contra a Força. — Haus fez uma leve saudação e se retirou da cabine.

Jax encarou o vazio após sua saída, sabendo que havia muito subtexto ali que ele estava ávido para entender.

— Deite-se, Jax — disse I-Cinco. — Antes que desmaie.

Ele se deitou, mas por pouco tempo.

DEZ

O SONO VEIO COM DIFICULDADE. As emoções de Jax ainda nublavam as coisas, e sua mente parecia determinada a seguir por caminhos sombrios que sua alma não queria percorrer. Ele dormiu inquieto, fugindo dos sonhos turvos antes que pudessem engoli-lo. No sonho mais benigno, viu o monitor tático de I-Cinco exibindo o Punho de Vader quando interceptou a *Far Ranger*, tomou a nave e depois fugiu com Yimmon.

Nos sonhos ele enxergara aquilo que não havia permitido a si mesmo enxergar no monitor tático: o momento em que a luz azul que era a *Far Ranger* desapareceu da existência, destruída pelas forças gravitacionais dos Gêmeos.

Por mais que quisesse acordar naquele momento, ele não acordou. Não poderia. Em vez disso, observou a frota de pontos brilhantes acelerar e saltar para o hiperespaço, emergindo perto de Mandalore. Em seus sonhos, também viu essa rota e acordou se perguntando novamente por que Vader pararia em Mandalore. Será que tinha algo a ver com seu prisioneiro?

Quando finalmente desistiu do sono, Jax meditou, mas achou

difícil se concentrar sem o miisai para servir de ponto focal. E não ajudava o fato de que o droide, aparentemente em modo de hibernação, havia se posicionado num dos cantos da cabine.

Jax voltou para sua cama e dormiu, mas de modo intermitente. Quando acordou, I-Cinco não estava mais lá. Jax saiu da cabine ainda sonolento, sua mente querendo disparar aqui e ali. Ele saiu em busca de algo para comer.

O vagão-restaurante estava vazio. Ele se serviu nas máquinas de comida e bebida. Jax olhou pelas longas aberturas horizontais que serviam de janelas. Não havia muito para ver – apenas lampejos de luz que se moviam pelo túnel magnético. Eles se moviam agora, mas Jax sabia que haviam parado durante a noite. Onde, ele não sabia. Precisava admitir que a ideia de Pol Haus para proteger a liderança da Whiplash era brilhante: usar o trem subterrâneo literalmente, em vez de metaforicamente.

Jax se virou ao ouvir a porta se abrindo e fechando e viu Den e I-Cinco entrando no vagão. Den não parecia ter dormido muito bem. Seus grandes olhos estavam avermelhados, e as pálpebras, caídas.

— Você parece estar como me sinto — Jax disse.

— Meus pêsames — o Sullustano respondeu e foi atrás de uma xícara fumegante de café e um bolo de proteína.

I-Cinco — embora Jax ainda tivesse dificuldade para pensar naquele droide diminuto como I-Cinco — se moveu graciosamente até a mesa onde Jax estava sentado e analisou o Jedi com sua lente óptica.

— Realmente, meus pêsames — disse o droide. — Você não dormiu mais do que duas, talvez três horas, na noite passada, entre cochilos curtos. Depois do seu primeiro período acordado, mal conseguiu atingir o sono REM, o que significa que não estava sonhando.

— Achei que você estava hibernando. E prefiro não sonhar, se for tudo a mesma coisa para você.

— Não é tudo a mesma coisa para mim. O sono REM é necessário para o bem-estar da maioria dos seres sencientes. Se você não receber a quantidade necessária, pode haver repercussões, desde depressão, exaustão e alucinações, até mesmo um possível ataque psicótico.

— Sim. Certo, eu sei.

— Talvez eu precise medicar você. Considerei fazer isso na noite passada, mas achei que você ficaria descontente se eu fizesse sem sua permissão.

Den quase engasgou com o café.

— *Descontente* seria um eufemismo.

— Não quero ser medicado — Jax disse discretamente. Mesmo enquanto dizia as palavras, sentiu uma pontada de culpa: parecia errado impedir os sonhos. *Ela* ainda os habitava. Jax pensou no miisai, que estava na cabine da nave.

Não vamos ficar aqui por muito tempo, ele disse a si mesmo.

— Então, o que temos na agenda hoje? — Den perguntou.

I-Cinco soltou um bipe contrariado.

— Precisamos *mesmo* ter algo na agenda? Vocês dois deveriam aproveitar a oportunidade para descansar e se recuperar.

— Hoje vamos fazer reconhecimento — Jax disse. — I-Cinco, preciso que vasculhe o Controle de Tráfego Espacial. Se puder, converse com a inteligência artificial. Tente encontrar alguma atividade incomum.

— Como naves da 501ª aterrissando por aí?

— Exatamente. Vou me encontrar com Pol Haus e perguntar se ele ouviu alguma coisa interessante no DSI. Precisamos localizar Vader.

Den olhou para ele incisivamente.

— Você não vai desistir disso, não é?

— E você está pronto para desistir? Para desistir de Yimmon?

Eles cruzaram olhares por um longo momento, depois Den suspirou profundamente e sacudiu a cabeça.

— Que a Mãe-Guia me ajude, mas não. Não estou pronto para desistir.

— Entretanto, pode ser inteligente — I-Cinco disse — deixar Tuden Sal acreditar que vamos desistir, pelo menos por enquanto.

Jax concordou e tomou outro gole de café. Ele odiava não ser totalmente honesto com seus aliados, mas a discórdia na liderança era a última coisa de que eles precisavam. Até onde Tuden Sal e os outros saberiam, Jax Pavan estava aproveitando o tempo para um descanso merecido. Apenas Pol Haus teria o privilégio de saber o quanto isso estava longe da verdade.

Disfarçado como um mercador Ubese, Jax apareceu no quartel-general de Pol Haus, presumivelmente para apresentar uma queixa contra um parceiro de comércio Sullustano. Ele entrou espalhafatosamente em seu escritório e, quando encontrou Haus, andou de um lado a outro até poder localizar qualquer dispositivo espião, depois se posicionou de modo que nenhum deles pudesse ver suas mãos enluvadas.

— Posso perguntar — Haus disse, com olhos cerrados — por que um dos meus tenentes não poderia ajudá-lo?

Jax tomou uma postura agressiva e perguntou, com o grasnado amplificado mecanicamente típico dos Ubese:

— Fala você ubeninal?

Os olhos de Haus baixaram para suas próprias mãos.

— Sim. Mas não sou tão bom em sinalizar quanto sou em ler...

— Então, devo falar e você deve ouvir. Uma criatura de Sullust roubou meu droide mecânico favorito. Exijo que você me acompanhe imediatamente para confrontá-la. — Foi isso que Jax disse em voz alta, mas o que sinalizou na linguagem não verbal dos Ubese foi algo completamente diferente.

— O seu... droide mecânico? — Haus repetiu, coçando a base de seu chifre esquerdo. Ele passou a vista das mãos de Jax para seus olhos, ocultos atrás das lentes da máscara que os Ubese usavam quando estavam entre raças alienígenas. — Eu poderia pedir a um dos meus associados...

— Não é bom o suficiente. Essa criatura Sullustana não vai respeitar os seus associados. Ela acredita que está acima da lei. Suspeito que ela tenha ligações com o Sol Negro.

– É mesmo? – Haus observou Jax sinalizar sua verdadeira intenção, depois assentiu. – O Sol Negro? Quem diria.

– Ele é um ladrão. É mais do que um ladrão. Eu tenho provas. Você vem comigo.

Pol Haus se levantou da cadeira e foi apanhar seu infame casaco de um gancho na parede.

– Se você pode provar o que diz, ficarei contente em acompanhá-lo.

Eles desceram para o estacionamento de veículos da força policial e tomaram o deslizador de Pol Haus, atravessando os cânions urbanos.

– Para onde estamos indo? – Haus perguntou.

– Para o Mercado de Ploughtekal.

Eles alcançaram o local em silêncio. Haus estacionou o deslizador e eles desceram ao mesmo tempo, perdendo-se no meio do barulho e agitação do bazar. Era o mesmo de sempre – um muro de som e movimento, uma explosão de cores vívidas sobre a fria e sombria subestrutura de Coruscant. Jax ouviu conversas de uma dezena de mundos – a língua básica sendo falada em outra dezena de sotaques. Risos. Discussões.

Em suma, a vida acontecendo.

Jax sacudiu a si mesmo, soltando um suspiro áspero.

Haus olhou para ele com o canto dos olhos.

– Do que você precisa?

Jax desligou o amplificador de voz e falou normalmente, inclinando a cabeça na direção de Haus para que apenas ele ouvisse.

– Informação. Preciso saber se existe alguma atividade incomum acontecendo dentro do DSI.

– Eu devo ficar de olho exatamente em quê?

– Na presença de um Inquisidor ou talvez num nível maior de segurança nas áreas de detenção.

– Como se eles tivessem um prisioneiro especial?

— Sim. E... se Vader estivesse de volta.

— Isso eu posso responder agora mesmo, pois sempre tenho meus contatos de olho em Vader. Ele está em Coruscant. Recebi confirmação um pouco antes de você aparecer no meu escritório. E de acordo com minhas fontes, a maior parte de sua legião também voltou com ele. O que faz você se perguntar para onde foram as outras naves... e por quê.

Isso realmente fez Jax se perguntar, mas ele foi momentaneamente consumido pela ideia de que ele e Vader estavam compartilhando o mesmo planeta. Um impulso guerreiro correu por suas veias – para encontrar Vader e confrontá-lo, ou ficar o mais longe possível dele. Poderia o lorde sombrio sentir sua presença? Estaria Jax arriscando a segurança da Whiplash simplesmente por estar ali?

Haus parou de andar e se virou para encarar Jax.

— O Sal sabe que você ainda está pensando em ir atrás de Vader?

— Não estou pensando em ir atrás de Vader. Estou pensando em ir atrás de Yimmon. E não, Sal não sabe. Você vai contar a ele?

— Você pretende interferir nos planos dele para a Whiplash?

— É claro que não.

— Então não tenho razão para contar, não é? Eu também quero que Yimmon volte. — O chefe de polícia se virou e começou a andar novamente.

— E por que Sal não quer?

O Zabrak soltou um som impaciente.

— Acho que você não o interpretou corretamente. Acho que ele quer que Yimmon volte. Ele apenas acredita, pelas razões que já citei, que seria perigoso dedicar todos os recursos da organização a sua busca.

— Mas...?

Um outro olhar com o canto dos olhos.

— Quem disse que existe um "mas"?

— Não me subestime, Haus. Não perdi meu elo com a Força. Posso perceber sua ambivalência e estou ciente de que a relutância de Sal é muito profunda.

O chefe de polícia riu, embora Jax não tenha detectado humor algum.

– *Mas...* eu acho que ele poderia dedicar alguns recursos para encontrar Yimmon. Em sua defesa, acho que ele não quer que você faça parte desses recursos. Ao menos, se eu estivesse na posição dele, *eu* não gostaria de perder você para uma missão.

– Mas...? – Jax insistiu.

– *Mas* também entendo que, se você não der tudo de si para resgatar Yimmon, a sua presença não seria útil. Sal precisa de você... a Whiplash precisa de você. Mas precisa de você com a mente boa, seu coração inteiro e sua alma não esticada como uma supercorda entre aqui e o Espaço Selvagem. A organização precisa de você fazendo aquilo que você faz de melhor: apoiar a resistência.

Jax parou e olhou para o chefe de polícia com uma expressão irônica, encarando seus olhos vermelhos levemente caídos.

– Você não deixa escapar muita coisa, não é mesmo?

– Não me subestime, Pavan. Eu não deixo escapar *nada*.

Jax se separou de Haus no coração do mercado. Enquanto andava, sentiu uma estranha combinação de inquietude, impaciência e exaustão. Ele odiava ter que esperar por informação; queria algo para poder agir – alguma direção certa. Será que Yimmon estava ali ou em outro lugar? Se não estava em Coruscant, então por que Vader estaria aqui?

Mergulhado em pensamentos, Jax perdeu a noção de onde estava até erguer os olhos e reconhecer a vizinhança. O Cefalônio que o havia chamado antes de partirem de Coruscant em sua missão fracassada morava a apenas alguns metros da esquina onde estava. Ele parou e olhou pela rua até a entrada do prédio do Cefalônio.

Por que aqui? O que ele imaginava que Aoloiloa pudesse contar se batesse em sua porta? O que Jax *queria* que o alienígena contasse?

Aqui está o que você fez de errado, seu humano ridículo. Por que não me ouviu? Você é surdo? Cego? Burro? Todas as anteriores?

Ele quis dar meia-volta e refazer seus passos até o Mercado, mas não desistiu. Em vez disso, deixou que seus pés o levassem para o edifício do Cefalônio. Ele sinalizou o desejo de subir – de ser recebido para uma audiência.

Talvez ele apenas dirá para eu ir embora.

Mas o Cefalônio não fez isso. E então, sem poder voltar atrás, Jax entrou na antessala e viu que Aoloiloa havia adquirido mais algumas esculturas desde sua última visita. De fato, parecia que ele admirava uma delas quando Jax se aproximou da janela e o cumprimentou, removendo sua máscara Ubese e o amplificador de voz.

Aoloiloa se virou lentamente e se movimentou até a janela, balançando como uma gelatina.

– *Você (vai) voltar/ voltou.*

As palavras apareceram no monitor de comunicação da antessala.

– Eu voltei. E lamento dizer que... experimentei a verdade de suas palavras: *escolha é perda; indecisão é perda total*. Fracassei em tomar uma decisão e acabei perdendo tudo.

– *Você quer/ queria/ vai querer?*

– Eu... – Jax hesitou. O que ele queria? O que esperava que o Cefalônio fosse dizer? O que ele poderia ter feito de diferente ou melhor? Isso ele já sabia, não é mesmo?

– Quero saber... se havia algo que eu pudesse ter feito para... produzir um resultado diferente.

– *Para não perder tudo?*

– Sim. Para não perder tudo.

– *Isso é/ seria/ será um caminho diferente. Cada escolha faz/ fez/ fará seu próprio caminho. Muitas trilhas levam/ levaram/ levarão para crux.*

– Crux... sim, você disse isso antes. Você disse: *locus. Sombras cruzam luz.*

Ou a sombra *vai* cruzar a luz, ou a sombra *cruzou* a luz, ou...

– *Sim. Locus. Nexus. Crux. Sombra e luz cruzam/ cruzaram/ vão cruzar.*

– Você quer dizer que *não* foi aquilo? Que ainda não aconteceu?

Ou você quer dizer que já cruzou e que eu tomei a decisão errada; que tomei o caminho errado? Ou algo assim.

O Cefalônio flutuou em silêncio por um momento, depois disse:

– *Ouça.*

Ouça? Jax não se lembrava de nenhuma vez em que ouviu o Cefalônio dizer algo que carregasse qualquer toque de urgência ou de ordem.

– Estou ouvindo.

– *A separação de Yimmon destrói/ destruiu/ vai destruir a nós.*

Jax se arrepiou. Aquela foi a mensagem mais intensa que já recebeu de um desses sencientes etéreos.

– Nós? Você quer dizer os Cefalônios? Ou a Whiplash? Ou...

– *Todos nós.*

As palavras no monitor pareciam iguais a qualquer outra sequência de letras e sílabas, mas a percepção da Força de Jax – completamente focada no Cefalônio – dizia que *não eram* iguais. Aoloiloa estava perturbado pelas palavras – talvez até com medo.

– Você quer dizer que... ele vai trair a resistência?

– *Sua verdade: escolha é perda; indecisão é perda total. Sombras cruzam/ cruzaram/ v*ão *cruzar a luz.*

– E tornar cinza? – Jax perguntou pensativamente.

– *Eclipse* – disse o Cefalônio.

ONZE

Eclipse.
Sombras cruzam a luz, bloqueando-a. A escuridão reina.
Mas apenas por um tempo, Jax pensou enquanto fazia o caminho de volta para o Mercado de Ploughtekal. Depois, a luz retorna.
Mas por quanto tempo? Era isso que o cefalônio tentava dizer a ele? Que a separação de Yimmon – sua captura por Vader – poderia trazer o eclipse da resistência, da pouca liberdade e esperança que existia por causa dela?
Certamente, a Ordem Jedi já havia sido eclipsada; até onde Jax sabia, ele era o último Cavaleiro Jedi vivo. Ele havia começado o treinamento de apenas um padawan, mas Vader cuidou para que Kaj Savaros fosse arruinado – quase destruído, na verdade.
Havia uma parte de Jax que enxergava isso como uma bênção. Kajin Savaros possuía uma natureza sensível, muito talento bruto, pouco treinamento e ainda menos autocontrole. O resultado poderia ser ainda mais catastrófico. Jax odiava pensar em como Kaj – com sua alma ferida – teria reagido à perda de Laranth Tarak e Thi Xon Yimmon. Naquele momento, ao menos, o jovem estava seguro, após ser envia-

do secretamente a Shili aos cuidados dos Silenciosos, um misterioso grupo de curandeiros.

Jax sentiu uma leve saliência entre ondas da Força que flutuavam ao seu redor no mercado lotado. Todos os seres sencientes possuíam algum sinal na Força. Para a maioria, era algo sutil, quase transparente. Para um usuário da Força treinado como Jax, esses sinais tênues forneciam um leve pano de fundo contra o qual um sinal mais pronunciado era como uma correnteza ou uma curva no fluxo normal.

Agora Jax sentia uma correnteza muito familiar. Ele seguiu a sensação e não ficou surpreso quando acabou na frente do Empório dos Droides de Yarg Honesto (cujas vendas eram todas garantidas!). O cartaz que flutuava sobre a loja espalhafatosa prometia novos e usados/ droides completos e peças/ trocas são bem-vindas! As palavras eram pontuadas com a efígie sorridente do próprio Yarg. Yarg era um gran. Um gran feliz, considerando o retrato holográfico da criatura acenando para o público como alguma indicação. Debaixo de seus três olhos semiabertos, sua boca bovina se contorcia como o sorriso matreiro de um humano.

Confie em mim, era o que o sorriso dizia.

Jax entrou no empório e olhou ao redor. Havia meia dúzia de clientes de uma variedade de mundos observando o inventário de droides completos e desmontados. A fonte do sinal da Força estava no canto direito mais afastado do depósito. Mesmo àquela distância, Jax podia sentir que I-Cinco estava ofendido enquanto Den Dhur — pedindo calma com as mãos — tentava se comunicar com a terceira figura da cena: o dono do lugar, Yarg.

Jax se aproximou do grupo, fazendo questão de ligar os filtros vocais. Ele entendeu imediatamente do que se tratava a conversa.

— Ele não quer me vender — I-Cinco dizia enfaticamente para Yarg. — Ele já disse isso várias vezes. Com tantos órgãos sensoriais que você possui, como pode não ter entendido isso? E muito menos — o droide continuou, ignorando Den, que tentava silenciá-lo — ele quer me vender como *ferro-velho*. O objetivo da nossa visita é comprar uma unidade de protocolo completa, ou mesmo parcialmente completa. De preferência, uma unidade I-5YQ.

— E eu já disse a você — o gran respondeu suavemente, baixando os olhos para o pequeno droide — por que não tenho nenhum modelo I-5YQ no momento. Eles se tornaram, como eu também já falei, muito raros, são antiguidades. Na verdade, agora mesmo, na semana passada, um dos meus compradores encontrou um modelo em Alderaan com o preço de...

— Antiguidades? — repetiu I-Cinco com indignação, quase passando dos limites de seu vocalizador. — Eles *não* são antiguidades. São dispositivos *vintage* de...

— O que está acontecendo aqui? — Os tons ásperos da máscara Ubese de Jax interrompeu o droide.

Seis olhos se voltaram para ele.

— Eu envio você para encontrar um droide de protocolo e você fica discutindo com este dono de loja bondoso e paciente? Por favor, termine seus negócios agora mesmo.

Os olhos de Den se arregalaram, e por um momento Jax se perguntou se ele havia se esquecido do disfarce que o Jedi adotara pela manhã. Depois ele fez uma reverência — dobrando-se servilmente por várias vezes — e pediu desculpas para Jax e o Yarg Honesto.

— Alguma coisa errada, senhor? — Den perguntou a Jax, com uma preocupação crescente no rosto. — Aconteceu... alguma emergência?

— Nenhuma emergência. Eu apenas gostaria de sair logo deste planeta pestilento. Você ainda tem negócios para fechar com este senciente? — Ele acenou com a cabeça na direção de Yarg.

— Na verdade, sim, tenho. Mas nosso droide mecânico parece ter queimado um circuito ou três. Se você puder levá-lo lá para fora...

— Não vejo razão para isso... — I-Cinco começou a dizer.

Jax o silenciou com um gesto.

— Venha, máquina. Vamos deixar meu associado pechinchar em paz.

Do lado de fora, Jax se recostou contra a frente do prédio. Após um momento de hesitação, I-Cinco dobrou praticamente metade do corpo diante dos pés do Jedi.

– O que foi aquilo? – Jax perguntou discretamente com sua voz natural.

– A espécie gran – I-Cinco disse – é particularmente frustrante. Eles são cuidadosos demais, amigáveis demais e adoram contar longas histórias entediantes. De fato, acredito que inventam essas histórias como uma estratégia, achando que você vai comprar a primeira coisa que encontrar só para que eles parem de falar.

– Você está bem?

– Se *eu* estou bem? – repetiu o droide. Ele girou sua única lente óptica para olhar o rosto de Jax, como se pudesse ler a expressão por detrás da máscara ubese. – Por que você pergunta?

– Você geralmente toma tanto cuidado para se manter dentro da sua personalidade droide. Fingindo... ser menos do que é.

I-Cinco desviou o olhar.

– Eu... não estou acostumado com as limitações deste corpo.

Jax se abaixou ao seu lado, levando o visor da máscara ao mesmo nível da lente do droide.

– Você não é apenas uma máquina. Se eu precisava de mais algum motivo para me lembrar disso, acabei de sentir esse motivo. Eu segui o seu sinal na Força até aqui, Cinco. Você nem deveria *ser* sensível à Força.

– E daí?

– Daí que eu nunca havia pensado sobre como você... – Ele hesitou, depois tentou de novo. – Não havia me ocorrido como você foi afetado por aquilo que aconteceu com a gente. Até agora. Às vezes, eu me esqueço do que você é.

– E o que eu sou?

– Meu amigo. O amigo do meu pai. O amigo de *Laranth*.

A lente óptica focou no rosto de Jax.

— Eu sou todas essas coisas. Sou até amigo de Den... inexplicavelmente.

Jax sorriu por detrás da máscara.

— Você... isso...

— Sim – o droide disse simplesmente. – Eu sinto. E isso me afeta. Talvez eu não sinta afeição ou perda como você, ou como Den, mas sinto algo, sim... Você por acaso está sugerindo que minha mente esteja comprometida por causa disso?

— Não sei. Apenas sei que, sob circunstâncias normais, seria incomum para mim encontrá-lo discutindo com um senciente sobre as virtudes de seu antigo corpo. E também só agora me ocorreu que você pode estar sentindo falta do antigo corpo.

O capacete de metal se inclinou de lado.

— Interessante. Não pensei sobre essa possibilidade. Talvez você esteja certo.

— Isso acontece, de vez em quando.

Den saiu da loja, trazendo uma pequena plataforma antigravidade cheia de caixas.

— Você se encontrou com Haus, não é? – ele perguntou a Jax. – O que aconteceu? O que está errado?

— Vader está aqui em Coruscant... isso é o que está errado. Precisamos nos mexer.

Jax estava de volta. Ao menos, era isso que parecia de onde Den Dhur estava. Ele sentiu uma profunda sensação de alívio ao ver o Jedi motivado e se mexendo. Planejando. Ele não estava animado com a expectativa de bisbilhotar o DSI para tentar rastrear Vader, mas reconhecia que era a única maneira de encontrar Thi Xon Yimmon.

I-Cinco esteve usando seu tempo para se comunicar com qualquer subsistema da cidade que permitisse acesso. Teve um sucesso limitado – com exceção de uma coisa com que se deparou no sistema financeiro do Império: uma grande quantia de créditos havia passado recentemente dos cofres do Império para várias contas em Mandalore. O imperador estava comprando os serviços de alguém, mas, com a identidade dos donos da conta cuidadosamente oculta, era difícil dizer quem era.

Caçadores de recompensa – era o que Den pensava. Jax e I-Cinco concordavam. Mas para qual propósito? Caçar os Jedi? Se fosse isso, seria um daqueles cenários de boa notícia/ má notícia. Má notícia: Vader estava perseguindo os Jedi. Boa notícia: Vader acreditava que ainda existiam Jedi para perseguir.

Eles estavam empacotando suas novas aquisições quando Pol Haus apareceu em uma das paradas rotativas da Whiplash e entrou a bordo. Ele foi direto para a cabine de Jax e jogou um pacote selado em sua cama.

– O que é isso? – Jax perguntou.

– Um uniforme da polícia setorial de Coruscant e insígnias de tenente. Eu trouxe para você usar da próxima vez que precisar me visitar no quartel-general. Não posso ficar recebendo criaturas estranhas a toda hora; chama muita atenção da minha equipe. Mas tenho a sensação de que você não vai precisar usar isso.

– Por que não? – Jax perguntou. – O que está acontecendo?

– Algo que não entendo. Vader está aqui. Ele foi visto na sede do DSI e supostamente se encontrou com Palpatine. Mas não vi nenhum tipo de atividade que seria normal se ele tivesse trazido um prisioneiro importante. Nenhum deslocamento de guardas, nenhuma concentração de Inquisidores. Na verdade, e aqui vai a coisa realmente estranha, os Inquisidores foram enviados para fora do planeta. Ou, ao menos, os mais importantes foram enviados.

Jax deixou seu novo pacote perto da porta da cabine e deu total atenção ao chefe de polícia.

– Tesla? – ele perguntou.

Haus confirmou.

— Aparentemente, ele e vários membros de alto escalão do grupo foram enviados ontem.

— Enviados para onde?

— Isso nunca fica registrado, mesmo dentro do DSI. Vader deu a ordem, e eles decolaram diretamente da plataforma do departamento. Usaram um transporte imperial com um itinerário não registrado. O que me leva para a outra notícia: a nave de longo alcance de Vader está parada na plataforma do DSI agora mesmo, passando por procedimentos de pré-decolagem.

— Para onde a nave está indo?

— Sei lá. Não tem itinerário. E não estou em posição para perguntar.

— Alguma ideia de quando vai decolar?

Pol Haus sacudiu a cabeça.

— Precisamos ir até o espaçoporto — Jax disse seriamente. — *Agora*.

Enquanto Jax e Den moviam seus poucos pertences para a *Laranth/Corsair* junto com as partes de droides que eles compraram no Empório de Yarg, I-Cinco realizava os procedimentos de pré-decolagem e tentava extrair informações sobre a nave de Vader do fluxo de dados do sistema. Com a carga embarcada no pequeno compartimento, Jax foi até a cabine do piloto, onde I-Cinco se debruçava sobre o console de comunicações.

— Alguma coisa?

— Na verdade, eu estava prestes a chamá-lo. Parece que a nave de Darth Vader vai esperar até as catorze horas. Ou pelo menos foi o que o capitão disse ao controle de voo do Porto Leste.

Den apareceu no corredor e se encostou na moldura da escotilha.

— Por que ele anunciaria isso para o controle de voo do Porto Leste?

— O Porto Leste fica perto do Senado, do Palácio e do Departamento de Segurança, então qualquer tráfego especial que saia desses locais afeta os padrões de voo de naves civis. Achei que, se eu monitorasse qualquer mudança no tráfego de entrada e saída... poderia descobrir algo.

— Boa ideia — Jax comentou. — O capitão disse por que estava esperando?

— Não. Apenas disse que esperava.

Jax checou seu relógio. Cinco horas. Ele tomou uma decisão rápida.

— Vou até o Distrito Palaciano para ver se consigo me aproximar da nave de Vader.

I-Cinco permaneceu tão parado que Jax pensou que as juntas do droide haviam congelado.

— Por quê?

— Se ele trouxe Yimmon para Coruscant, ele pode estar transferindo-o para o mesmo lugar ao qual enviou os Inquisidores.

— Ou ele pode ter enviado Yimmon na frente com aquelas outras naves.

— Mas, se ele está *aqui*, Cinco, posso encontrá-lo.

Den entrou na ponte de vez.

— Sim, e isso pode ser uma armadilha.

— Uma armadilha? Como? Até onde ele sabe, eu estou morto.

— Quando se trata de Vader — Den disse —, tudo é possível. A Força apenas sabe aquilo que Vader pensa. É melhor ficarmos aqui discretamente e nos preparar para segui-lo quando ele decolar.

— Eu também sou contra inspecionar mais de perto — I-Cinco acrescentou.

Jax sacudiu a cabeça, com uma frustração fervilhando debaixo de sua expressão calma.

— Não posso desperdiçar uma oportunidade dessas. Se esperarmos até ele decolar, nossas chances de rastreá-lo não serão muito favoráveis. Estaríamos dando um tiro no escuro.

— E, se você chegar perto demais de Vader, ele poderá sentir sua presença... se é que já não sentiu — argumentou I-Cinco. — É melhor um tiro no escuro do que um tiro na cabeça.

— Se ele tivesse sentido minha presença, já teria tentado me pegar. As plataformas de aterrissagem estariam repletas de Inquisidores. No entanto, ele enviou seus melhores Inquisidores para fora do planeta. Preciso saber aonde eles foram. – Jax olhou para Den, que estava de pé na frente da escotilha, bloqueando o caminho. – Você vai me deixar passar?

— Eu não deveria – o sullustano resmungou. – Acho que isso é loucura.

— Estarei disfarçado. Ninguém vai suspeitar que um policial é na verdade um Jedi.

— Ninguém, com exceção de Vader – Den disse.

Jax pousou a mão em seu ombro e encarou seu olhar preocupado.

— Eu terei cuidado. Confie em mim. Certo?

— Em você eu confio. Mas não tenho tanta certeza sobre os outros. E se o uniforme que Haus forneceu for um sinal vermelho? E se estiver grampeado?

— Eu cheguei procurando por grampos.

— E se Vader soubesse que você faria algo assim e ordenou que Haus passasse um uniforme para que você pensasse estar seguro ao vesti-lo? E se...?

Jax apertou o ombro do sullustano e o sacudiu levemente.

— Den, não podemos desconfiar de todo mundo. Se Haus fosse um agente duplo, ele já teria destruído a Whiplash. Ele teve repetidas oportunidades para fazer isso. Confio nele. Você também deveria.

Den suspirou, depois assentiu e liberou a passagem.

— Certo – ele disse. - Mas eu gostaria de deixar registrado que tenho um mal press...

— Registrado e entendido. – Jax foi até sua cabine e vestiu o uniforme de polícia. Poucos minutos depois, um tenente Pel Kwinn saiu da nave e se dirigiu ao Distrito Palaciano, com uma larga bolsa diplomática pendurada ao ombro.

DOZE

◆

O PALÁCIO IMPERIAL BROTAVA da crosta de Coruscant como um recife de corais maligno, uma montanha de pedra nativa, duracreto e transparisteel com uma coroa de espinhos alcançando os céus. O Distrito do Senado, o Departamento de Segurança e o Porto Leste eram apenas satélites da enorme estrutura e existiam sob sua sombra.

Embora a muitos quilômetros de distância do palácio em si, Jax ainda sentia como se o DSI estivesse observando do topo do mundo.

Afastando a sensação, ele desviou os olhos do Palácio e virou a atenção para o pátio na entrada do Departamento de Segurança Imperial. Havia muitos guardas. Felizmente, eram todos guardas imperiais, e todos humanos, sem nenhum agente sensível à Força entre eles. Lá dentro, com a presença de Darth Vader, haveria Stormtroopers... e Inquisidores.

Jax estava preparado para isso.

Ele atravessou o largo pátio sem hesitar e se aproximou da primeira barreira onde seria necessário se identificar. Ele ofereceu seu chip de identificação, mantendo a Força contida dentro de si. Jax havia acrescentado cabelos loiros e olhos azuis ao seu disfarce – seu próprio mestre não o reconheceria.

O guarda – um humano – escaneou o chip, obviamente entediado. Tédio era bom.

– Tenente Kwinn?

– Isso mesmo.

O guarda ergueu uma sobrancelha.

– Do Setor Zi-Kree? Acho que nunca vi você antes. Onde está o entregador de sempre? O sargento... como é mesmo o nome?

Jax enfrentou a questão com o menor uso possível da Força.

– Faz meses que sou o encarregado disso. Faço entregas muito importantes. Você já me viu antes.

O homem olhou para os olhos de Jax e franziu as sobrancelhas.

– Espere, eu conheço você. Já vi você antes. – Ele olhou para a bolsa diplomática. – Isso aí deve ser muito importante. Não pode ser algo que um oficial pediria para um sargento entregar.

Jax sorriu e passou pela barreira.

– Exatamente.

– Então, o que é isso, tenente? O que tem na bolsa?

Sentindo uma onda gelada em seu corpo, Jax se virou e abriu um sorriso plástico no rosto.

– Quer saber? Eu não faço ideia. Eles me entregam a bolsa e dizem: "Leve isto para o Departamento". – Jax deu de ombros. – É tudo que *eu* preciso saber. Sou só um animal de carga para eles.

O guarda riu.

– Todos nós somos.

Jax caminhou pelo largo pátio de permacreto, sentindo uma leve preocupação de que talvez Vader fosse forte o bastante para sentir qualquer uso infinitesimal da Força. Esperava que não. Se houvesse algum Inquisidor por aí, suas emanações com certeza iriam mascarar o uso de Jax. Por outro lado, se ele encontrasse um deles... Bom, teria que pensar rápido.

Ele sabia que as plataformas de aterrisagem internas do DSI se encontravam profundamente dentro do complexo. Também sabia que a segurança seria muito maior por lá. Era um risco que precisava correr. Jax manteve a cabeça erguida e os passos confiantes.

O que ele queria era um ponto de onde pudesse ver claramente o transporte de Vader. Um ponto de vista como aquele oferecido pela alta passarela que ligava a torre de controle e os hangares que guardavam o contingente de caças *Stealth* do departamento. O único problema era que, para alcançar a passarela, seria necessário passar pelos escritórios do Controle de Espaço Aéreo.

Ele havia se preparado para isso.

Jax ganhou o interior do departamento, apresentando suas "credenciais" para uma série de guardas. Quando foi confrontado com os primeiros Stormtroopers, ele soube que estava chegando perto de seu objetivo.

Andou rapidamente até a barreira e apresentou o chip de identificação.

A análise do Stormtrooper da identificação de Jax foi, no mínimo, superficial. Ele mal olhou para os dados que apareceram no monitor de seu leitor. Não verificou com os arquivos de segurança – que revelariam que o Tenente Pel Kwinn havia se aposentado há dois anos e se mudado para Corellia. Disfarçando um bocejo, ele entregou o chip de volta para Jax, que o recebeu com um tédio fingido e depois continuou andando.

Quase fácil demais, pensou; depois, logo após a barreira dos Stormtroopers, ele se deparou com um conjunto de escolhas: esquerda, direita e em frente. Uma pequena escadaria de pedra levava a uma larga galeria diferente de tudo o que vira até então. Aquela era a seção mais antiga do complexo do DSI, e também a mais segura. As arestas da extensa abóbada da galeria eram feitas de durasteel e claramente tinham a intenção de suportar grandes ataques. Uma placa no final do corredor dizia que aquela área pertencia ao Controle de Espaço Aéreo do DSI.

Jax olhou para a esquerda. Um arco blindado levava aos escritórios de Segurança do Espaço Aéreo. À direita, um conjunto de grossas portas levava a um pátio com um jardim que flanqueava a galeria. Ele podia ver toda a extensão do pátio através das janelas de transparisteel que percorriam o lado direito do corredor, deixando entrar uma grande quantidade de luz natural.

O jardim continha arbustos esculpidos, passarelas e bancos para que os visitantes pudessem admirar as estátuas e imagens holográficas em movimento dos heróis imperiais. Jax reconheceu uma escultura de alumabronze de Palpatine vestindo sua túnica do Senado, assim como uma estátua de Phow Ji, o herói da ocupação de Drongaran. Sem dúvida havia uma efígie do imperador em cada estatuário do complexo.

Jax começou a descer os degraus, com a cabeça erguida, os passos determinados – era o próprio modelo de policial e oficial de entregas. Ele dera apenas alguns passos quando sentiu um tremor na Força. Um momento depois, as portas do centro de controle se abriram e uma figura encapuzada passou pelo portal.

Um Inquisidor.

Para Jax, o tempo começou a se arrastar, embora seus pés ainda o movessem adiante. Ele não poderia passar tão perto do Inquisidor. Um membro particularmente competente poderia quase com certeza sentir que havia algo diferente sobre aquele policial em particular e, embora Vader tivesse enviado seus melhores Inquisidores para fora do planeta, todos eles eram, por virtude de sua posição, altamente competentes.

Jax parou. Com uma expressão fingida de irritação, apanhou seu comunicador e fingiu falar com alguém. Enquanto o Inquisidor se aproximava dele atravessando a longa galeria, Jax se virou e saiu pelas portas da direita e entrou no pátio, continuando a fazer perguntas para um oficial superior que não existia do outro lado da conexão. Ele continuou andando até deixar a estátua de Palpatine entre ele e o Inquisidor.

Jax pôde ver através das janelas arqueadas que o Inquisidor não hesitou, apenas saiu do saguão sem nem mesmo um aceno para os Stormtroopers na barreira.

Jax se sentou em um banco na base da estátua, ainda fingindo conversar com alguém, e analisou o pátio do jardim. Havia outra porta no canto mais afastado, em diagonal com a entrada do Controle de Voo. Aquele era o único outro acesso. Ele não tinha dúvida de que havia câmeras por toda parte naquela área restrita. Sob circunstâncias normais, elas não seriam um problema – ele podia fazê-las enxergar aquilo que ele queria que enxergassem – mas com Vader tão perto...

Jax desejou, pela centésima vez, que tivesse alguma ideia dos efeitos de longo prazo que o extrato da planta bota teria sobre as habilidades da Força de Vader. Não conseguir medir os recursos de um adversário era algo estressante. Jax se levantou e andou de um lado a outro na frente da estátua, olhando para as câmeras de segurança. Usando a Força, ele calculou suavemente aquilo que talvez fosse o único ponto cego na área e se dirigiu até lá, andando sem rumo como se estivesse mais interessado no diálogo fingido do que onde colocava os pés.

Se tivesse mais tempo, teria tentado adquirir um pouco de escamas de taozin para que ninguém pudesse localizá-lo por meio da Força – mas deveria ter pensado nisso quando estava no mercado. Tinha apenas o que tinha – sua própria inteligência e criatividade, a Força e o fato de que havia outros usuários da Força dentro do complexo cuja presença oferecia alguma camuflagem.

Entre dois hologramas de algumas personalidades imperiais, que transmitiam para ele a partir de duas holocâmeras, e escondido de uma terceira por uma escultura de bronze com algum significado icônico que ele nem imaginava qual seria, Jax guardou o comunicador e tirou uma longa túnica diplomática de dentro da bolsa. Precisou de apenas alguns segundos para vestir a túnica sobre o uniforme e puxar o capuz sobre o rosto. Pel Kwinn, tenente da polícia, desapareceu; agora foi um Inquisidor que saiu do meio dos hologramas e voltou para a galeria pelo canto afastado, com a bolsa diplomática escondida dentro da túnica.

As portas para o Controle de Voo se abriram e ele entrou.

Jax tomou um momento para se orientar. Diante dele havia uma sala impecável cheia de funcionários do DSI. Depois deles, uma grande expansão de transparisteel dava vista a plataformas de aterrissagem. Ele podia ver o poço da torre de controle ao lado direito, com a passarela se estendendo de lá até os hangares. Logo à frente, era possível ver as pontas das asas de uma nave classe *Lambda* de longo alcance sobre o corrimão da passarela.

Jax percebeu que poderia enxergar a plataforma pelas janelas ali mesmo nos escritórios. Mas não era comum que Inquisidores ficassem olhando pelas janelas. Ele virou à direita e se dirigiu para um conjunto de portas que o levaria ao lado de fora e daria acesso à base da torre de controle.

Havia dois Stormtroopers guardando a entrada da torre. Eles nem olharam para Jax enquanto ele passava. Na verdade, os dois desviaram os olhares.

Mas, uma vez dentro da torre, ele percebeu seu dilema: um Jedi poderia manipular um ser senciente. Mas não poderia controlar a inteligência artificial de um tubo elevador cuja credencial de segurança era obrigatória para que subisse.

Jax considerou voltar para fora e usar a Força para pular até a passarela, depois descartou tal ideia, pois a considerou arriscada demais – a área era muito aberta, os guardas teriam que ficar distraídos. Deviam existir escadas de emergência...

Ele se virou para procurar por essas escadas quando o tubo elevador atrás dele foi ativado. O elevador estava subindo! Jax se moveu rapidamente até as portas e as abriu. Lá no alto o elevador continuava subindo os mais de cinquenta andares até o topo.

A passarela ficava na metade dessa distância.

Jax entrou no poço do elevador e usou a Força para saltar. Mal havia tirado os pés do chão quando percebeu que o elevador havia parado um pouco antes do topo e agora estava descendo novamente. Rápido.

O tempo voltou a se arrastar pela segunda vez naquele dia. O olhar de Jax procurou a porta para o nível que queria alcançar. Ele chegaria lá quase ao mesmo tempo que o elevador.

Não havia como escapar.

A nove ou dez metros do primeiro andar, ele estendeu as duas mãos e chamou a Força até as pontas dos dedos – apenas o suficiente para amortecer o impacto com o elevador que descia. Ainda assim, o choque seria capaz de quebrar seus ossos, e ele teve certeza de que os ocupantes do elevador sentiriam. Agarrando a parte de baixo do elevador, Jax deixou o impulso carregar seu corpo junto com a caixa de metal. Seus pés encontraram apoio em uma barra que percorria uma das beiradas.

O ar passava como um furacão por seus ouvidos enquanto o elevador descia. A longa túnica que ele usava se moldou em seu corpo, o capuz obscurecendo sua vista. Ele sacudiu a cabeça e o capuz se levantou – mas quase desejou não ter perdido tempo fazendo isso. Agora ele podia ver o chão do tubo elevador se aproximando rapidamente.

Tudo ficaria bem, ele disse a si mesmo, desde que o elevador não usasse todo o espaço do poço antes de parar. É claro, se ele realmente tivesse sorte, o elevador pararia no segundo andar.

Mas não teve sorte. O tubo elevador desceu até o primeiro nível e seus amortecedores antigravitacionais foram acionados. Jax, preso no campo, ficou sem peso repentinamente. A túnica flutuou. Ele se segurou com toda a determinação, sabendo que a gravidade retornaria com toda a força quando chegassem ao fundo.

O elevador ultrapassou a saída do primeiro nível, e o chão se aproximando cada vez mais. Jax conteve a Força dentro dele, sabendo que, se precisasse usá-la para salvar sua vida, provavelmente revelaria sua presença.

O elevador parou e a gravidade voltou. Jax sentiu ao mesmo tempo a atração do planeta e a leve pressão de uma barra acolchoada contra suas costas antes de o elevador se posicionar na saída do portal. A estrutura vibrou quando as portas se abriram e os ocupantes saíram.

Agora, será que ficaria ali até alguém chamar outra vez ou...?

O elevador soltou um zumbido. Em questão de segundos, estava acelerando de novo com Jax ainda agarrando a parte de baixo. Ele observou as portas de cada nível enquanto passavam rapidamente diante de seus olhos. Queria o Nível Nove... e lá estava.

Ele girou as pernas para fora e soltou o elevador, depois usou a Força – muito, muito gentilmente – para deslizar pela parede curva do poço até a porta Nove. Havia apenas espaço suficiente para ficar de pé na beira da entrada. Jax aplicou o mínimo esforço possível para abrir as portas e praticamente caiu através delas até a passarela.

No abrigo da torre, ajustou a túnica e o capuz, depois deslizou lentamente pela extensão brilhante de permacreto até conseguir enxergar seu alvo.

A nave de Vader estava no centro da maior plataforma, eclipsando as naves menores perto dela. A nave classe *Lambda*, com as asas dobradas, as pontas alcançando os céus, estava armada e guardada. Stormtroopers – certamente membros do Punho de Vader – se posicionavam em intervalos regulares, virados para fora como se quisessem intimidar qualquer pessoa que tentasse se aproximar da nave.

Procedimento padrão? Ou evidência de que havia um passageiro especial naquela viagem?

Jax sentiu um calafrio percorrer suas costas. Ele havia suado durante seu encontro com o tubo elevador, mas agora sentia um frio congelante. Será que aquela nave continha Thi Xon Yimmon? Será que havia algum jeito de descobrir sem revelar sua presença?

Ele se movia cada vez mais lentamente pela passarela, com a cabeça inclinada o mínimo possível na direção da nave. Seu espírito não estava quieto. Ele queria se lançar do parapeito, correr até a nave e abrir um buraco nela para revelar o que – ou quem – estava lá dentro. Ele forçou a si mesmo a se acalmar, a se livrar das paixões.

Impossível. Precisou se contentar em apenas se concentrar.

Ele havia chegado até ali correndo muitos riscos e não podia voltar sem saber pelo menos *alguma coisa*. Cerrando os dentes, usou a Força para buscar por Yimmon dentro da nave. Focou primeiro na proa, imaginando que um prisioneiro de tanta importância seria mantido dentro da seção destacável para, em caso de uma emergência, forçá-los a separar a ponte de comando do resto da nave.

Seus passos diminuíram ainda mais a velocidade enquanto ele se concentrava. Havia pessoas a bordo, mas suas energias semelhantes diziam que a maioria era composta de soldados clones da guarda de Vader.

Mas aqui havia uma presença diferente... e ali também.

Jax recuou levemente. Aquilo, com certeza, era a energia de um Inquisidor, mascarada por um amuleto taozin. Ele continuou, sentindo cada centímetro da nave como se fosse um modelo em suas mãos.

Terminou profundamente frustrado. Talvez Yimmon estivesse no prédio debaixo de seus pés. Talvez simplesmente não tenha sido levado para dentro da nave ainda. Jax *queria* que Yimmon estivesse ali. Desesperadamente, ele agora percebia. Jax queria...

Ele não teve mais tempo para considerar o que queria. A rampa da nave se estendeu até a plataforma. Dois oficiais imperiais desceram e se posicionaram ao final dela.

Ele parou de andar e se virou de frente para a nave. Debaixo dele, uma pessoa saiu das sombras da passarela e caminhou na direção dela, esvoaçando sua túnica negra.

Cada pelo no corpo de Jax se arrepiou.

Vader.

Eu deveria continuar andando, disse o Jedi a si mesmo. Ele deveria parecer apenas mais um Inquisidor cuidando de seus assuntos misteriosos. Jax tentou fazer seus pés se moverem, mas seu olhar se recusava a deixar Vader.

Ele havia deixado seu sabre de luz dentro da *Laranth* e agora se arrependia disso. Ainda podia se lançar para a plataforma. Não precisava da arma para usar a Força efetivamente – algo de que Laranth sempre tentava lembrá-lo. Ela achava que os Jedi eram obcecados demais com uniformidade em vez de unidade. Você podia ter um sem o outro, ela argumentava. Um Jedi não deveria se limitar a uma arma em particular ou mesmo um modo particular de fazer as coisas. Formas de vida bem-sucedidas também eram formas de vida adaptáveis. Mas Laranth estava morta e o homem responsável por sua morte cruzava, ali mesmo, a superfície de duracreto da plataforma de aterrissagem.

Ou... será que o homem responsável estava de pé naquela passarela, olhando para seu maior inimigo?

Aquele pensamento atingiu Jax com força suficiente para fazê-lo recuar um passo. Lá embaixo, na plataforma banhada pelo sol, Darth Vader havia parado para falar com os oficiais que o esperavam no início da rampa. A conversa foi breve e unilateral. Em sua conclusão, o lorde sombrio deu um passo sobre a rampa.

E então ele hesitou e se virou para olhar o homem sobre a passarela.

O rosto de um estava obscurecido por uma máscara, o rosto do outro se ocultava no capuz de um Inquisidor, mesmo assim Jax se sentiu nu sob o toque da atenção de Vader.

Você sabe quem eu sou?

Foi preciso toda a força de vontade de Jax Pavan para baixar a cabeça profundamente para o lorde sombrio, depois se virar e continuar sua lenta caminhada. Ele entrou na sala do Controle de Voo do lado oposto da passarela. Apenas acelerou os passos uma vez lá dentro.

Jax passou por um ou dois Inquisidores ao sair do prédio. Não os saudou de maneira alguma, e eles também não. Passou por várias barreiras, aliviado por os Inquisidores inspirarem tanto medo que os guardas hesitavam até mesmo em olhar para eles.

Quando deixou o complexo do Departamento de Segurança e atravessou novamente o largo pátio de entrada, suas costas começaram a coçar. Em sua visão mental, enxergou aquele rosto mascarado com suas lentes obsidianas viradas em sua direção, retirando camadas de pele e ossos até finalmente revelar sua identidade.

Ou ao menos foi isso o que sentiu.

Mas...

Ele não me reconheceu, Jax disse a si mesmo. *Se tivesse me reconhecido, teria me desafiado. Ele nunca deixaria que eu saísse de lá com vida. Se tivesse me reconhecido, eu teria sentido.*

Ainda disfarçado de Inquisidor, Jax retornou para o Porto Oeste, esperando que, quando chegasse, já tivesse parado de tremer.

Quando Den percebeu que estava checando o relógio a cada cinco minutos, ele parou de olhar. Jax estava fora havia mais de duas horas sem nenhum contato, e o sullustano desejou desesperadamente – não pela primeira vez em sua vida – que não fosse completamente surdo quando se tratava da Força. Se não fosse, ele disse a si mesmo, pelo menos poderia saber se Jax estava bem ou se tinha sido descoberto... ou pior.

– Por que ele não nos levou junto, Cinco?

A pergunta girava em sua mente desde que o Jedi saíra para o Distrito Palaciano. Isso o estava enlouquecendo. Ele tirou os olhos da plataforma de aterrissagem e olhou para o droide, que mexia num novo design de seu corpo através do monitor holográfico.

– Quer dizer, se Yimmon *estivesse* lá, e se Jax tivesse alguma chance de resgatá-lo, ele precisaria de reforços, você não acha?

I-Cinco girou a cabeça em sua direção.

– Jax pode ter pensado que um Jedi sozinho teria mais chances de resgatar Yimmon do que um Jedi que precisasse cuidar de dois companheiros em miniatura.

– Certo, entendo por que ele não me levaria. Francamente, não sou o cara mais rápido, mais discreto ou mais forte do mundo. Mas e quanto a você? Você não seria um risco de maneira alguma. Principalmente desde que instalamos aquelas unidades laser. Você pode fazer qualquer coisa, só falta voar.

A lente monocular do droide girou como se estivesse pensando.

— Geradores de antigravidade vêm em pacotes bem pequenos hoje em dia. Talvez com uma unidade repulsora para subidas suaves...

— Pare com isso! — Den exclamou. — Você está tentando me distrair.

— Por que você diz isso?

— Eu *conheço* você, sua lata-velha — Den disse, apontando um dedo gorducho para a lente de I-Cinco. — Você também estava se perguntando a mesma coisa, não é? Por que Jax deixou *você* para trás?

— Não posso dizer que não pensei nisso. — Cinco desligou a imagem holográfica de uma unidade I-5YQ cheia de modificações. — O que fiz foi tentar entender as razões para ele fazer isso. A mais óbvia é que ele ficou com medo de arriscar nossa segurança.

— Isso não é decisão dele, maldição! É *nossa*!

— Seria razoável argumentar que alguém precisava ficar com a nave e deixá-la preparada para decolar.

— Como eu disse, posso entender que ele tenha me deixado aqui, mas não você. Ele precisa de você, Cinco. Provavelmente mais do que... — Den parou de falar quando um movimento na plataforma chamou sua atenção.

— O que foi isso?

I-Cinco virou para o monitor exterior.

— Não vi nada... mas, graças a minha única lente, isso não seria surpreendente.

Den se levantou do assento do copiloto.

— Estava ali. Perto da unidade de combustível. — Ele apontou para uma unidade robótica amarela que distribuía combustível metal líquido.

I-Cinco tocou o painel de controle e acionou os monitores que mostravam imagens a estibordo, bombordo e da proa. Den passou os olhos de uma tela para outra.

— Você tem certeza... — I-Cinco começou a dizer.

— Sim, tenho certeza. Eu... ali! Bem *ali*!

Uma figura encapuzada esvoaçava de sombra a sombra, passando pela unidade de abastecimento até uma escadaria no lado esquerdo da plataforma de aterrissagem.

Den sentiu como se cada gota de sangue de seu corpo tivesse congelado.

— Um Inquisidor — I-Cinco disse com uma calma irritante. — Talvez devêssemos avisá-lo que sabemos que ele está aqui.

Den sacudiu a cabeça.

— Não. Vamos apenas... ficar de olho nele. É melhor não arriscar, certo?

— E se Jax voltar quando ele estiver lá fora?

Grande Mãe de todos os sullustanos, ele precisava perguntar?

Den molhou os lábios.

— Devemos enviar um sinal para Jax.

— E se ele estiver fazendo algo escondido no momento em que enviarmos o sinal? Ele nos instruiu a mantermos silêncio no rádio.

— Eu odeio isso — Den disse. — Odeio *muito*.

Eles observaram por vários minutos enquanto o Inquisidor circulava a nave — uma, depois duas vezes.

— Não estou entendendo — disse Den. — O que ele está fazendo?

— Farejando, talvez? Tentando sentir o "cheiro" de um Jedi.

Isso fazia sentido. E significava que, se Jax voltasse enquanto o farejador de Vader estivesse ali...

Den se levantou e atravessou o pequeno corredor que conectava a ponte e o corpo da nave. Ele abriu o armário de armas e tirou um blaster da prateleira.

— O que você está fazendo? — I-Cinco estava diante da escotilha.

— Vou espantá-lo daqui.

— Não, você não vai. Eu vou.

O droide passou rapidamente por Den na direção da eclusa de ar. Ele havia baixado a rampa de acesso antes que Den pudesse alcançá-lo. Com Den de pé dentro da escotilha, seu coração batendo forte o bastante para balançá-lo de um lado a outro, I-Cinco desceu a rampa de acesso e olhou ao redor.

– Ladrões! – ele gritou com sua voz aguda e pequenina. – Eu vi ladrões, capitão Vigil!

Sua cabeça girou quase totalmente de um lado antes de girar na direção contrária. Quando sua lente apontou para longe do último ponto onde vira o Inquisidor, ele ergueu seu braço magro, apontou na direção oposta de onde estava olhando e, da ponta de seu dedo, disparou um raio de energia azul. O raio acertou a estrutura do cabo umbilical – agora retraído – que havia transferido energia para os sistemas da nave enquanto estava atracada.

Houve um súbito caos de som e movimento e depois... nada. Ao menos o máximo de nada que era possível em uma plataforma de aterrissagem de um espaçoporto movimentado. Den prendeu a respiração, ainda segurando o blaster, e tentou ouvir – tentou *sentir* – a presença sombria do Inquisidor. Mas quando se tratava da Força, Den Dhur era um inerte amontoado de protoplasma.

I-Cinco se moveu para a sombra da nave.

– Talvez, capitão – o droide disse –, você deveria continuar monitorando a plataforma de dentro da ponte. Eu ficarei aqui embaixo. Por precaução.

– Hum, entendido. – Den engoliu em seco, depois correu de volta para seu assento na ponte. Ele passou os olhos de um monitor para outro: proa, bombordo, estibordo, popa. As sombras dos equipamentos do atracadouro pareciam quase sólidas debaixo do sol de Coruscant. Ele observou cada uma delas, repetindo o processo – uma, duas, três vezes – antes que seu coração voltasse a bater no ritmo normal.

Ao final do terceiro ciclo, ele fechou os olhos e respirou fundo, desejando que Jax retornasse logo. Rezando para a Grande Mãe que ele voltasse com Yimmon, encerrando aquele pesadelo de uma vez.

– Estou voltando para dentro, capitão.

A voz de I-Cinco chegou até ele através do comunicador do droide. Den soltou um suspiro de alívio.

— Certo. Certo. Ótimo.

Ele abriu os olhos para observar o pequeno droide subindo pela rampa e viu o Inquisidor emergir das sombras do espaçoporto diretamente atrás dele.

— Cinco! Atrás de você! — Den gritou, mas I-Cinco não podia ouvi-lo. Em seu pânico, Den não ativou o comunicador.

Mesmo assim, o droide se virou para o agente Sith. Den viu o dispositivo laser em sua lente óptica brilhar com uma cor vermelha enquanto a arma era carregada.

O Inquisidor parou, ergueu as mãos como se quisesse se entregar e depois puxou o capuz.

Den praticamente derreteu em uma poça no chão da ponte. Ele ainda estava esparramado no assento quando I-Cinco e Jax entraram. Jax removeu a túnica de Inquisidor e estava mais ou menos como havia saído.

— Por que você fez *aquilo*? — perguntou Den.

Jax estranhou.

— Aquilo o quê?

— O… — Sem encontrar palavras, Den brevemente imitou uma forma sinistra de olhos cerrados e mãos como garras.

— Ah. Foi uma precaução. Vader e seus lacaios esperam sentir a Força em seus Inquisidores, não em membros da polícia local.

— Certo. Entendo isso, mas por que ficou vagando ao redor da nave? Você ficou com medo de que tivéssemos algum grampo, alguma bomba ou algo assim? Quer dizer, você quase nos matou de susto. Bom, *eu* quase morri de susto.

Jax estranhou ainda mais.

— Vagando?

I-Cinco soltou um suave bipe.

— Nós estávamos monitorando um Inquisidor que estava dando

voltas ao redor da nave pelos últimos quinze minutos. Achei que eu havia conseguido espantá-lo. Nós achamos que...

O rosto de Jax empalideceu sobre seu uniforme.

– Esse não era eu. Acabei de chegar.

PARTE DOIS
FUGA E PERSEGUIÇÃO

TREZE

As mãos de Jax voaram para os controles da *Laranth*, parecendo se mover em duas direções diferentes. Den sentiu como se sua mente ecoasse os movimentos. Com a diferença de que as mãos de Jax eram seguras, metódicas, rápidas; os pensamentos de Den eram frenéticos, caóticos e simplesmente amedrontados.

Será que a presença do Inquisidor significava que Darth Vader sabia que Jax Pavan estava vivo e em Coruscant? Sabia qual nave ele usava? Sabia até mesmo que ele havia visitado o Departamento de Segurança? Ou será que o Inquisidor estava apenas patrulhando, tentando sentir algum adepto da Força como sempre faziam, e acabou sendo atraído para o Porto Oeste devido à presença residual de Jax?

Se Vader sabia que Jax estava vivo e em Coruscant, Den disse a si mesmo pela vigésima vez, ele teria feito algo. Talvez não soubesse... ainda. Mas o que faria com o relato do Inquisidor que precisou fugir de um tiro na plataforma de aterrissagem 184Z do Porto Oeste? Mesmo com a "atuação" de I-Cinco, qualquer um que atirasse na direção de um Inquisidor receberia atenção especial dos imperiais.

E então eles fugiram... de um jeito legal e ordeiro para não chamar mais atenção. Qualquer ideia de esperar a partida de Vader foi esquecida.

Den podia ver a agonia daquela decisão no rosto tenso de Jax enquanto eles decolavam e executavam uma série de ajustes de curso que os colocou na direção da Via Hydiana, com uma suposta carga de partes de máquinas. Os momentos passavam lentamente enquanto eles aceleravam para fora do sistema de Coruscant, com os sensores varrendo o espaço ao redor em busca de perseguidores, ou uma emboscada, ou qualquer coisa fora do normal.

Somos apenas um pequeno cargueiro de Toprawa, Den pensou, como se seus pensamentos pudessem ter algum efeito. *Não merecemos uma investigação.* Ele continuou repetindo aquilo em sua mente como um mantra, tentando arrancar qualquer conforto que pudesse daquelas palavras.

E não conseguiu muito...

Eles alcançaram a fronteira gravitacional do sistema sem qualquer problema, embora Den tenha ficado exausto com a situação – embora estivesse aliviado por ainda estar vivo. Ele olhou para as cartas estelares no computador navegacional, engoliu em seco e perguntou:

– Para onde, Jax?

Quando o Jedi não respondeu, I-Cinco insistiu.

– Toprawa?

– Esse é o meu voto – Den disse. – Temos aliados por lá, afinal de contas. Enfim, um lugar para ficar e nos reagrupar.

– Isso faz sentido – Jax concordou. – Acontece que também pode fazer sentido para Vader.

– Você acha mesmo? – I-Cinco dividia sua concentração entre pilotar a nave e determinar o curso. – Você acha que ele tem alguma ideia de que nós ainda estejamos por aí? Prefiro imaginar que sua infinita arrogância o predispõe a acreditar que estamos todos mortos. Tanto é que duvido que ele reconheceria qualquer evidência contrária.

Jax se virou e encarou o droide por um momento, como se examinasse o conceito em sua mente.

— Sabe — Den sugeriu —, aposto que o Cinco está certo. Senão, Vader já estaria bufando atrás de nós. Na verdade, se ele tivesse enviado aquele Inquisidor, não estaríamos no espaço agora.

— Precisamos de um curso antes de saltarmos para o hiperespaço, Jax — I-Cinco o pressionou. — Será Toprawa?

— Você se esqueceu de que podemos ter um traidor por lá?

— Eu não esqueci — I-Cinco disse após um momento. — Na verdade, nunca esqueço nada. E suspeito que Den também não esqueceu, embora seu hipocampo seja um pouco inferior ao meu chip de memória.

— Valeu — agradeceu Den.

I-Cinco o ignorou.

— Nenhum de nós está negando a possibilidade de que alguém na organização de Aren Folee possa ser o espião que vazou nossa posição para Vader. Mas o que mais podemos fazer? Perdemos qualquer chance de monitorar a nave de Vader antes que ela deixe o sistema.

Jax tirou as mãos dos controles.

— Por minha causa — ele murmurou.

— Como é? — O capacete curvo de I-Cinco se inclinou de soslaio e a lente óptica girou como se tentasse focar melhor o rosto do Jedi.

— Não podemos monitorar os movimentos de Vader por minha causa — Jax repetiu. — Porque agi precipitadamente...

— O que mais você poderia ter feito? Fazia sentido pensar que Vader levaria Yimmon de volta para Coruscant.

Jax sacudiu a cabeça.

— Não sinto que ele esteve aqui. Acho que foi enviado para o mesmo lugar que aquele outro conjunto de naves. Embora eu me pergunte por que Vader voltou até aqui sem ele. Não que eu esteja reclamando... Isso nos deu mais tempo.

— Talvez — Den disse com relutância —ele tenha voltado porque já possui a informação que precisa para destruir a Whiplash.

— Não. Ele cuidaria disso pessoalmente. Nós ouviríamos uma explosão perto dos arredores do quartel-general. Mas tudo está muito silencioso, e ele está partindo novamente.

— Então, talvez nosso próximo passo mais lógico — o droide sugeriu —, seja viajar até Mandalore.

— Mandalore — Den repetiu, arregalando os olhos. — Você não acha que eles ainda estarão lá?

— Não — Jax disse pensativamente —, mas espero descobrir para onde eles estavam indo.

— Como? Nós vamos simplesmente passar nas tavernas perguntando para todo mundo se alguém sabe para onde os imperiais foram? Os rumores dizem que Mandalore é uma sociedade dividida. Se for o caso, para quem vamos pedir informação?

— Para quem estiver em melhor posição de ter informação.

— E sob qual pretexto? Se começarmos a sair por aí fazendo perguntas, vamos acabar denunciando nossa posição...

— Se bem me lembro — disse I-Cinco —, você costumava ser um jornalista. É uma das vantagens de ter um chip de memória — ele acrescentou ironicamente. — Talvez isso possa nos dar um disfarce e uma razão para sairmos por aí perguntando.

Den sentiu como se tivesse acabado de acordar de um longo sono. Um lampejo de algo parecido com esperança — ou, ao menos, algo *diferente* de pânico — envolveu seu coração.

— Eu... Bom, isso é verdade. Acho que poderia ser um bom disfarce.

— Realmente — I-Cinco concordou. — E não acredito no que vou dizer, mas eu poderia ser seu indispensável ajudante metálico. Enquanto isso, Jax poderia empregar métodos mais sutis para obter informações.

— Ou — Jax disse —, nós poderíamos ser piratas.

Den sorriu. Ele gostava da ideia de ser um pirata. Piratas faziam muitos negócios em Mandalore e sua lua, Concórdia. E piratas teriam toda razão para se interessarem pela movimentação das naves e tropas imperiais.

— *Certo*. Gosto desse plano. Podemos nos encontrar com traficantes de armas, em cantinas e locais públicos, estaleiros de reparos de naves... As pessoas desses lugares *sempre* estão de olhos abertos para atividades imperiais. O que você acha, Jax?

Mas Jax já havia se levantado e se dirigia para a popa.

— Jax?

— Parece bom, Den. — Ele se virou. — I-Cinco, já que você entrou com um plano de voo para a Via Hydiana, por que não fazemos um rápido salto naquela direção e depois ajustamos o curso? Eu vou trocar de roupa.

— Considere feito.

— Você não quer ficar na cabine para ver o rastro de estrelas? — Den perguntou.

— Não. — Jax desapareceu no corredor.

Den ficou olhando em sua direção por um momento.

— Estou um pouco preocupado com ele.

— Apenas um pouco?

Den olhou para I-Cinco.

— Ele está se culpando por tudo o que aconteceu... Você já percebeu, não é?

— Sim.

— Sei que isso não é verdade, mas...

— Mas?

— Isso me ocorreu só agora... e se aquela coisa toda com a nave de Vader *foi* uma armadilha? Um plano para fazer Jax se revelar?

— Se fosse, você honestamente acha que ele teria saído ileso do DSI? Ou que esta nave ainda estaria inteira?

— Bom, não. A menos que Vader tivesse outros motivos.

— Os dois já se enfrentaram muitas vezes, com resultados tão desastrosos que imagino que Vader com certeza destruiria Jax caso suspeitasse, mesmo que um pouco, que ele ainda esteja vivo. Vader dificilmente deixaria que Jax escapasse entre seus dedos novamente.

Jax poderia facilmente fugir para o Espaço Selvagem e as Regiões Desconhecidas e nunca mais voltar.

– Sim, ele *poderia*. Mas não faria isso. E tenho certeza de que Vader sabe disso tanto quanto nós.

– Isso é verdade. – I-Cinco acionou o controle do hiperpropulsor. O espaço se desmanchou, as estrelas se tornaram rastros de luzes multicoloridas. – E acho que você pode estar certo sobre Vader... Talvez ele esteja brincando com Jax. Ou talvez esteja simplesmente sendo cauteloso com ele. De qualquer forma, isso levanta uma questão muito interessante.

– Que seria?

– Por quê?

Den ficou em silêncio por um momento.

– Não gosto dessa pergunta.

– Então talvez você prefira outra, que se apresenta simultaneamente: o quanto Darth Vader conhece de si mesmo?

Den ficou em silêncio por um tempo ainda mais longo. Finalmente, disse:

– Ainda bem que você optou por ser meu indispensável ajudante metálico.

– É mesmo? Por quê?

– Por que você é *péssimo* como alívio cômico.

Em sua cabine, Jax analisou novamente a breve estada em Coruscant – percebendo o quanto esteve perto de estragar toda a missão dando chance a Vader de reconhecê-lo. Mais do que nunca, desejou os conselhos de seu mestre, a força discreta de Yimmon, o pragmatismo de Laranth. Mas, por mais que sentisse falta de suas presenças, também se sentia assombrado por elas.

Jax se sentou diante do miisai para se concentrar e pensar sobre os próximos passos, mas suas tentativas de esvaziar a mente de seus fantasmas tiveram apenas um sucesso parcial. Ele focou a consciência na árvore miisai – uma estrutura fractal de luz pulsante da qual ele sentia a Força. Ele expandiu sua própria consciência, tocando o campo gerado pela árvore, movendo-se para além desse campo, na direção de sua Fonte.

Foi forçado a banir Laranth de seus pensamentos várias vezes, mas finalmente conseguiu levar a si mesmo para dentro da Força, esticando a consciência para sentir, ouvir, tocar. Deixou sua consciência alcançar a Força – uma ilha, ao mesmo tempo desconectada e conectada. Naquele estado, ele fixou a mente em Thi Xon Yimmon. Se buscasse o poderoso intelecto do cereano, ele poderia senti-lo – o epicentro da Força. Mas fazia mais sentido – por mais perigoso que parecesse – buscar por Vader. O poderoso Darth Vader habitava a Força de uma maneira que Jax podia detectar fácil e rapidamente; era uma presença muito mais notável do que Yimmon, como uma protuberância do tamanho de um planeta no continuum espaço-tempo em oposição a um pequeno asteroide.

Raiva – quente, rápida e irracional – inchou momentaneamente em seu peito. *Por quê?* Por que Vader era o que era? Como Anakin se tornou o inimigo?

Se você o tocar com toda essa raiva, ele saberá, a voz dentro de Jax disse, lembrando-o suave e discretamente. *Ou se estiver consumido pelo medo. Ele saberá que você está vivo. Saberá o quanto consegue ferir você. E saberá que pode atraí-lo com isso.*

Era verdade. A clareza do conhecimento, da *certeza* disso, lhe deu um nó na garganta. Ele estava amarrado pela crueza de suas próprias emoções, pois não podia ir a lugar algum perto de Vader se estivesse dominado pelo medo ou pela raiva. De algum jeito, entre o agora e o momento em que chegasse a Mandalore, ele precisava se blindar. Precisa ser capaz de sentir Darth Vader sem que Vader o sentisse – antes que fosse tarde demais.

Ele precisava de tempo. E precisava de ajuda. A Whiplash estava fora de cogitação, e ele já havia comprometido a resistência em Toprawa mais do que deveria – e ainda por cima havia a possibilidade de a traição ter saído daquele lugar. Algo o incomodava sobre essa ideia, mas não conseguia dizer exatamente o quê.

Jax afastou a vaga inquietação e tentou pensar em Mandalore. Mesmo sentindo a Força, as tentativas de conseguir alguma informação importante poderiam se tornar um exercício de futilidade.

Onde poderia conseguir ajuda? Estavam exilados. Exilados da resistência e da Whiplash.

Jax sentiu uma súbita afinidade com Tuden Sal. O sakiyano deve ter sentido algo assim quando foi expulso de sua rede empresarial. Quando perdeu sua família, seus negócios, seus contatos...

De repente, Jax sentiu como se o universo tivesse pausado seu movimento incessante, esperando que ele o alcançasse.

Os contatos de Sal.

Jax sabia que o sakiyano não havia parado de se comunicar com *todos* eles. Na verdade, ele ocasionalmente os usava para receber informações, para distrair atenção, para redirecionar carregamentos de armas do mercado negro.

Jax se levantou e foi até a ponte. Encontrou seus companheiros exatamente onde os tinha deixado, embora Den olhasse melancolicamente para a janela.

— Quando podemos sair do hiperespaço? — Jax perguntou a I-Cinco.

— Planejei para sairmos em aproximadamente quinze minutos e... quatro segundos. Assim, ficará parecendo que estamos seguindo nosso plano de voo... se alguém estiver nos monitorando. Por que pergunta?

— Preciso falar com Sal, preciso contar para onde estamos indo. E o que vamos fazer.

— Isso não seria arriscado demais?

— Podemos criptografar a mensagem. Podemos até repassar o sinal para parecer que está vindo de outro lugar. Se tomarmos essas precauções, não será problema. Não vai ser nada muito longo, apenas uma rápida troca de informações.

— Como quiser.

– Ótimo. – Jax tocou brevemente o capacete do droide. Depois se sentou no assento atrás da estação do piloto e se juntou a Den enquanto olhavam pela janela.

– Você está bem? – o sullustano perguntou. – Você parece... nervoso.

– Estou bem. É só que... eu sei o que preciso fazer.

– Oh. Certo. – Den sorriu para ele, com um alívio emanando de seus poros.

Após o sinal preciso de I-Cinco, eles saíram do hiperespaço e ajustaram o curso para Mandalore.

O droide olhou para Jax.

– Já estamos estáveis. Você pode falar com Sal quando quiser.

– Ótimo. – Jax deslizou para fora do assento e se dirigiu para a popa. – Vou usar o comunicador na engenharia.

Ele percebeu a cabeça de Den virando em sua direção quando saiu da ponte. Se sentia... estranho. Estava sendo misterioso, e eles sabiam. E Jax suspeitava que Den e I-Cinco não iriam aprovar aquilo que estava prestes a fazer. Também duvidava que Laranth fosse aprovar.

Bom, teria que lidar com tudo isso mais tarde. Cada ação tem seus riscos, mas ele precisava agir.

CATORZE

Jax criptografou a mensagem e repassou o sinal da *Laranth* para um satélite que orbitava o planeta mais afastado do sistema Champala. Alguém precisaria estar na sala junto com Tuden Sal para receber o lado não criptografado do diálogo e teria que – se pudessem rastrear a transmissão – assumir que a mensagem se originou a várias horas-luz de onde partiu originalmente.

– Jax!

A imagem holográfica de Tuden Sal apareceu como se ele estivesse de pé no meio do pequeno compartimento de engenharia da nave. O sakiyano deu um passo na direção do emissor holográfico e baixou a voz.

– O que... onde está você?

– Longe de Coruscant. Ouça, preciso conversar com você sobre seus recursos. Eu...

– Não podemos ceder nenhum recurso agora, mesmo se eu pudesse enviá-los até você. Eles estão todos ocupados em outros lugares.

Jax estranhou.

– Ocupados com o quê?

— Com um plano de que você faria parte, se não estivesse tentando ganhar a guerra sozinho.

Jax ignorou aquela análise pessoal.

— Que plano?

Sal sacudiu a cabeça, cruzando os braços sobre o peito.

— Se você estivesse aqui para fazer parte dele, eu contaria. Mas parece que você está voando cegamente na direção do desastre. Se você for capturado...

Jax assentiu.

— Sim, é claro. Eu entendo.

Sal descruzou os braços e deu mais um passo à frente. Ele fez um gesto de súplica.

— Por favor, Jax. Não sei até onde você foi, mas, por favor, reconsidere. O que você e sua equipe podem fazer sozinhos? Continue sua ligação com a Whiplash, com a resistência. Aí fora, você será apenas um rebelde. Aqui, será parte de um esforço maior. Aqui, você pode golpear o Império com muito mais eficácia do que se estiver vagando à toa pela galáxia. E não vai nos custar ainda mais recursos.

Jax estremeceu.

— Pois para mim parece que foi a Whiplash que se desconectou de mim. E de Yimmon. Mas não é por isso que estou contatando você.

— Para onde você está indo, Jax? O que está planejando? Se estiver atrás de Vader...

— Não quero vingança, Sal. Quero apenas libertar Yimmon. Depois quero trabalhar para libertar toda a galáxia do poder do Império. Quero ver a Ordem Jedi se reerguer. Quero ser parte da reconstrução.

— Tudo isso justifica ainda mais que você *não deve* se arriscar novamente — Sal argumentou. — E se você *realmente* for o último Jedi, Jax? Já pensou sobre isso? E se você for o único que restou para a reconstrução? Você pode ser a única pessoa viva que pode transmitir o conhecimento dos Jedi para futuros padawans. — Sal analisou o rosto do Jedi. — Você *já* considerou isso, não é mesmo?

— É claro. Mas isso não muda o que tenho que fazer.

Sal continuou a olhar para Jax por um longo momento silencioso. Depois seus ombros caíram perceptivelmente.

— Sinto muito por você se sentir assim. Então... você está comprometido com sua... cruzada.

— Estou. Tudo dentro de mim diz que preciso fazer isso.

— Obviamente, nada que eu possa dizer poderá persuadir você. — Sal fez um gesto de rendição. — Gostaria de poder ajudá-lo, mas...

— Na verdade — Jax interrompeu —, acho que você *pode* me ajudar. Você possui contatos com o Sol Negro.

A surpresa de Sal ficou óbvia.

— Eu realmente tinha contatos com o Sol Negro. Antes de assistirem ao Império me arruinar sem fazerem nada. Não tenho contato desde então.

— Sei que isso não é inteiramente verdade. Você manteve contato com *alguns* deles.

— Um ou dois. E apenas brevemente. Por quê?

— O Sol Negro opera abertamente em partes de Mandalore e Concórdia. Preciso começar minha investigação por lá. Talvez os seus contatos possam me ajudar.

Sal achou graça.

— Você se daria melhor se chegasse lá dizendo que me matou e pendurou minha cabeça na parede da sua cabine.

— Se você achar que isso vai funcionar... — Jax disse com a voz baixa.

A expressão de Sal exibiu um medo congelante por uma fração de segundo antes de se recuperar. Talvez tivesse se lembrado de que estava falando com o homem cujo pai ele havia inadvertidamente traído.

— Eu lhe darei um nome e informação para contato — ele disse. — Você terá que decidir a melhor maneira de se aproximar. Como eu disse, não sei se declarar que é meu aliado seja a melhor opção. Com exceção de um caso: um tenente do sistema Arkaniano chamado Tyno Fabris. Ele parecia ter consciência sobre o que acontecera comigo. Não o bastante para explicar por que o Sol Negro estivera contribuindo com o Império, mas o suficiente para continuar tentando compensar o estrago comigo. Mas tem uma coisa. Sempre me comuniquei com Fabris por meio de um confundidor de localização. Ele não sabe que estou em Coruscant. Na verdade, com as dicas que eu dei, ele acha que estou em Klatooine. Ele também acha que sou um contrabandista de armas.

— Certo.

Sal se aproximou ainda mais, até ficar cara a cara com Jax.

— Jax, ele *não* pode saber que estou em Coruscant. Nenhum deles pode.

Jax assentiu.

— Entendido.

— Sei que você entende. E eu espero que...

Jax sabia o que ele esperava.

— Não vou trair você, Sal.

O sakiyano baixou os olhos e deu um passo para trás.

— Eu... sinto muito, Jax. Você não pode imaginar o quanto... — Ele parou de repente e virou a cabeça para o lado. — Tem alguém aqui.

Jax encerrou a transmissão. Uma onda de emoção caótica — quase uma estática mental — chamou sua atenção na direção da ponte. Den. Provavelmente reclamando sobre estarem vulneráveis ali.

Jax fechou o rosto e falou com a ponte.

— Vamos dar o fora daqui — disse pelo comunicador para I-Cinco.

— Por acaso ouvi a voz de Jax? — Pol Haus entrou na sala de conferência da Whiplash e olhou ao redor com muita atenção. Tuden Sal estava sozinho na sala, mas o chefe de polícia havia ouvido o suficiente para saber com quem ele falava e sobre o quê.

— Jax já está fora do planeta.

— Fora do planeta? Mas já? O que aconteceu?

O líder sakiyano da Whiplash se sentou em uma cadeira da sala de conferência.

— Ele não disse. Não quis nem dizer onde estava... ou para onde estava indo. Mas suspeito que tenha ido atrás de Vader.

Haus queria perguntar a Sal por que ele estava mentindo sobre os planos de Jax, mas sabia que isso revelaria o quanto da conversa ele havia ouvido. Em vez disso, apenas perguntou:

— Então, eles não voltarão tão cedo, não é?

— Não. E eu tenho que dizer, talvez seja melhor assim. Ele não parece bem desde... — Ele fez um gesto que indicava a galáxia lá fora.

— O garoto passou por muita coisa nos últimos dois anos.

O rosto do sakiyano ganhou um tom de bronze mais escuro.

— Sim. É verdade. E é por isso que talvez seja benéfico para todos que ele não se envolva com as atividades da Whiplash por um tempo.

— Você está se referindo a esse seu novo plano?

— Jax pode colocar a missão em perigo.

Haus concordou.

— Isso é verdade. E, falando nisso, tenho uma informação interessante para você. Vader enviou um punhado de Inquisidores para fora do planeta.

Ele ganhou toda a atenção de Sal.

— Um punhado? E quanto é um punhado?

— Uns quatro ou cinco, pelas nossas contas. E Vader partiu logo em seguida.

Sal se levantou da cadeira, com um fervor brilhando nos olhos.

— Então o imperador...

— Está sem seus mais mortais defensores.

— Onde ele está?

Haus respirou fundo. Ele podia ver que Tuden Sal estava praticamente tremendo com a expectativa.

— Eu não sei. Aparentemente, está no palácio imperial. Mas existem rumores de que possa estar em outro lugar.

— Quero ouvir esses rumores, Pol. Cada um deles.

QUINZE

Mandalore era uma cultura dividida. Um consórcio criminoso conhecido como a Sombra Coletiva havia se tornado um desafio maior do que os novos Mandalorianos podiam lidar. O governo de Satine havia caído e um violento grupo de dissidentes chamado o Olho da Morte havia surgido, trazendo uma grande dor de cabeça para os membros da Sombra Coletiva – que eram, em sua maioria, das organizações do Sol Negro e dos Hutts. Após a primeira onda de hostilidades, um primeiro ministro fantoche foi instalado no poder, e as coisas se acalmaram.

Mesmo assim, a atmosfera em Mandalore era de uma fervilhante incerteza. Pacífica o bastante na superfície – mesmo com a forte presença do Olho da Morte –, mas a dissolução da Sombra Coletiva havia deixado um vácuo no poder. Dentro desse vácuo, o Sol Negro – personificado pelo príncipe Xizor, um vigo[4] Falleen – havia se espalhado como uma lama malévola.

O contato de Tuden Sal, Tyno Fabris, era o novo vigo e vivia uma discreta existência na velha capital mandaloriana de Keldabe. Então

---

[4] Tenente do Sol Negro que recebe ordens apenas do chefe das organizações. Cada um dos nove vigos é responsável por uma região específica da galáxia e um segmento particular do Sol Negro. A palavra vem do velho tionês e significa "sobrinho". (N. E.)

foi lá que Jax aterrissou a nave – em uma pequena instalação de aterrissagem sob a considerável sombra da torre da MandalMotors. A nave ainda era a *Corsair*, mas agora usava um registro de Tatooine.

A discrição da existência de Tyno Fabris era um pouco incomum. Os Arkanianos não eram os seres mais humildes da galáxia; eles se consideravam o ápice da evolução. Encontrar um Arkaniano no Sol Negro já era incomum, mas encontrar um que fosse discreto era ainda mais surpreendente.

Uma vez no solo, Jax vestiu um disfarce calculado para se misturar no caótico e perigoso ambiente de Keldabe. Prendeu um blaster na cintura, cobriu as costas e o peito com uma armadura leve e prendeu os cabelos com uma presilha de metal. Chegou até a colocar uma lente de contato que fazia seu olho direito parecer substituído por um implante cibernético. Uma cicatriz descia pelo lado direito de seu rosto, passando no meio do olho.

Ele parecia durão, como um mercenário... ou o irmão gêmeo de Sacha Swiftbird.

O disfarce não ficava apenas nas roupas. Ele também mergulhava completamente em outra personalidade. Corran Vigil era um contrabandista de preciosas mercadorias, um homem que vivia nos extremos de um jeito completamente diferente de Jax Pavan. Ele pediu a I-Cinco que fabricasse registros para um contrabandista e um implacável caçador de objetos raros. Os registros de sua existência desonrosa estavam enterrados em lugares obscuros uma vez que eram apenas aqueles que I-Cinco conseguira acessar sem levantar suspeitas, mas, caso alguém pesquisasse por Corran Vigil, pensaria que sua obscuridade era causada pela necessidade de se esconder da lei.

Jax não disse para I-Cinco ou Den quem iria procurar, então os enviou para buscar informações sobre uma possível presença imperial em Mandalore ou Concórdia e continuar as modificações em I-Cinco. Enquanto isso, ele se dirigiu para o tapcaf *Oyu'baat*, considerada a mais velha cantina em funcionamento de Keldabe. Se houvesse agentes do Sol Negro em Mandalore, aquele era um provável lugar onde fariam negócios.

O *Oyu'baat* era um grande estabelecimento que tomava vários andares de um prédio que parecia peça de museu. Era construído inteiramente de madeira e pedra com seções em gesso cheias de falhas que exibiam a história das várias fachadas do edifício – tons de marrom, cinza pálido, até mesmo um incrível tom de laranja que Jax tinha certeza de que nunca existiu naturalmente em qualquer mundo. A espinha dorsal de madeira que ancorava o teto era tão larga quanto três homens e se projetava debaixo da beirada como a proa de um veleiro. Isso lembrava a Jax que Keldabe originalmente havia sido uma grande fortaleza.

Ele entrou passando sob a sombra do enorme pórtico da cantina, analisando os clientes que passavam por ele e que o olhavam de volta de cima a baixo. O salão principal era uma barulhenta caverna esfumaçada de madeira escura e vívidas tapeçarias que exibiam várias figuras e eventos lendários da história mandaloriana. O vermelho era a cor dominante – acontecera muito derramamento de sangue na história de Mandalore.

No topo da larga escadaria que descia até o salão principal, Jax parou para olhar ao redor. O centro da imensa câmara era dominado por dois bares curvos. Um aparentemente servia comida, o outro servia bebidas – incluindo o famoso café picante do *Oyu'baat*. Os dois bares estavam forrados de clientes, acotovelando-se para ser atendidos.

Ao redor da área elevada do salão, mesas se espalhavam em intervalos regulares enquanto cabines se alinhavam pela parede; cada cabine possuía uma tela de madeira que podia ser fechada para mais privacidade. Atrás dos bares, no canto mais afastado do salão, ficava uma lareira grande o bastante para receber uma nave. Era de um tempo no qual a lareira – junto com braseiros – fornecia calor para os exploradores da fronteira. Ao menos uma dezena de pessoas podia se sentar na alcova ao redor da lareira principal. Era um dia frio – as chamas saltavam dentro na enorme grelha e vários clientes se juntavam ao redor do fogo.

Jax tinha de admitir que sua luz e calor eram tentadores, mas ele não tinha tempo para confortos desnecessários, além de ter negócios a fazer.

Ele olhou para cima. A uma grande altura, a luz do sol entrava por claraboias no teto inclinado, pousando com um esplendor empoeirado sobre o rico assoalho de madeira. Largas galerias marcavam o terceiro e o segundo andar. Tyno Fabris muito provavelmente estava lá em cima, em uma das áreas privadas, e não ali embaixo, no barulhento salão principal.

Jax decidiu sua abordagem e se dirigiu para o bar das bebidas.

— Café picante — ele disse para o barman quando finalmente conseguiu sua atenção. — Quente. Em uma caneca.

— Você é novo por aqui — disse uma voz feminina praticamente em seu ouvido. De algum jeito a voz foi aguda o bastante para atravessar o barulho do ambiente, porém mantendo um tom aveludado.

Jax se virou. A fonte da voz sensual era uma mulher Balosar quase tão alta quanto ele. Isso já era notável por si só — os nativos do planeta Balosar geralmente eram baixos e frágeis. Aquela mulher era muito magra, mas nem um pouco frágil. Seus longos cabelos estavam artisticamente trançados e caíam em cascata sobre um ombro pálido. Ela usava um ornamento nos cabelos que quase, mas não totalmente, disfarçava suas antenas flexíveis — as quais estavam direcionadas sobre Jax.

Uma sensação de desconfiança percorreu sua nuca. Aquelas antenas, ele sabia, davam à Balosar uma forma de empatia que a tornaria uma ótima espiã para alguma entidade do submundo ou do Império.

— Novo em Mandalore, não — ele disse. — Em Keldabe, sim. Eu geralmente aterrisso em Concórdia. Mas as coisas estão um pouco… inquietas por lá, ultimamente.

Ela sorriu. Havia uma joia encravada em um de seus dentes superiores – um pálido cristal lavanda que ecoava a cor de seus olhos e cabelo.

– O que o traz até o *Oyu*? Não que eu esteja reclamando.

– Negócios.

– É claro. Olha, por que você não encontra um lugar e depois eu levo o seu café?

– Isso não será necessário.

– É o meu trabalho. – Ela apanhou uma bandeja sobre o balcão. – Nenhum barman gosta quando os clientes tumultuam a área de serviço.

Jax concordou com um rápido aceno de cabeça e se moveu para uma mesa de onde podia enxergar todo o salão, exceto por uma pequena seção atrás do bar de comida. Ele observou a mulher balosar tirar seu café picante, colocá-lo sobre uma bandeja e começar a andar na direção de sua mesa. Ela flertou com ele durante toda a caminhada, exagerando o balanço dos quadris e claramente desejava sua atenção e admiração.

Jax se perguntou por que ela ficou interessada nele. Embora suspeitasse que ela tinha o hábito de flertar com todos os clientes na esperança de uma grande gorjeta, ele sentia algo além disso em seus olhos. Jax silenciou a cautela, culpando a impaciência.

Ela baixou a caneca de café sobre a mesa e ele apanhou a bebida.

A garçonete inclinou a cabeça para um lado, erguendo uma sobrancelha, e apoiou a bandeja na curva do quadril.

– Posso trazer mais alguma coisa para você? – ela perguntou. – Comida... talvez algum estimulante?

Nenhuma sutileza aqui.

– Não estou com fome. E não gosto de ser estimulado. Preciso manter a mente limpa para fazer negócios.

Ela fez uma careta.

– Negócios. Um homem bonito como você vai perder seu tempo com negócios?

— Melhor do que perder meu tempo flertando com você. Não há lucro nisso.

Ignorando o lampejo de raiva nos olhos dela, Jax buscou em um bolso interno duas pequenas joias de aurodium. Ele as ergueu em sua palma onde foram iluminadas pela luz ambiente, causando um brilho multicolorido.

— A menos que você possa *me ajudar* a fazer negócios.

Ela olhou para as joias brilhantes, depois olhou de volta para o bar.

— Do que você precisa?

— Estou procurando por um homem chamado Tyno Fabris. Um Arkaniano.

Ela cerrou os olhos.

— Você o conhece? Ou apenas *gostaria* de conhecê-lo?

— Eu gostaria de fazer negócios com ele. Ouvi dizer que ele é... uma força deste setor.

Ela sorriu ironicamente.

— Isso é verdade. Por que Tyno?

— Por que *não* Tyno?

Ela o analisou por mais um momento, com suas antenas flexíveis diretamente sobre ele. A garçonete franziu as sobrancelhas e sacudiu a cabeça.

— Nenhuma razão. Na verdade, suspeito que, em vez de lhe falar sobre ele, eu deveria falar a ele sobre você.

— Então por que não fala? — Jax colocou as joias de aurodium sobre a mesa e olhou em seus olhos. — Diga a ele que temos um amigo em comum que o recomendou para mim.

Ela assentiu, apanhou as joias e as guardou no bolso antes de voltar para o bar. Quando Jax olhou um momento depois, ela havia desaparecido. Ele respirou fundo e tomou um longo gole do líquido quente.

Será que ela ajudaria, ou será que não ajudaria? Jax se recostou na cadeira.

Den observou o endereço no edifício – exibido com números enormes sobre a entrada –, depois olhou para seu datapad.

– Acho que é aqui.

I-Cinco soltou um som impaciente.

– Um endereço físico, que exótico. Sempre me esqueço do quanto esses planetas da Orla Exterior podem ser antiquados. Acho melhor perder as esperanças de encontrar alguma parte que valha a pena comprar.

– A propaganda dizia que eles possuem uma grande variedade de partes para pedidos especiais.

– Hum. Provavelmente especial se alguém estiver planejando um ato de pirataria.

Den guardou o datapad no bolso.

– Não é isso que estamos planejando, mais ou menos?

A cabeça de I-Cinco girou na base.

– Isso faz sentido.

Den olhou inquieto para o droide, imaginando se deveria comentar sobre aquilo que queimava um buraco em seu cérebro desde antes da aterrissagem. Mas queria dar tempo para Jax consertar as coisas, ele disse a si mesmo. Queria afastar a ideia de que seu amigo Jedi estava mantendo segredos de seus dois companheiros mais próximos.

Ele abriu a boca para dizer algo, mas as palavras não saíram. Se contasse para I-Cinco aquilo que ouvira da conversa de Jax com Sal, ele sabia o que isso significaria. Significaria que não acreditava que Jax fosse confessar. Significaria que não confiava nele.

Então esperaria. À noite, quando voltassem a se encontrar na nave, Jax diria a eles que pediu para Tuden Sal passar seus contatos do Sol Negro. Contaria que não encontrou nenhum dos contatos. Ou contaria que havia encontrado, mas que não poderia trabalhar com ele.

Vou dar o dia de hoje, Den disse a si mesmo. *Apenas hoje.*

Ele e I-Cinco não tinham muito a relatar sobre a atividade imperial em Mandalore. No mínimo, as credenciais jornalísticas de Den apenas serviram para deixar as pessoas menos receptivas. Esperava que tivessem mais sorte encontrando as partes que queriam do que arrancando informações dos cidadãos ariscos de Keldabe.

Eles entraram no prédio e acabaram dentro de um saguão pouco mobiliado. Um droide de protocolo com muitas partes reconhecíveis – nenhuma do mesmo tipo – estava atrás de um balcão ao lado da porta. O droide ergueu os olhos e os analisou com suas lentes ópticas, que brilhavam com uma sinistra coloração vermelho-alaranjada.

– Vocês querem? – o droide perguntou secamente.

– Partes – disse Den –, para um droide de protocolo modelo I--5YQ, se você tiver. Mas também estamos interessados em outros... hum... periféricos.

– Nós? – repetiu o droide olhando para a unidade DUM.

– Quer dizer... eu e meu capitão. Sou um mecânico de droides a bordo do cargueiro *Corsair*.

– E quem é seu capitão?

– Corran Vigil.

– Seu capitão não me é familiar. O que não significa nada. Que tipo de periféricos você está procurando?

– Armamentos – Den disse. – Blindagem. Esse tipo de coisa.

O droide pareceu piscar – suas lentes se apagaram por uma fração de segundo.

– Você deseja armar uma unidade de protocolo I-5YQ? Isso é incomum.

Den viu uma oportunidade para aumentar a reputação de Jax como um indivíduo ameaçador.

– Às vezes, a ideia do meu capitão sobre protocolo pode ser... perigosa.

Eles ouviram um leve silvo e então uma antiquada porta hidráulica se abriu nos fundos e uma mulher humana, alta e de pele escura, vestida dos pés à cabeça em pele sintética negra, adentrou o saguão.

– Então eu diria que você veio ao lugar certo – ela disse. – Podemos armar praticamente qualquer coisa aqui. Até mesmo *isso*. – Ela fez um gesto com a cabeça na direção de I-Cinco. Uma mecha de cabelos surpreendentemente vermelhos caiu sobre um olho.

O droide respondeu virando a cabeça para ela e soltando um chiado estridente que poderia ter arrancado a tinta das paredes. Den estremeceu e a mulher cobriu os ouvidos com as duas mãos.

– Eu já o armei – Den respondeu. Sua voz soou abafada e trêmula. – Chega, garoto – ele disse para I-Cinco.

O droide terminou com um ruído igual um chocalho, fazendo a mulher olhar para ele cautelosamente.

– Na verdade, quero construir o droide de protocolo mais infernal da galáxia – Den disse para ela. – Algo que pareça benigno e inofensivo... mas que não seja.

A mulher esfregou os ouvidos.

– Eu diria que o seu amiguinho aí é bastante ofensivo. Venha comigo. Vou mostrar o que temos.

O que eles tinham era um galpão cheio de partes de máquinas que nem de longe era tão organizado quanto o armazém de Geri no Lar da Montanha. O interior do prédio fora todo retirado, e peças e pedaços de droides se penduravam em prateleiras que iam do chão até vários andares acima. Um quarteto de escadas rolantes – uma para cada parede – dava acesso à coleção.

A mulher gesticulou na direção de um canto aos fundos do galpão.

– Droides de protocolo – ela anunciou. – Ou o que sobrou deles. Aqueles que estão nos níveis mais baixos são os mais completos. Alguns deles até funcionam... depois de uma manutenção. Armamentos e outras modificações especializadas ficam na parede ao leste. – Ela gesticulou naquela direção. – E em uma área privada através daquela porta. Aquela área possui uma segurança mais elevada, como você pode imaginar. Tenho certeza de que temos aquilo que você procura.

– Não sei – Den disse, franzindo as sobrancelhas. – Parece um monte de ferro-velho. Você consegue vender essas tralhas?

Se a mulher se sentiu ofendida, não demonstrou.

– Temos a maior coleção de partes de droides daqui até o deserto. Na verdade, acabei de vender um monte dessas *tralhas* para o Império.

Isso!

– O Império? É mesmo? Que diabos eles querem com tudo isso?

– Não sei exatamente. Os Stormtroopers não são conhecidos por conversar muito.

– Mas eles encontraram o que queriam *aqui*? – Den fez um gesto para o galpão.

A mulher se ajeitou e olhou para as paredes e a bagunça de partes metálicas.

– Claro. Por que não? Quer dizer, a maioria… algumas coisas. Mas, quer dizer, quem é que tem gaiolas blast em estoque? – Ela olhou para sua coleção de partes de droides, depois se virou para Den. – Você não precisa de uma gaiola blast, não é? Porque não temos nenhuma.

– Não, não precisamos disso. Mas eu estaria interessado em saber o que os imperiais compraram. O capitão Vigil gosta de manter a nave atualizada. – Den lançou um olhar insinuante para a atendente.

– É mesmo? Ele está disposto a pagar para saber disso?

– Sim, ele pode pagar. Principalmente se encontrarmos aquilo de que precisamos.

A mulher sorriu. Seus dentes, Den percebeu, haviam sido cerrados até ficarem pontudos.

Encantadora.

Den sorriu de volta e seguiu I-Cinco para a parede com as partes dos droides.

DEZESSEIS

———◆———

Jax estava prestes a ir sozinho procurar por Tyno Fabris quando a mulher Balosar reapareceu. Ela não disse nada, apenas o olhou nos olhos e acenou com a cabeça. Jax apanhou sua caneca de café e a seguiu entre os dois bares na direção dos fundos do salão. Ele se surpreendeu quando ela passou pela escadaria que levava à galeria do segundo andar.

Ela o flagrou olhando para os degraus íngremes.

— Procurando por alguém?

— Só estou notando que não existe muita presença imperial por aqui. Isso é um pouco estranho. Hoje em dia, você não pode ir a lugar algum sem tropeçar em alguns Stormtroopers.

— Eles basicamente nos deixam em paz.

— Quando foi a última vez que você viu algum deles?

Ela lançou um olhar sobre o ombro.

— Faz um tempo.

— Um tempo? Dias? Semanas? Meses?

— Meses. Anos. Décadas.

— Não me irrite, Balosar — ele disse suavemente.

Isso causou um sorriso no rosto dela.

– Tlinetha. Meu nome é Tlinetha. E gosto dessa sua irritação. Possui um calor agradável.

Em seus pensamentos, Jax se conteve com mais ímpeto para não usar a Força.

– Então você está dizendo que faz muito tempo que os imperiais não aparecem em Keldabe?

– É isso o que estou dizendo.

Ela estava mentindo. Por que estava mentindo? Se as tropas de Vader vieram até Mandalore, certamente teriam passado por Keldabe. Era aqui que os negócios se iniciavam, onde as informações fluíam como o vinho.

Eles se dirigiam agora para a lareira gigante. Jax viu, para sua surpresa, que os clientes que se amontoavam ali haviam sumido. Em seu lugar havia um quarteto de pessoas que obviamente eram capangas de algum tipo. Eles não se vestiam como capangas, mas era essa a impressão que transmitiam.

Havia três homens – dois humanos e um Devaroniano – e uma mulher Zabrak. A Zabrak e um dos homens humanos se sentavam de forma relaxada diante da enorme lareira, tentando parecer românticos; o Devaroniano e o segundo humano estavam em mesas separadas. Os quatro ofereciam segurança mais do que suficiente para o indivíduo que se sentava na alcova da lareira, bebericando seu café.

Sua pele era pálida, quase translúcida, as maçãs do rosto eram altas e o cabelo era branco, fluindo como seda sobre seus ombros. A maioria dos Arkanianos tem olhos puramente brancos; Tyno Fabris usava lentes ou havia alterado a cor original – seus olhos eram negros.

– Este é o homem – Tlinetha disse a Fabris. – Aquele que estava procurando você... para fazer negócios, segundo ele mesmo.

– Corelliano – o Arkaniano disse sem se apresentar. – Estou certo?

Jax assentiu levemente.

– Negócios. Que tipo de negócios?

— Negócios de benefício mútuo... — Jax olhou ao redor para os seguranças, depois encarou a garçonete Balosar — que eu gostaria de discutir a sós.

— Isto é o mais privado que você pode conseguir em um primeiro encontro — Fabris disse. — Um homem em minha posição não pode se dar ao luxo de ser descuidado. Tlinetha disse que nós temos um amigo em comum. Quem?

— Tuden Sal.

Jax percebeu a surpresa em seu rosto. E a hesitação. As duas coisas eram boas.

Fabris assentiu e jogou um rápido olhar para a mulher Zabrak. Ela se levantou e se aproximou para encarar Jax.

— Suas armas. — Ela estendeu as mãos.

Jax hesitou, depois as entregou. A hesitação foi apenas um fingimento. Não havia arma que o Jedi pudesse carregar que poderia se equiparar à arma que ele próprio era.

Ela tomou seu blaster e sua vibrolâmina, depois ergueu uma das mãos. Havia um pequeno dispositivo redondo na palma — um sensor de armas de algum tipo. Ela o movimentou para cima e para baixo sobre o corpo dele, passando até sobre a cabeça.

— Não podemos deixar de ser cuidadosos — ela disse, depois olhou para seu chefe. — Ele está limpo.

Fabris respondeu erguendo uma sobrancelha pálida, depois indicando o assento à sua frente na alcova.

Jax deslizou para o banco de pedra acolchoado, seguindo a mão do homem com os olhos. Interessante. Quatro dígitos — indicando uma antiga linhagem Arkaniana —, mas algo sobre o formato da mão dizia a Jax que fora alterada cirurgicamente. O dedo mínimo fora removido e o formato da mão alterado. Havia uma pequena quantidade de cicatrizes residuais. Então Tyno Fabris era um Arkaniano geneticamente alterado, mas claramente um homem que se orgulhava de sua herança o bastante para querer minimizar a aparência da modificação.

Olhando através das chamas que dançavam na lareira, Jax notou que Fabris usava os cabelos presos atrás das orelhas, que eram elegantemente curvadas e pontudas, aparentemente sem artifício. Então, os olhos negros deviam ser lentes, Jax suspeitou: filtros contra o forte brilho do sol e luzes ambientes. O planeta natal dos Arkanianos era uma grande bola de neve, e os olhos dos habitantes eram calibrados para enxergar o espectro infravermelho. Em suma: Tyno Fabris protegia a si mesmo, mas mostrava as orelhas para deixar claro que não havia dúvidas sobre sua procedência Arkaniana.

Era interessante como as maneiras sutis revelavam o caráter das pessoas.

— Então você tem se encontrado com Tuden Sal? – Fabris perguntou.

— Falei com ele apenas alguns dias atrás.

— Em Klatooine?

Jax sorriu levemente.

— Onde eu falei com ele é irrelevante.

— E o que Sal está fazendo hoje em dia?

— Recuperando-se de seus reveses. E se saindo muito bem, aparentemente.

— É mesmo? Exatamente com o quê? – Fabris sabia, é claro. Ele havia fornecido armas para a Whiplash, possivelmente sem saber ou se importar para qual finalidade.

— Ele está trabalhando com... digamos, transporte. Ele me disse que você o ajudou a... transportar coisas de tempos em tempos.

Fabris se virou para Tlinetha.

— Você pode ir.

Ela assentiu de um jeito que sugeria que sua obediência era uma forma de ironia, e então voltou para o bar. Os seguranças voltaram a fingir que não estavam observando tudo.

— O que você quer? – perguntou o Arkaniano.

— Informação, talvez mais do que isso. Depende.

— E depende do quê?

— Se você pode compensar as mentiras da sua garçonete.

Uma sobrancelha branca se ergueu sobre a lente negra.

— Mentiras? Sobre o quê?

— Sobre a recente presença imperial em Mandalore. Estou curioso sobre o que eles fizeram aqui e para onde foram depois.

Fabris se recostou na parede de pedra da alcova.

— Curioso? Por que você estaria curioso sobre isso?

— Estive recentemente em Coruscant e ouvi dizer que Darth Vader estava convocando mercenários para um "projeto especial". Ouvi que ele também estava procurando por uma substância muito especial, mas não conseguiu encontrar. Uma substância que poderia ajudá-lo no interrogatório de mentes particularmente resistentes.

Após um momento ou dois de silêncio, Fabris perguntou:

— E?

— E acontece que conheço essa substância. Tenho certeza de que Vader me recompensaria se eu conseguisse para ele. O problema é que ele saiu de Coruscant antes que eu pudesse ter certeza da minha informação e não sei para onde ele foi.

O Arkaniano assentiu pensativamente.

— Ele vai recompensá-lo. E, naturalmente, se eu conseguir essa informação sobre Vader, você vai *me* recompensar.

— Naturalmente.

Fabris assentiu de novo, depois tirou um pouco de sujeira em sua manga usando a mão de quatro dedos.

— Entendo. E o que o faz pensar que os imperiais estiveram aqui recentemente?

— Interceptei um pedido de socorro de uma nave da resistência que Vader estava perseguindo. Essa nave aparentemente transportava algum agente de alto nível da resistência. Pelo que consegui entender das mensagens truncadas, Vader capturou o agente, destruiu a nave e todos a bordo, depois enviou um grupo de naves para Mandalore. Mas também sei que eles não ficaram aqui por muito tempo.

Fabris considerou aquilo por um momento, depois confirmou:

— Não. Não ficaram.

Jax não reagiu à admissão.

— Eles estiveram aqui brevemente. Eu sugeri que Concórdia poderia servir melhor para as... necessidades deles.

— Que eram?

O Arkaniano encolheu os ombros.

— Como você mesmo disse: mercenários. Armas. Eles disseram que tinham necessidades especiais.

— Que eram? — Jax repetiu.

Um lento sorriso se espalhou pelo rosto de Tyno Fabris.

— Agora, acho que essa informação pode valer algo para mim, capitão Vigil.

Jax retornou o sorriso.

— Pode mesmo. Você pode me ajudar?

— Possivelmente. Vou precisar... checar sua história até agora. Essa substância que você mencionou. O que é, exatamente?

— Não sei dizer. Isso está acima do que preciso saber. Mas a informação completa sobre a substância está contida em um holocron que tenho comigo.

Jax podia sentir o interessante crescente do homem como um vago zumbido de estática. Via isso como uma aura de energia que emanava dele.

Fabris se inclinou para a frente, com os olhos de lentes negras refletindo a luz das chamas.

— Um holocron? Um holocron *Jedi*?

— Na verdade, é um holocron Sith.

— E você viu essa informação?

— O antigo dono mostrou para mim.

— O antigo dono... — Fabris murmurou.

— Você não o conhece. E o nome dele não é importante para nossos negócios. *Se* fizermos negócios, é claro. Você sabe para onde o pessoal de Vader foi após deixarem Concórdia... *se* eles deixaram Concórdia?

— Tenho certeza de que posso descobrir.

— Então, podemos fazer negócios?

— Vou considerar. Vou considerar *de verdade*.

Jax soltou um som de impaciência e se moveu para ir embora.

— Se você tem dúvidas...

O Arkaniano ergueu a mão pálida.

— Por favor. Sou um homem muito cuidadoso. Em meu ramo, preciso ser muito cuidadoso. De outro modo, posso acabar como nosso amigo em comum. Sem casa. Sem amigos ou identidade... transportando coisas. Amanhã darei uma resposta. Será rápido o bastante para você?

Não, Jax pensou, *não será rápido o bastante*. Mas ele sorriu e inclinou a cabeça.

— Parece bom.

Fabris fez um gesto sutil e Jax encontrou a Zabrak de pé ao seu lado esquerdo, segurando o blaster e a vibrolâmina. Era sua deixa para ir embora. Ele se levantou e apanhou as armas.

Com o canto do olho, Jax percebeu o movimento de Fabris enquanto guardava o blaster que havia mirado em Jax durante toda a conversa. O blaster ficou longe da vista sob o brilho das chamas — mas não longe da vista da Força.

Ele saudou os quatro seguranças e voltou para o salão principal da cantina.

Tyno Fabris se recostou na parede, considerando a situação. Interessante. Garan, sua guarda-costas Zabrak, havia declarado que o visitante estava limpo de armas, porém...

Ele ergueu os olhos quando Tlinetha voltou, com uma expressão impenetrável no rosto. Fabris fez um gesto para que ela se sentasse diante da lareira.

— Você parece... intrigada – ele disse. – Está com dúvidas sobre nosso amigo Corelliano?

Ela assentiu lentamente.

— Não consigo dizer exatamente o que é, mas há algo... diferente sobre ele. O ar ao seu redor... parece tremer. Como se estivesse... carregado de alguma forma.

— Talvez um campo de força pessoal? – Isso poderia explicar aquilo que ele próprio sentiu... ou viu, na verdade.

— Não. Campos artificiais reverberam diferente de campos naturais. Aquele era um campo natural... por falta de palavra melhor. Senti isso apenas duas vezes em minha vida.

Isso aguçou ainda mais o interesse de Tyno.

— Quando?

— A última vez foi quando os homens de Vader estiveram aqui. Eles tinham aquela... coisa com eles. – As antenas de Tlinetha baixaram quase completamente em sua cabeça.

Interessante.

— Você está se referindo ao Inquisidor?

Ela confirmou.

— Mas, claramente, ele não é um Inquisidor. Você disse que sentiu isso duas vezes. Quando foi a primeira vez?

— Foi com um Jedi.

Agora, *isso* era interessante. Praticamente impossível, mas interessante. Mas ainda não explicava o que seus olhos sensíveis ao infravermelho captaram com o capitão Vigil – que ele carregava em sua pessoa uma fonte de energia muito concentrada. Não uma arma – o sensor de Garan teria detectado –, mas algo.

De todo modo, Corran Vigil era uma pessoa muito interessante. Ao menos era o que Tyno achava, e estava disposto a apostar que seu vigo também acharia.

Den e I-Cinco transformaram o menor dos dois compartimentos de carga da *Laranth* em uma oficina, que era onde estavam quando Jax retornou para a nave. Den estava tão mergulhado em seu estudo do torso de um I-5YQ que eles haviam comprado que nem percebeu a volta do Jedi. Na verdade, mal registrou quando I-Cinco parou de trabalhar em uma cabeça de I-5YQ e saiu da oficina.

Não havia um único I-5YQ completo no estoque da loja. Tiveram que se contentar com pedaços de vários droides que eram, de acordo com a atendente, vítimas de um dia particularmente ruim na corte do clã Desilijic em Nal Hutta. Como resultado, eles ainda não possuíam partes suficientes para um I-5YQ inteiro.

Estranhamente, o amigo robótico de Den não pareceu se importar muito. Ele estava muito animado com a portabilidade que o mecânico da resistência de Toprawa, Geri, havia proporcionado ao seu processador neural e parecia contemplar um futuro no qual trocava de corpos de droides como as pessoas trocavam de roupas. Na verdade, ele havia encontrado, nas áreas protegidas da loja, algumas partes de um droide N-101 da Robóticas Trang – especificamente um gerador de repulsão e uma unidade laser. O corpo original de I-Cinco fora modificado com um único laser em cada um dos dedos indicadores; os demais foram revisados mais recentemente para incluírem outros mecanismos de defesa. Mas os braços que ele havia acabado de adquirir possuíam um canhão laser e um gerador de raios de repulsão montados na unidade básica. O que perdia em camuflagem, ele disse a Jax, ganhava em poder bruto.

I-Cinco também admirava o design da unidade Nêmesis. Assim como seu próprio corpo atual, um Nêmesis podia se dobrar em uma unidade menor, com pouco menos de um metro de altura. Mas o capacete alongado e articulado do droide Trang era equipado com o auge da blindagem ablativa. Quando a unidade se dobrava em sua postura defensiva, não parecia nada mais do que um besouro neimoidiano – camuflado. Era a parte da camuflagem que dava aos droides

Nêmesis uma alta taxa de sucesso como assassinos. Eram equipados com unidades confundidoras de última geração que desestabilizavam os sensores de guardas, alvos e equipamentos de segurança.

Den ergueu os olhos quando Jax e I-Cinco entraram no compartimento de carga. A primeira olhada em Jax deixou o Sullustano desorientado e paralisado de medo. Esquecera que o Jedi saíra disfarçado e por um momento – uma simples fração de segundo – pensou que o homem que entrou no compartimento fosse um estranho.

– I-Cinco disse que você teve um dia produtivo – falou Jax.

Den sacudiu o corpo.

– Sim. Por exemplo, nossa útil atendente confirmou a recente presença imperial em Mandalore... E você poderia, por favor, tirar essa lente do seu olho? Isso me dá arrepios.

Jax ignorou o pedido.

– O que a vendedora de armas disse?

– Ela disse que os imperiais apareceram em sua loja procurando por alguns itens especiais... Armadilhas sônicas, sensores de rede, uma coisa chamada dobrador fotônico... e uma gaiola blast. Mas ela não tinha a gaiola, então os enviou para Concórdia. – Ele hesitou antes de perguntar: – Nós não vamos para Concórdia, não é?

– Talvez, mas não tenho certeza ainda. Depende.

– Depende do quê? – I-Cinco perguntou. – O que você descobriu hoje?

Jax piscou e sua íris artificial girou ao redor da pupila. Era como assistir a uma porta blast se fechar. Naquele momento de hesitação, Den sentiu o planeta se inclinar.

– Praticamente a mesma coisa que vocês. Os imperiais estiveram aqui. Estavam procurando por mercenários e itens "especiais". Foram enviados para Concórdia.

– Então, logicamente – disse o droide –, nós também devemos ir para Concórdia.

Jax sacudiu a cabeça.

— Estou esperando uma informação. Tenho um contato que pode nos contar mais.

— Por exemplo? — perguntou I-Cinco. — Sabemos o que eles compraram aqui e o que estavam procurando em Concórdia. A menos que minha lógica seja falha, e não é, isso nos diz em que tipo de situação vamos encontrar Yimmon... a menos que a gaiola blast e os outros itens não tenham nada a ver com seu sequestro.

— Suspeito que tenham tudo a ver com o sequestro. E você está certo... Isso nos mostra o tipo de situação que encontraremos. Mas, neste momento, não temos a informação mais crucial: *onde* estaremos entrando. E como poderemos fazer isso sem acabar mortos.

— Espere — disse Den. — Estou deixando de entender alguma coisa? O que a lista de compra deles nos diz, exatamente?

— Você quer contar para ele ou eu posso contar? — I-Cinco perguntou.

Jax fez um gesto para o droide.

— A "lista de compras" nos diz que tudo isso é uma emboscada para nós.

— O quê?

— Armadilhas sônicas são um tipo de confundidor auricular — I--Cinco explicou. — Dobradores fotônicos fazem a mesma coisa com a vista. E a gaiola blast é um contêiner projetado para enganar sensores. Podemos assumir que a gaiola blast seria usada para conter um item secreto e os outros dispositivos instalados ao redor manteriam esse item oculto, portanto as pessoas não detectariam o item com seus sentidos normais nem com varredura de sensores.

Den olhou para I-Cinco e para Jax, sentindo um alívio se espalhar em seu corpo como uma onda quente e acolhedora.

— Mas... esse tipo de armadilha não vai funcionar com um Jedi.

— Não. Mas suspeito que é para isso que servem os Inquisidores que também foram enviados.

— Os Inquisidores são para o interrogatório — Jax disse num tom baixo. Ele se moveu até a mesa de trabalho de I-Cinco e ficou olhando com uma expressão impenetrável para a cabeça na qual o droide estivera trabalhando.

— De qualquer maneira, imagino que eles também fariam boas armadilhas para um Jedi – disse I-Cinco. – Se Vader estiver esperando que você apareça...

— Vader acha que estou morto. – Jax passou os dedos sobre o metal sem brilho do rosto da unidade de I-Cinco.

— Você tem certeza?

— Ele não tem por que achar que estou vivo. E estou me esforçando muito para não dar nenhum motivo.

Den segurou um comentário sobre a ida de Jax ao DSI e preferiu fazer a pergunta que estava causando toda a sua inquietação:

— Então, quem você conhece que pode responder o "onde" da nossa questão, Jax? Quem possui a informação de que precisamos?

— Um homem que conheci hoje no *Oyu'baat*. Um mercador de informações local.

— Um mercador de informações local – Den repetiu, olhando nos olhos de Jax. – E onde ele consegue as informações?

— Não perguntei. – Jax se virou abruptamente e se dirigiu para o corredor. – Preciso tirar essa lente do meu olho.

Den o observou enquanto ele saía em completo silêncio.

— Filho de uma... maldita... Isso não está certo.

A cabeça de I-Cinco se inclinou para o lado e sua lente girou para focar o Sullustano.

— O que não está certo?

Den contou a ele.

DEZESSETE

Jax odiava esperar. Ele queria se mexer, queria agir, fazer qualquer coisa. Não ficar ruminando sobre os caprichos de Tyno Fabris. E se o Arkaniano decidisse não vender a informação de que ele precisava? O que faria? O que ele tinha que poderia pender a balança a seu favor?

Ele já havia mencionado o holocron, mas de jeito nenhum poderia deixar que caísse nas mãos de outra pessoa – muito menos de alguém como Tyno Fabris.

Jax se levantou do tapete de meditação e se moveu até a árvore miisai, abrindo o pequeno compartimento de seu vaso e removendo o artefato Sith. O holocron formigava sobre sua palma, brilhando levemente um vermelho de ferro oxidado. Para alguém não dotado com a sensibilidade à Força, o objeto pareceria uma caixinha bonita – um contêiner geométrico com vértices arredondados e faces esculpidas de um modo elaborado. Algo que alguém usaria para guardar joias.

Mas poucos sabiam o que realmente continha.

Jax olhou para o objeto vibrante em sua mão e imaginou – não pela primeira vez – se continha alguma informação que pudesse ajudá-lo na presente situação. O holocron continha – escondido em várias camadas de memória debaixo das mais recentes adições sobre os movimentos estratégicos do Império – informações sobre o uso de pironium para aumentar os efeitos de uma dose de bota, por exemplo –, mas Jax ouviu rumores do tipo de experimentos que Darth Ramage havia feito, e alguns deles tinham implicações terríveis.

Ramage supostamente fez experimentos sobre manipulação do tempo.

Jax correu um dedo sobre seu rosto cansado. Impossível. Os Cefalônios podiam enxergar através do tempo, dentro dele, ao seu redor. Todos os outros seres eram destinados a viver em seu fluxo e, eventualmente, se afogarem nele. Ninguém podia nadar contra a corrente, ou sair dela para a margem e ficar com os Cefalônios e as poucas outras espécies que compartilhavam suas habilidades.

Jax perguntara a Aoloiloa qual era sua percepção da Força. A resposta foi tipicamente metafórica e vaga: "Força é oceano. Força é gota. Força é tudo. Força não é tudo".

Se o tempo era um rio, então corria para dentro do oceano – gota a gota. A gota de Laranth. A gota de Jax. Talvez o que devesse ter perguntado ao Cefalônio era: *será que eu posso nadar até a margem e, ao alcançá-la, andar contra a corrente?*

Não era impossível, claro, mas, se fosse, será que ele gostaria de fazer essa caminhada? Quem nunca pensou: *se ao menos eu pudesse refazer aquilo; se ao menos eu pudesse voltar no tempo, eu acertaria dessa vez?*

Se ele pudesse manipular o tempo, será que poderia reescrever o passado?

Mesmo isso não era a verdadeira questão. A questão que assombrava Jax Pavan era: será que havia algo que ele *poderia* ter feito – que *deveria* ter feito – para salvar Laranth?

Ele afastou todas essas questões. Era da natureza humana querer reescrever os erros do passado, mas a fantasia não alterava o fato de que os rumores diziam que o holocron de Darth Ramage continha informações que poderiam ser muito úteis para um Jedi. Ele apenas precisava descobrir como abri-lo.

Jax segurou o holocron diante dos olhos, sentindo seu calor e peso; sentindo o poder que emanava do objeto. Cada holocron era diferente. Um simples holocron de informações podia ser aberto verbal, manual ou eletronicamente por qualquer um com a senha, combinação ou chave. Um holocron Jedi ou Sith era um quebra-cabeça de um tipo totalmente diferente, e a "chave" podia tomar qualquer forma. Alguns precisavam tanto de uma chave da Força quanto de uma chave física – geralmente um cristal. A chave da Força abria a caixa; o cristal permitia acesso ao conteúdo.

Jax não fazia ideia de como Darth Ramage havia trancado o holocron, mas suspeitava que apenas um Sith poderia saber – ou ao menos alguém com algum conhecimento do lado sombrio da Força.

Porém, o artefato falava com ele, tremia em sua mão, enviava ondas de poder através de seus ossos. Talvez...

Segurando o holocron na palma da mão, ele fechou os olhos e concentrou a atenção em seu calor e pulsação. Sua mão latejava com as energias do objeto e Jax enviou os filamentos da Força ao redor do holocron.

Uma pontada de alerta reverberou por seu corpo. *O que você está fazendo? Você* não *sabe o que está fazendo. Isso não é correto. Pare agora.*

Com os pensamentos interrompidos, ele abriu os olhos e se surpreendeu ao ver o brilho vermelho do holocron envolvendo sua mão e subindo pelo pulso. O calor penetrava até os ossos. Ele engoliu em seco e fechou os olhos novamente.

Pare. Pare!

Alguém bateu na porta da cabine, quebrando a concentração de Jax. Ele tentou ignorar, mas a pessoa bateu de novo. Frustrado, usou a mão livre para abrir a porta.

– Entre!

I-Cinco apareceu, com Den ao seu lado, os dois tão perto em altura e postura que era quase cômico. A vontade de rir e a raiva colidiram dentro dele.

— O que foi? — Jax perguntou, num tom de voz entre um riso e uma repreensão.

I-Cinco foi direto ao assunto.

— Esse contato que você fez em Mandalore. Quem é ele?

— Eu já disse. Um homem de negócios. Um comerciante de informações.

— Qual é o nome dele? Sua afiliação?

— Por que isso é importante?

Den entrou na pequena cabine.

— Tyno Fabris. Esse é o nome dele.

Jax encarou o Sullustano.

— Como você sabe disso?

— Eu ouvi a conversa que você teve com Tuden Sal. — Ele sacudiu a cabeça. — Por que, Jax? Por que não nos contou que estava contatando o Sol Negro?

— Mais precisamente — disse I-Cinco —, por que precisamos contatar o Sol Negro em primeiro lugar?

Dessa vez Jax quase riu de verdade.

— Por que não? Qual é a minha alternativa? Usar a Força vasculhando por aí até dar de cara com Vader? Será que preciso lembrar a vocês que, se eu fizer isso, ele pode acabar *nos* encontrando?

Den murmurou:

— Você iria chamar a atenção dele, isso é certeza.

— Não quero chamar a atenção dele. Quero apanhá-lo desprevenido.

— Se você acredita que isso ainda é possível, então está fechando os olhos para a verdade. Você achou que ele sentiu você no DSI.

— Ele sentiu a Força, é verdade. Mas ele viu um Inquisidor. Ele não atacou, nem me perseguiu. Nem tentou me tocar. Ele pensou que eu era um de seus homens. Se não tivesse pensado isso, eu teria que enfrentá-lo ali mesmo. — Era isso que Jax dizia a si mesmo, de novo e de novo, nos dias desde sua infiltração fracassada no Departamento de Segurança. Vader teria ido atrás dele com todas as forças se o tivesse reconhecido. – Vou pegá-lo de surpresa. Apenas tenho que descobrir como fazer isso.

– E para isso você precisa do Sol Negro? – I-Cinco perguntou secamente.

– Eu preciso, *nós* precisamos, de qualquer recurso que nos ajude a encontrar Yimmon.

– Yimmon? Ou Vader?

Jax sacudiu a cabeça. Do que o droide estava falando?

– Onde encontrarmos um, encontraremos o outro.

– E se não encontrarmos?

– O que você quer dizer?

– Se Vader e Yimmon acabaram se separando?

Jax olhou para o droide com uma perplexidade honesta.

– Duvido que isso tenha acontecido. Ele enviou sua legião especial até aqui para seguir até o local onde está mantendo Yimmon prisioneiro. Ele enviou os Inquisidores para lá. Ele está indo para lá pessoalmente. Isso é a única coisa que faz sentido. Apenas precisamos descobrir onde esse "lá" fica.

O droide continuava implacável.

– E se Vader tiver deixado Yimmon em algum lugar e voltado para seus outros negócios? Que caminho você vai perseguir?

Jax sentiu uma pontada de irritação. Ele respirou fundo e soltou o ar lentamente.

– Eu vou atrás de Yimmon. E vou encontrá-lo. Custe o que custar. Até mesmo negociar com o Sol Negro. Por que você está me pressionando desse jeito?

– Perdoe-me – disse I-Cinco. – Apenas quero ter certeza de que estamos em total acordo quanto ao objetivo.

– O objetivo é recuperar Yimmon com vida e intacto.

Jax não se esquecia do estrago que Vader causara em seu antigo padawan, Kajin Savaros: não se esqueçia do que o lorde sombrio fizera com a mente do garoto. Mas Yimmon, ele disse a si mesmo, não era uma criança sem experiência. Era um Cereano com uma disciplina incomum, mesmo para os indivíduos de sua espécie. Ele exibia uma habilidade quase igual à dos Jedi para pensar além das dimensões físicas e guiar seus pensamentos. Jax torceu para que essa habilidade o ajudasse a enfrentar as várias e terríveis ferramentas de persuasão de Darth Vader.

— Não precisamos fazer isso sozinhos — I-Cinco disse —, ou com o Sol Negro. Podemos voltar para Toprawa e recrutar a ajuda dos Rangers. Podemos confiar neles.

— Não sabemos se isso é verdade. Não com certeza. Um deles pode ter nos traído e nos entregado a Vader.

— Mas no Sol Negro você confia? — Den perguntou com incredulidade.

— De jeito nenhum. Mas *sei* que não posso confiar neles. E não vou confiar. Mas com os Rangers... Não posso confiar em todos eles e não posso tratar a todos como se eu *não* confiasse. É um paradoxo. E, ao tentar andar no meio do caminho, eu colocaria o traidor em uma posição de poder e os membros leais em perigo.

— Não podemos convencê-lo do contrário? — Den perguntou.

Jax suspirou.

— Olha, combinei de me encontrar com Fabris amanhã para saber se ele está disposto a nos vender a informação de que precisamos. Ele ainda pode simplesmente fechar a porta na nossa cara.

— E se não fechar?

— Então veremos qual é o negócio. Francamente, não tenho muita coisa para barganhar com ele. Já contei uma história e tanto só para conseguir um mísero encontro.

— Ótimo — Den murmurou. — Estamos lidando com um demônio e não temos nada para barganhar.

Jax sorriu ironicamente.

— Eu não disse que não temos nada para barganhar. Vou criar alguma vantagem, mesmo que precise fazer alguma mágica.

I-Cinco inclinou a cabeça, obviamente focando a lente no holocron que Jax segurava.

— Usando isso aí?

— Usando qualquer coisa que seja preciso.

Pol Haus leu cuidadosamente o relatório que havia acabado de aparecer em seu datapad. O DSI estava movendo recursos de um jeito muito intrigante, e agora o imperador também estava sendo transferido. Em questão de dias, ele visitaria um palácio de veraneio na costa do Mar Ocidental. Vários membros do Senado Imperial também planejavam viagens para a costa. Pol não acreditava que tudo isso era coincidência.

O palácio de veraneio do imperador era pequeno — ao menos se comparado ao palácio imperial — e parte da propriedade ficava sobre a água. Essa última informação provavelmente seria do interesse de Tuden Sal. Pol achava que seria possível se aproximar desse palácio pela água com os recursos e as pessoas certas.

Ele guardou o datapad no bolso do casaco e olhou quando o Expresso Whiplash — que era como ele passou a chamar o trem da resistência — deslizou pela plataforma abandonada junto com um sopro de ar.

Tuden Sal enxergaria essa sorte inesperada como um sinal de que deveriam colocar seu plano em prática... e era exatamente por isso que ele não poderia saber dessa informação.

DEZOITO

Tuden Sal tirou os olhos de sua bebida quando Acer Ash tomou um lugar na cabine onde ele estava e deixou sua própria bebida sobre a mesa, deslizando-a para o centro. Um dispositivo de memória estava escondido atrás da caneca. O humano passou discretamente o dispositivo atrás da caneca de Sal.

— Você conseguiu tudo? — Sal perguntou, apanhando o dispositivo.

Acer sorriu.

— Não tudo, mas a maioria. *E...* — ele acrescentou, antes que Sal pudesse reagir — o resto está a caminho.

— O resto? Quanto falta?

— O sistema de camuflagem que você queria possui componentes que são ilegais para consumo do público. Vai demorar alguns dias até que eu consiga esses componentes. Mas *vou* conseguir, graças a um golpe de sorte.

Sal abriu um sorriso, erguendo a caneca.

— Que boa notícia. Um brinde ao seu golpe de sorte.

Acer tocou a caneca de Sal com a sua própria.

— Ao meu golpe de sorte.

– O que foi exatamente... esse golpe de sorte?

– Algumas forças de segurança imperiais vão se mover daqui a um ou dois dias, e isso deixará certas instalações e rotas com menos patrulhas do que o normal. Algo está acontecendo, aparentemente. Não sei bem o quê. Tem mais alguma informação sobre isso no dispositivo. – Ele inclinou a caneca na direção da mão de Sal.

– Alguma informação? Tem ideia do que seja?

– Não. Tudo que sei é que isso me deixa livre para fazer alguns movimentos oportunos.

Sal ergueu uma sobrancelha.

– Oportunos? Isso não vai um pouco além do seu vocabulário, Acer?

O contrabandista sorriu. Seus dentes caninos – banhados em aurodium – brilharam com tons multicoloridos.

– É sim. Estou tentando me aprimorar. Significa...

– Eu sei o que significa. Estou apenas surpreso por *você* saber. Mas parabéns. Qual é a palavra para a próxima semana?

– Ainda não escolhi – Acer disse. – Tem alguma sugestão?

– Apenas a minha palavra da semana: insurreição.

Acer pareceu desapontado.

– Oh. Já sei o que *isso* significa.

Desta vez eles se encontraram no escritório de Tyno Fabris, que era acessado por meio de um painel secreto debaixo da escadaria da cantina. Den e I-Cinco quiseram acompanhá-lo, mas Jax não via razão para anunciar ao mundo que eles eram uma equipe.

– Isso eleva a desconfiança sobre nós – ele disse aos dois. – E isso é a última coisa que eu quero que aconteça. É melhor que vocês dois trabalhem independentemente.

Jax podia ver pela expressão no rosto de Den que o Sullustano suspeitava de seus negócios com o tenente do Sol Negro, mas não havia nada que pudesse fazer sobre isso. Ele não precisava justificar suas ações para Den Dhur. A verdade era que ele precisava ser independente para fazer qualquer coisa que achasse melhor para a missão. Portanto, Jax estava sozinho quando Tlinetha o acompanhou para encontrar "o chefe".

A sala do escritório era um estudo sobre anacronismo. A mobília era de madeira – algumas esculpidas a mão. Os cantos da sala eram iluminados, não por luz ambiente, mas por uma miríade de pequenas lâmpadas que pontuavam a sala com feixes de luz. Sob o maior desses feixes, o Arkaniano se sentava atrás de uma enorme escrivaninha em um esplendor solitário, observando Jax reagir ao espaço opulento. As cores vibrantes contrastavam com seu ocupante pálido – elas atacavam seus olhos. Tapetes vívidos em verde e púrpura cobriam o assoalho de madeira vermelha, que brilhava com tons de um pôr do sol desértico.

No alto, pendurado no centro do teto abobadado, havia um antigo candelabro de proporções e ornamentos épicos. A armação possuía inúmeros pequenos cristais que refletiam o brilho em milhões de pontos coloridos. Sua luz era gerada por velas de verdade – centenas delas. Sobre o candelabro, o teto parecia pulsar cheio de luzes e sombras vivas.

Um arco-íris de tapeçarias de uma dezena de mundos decorava as paredes. Jax imaginou que muitas delas escondiam portas: usou a Força para sentir um punhado de seres ocupando um espaço atrás da tapeçaria mais perto da escrivaninha de Fabris. Isso não era surpresa – Tyno Fabris era, segundo ele mesmo, um homem cauteloso. Jax não reagiu à presença deles, apenas olhou ao redor com uma expressão serena.

Serena demais para Tyno Fabris, aparentemente. O homem se levantou e fez um gesto mostrando o local.

– Então? O que achou? A maioria das pessoas ao menos comenta sobre as cores... mas talvez com a sua prótese você não as enxergue como a maioria das pessoas.

Jax parou seu olhar sobre o Arkaniano.

— Você considerou minha proposta?

As sobrancelhas pálidas se ergueram.

— Certo, então vamos pular as amenidades. Sim. Achei sua proposta muito interessante. Você conseguiu abrir o holocron?

— Mexer ingenuamente com uma coisa assim pode ser perigoso. Achei melhor deixar que lorde Vader abrisse.

Fabris sacudiu a cabeça.

— Isso seria tão perigoso quanto. Se a informação que você promete não estiver dentro...

— Isso seria problema meu, não é mesmo?

— Não se eu for receber uma porção da sua "recompensa", capitão Vigil. Se a sua recompensa for, digamos, desmembramento e morte, então eu recusaria sua proposta. Acho melhor você abrir o holocron e ter certeza da informação antes de vender o dispositivo para Darth Vader. Ele não reage bem a decepções. E eu não quero ser a pessoa que o decepciona.

Jax não havia considerado que Fabris pudesse exigir que ele abrisse o holocron. Embora ele próprio quase tivesse tentado na noite anterior, agora estava estranhamente relutante.

— Eu não possuo a... habilidade para abrir o holocron.

Novamente, o Arkaniano ergueu as sobrancelhas.

— Não possui?

A pele de Jax se eriçou com uma sensação de cautela.

— Não.

— Então, como sabe que...

— Foi retirado de um Jedi que conhecia o conteúdo.

— Um Jedi. E esse Jedi tem nome?

— *Tinha* nome. Ele está morto agora. Seu nome era Jax Pavan. — Ele nem piscou ao mencionar a própria morte.

— Ah. E você removeu o holocron de seu corpo sem vida, eu imagino.

— Algo assim.

— Posso perguntar como você...

— E isso importa?

Fabris encolheu os ombros e começou a andar sem rumo pelo escritório, aparentemente admirando a decoração, tocando este ou aquele objeto aleatoriamente... ou talvez com intenção. Jax ficou apreensivo, assumindo que as pessoas na sala oculta estavam monitorando tudo.

— Você está pedindo que eu assuma um risco muito alto, capitão Vigil. Você conta uma história sobre um Jedi assassinado, um holocron roubado e uma suposta substância pela qual Darth Vader estaria disposto a pagar... — Ele olhou de soslaio para Jax.

— Eu não disse que o Jedi foi assassinado. Nem disse que o holocron foi roubado. E Vader não precisa saber que você foi minha fonte para descobrir sua localização.

— É da natureza de lorde Vader saber aquilo que ele quer saber. Se o seu objetivo for diferente daquele que você afirma, ou se não conseguir entregar aquilo que ele quer, Vader vai descobrir quem o direcionou até ele. Se eu aparecer em sua... lista de pagamentos, ele virá trazer o dinheiro diretamente para mim. — Novamente, o olhar de canto na direção de Jax.

— Se você não está disposto a negociar...

— Eu não disse isso. Eu apenas gostaria de estruturar o negócio de forma diferente. — Os enormes olhos negros focaram no rosto de Jax. — Quero pagamento antecipado.

— Que tipo de pagamento?

— Primeiro, responda uma pergunta para mim.

Jax voltou a ficar apreensivo. Ele sabia da intensa curiosidade do Arkaniano; agora temia que pudesse ser mais do que isso.

— Se eu puder.

— Nós retiramos todas as suas armas, porém eu posso detectar uma fonte de energia emanando da sua pessoa. O que é isso?

O pironium. Bom, isso dava a Jax uma ideia do tipo de modificação genética que Tyno Fabris possuía. Jax levou a mão para baixo da armadura flexível, buscou o bolso da túnica e retirou o objeto reluzente, segurando-o sobre sua palma estendida.

A luz de uma dezena de abajures e centenas de velas cintilaram sobre a superfície curva da joia, que absorveu até mesmo aquela pouca energia, passando por tons multicoloridos que rivalizavam com as cores do escritório de Tyno Fabris. Os olhos do Arkaniano se arregalaram tanto diante do objeto que Jax achou que ele fosse molhar os lábios.

– O que é isso?

– Pironium.

Fabris quis tocar a joia, mas parou a mão no meio do caminho e olhou para o rosto de Jax. Jax sentiu sua súbita animação como estática no ar entre eles.

– Pironium? Já ouvi rumores sobre isso. Lendas. Dizem que constantemente absorve energia eletromagnética em qualquer ambiente em que estiver. Armazenando quantidades praticamente infinitas em algum tipo de entrelaçamento espacial.

– Essas são suas propriedades. – Jax não mencionou que o truque era conseguir que o metal raro *liberasse* a energia. A informação de como fazer isso também estava dentro do holocron Sith escondido atrás da árvore miisai. – Ou, pelo menos, era esse o rumor que viera com o dispositivo.

Os olhos de Fabris estavam grudados na joia.

– Também dizem que é muito raro… a ponto de não existir mais, na verdade. Isso é realmente pironium?

– Sim.

– Onde você conseguiu?

A boca de Jax se curvou em um sorriso irônico.

– Outro Jedi que já não vive mais. Você tem interesse?

Fabris recuou a mão.

– Talvez… Sim. Sim, tenho interesse.

– Então, temos um acordo? A localização de Darth Vader em troca do pironium.

Fabris assentiu, sem nunca tirar os olhos da joia.

– Onde você está instalado em Keldabe? Entrarei em contato assim que tiver alguma coisa para você.

Jax fechou a mão ao redor do pironium e o guardou novamente.

– Estou a bordo da minha nave, a *Corsair*.

– *Corsair* – Fabris repetiu, com seu olhar seguindo o pironium enquanto pôde. – Você está atracado no porto local, imagino.

– Sim, você está certo. Então, ficarei esperando até você dar notícias.

O Arkaniano respondeu com um sorriso puramente de negócios.

– Não acho que vá demorar muito. Até lá, aproveite sua estadia. Fiquei sabendo que Tlinetha gostou muito de você. Ela sempre teve uma queda por piratas.

Jax riu daquela caracterização de seu alter ego e se retirou do escritório. Ele considerou explorar mais um pouco os domínios de Tyno Fabris, mas sentiu que estava sendo cuidadosamente observado. Voltou então para a cantina pelo mesmo caminho que entrara. Tlinetha o encontrou debaixo da escadaria com os olhos confirmando a afirmação de seu chefe sobre sua predileção por "piratas".

Tyno Fabris não precisava sentir o revoar do tapete ou ouvir a abertura da porta oculta para saber que alguém havia entrado na sala. Esse aí, ele pensou ironicamente, anunciava sua presença fácil demais. Ele se ajeitou sentindo um leve desconforto.

– É ele? – o Arkaniano perguntou, sem se dar ao trabalho de virar na direção de seu convidado.

– Sim. – A voz tinha um toque de divertimento. – Parece que os rumores da morte de Jax Pavan são um pouco exagerados.

– E? – Fabris retrucou.

O príncipe Xizor encolheu os ombros exageradamente, evidenciando o verde de sua pele.

– E… você deve cumprir o acordo e dar a ele aquilo que ele quer.

DEZENOVE

◆

Tudo estava indo bem. Melhor do que o esperado, dadas as circunstâncias. As armas e equipamentos seriam transportados dentro de uma semana, Darth Vader estava fora do planeta e Jax o havia seguido. Esse último item não era o que Tuden Sal chamaria de *boa* notícia em circunstâncias normais, mas, desde o sequestro de Thi Xon Yimmon, as circunstâncias não eram normais e provavelmente nunca voltariam a ser.

Agora, Sal estava convencido, era melhor que Jax também estivesse longe. Era um trio de boas notícias – as coisas estavam se alinhando e ele precisava encaixar apenas mais uma peça.

Em meio às sombras da velha plataforma de transporte, ele ouviu o trem magnético se aproximando antes de parar na estação. Esperou com impaciência que parasse totalmente antes de se apressar para dentro. Foi direto para sua cabine pessoal e inseriu o dispositivo de memória de Acer Ash em seu leitor.

O conteúdo acelerou sua pulsação – uma lista de equipamentos muito úteis e o cronograma de entrega apareceram na tela. Isso foi seguido por um mapa aéreo das rotas para os vários equipamentos

– uma informação que permitiria a Sal selecionar o local onde deveriam ser entregues ou interceptados. Ele viu imediatamente que Ash estava certo – havia mudanças sutis, e não tão sutis, nos corredores que os traficantes usavam para transportar o contrabando de vários espaçoportos.

Uma incredulidade começou a tomar conta da animação do Sakiyano quando ele começou a entender a natureza dessas mudanças. Os contrabandistas estavam usando corredores que passavam muito perto do palácio imperial e do complexo do Senado.

Como era possível? Significava um deslocamento radical das forças militares e policiais do Império. Sem mencionar os Inquisidores. E se não estavam protegendo as ruas ao redor do centro do poder do Império, então o que estavam protegendo?

Sal expandiu o mapa, procurando por anomalias. Encontrou-as ao longo da costa do Mar Ocidental. As rotas de tráfico que os contrabandistas usavam regularmente naquela região haviam desaparecido, marcadas com um aviso para "evitar até novas ordens".

Havia apenas uma razão possível que Sal conseguia enxergar: aquilo que eles protegiam havia mudado de lugar. As batidas de seu coração se aceleraram ainda mais quando foi atingido pela compreensão. O imperador fora transferido para seu palácio de veraneio no Mar Ocidental.

Ele estava ao seu alcance.

Sal se virou para o painel de comunicação, na intenção de convocar uma reunião do Conselho da Whiplash, mas parou com a mão sobre os controles, paralisado devido a uma súbita percepção. As informações passadas por Ash foram tiradas de redes de segurança locais e regionais. O que significava que Pol Haus já deveria saber disso tudo... e ter relatado a ele.

Por que não fez isso?

Tuden Sal ativou seu comunicador e enviou um sinal codificado para o quartel-general do distrito policial.

No compartimento de engenharia da *Laranth/Corsair*, Den se sentiu preso em um tipo de limbo mecânico. Certamente esteve sentado por vários dias diante de sua mesa de trabalho fundindo sinapses áureas e visuais. Era um trabalho enfadonho, mas de alguma forma ele apreciava a rotina tediosa. Isso o impedia de pensar em Jax.

Olhou para o crânio metálico que estava segurando, com uma ferramenta laser pronta para usar, procurando por algo para soldar.

— Eu acho – disse I-Cinco – que você já completou as conexões.

Den baixou a solda laser.

— Acho que sim. — Ele apanhou a cabeça I-5YQ e hesitou, sem saber o que fazer em seguida.

I-Cinco tomou a coisa das mãos de Den e a colocou sobre o pescoço e os ombros de um torso I-5YQ. Com vários movimentos habilidosos, o pequeno droide prendeu a cabeça no lugar e deu um passo para trás para avaliar o trabalho.

— Também acho que está pronto para um breve teste.

— Teste?

Den olhou para a coisa. Era patética. A cabeça estava sem a coroa e a parte traseira, e, embora o corpo estivesse intacto, a unidade possuía apenas uma perna e a metade de cima de um braço completos. A parte de baixo do braço esquerdo era da unidade Nêmesis. O braço direito era uma mistura de partes de diferentes droides. A perna esquerda era, do joelho para baixo, apenas uma barra de durasteel com uma esfera rolante na ponta. Se I-Cinco estivesse seriamente sugerindo fazer um teste, ele não conseguiria fazer nada além de rolar por aí.

— Você só pode estar brincando.

I-Cinco focou a lente sobre Den.

— Brincando, eu?

— Certo. Retiro o que disse. Qual é o próximo passo?

— Nós me tiramos daqui – I-Cinco bateu de leve em sua atual cabeça. — E me instalamos ali.

— Certo. — Den deslizou a cadeira até a bancada de trabalho. I-

-Cinco se dobrou em sua forma compacta e inclinou a cabeça para a frente.

— Acho que devemos instalar um córtex secundário em cada um dos meus corpos para que eu possa me transferir quando necessário.

— Ah, entendi. Assim eu me torno redundante e dispensável.

— Só você escolheria enxergar a situação dessa maneira. Eu estava pensando no seu bem-estar. Achei que seria melhor se você não tivesse que bancar o mecânico toda vez que uma modificação fosse necessária. E também pode haver situações de emergência em que você pode não estar disponível.

Den respirou fundo.

— Situações de emergência. Isso pode acontecer mesmo.

I-Cinco apertou a trava de seu capacete e o abriu, permitindo que Den acessasse o córtex.

Den limpou as mãos em sua calça.

— Preciso dizer que isso me deixa nervoso.

— Você já fez isso antes.

— Sim, mas a unidade R2 não possuía um maldito blaster conectado nos manipuladores.

— Prometo que não vou atirar em você. Por favor, prossiga.

Den cuidadosamente tirou o cérebro de I-Cinco e o instalou no droide híbrido. As lentes dos olhos se acenderam tão rapidamente que ele até se assustou. Den teve um sobressalto, deu um passo para trás e caiu no chão.

— Ah – I-Cinco disse em sua nova unidade. – Ah... *ah*. Calibrando. Hum. Sistema óptico não está direito. Teremos que fazer alguns ajustes. Na verdade, estive pensando em algumas atualizações.

— Você parece... mais você – Den observou.

— Minha cavidade ressonante é mais larga e profunda – respondeu o droide. Ele virou a cabeça. Mexeu os ombros. Flexionou os cotovelos. Den recuou. O droide remendado – Den ainda tinha dificuldade de pensar nele como I-Cinco – fechou seus dedos letais. Girou seu único tornozelo.

Depois se levantou.

– Afaste-se e deixe-me ver se as pernas funcionam.

Den se atrapalhou todo para obedecer, sem tirar os olhos do braço que continha um blaster da antiga unidade Nêmesis.

– E quanto à careca?

– Careca?

Den apontou para sua própria cabeça.

– Se você esqueceu, a parte de cima da sua cabeça está aberta. Eu odiaria que você sofresse algum acidente e perdesse todo o trabalho cuidadoso do Geri. Sem mencionar a sua mente. Rá.

I-Cinco ignorou a piada fraca.

– Você pode usar os grampos magnéticos para prender a carapaça Nêmesis.

Den olhou para o capacete insectoide.

– Sério?

– Pode não ser o arranjo ideal, mas vai servir para um teste.

Den levantou o capacete Nêmesis, ativou as travas magnéticas e o colocou sobre a cabeça de I-Cinco. O resultado... foi ridículo. O droide parecia usar uma longa peruca.

Den não conseguiu segurar a risada que brotou de sua garganta. Ele riu até seu nariz começar a escorrer e os olhos lacrimejarem.

– Estou satisfeito – I-Cinco disse quando Den finalmente parou de rir – por ser a causa do seu bom humor. Você esteve muito deprimido ultimamente.

– E você pode me culpar?

– Considerando tudo, não.

I-Cinco ajustou a carapaça e experimentou se movimentar. Com uma perna articulada e outra rolante, ele conseguia apenas se arrastar – e foi tão engraçado quanto Den havia imaginado.

Ele sentiu outra onda de risada chegando, mas sua barriga doía.

Den sacudiu a cabeça enquanto assistia I-Cinco testando suas juntas — apanhando coisas e baixando-as novamente... ou derrubando-as no chão. Den notou que a mão Nêmesis precisava de alguns retoques.

De repente, ele foi atingido pela total desesperança da situação em que se encontravam.

— Por quê? — ele perguntou.

O droide parou de rolar pelo convés e se virou.

— Por que o quê?

— Por que você está fazendo isso? Por que *nós* estamos fazendo isso?

— Você pode ser mais específico?

Den fez um gesto de frustração.

— Por que estamos aqui sentados em Mandalore, transformando você em uma máquina de guerra, enquanto Jax está entrando no joguinho do Sol Negro?

— Talvez possamos precisar de mim como uma máquina de guerra, e é isso mesmo que você pensa que Jax está fazendo? Participando de jogos? Preciso pensar que seus negócios com o Sol Negro são mortalmente sérios.

— Eu sei — disse Den, rindo nervosamente. — Acho que é isso que eu tinha medo de falar. Por que ele está fazendo isso? Por que está negociando com eles?

— Ele mesmo disse: Jax fará tudo que for preciso para encontrar Yimmon. Vai negociar com quem for preciso.

— E você aprova?

— Você acha que eu aprovo?

Den suspirou e se sentou diante da mesa de trabalho.

— Não. Mas, maldição, parece *errado* demais. Por que Jax também não sente que é errado?

— Jax é um homem guiado por sua tristeza, raiva e determinação.

— Jax é um Jedi! — Den protestou.

— Sim, mas ainda é um homem. — I-Cinco rolou de volta para a mesa de trabalho. – Coloque-me de volta em meu outro corpo. Precisamos trabalhar no sistema óptico.

– Sim, e encontrar uma perna de verdade, ou vou começar a chamar você de I-Manco.

– Você sabe que não consegue ser engraçado quando está deprimido, não é?

– Sente aí e cale a boca.

Pelo segundo dia consecutivo, Jax caminhou por quilômetros ao redor de Keldabe, espiando em bares e casas que serviam spacers, fazendo perguntas e absorvendo respostas e as energias que vinham com elas. A essa altura, não sentia real necessidade das respostas – estava apenas aproveitando o tempo, esperando Fabris contatá-lo com alguma informação sobre o possível paradeiro de Vader.

Ele odiava isso. Mas disse a si mesmo que não odiava, que conseguiria ser paciente, cauteloso, calmo. Por dentro, porém, estava *fervilhando*. O peito parecia se inflar com uma bola de eletricidade estática que iria – se continuasse assim – explodir e queimar todo o seu sistema.

Mesmo assim, algumas das respostas foram interessantes – Stormtroopers estiveram ali, buscando mercenários com habilidades particulares, que incluíam uma falta extrema de sensibilidade à Força. Isso fazia sentido; se Vader planejava submeter Yimmon a um interrogatório ou deixá-lo sob guarda de sencientes, ele precisaria de indivíduos não suscetíveis ao tipo de ricochete psíquico que pode ocorrer quando duas mentes poderosas colidem.

Yimmon, sendo um Cereano, era, de certa maneira, um prisioneiro imprevisível. Jax sempre suspeitara que o cérebro duplo da espécie permitia que seus indivíduos lidassem com a Força de um jeito diferente e talvez mais eficiente do que seres com apenas um único processador central.

Yimmon fora torturado uma vez em sua juventude. Jax perguntara como ele havia lidado com aquilo. A resposta foi enigmática:

— Eu me escondi.

— Como assim? Eu não entendo. — Jax admitira.

— Eu me escondi — o Cereano repetira, batendo de leve em sua cabeça.

Jax entendia *sim* o conceito. Os Jedi aprendiam a esvaziar suas mentes quando expostos a estímulos extremos. Jax até mesmo pôde praticar isso... uma vez.

Ao fim de um longo dia, ele retornou para a nave, entrando em meio ao murmúrio de vozes que escapavam da sala de engenharia. Ele se moveu naquela direção, com a intenção de relatar aquilo que descobrira. Mas o som da risada de Den o fez parar. Algo havia disparado seu bom humor. A risada vinha aos montes.

A reação de Jax foi perturbadora até mesmo para ele. Sentiu um lampejo de uma dolorosa e profunda raiva, como se houvesse algo de errado com a risada — algo desrespeitoso. Debaixo disso também havia um desejo igualmente intenso — um tipo de inveja cega — de experimentar algo que pudesse fazê-lo rir.

Ele parou um pouco antes da escotilha da sala de engenharia e ouviu.

— Parece *errado* demais — Den estava dizendo. — Por que Jax também não sente que é errado?

O Jedi não ficou ali para ouvir a resposta. Ele se sentiu como um intruso, um excluído. Naquele momento, talvez fosse exatamente isso.

Ele foi rapidamente para sua cabine, entrou e trancou a escotilha. Um leve e insistente assobio começou a soar em um dos cantos da pequena cabine. Intrigado, ele olhou ao redor. A luz no vaso do miisai estava piscando num tom de amarelo.

Ele olhou para a árvore, aturdido até as raízes de sua alma. Como poderia ter se esquecido? Jax correu para encontrar orgânicos para alimentar o conversor. Ali estava ele, bravo com Den por rir sob a sombra da morte de Laranth enquanto *ele próprio* negligenciava o único pedaço que ainda possuía dela.

Suas mãos tremiam enquanto esfarelava uma barra de proteína dentro do receptáculo de comida. Ele fechou o conversor e o assobio parou; a luz voltou a brilhar com um tranquilizador tom verde.

Jax respirou fundo, limpou o suor das mãos em sua túnica e voltou para o centro da cabine quando o comunicador emitiu um sinal.

Ele encontrou Den na porta da cabine.

— Tem uma mulher lá fora perguntando por você. É uma Balosar. *Tlinetha.*

— Ela disse o que queria?

Os lábios de Den tremeram levemente.

— Você.

— Eu quis dizer...

— Sim, eu sei o que você quis dizer. Ela não disse o que queria.

Jax assentiu.

— Traga-a a bordo.

— Tem certeza?

— Ela trabalha para Tyno Fabris.

Aqueles grandes olhos negros ficaram desconfiados.

— Oh. Entendo. — Den olhou para o corredor. — Está tudo bem, Cinco. Pode deixá-la entrar.

Ela apareceu diante do Sullustano antes que ele pudesse sair de vista. Ele se esgueirou pela passagem da popa na direção de sua cabine.

— Quem é esse aí? — Tlinetha perguntou, acenando com a cabeça na direção da sombra de Den.

— Tripulação. A que devo a honra da sua visita?

Tlinetha olhou para a cabine de Jax.

— Tyno me enviou.

— E?

Ela olhou em seus olhos por um momento.

— Ele quer encontrar você.

— Ele possui a informação que eu quero?

Ela riu levemente e entrou na cabine, passando por Jax.

— Você acha que ele contaria para mim? Ele apenas disse "traga-o até aqui".

— Então vamos.

Tlinetha olhou sobre o ombro para Jax, sorrindo.

— Qual é a pressa?

Antes que pudesse responder, ela voltou a se virar, olhando ao redor da cabine. Seu olhar caiu sobre a árvore miisai.

— Eu preciso dessa informação, Balosar.

— E *eu* acho que você precisa relaxar. — Ela se aproximou da árvore e estendeu o braço para tocar um de seus ramos graciosamente curvos.

Jax cruzou o espaço entre eles e agarrou o pulso dela antes que seus dedos pudessem raspar a folhagem verde prateada.

Ela se virou para ele, aprofundando seu sorriso.

— É assim que eu gosto.

— Ela é frágil — ele disse, soltando seu pulso. — Não a toque.

— Isso vale para você também?

Jax se afastou dela, gesticulando para a porta.

— Tyno está esperando.

Tlinetha hesitou por um longo momento, depois encolheu os ombros e passou por ele para ganhar o corredor.

Ela o levou diretamente para o escritório de Tyno Fabris na cantina, onde o Arkaniano o aguardava sentado atrás de sua fabulosa escrivaninha, com os pés sobre a superfície polida. Ele parecia relaxado, até mesmo preguiçoso, mas isso era uma mentira. Debaixo do exterior relaxado havia uma estranha inquietação que imediatamente colocou Jax em alerta.

— Você tem algo para mim?

Fabris assentiu.

— Não foi fácil conseguir, meu amigo, mas vamos ver se vale o preço. As forças de Vader vieram para o espaço de Mandalore em três ondas. A primeira, como você sabe, foi há quase um mês. Eles aterrissaram em Mandalore e em Concórdia. A segunda onda, com três naves, mais para uma marola que uma onda em si, veio há duas semanas. Eles não pararam, apenas saíram do hiperespaço nos limites do sistema, ajustaram o curso e dispararam novamente. A terceira onda foi composta de apenas duas naves. Também apressadas. Uma delas enviou duas mensagens codificadas, uma para o centro imperial, a outra para um destino no espaço Bothano. Eu diria que foi para lá que as naves seguiram.

— Onde?

Fabris não respondeu, apenas continuou a narrativa.

— As mensagens identificaram com certeza que a nave de origem era da classe *Lambda* de longo alcance: a *Questor*. Posso assegurar que Darth Vader estava a bordo dessa nave.

— Para onde ele enviou a segunda mensagem?

Fabris se ajeitou na cadeira, colocou os pés no chão e abriu as mãos em um gesto de curiosidade.

— Você não está nem um pouco interessado naquilo que as mensagens diziam?

— Você conseguiu interceptar *e* codificar as mensagens? — Jax não havia pensado que os recursos de Fabris chegassem a esse tipo de tecnologia.

— Não, mas conheço uma pessoa que fez isso. Achei que você poderia querer encontrá-lo. Então o convidei para nossa reunião.

Uma onda de desconfiança varreu as costas de Jax. Quem teria os recursos para fazer isso sem que Vader descobrisse?

Uma das portas ocultas se abriu e o tapete que a cobria foi colocado de lado pelo braço musculoso de um mercenário Mandaloriano vestindo uma armadura completa.

Jax considerou suas opções de fuga em uma única e rápida olhada — ele estava no meio do caminho entre a saída da sala e uma janela colorida protegida por grades. Qualquer uma das opções serviria.

Jax sabia quem estava prestes a aparecer antes mesmo de Xizor entrar na sala: o pesado ar cheio de feromônios o precedia.

O Falleen estava animado, concentrado, mas surpreendentemente não hostil. Ele ergueu as duas mãos em um gesto tranquilizador.

– Por favor, Jax. Estou aqui para negociar, não para lutar.

– Negociar? Pelo que me lembro, na última vez que nos encontramos você se esforçou muito para me matar... com meu próprio sabre de luz.

– Isso é passado. Agora estamos no presente. E mesmo naquela época eu não queria matá-lo, pelo menos não a princípio. Você era muito mais valioso vivo, mas não estava disposto a ser capturado, então... – Ele encolheu os ombros exageradamente. – Bom, minha vida estava em perigo. Era você ou eu. Nada pessoal, acredite em mim. Eram apenas negócios. Naquela época e agora.

– E sobre o acordo atual?

Novamente ele deu de ombros.

– Você quer saber onde Vader aterrissou. Eu quero... – Xizor entrou de vez na sala, aproximando-se e se recostando na escrivaninha de Fabris, fazendo o Arkaniano precisar olhar além dele para enxergar Jax. – Bom, ainda não tenho certeza do que eu quero.

– Eu ofereci a Fabris uma joia de pironium em troca da informação.

Xizor olhou sobre o ombro para o Arkaniano.

– Tyno possui uma imaginação muito limitada. Ele acredita em *coisas*. Eu acredito em pessoas. Você, por exemplo.

– Eu.

– Você é um Jedi. Possivelmente o último de uma raça extinta. Raro. Incomum. Poderoso. Eu gosto de coisas raras, incomuns e poderosas.

Jax apertou os músculos do queixo dolorosamente. Para onde isso estava indo?

– O que você quer?

– Quero poder estabelecer meu preço mais tarde. Quero um... vale. Uma nota promissória.

— Em outras palavras, você quer a mim.

Xizor riu, mas sua pele tomou um tom violeta.

— Nada tão melodramático quanto isso. No futuro, quero apenas ser capaz de chamá-lo para me dar algo ou algum serviço de que poderei precisar mais do que um pedaço de um metal estranho e brilhante... ou mesmo um dispositivo de informações estranho e brilhante. Sim, Tyno me contou sobre o holocron. Tenho certeza de que você pode abri-lo e me dar toda a informação contida nele. Quem sabe, talvez seja isso mesmo que eu vá pedir a você. Mas não hoje, eu acho. Hoje, quero que um Cavaleiro Jedi tenha uma dívida comigo.

Tudo dentro de Jax rejeitava essa ideia — rejeitava até o fundo de sua alma.

— Não — ele disse, depois se virou e saiu da sala.

Jax não conseguiu pensar claramente até alcançar a relativa segurança de sua nave. Então, quando a escotilha se fechou atrás dele, sua mente explodiu com muitas questões:

Xizor era sua única fonte? Certamente ele não conseguiria arrancar mais de Fabris sem a aprovação do vigo Falleen.

Será que essa ponte havia se queimado?

Será que havia informação suficiente naquilo que o Arkaniano já havia contado?

Não, claramente não. O espaço Bothano possuía mais territórios do que ele poderia cobrir, mesmo com o treinamento da Força de um Jedi. Será que poderia descobrir mais coisas em Concórdia? A primeira onda de imperiais se dirigiu para lá — alguém deve ter descoberto para onde eles foram depois.

Era improvável. Stormtroopers não deixariam escapar esse tipo de informação.

Então, o que sobrava? Não muito.

Jax girou nos calcanhares e deu um soco na escotilha, abrindo-a novamente.

– Jax? – Den estava na frente do compartimento de engenharia, franzindo suas largas sobrancelhas. – O que foi?

– Preciso sair de novo. Deixe a nave pronta para decolar, certo?

Den deu um passo em sua direção.

– O quê? Aonde você vai? Não de volta para aquela escória do Sol Negro.

– Não. Ele não tem mais importância para mim.

Den soltou um longo suspiro.

– Bom, isso é um alívio. Então, quem?

Jax sorriu – uma expressão que fez os olhos do Sullustano se arregalarem ainda mais.

– Não se preocupe. Como ele próprio disse: são apenas negócios.

Den observou Jax descer com passos decididos a rampa de aterrissagem se parecendo totalmente com seu disfarce de pirata Corelliano.

Assustador.

Ele ouviu um ranger mecânico e se virou para encontrar I-Cinco – em seu novo corpo terminado pela metade – de pé no acesso da oficina improvisada.

Assustador também. O capacete e o braço Nêmesis se destacavam do torso cinza e sem brilho do droide. Den notou distraidamente que I-Cinco havia substituído uma das lentes com uma das estranhas unidades ópticas que eles compraram em Keldabe. O refletor era um pouco maior e a unidade brilhava com um tom avermelhado.

Den começou a pensar naquela nova identidade como I-Nêmesis, mas ainda não havia mencionado isso ao seu amigo robótico. Quase começou a achar que eles deveriam ter optado por aquele Bobbie-Bot da Lazer Mecânico pelo qual I-Cinco havia se interessado tanto.

– Se estou interpretando sua expressão corretamente, e sei que estou, você está preocupado – o droide observou.

– E você não está? Ele disse que Tyno Fabris não faz mais parte dos planos, mas ele ainda tem algo com o Sol Negro. Eu posso sentir isso.

– Ele disse que vai se encontrar com alguém do Sol Negro?

– Você estava ouvindo a conversa, você sabe o que ele disse. Ele estava... cuidadoso. Quando Jax fica cuidadoso com as palavras, acho que tenho todo o direito de me preocupar. – Den estremeceu. – O que você acha que devemos fazer?

– Acho que devemos nos preparar para decolar. Por que você não roda a sequência de pré-lançamento? – O droide se virou e rolou de volta para a oficina.

Den não sentiu vontade alguma de rir dessa vez.

– O que você vai fazer?

– Vou me disfarçar e fazer um pouco de reconhecimento.

VINTE

◆

Sal colocou o trem em movimento assim que Pol Haus entrou a bordo. Foi simplesmente uma precaução. Era impossível saber o que o chefe de polícia faria se pensasse que tinha sido descoberto. Pois, até onde Tuden Sal sabia, Haus recebia ordens diretamente do DSI.

Ele cerrou os dentes quando Haus entrou no vagão do Conselho. Manteve o rosto com uma expressão calma enquanto o olhar de Haus vasculhava a câmara vazia, até finalmente se voltar sobre o Sakiyano sentado na cabeceira da longa mesa.

— Sou o primeiro a chegar?

— Você é o único a chegar. Sente-se. — Sal fez um gesto para uma cadeira em um dos lados da mesa.

Haus tomou o terceiro assento a partir de Sal.

— Ninguém mais conseguiu chegar?

— Ninguém mais foi convidado.

Haus sacudiu a cabeça.

— Achei que havíamos concordado que não haveria nenhuma reunião fechada. Esse tipo de coisa leva a facções, divisões internas...

— E o que a desinformação causa, Pol?

O oficial ergueu uma sobrancelha.

— Perdão? Acho que não entendi o que você disse.

— As forças do imperador foram deslocadas. Eles mudaram sua atenção do palácio imperial para o palácio de veraneio no Mar Ocidental. Você sabia disso.

Para seu crédito, Haus nem piscou. Sal precisava admirar sua compostura — embora a contragosto.

— Sim. Eu sabia.

— E você... o quê? Achou que eu não me interessaria em saber?

O Zabrak riu levemente; o som irritou os ouvidos de Sal.

— Oh, eu sabia que você se interessaria.

Sal ficou em silêncio por um momento, resistindo ao desejo de pular no pescoço do Zabrak e apagar aquele sorrisinho de seu rosto. Sal era um Sakiyano: o verniz da civilização fora aplicado muito sutilmente sobre ele. Debaixo dessa camada de educação, ele sentia a pulsação martelando em suas têmporas. Seu *yithræl* — o orgulho de seu clã — fervilhava com violência.

— Por quê? Então, *por que* você não me contou? Você sabia que eu estava esperando por uma oportunidade como essa... uma oportunidade de me aproximar do imperador.

De um jeito enlouquecedor, Haus concordou.

— Sim. Eu sabia disso também.

— E não me contou. Você escondeu uma informação importante de mim, Pol. O que mais você não me contou?

— Essa é uma pergunta boba, não é mesmo?

Sal se levantou, afundando os punhos na mesa com força. A superfície brilhante era sólida, firme. Ele precisava disso agora.

— Você intencionalmente prejudicou as operações da Whiplash...

— Na verdade, eu intencionalmente tentei impedir que *você* prejudicasse as operações da Whiplash, Sal. Espero não ter falhado.

— Do que você está falando?

O Zabrak olhou para ele com uma serenidade irritante, com seus olhos âmbar mostrando uma intensidade que denunciava sua verdadeira inquietação.

— Fique longe do imperador, Sal. Pare de planejar o seu assassinato. Não vamos ganhar nossa causa desse jeito.

— Oh, é mesmo? E de que maneira você imagina que vamos ganhar?

— Não sei. Mas não desse jeito. Se você colocar nossos recursos nessa empreitada, as consequências podem ser terríveis.

Um frio percorreu os ossos de Sal.

— Isso é uma ameaça?

— Não. É medo. — Haus se inclinou para a frente e pousou os cotovelos sobre a mesa, lançando um olhar para Sal que foi desconcertantemente direto. — Se você tentar assassinar Palpatine e falhar, ou mesmo se conseguir, isso poderia custar toda a nossa rede. Agora mesmo, Vader possui Thi Xon Yimmon. O que acha que aconteceria se ele capturasse mais agentes nossos?

— Vader está fora deste planeta.

Haus assentiu, lentamente.

— Sim. Está. O que significa que a segurança ao redor do imperador é maior do que o normal.

— Você quer dizer, com Inquisidores? Sobraram apenas alguns. Ou, pelo menos, foi isso que você disse.

O chefe de polícia inclinou a cabeça para um lado.

— É verdade. Mas acho melhor não os subestimar.

— Ele está protegido por seus homens, Pol? Talvez por você pessoalmente?

Agora Haus riu alto.

— Eu não sou o homem do imperador, Sal. Se fosse, já teria entregado você há muito tempo. Você pode imaginar a recompensa se alguém destruísse a Whiplash e entregasse Jax Pavan, vivo, nas mãos de Vader?

Medo e raiva lutavam dentro da mente de Sal.

— *Você* imaginou? É isso que está tentando dizer?

— Vou repetir: eu *não* sou o homem do imperador.

— Não, você sempre foi homem de si mesmo, não é? Trabalhando em prol de seus próprios objetivos.

Sal se levantou, depois se virou e acionou um controle no painel de sistema que dominava o canto direito do vagão. Ele não tirou os olhos de Haus. Seria muito fácil para o Zabrak sacar um blaster e destruí-lo. Sal havia tomado precauções quanto a isso, é claro, e Haus sabia. Mas não significava que ele não poderia testar essa alternativa.

Sal voltou a encarar o Zabrak enquanto o trem começava a diminuir a velocidade.

— Acabou, Pol. Você está fora. Você não faz mais parte da Whiplash.

Algo se acendeu no fundo dos olhos do Zabrak, mas ele apenas se levantou e rearranjou seu infame casaco.

— O quê, você não vai atirar em mim?

— Se eu pudesse provar que você está trabalhando com o inimigo, eu faria isso. Em uma fração de segundo. Mas não tenho certeza se você está apenas trabalhando por conta própria. Protegendo seus próprios interesses. Afinal de contas, você está certo. Se estivesse trabalhando para o Império, todos nós já estaríamos mortos há muito tempo.

— Você vai tentar matar Palpatine?

— Não sou idiota, Pol. Você me deixou de mãos atadas. Agora não posso seguir com nenhum plano. Você sabe o que eu poderia fazer. Você sabia que, mesmo se eu *matasse* você, a informação provavelmente existe em algum lugar fora deste vagão, esperando para ser encontrada.

— Naturalmente.

— Naturalmente.

— Então, e agora?

— Então, vou deixá-lo descer em uma parada não programada e você nunca mais verá este trem novamente. Eu mudei as rotas, e vou informar os outros membros do Conselho onde serão as novas reuniões, conforme necessário. – O trem magnético estava quase parando. – E, agora, é hora de nos separarmos.

– Eu não vou traí-lo, Sal – Haus disse solenemente. – Amigos não traem uns aos outros. Mas gostaria que você reconsiderasse. Se vai fazer algo estúpido, você deveria ao menos ter alguns membros que desafiem as suas ideias para mantê-lo na linha. E também deveria ter a melhor fonte de informação possível.

Sal sacudiu a cabeça, ressentido por o Zabrak ter achado necessário fazer uma referência dissimulada à sua traição ao pai de Jax.

– Seja lá o que fizermos agora, terá que ser sem as suas informações, meu *amigo*. Além disso, você demonstrou que não posso confiar em você para receber a melhor informação, já que pode achar que é melhor mantê-la escondida.

– Eu não contei para proteger você. Mas para proteger a Whiplash.

– É uma história muito bonita. Acontece que eu simplesmente não acredito.

O trem parou completamente. O campo magnético que dava sustentação se dissipou e o trem gentilmente tocou o trilho de durasteel no qual corria.

Sal fez um gesto na direção da porta.

– Adeus, Pol. Eu sinceramente espero nunca mais vê-lo.

O Zabrak se levantou com toda a sua pompa.

– Se você *precisar* me ver de novo, Sal, não hesite em me chamar.

Pol Haus saiu pela porta frontal, entrando em uma distante plataforma de serviço da qual não seria fácil sair rapidamente. Se tivesse associados rastreando sua posição, o Expresso Whiplash estaria muito longe até que eles pudessem alcançá-lo.

Tuden Sal se sentou de novo diante da mesa, vagamente ciente da movimentação do trem magnético. A porta traseira do compartimento se abriu com um silvo e Dyat Agni entrou no vagão. A cantora Devaroniana o estudou por um momento, depois perguntou:

— Você tem certeza de que ele não vai nos trair?

— Tenho certeza de que ele *não pode* nos trair sem trair a si mesmo. Ele trabalhou muito ativamente para proteger Jax Pavan. Mesmo se virasse a casaca agora, o imperador nunca confiaria nele. Haveria muitas perguntas sem respostas sobre por que esperou até agora para revelar o que sabia. E as pessoas nas quais o imperador não confia...
— Ele fez um gesto cortante com uma das mãos.

— Morrem — Dyat disse simplesmente. — Então, teremos que abortar o plano.

Tuden Sal sorriu.

— Eu acho que não.

A Devaroniana arregalou seus olhos vermelhos.

— Mas você disse que...

O sorriso se aprofundou.

— Eu menti. Apenas retribuindo o favor.

Pol Haus permaneceu no escuro da plataforma abandonada por um longo momento, considerando a situação. Ele havia imaginado que Tuden Sal pudesse eventualmente descobrir aquilo que tentara esconder. Mas não pensou que fosse acontecer tão rápido.

Podia ao menos se consolar por ter feito Sal desistir de qualquer tentativa de assassinar o imperador... Ao menos era o que esperava. Ele ajeitou o escudo de absorção de energia que usava debaixo de seu longo e velho casaco e coçou o lugar em que este roçava sua pele, na base do pescoço. Era bom saber isto sobre Sal: que ele não mataria um companheiro que achava que o tivesse traído, mesmo se significasse desistir – ou ao menos revisar – um plano que há muito queria colocar em prática. Pol Haus podia apenas imaginar que o Sakiyano se arrependia tanto de sua própria traição a Lorn Pavan e I-Cinco que isso ainda afetava seu julgamento e comportamento.

Bom, isso não foi uma tragédia, foi apenas um contratempo – um desvio, não um final. Tuden Sal não iria se livrar dele assim tão fácil. Com sorte, levaria um tempo até o Sakiyano perceber isso.

Haus sorriu sombriamente. Sal realmente deveria ter atirado nele ali mesmo.

VINTE E UM

◆

Jax sentia como se estivesse sendo levado pela maré da Circunstância. Sua experiência lhe ensinara que a Circunstância era uma ferramenta da Força; no entanto, tal experiência não havia lhe transmitido confiança. Antes ele podia encarar a situação com olhos abertos para oportunidades, agora ele se encontrava pensando e reagindo defensivamente.

Na cantina do *Oyu'baat*, ele encontrou Tlinetha no salão principal e precisou se esforçar para ignorar sua expressão convencida de quem sabia que ele voltaria. Ela o acompanhou ao escritório de Tyno Fabris, onde o príncipe Xizor o esperava. O vigo Falleen estava sozinho na sala, sentado na cadeira preferida de Fabris, com os pés sobre a mesa, os olhos explorando as chamas e o brilho do candelabro acima.

Apesar da presunção de Tlinetha, Xizor pareceu surpreso ao vê-lo.

— Achei que você estaria me esperando — Jax disse secamente.

— Na verdade, não. Pensei que o seu "não" era algo definitivo. O que o fez mudar de ideia?

— Não posso simplesmente desistir disso e não tenho mais tempo para cultivar alternativas. Darei sua nota promissória com uma condição.

Uma vermelhidão se espalhou no rosto do vigo, enviando uma onda de calor pelas costas de Jax.

— E qual seria essa condição? – o Falleen perguntou.

— Que aquilo que você me pedir não prejudique a resistência nem ajude o Império.

Xizor encolheu os ombros.

— Certamente não tenho nenhum amor ou ódio em particular por nenhum dos dois. Eu aceito sua condição. Mas também tenho a minha.

— E qual é?

Xizor olhou nos olhos de Jax.

— A verdade. Obviamente, a história que você contou para Tyno tinha a intenção de ser apenas um subterfúgio. Você é um Jedi, não um pirata, e claramente não quer dar a Vader algo que ele quer ou precisa. Qual é o seu objetivo verdadeiro, Jax Pavan? Por que está perseguindo Darth Vader?

O forte impulso de ir embora veio novamente, mas não forte o bastante para sobrepujar seu senso de dever.

— Ele possui algo que eu quero.

— Você quer dizer *alguém*. Lembre-se, eu estava escutando a sua conversa com Tyno.

— Que foi, como você mesmo disse, um subterfúgio.

Xizor ergueu um dedo gracioso.

— Ah, não. Eu disse que a conversa tinha a *intenção* de ser um subterfúgio. Mas havia alguma verdade nela. Aqui vai o que eu acho que aconteceu: você não interceptou um pedido de ajuda de uma nave da resistência. Você estava *pilotando* a nave da resistência. Uma nave que estava, como você mesmo disse, transportando um agente de alto nível da resistência. Vader capturou o agente, destruiu ou danificou a nave e levou essa pessoa até Mandalore, em direção a um destino desconhecido. Como estou indo até agora?

— Muito bem. – A admissão foi como cinzas na língua de Jax. Ele se sentiu exposto, vulnerável. E, apesar de sua vida após a Noite das Chamas, poucas vezes ele se sentiu dessa maneira.

— Imagino que você queira essa pessoa de volta. Ou ao menos quer impedir que Vader extraia informações cruciais dele ou dela.

— Dele. Thi Xon Yimmon. Líder da...

Os olhos de Xizor se arregalaram.

— Líder da resistência em Coruscant. Sim, eu sei quem ele é. Tento me manter informado. Então, parece que você exagerou o dano em sua nave.

— Não muito — Jax disse. — Eu perdi... a nave.

Xizor cerrou os olhos, como se tentasse ler o que existia escondido nas palavras vagas e na hesitação.

— Então, você quer resgatar seu aliado. Eu diria a você que invadir e matá-lo seria mais simples, fácil e teria mais chances de sucesso, mas imagino que suas sensibilidades Jedi descartam essa opção.

Jax inclinou a cabeça.

Xizor riu.

— Tenha cuidado, Jedi. Ao lidar comigo, você pode estar entrando em uma ladeira muito escorregadia em direção a... bom, só a Força sabe, não é mesmo?

Jax ignorou o alerta.

— Então, você vai me passar a informação de que preciso?

— Você tem certeza de que não quer mais do que uma mera informação? Pelo que ouvi, você possui uma pequena nave, um tripulante Sullustano e um patético droide diminuto.

— Tenho recursos suficientes, obrigado.

Mais uma vez Xizor encolheu os ombros.

— Se é o que você diz. O que eu sei é o seguinte: a mensagem que Vader enviou foi direcionada ao sistema Bothano, mas nem Vader nem suas forças aterrissaram em planeta algum do sistema. Entretanto, houve alguma atividade extraordinária ao redor da Estação Kantaros.

Jax estranhou.

— Esse é um antigo posto avançado militar, não é?

— Um depósito da Antiga República e estação médica. Ainda possui uma população civil, mas atualmente está sendo usado pelo Império como, aparentemente, um lugar de desova para importantes prisioneiros de guerra.

Jax riu sem humor algum.

— Acontece que, supostamente, não estamos em guerra. O Império é uma grande família feliz.

— Hum. E o herdeiro da família aparentemente está ali. — Xizor empurrou um dispositivo de memória sobre a mesa na direção de Jax. — É a informação completa, incluindo todo o pessoal, armamentos e planta da estação. Tem certeza de que não precisa de alguma ajuda adicional? Naves, armas?

— Tudo isso pelo favor de um Jedi?

— Eu me certificarei de que o favor será muito grande.

Jax sentiu um súbito distúrbio na antessala do escritório. Um momento depois, alguém bateu na porta.

— Entre — disse Xizor.

Jax se virou e encontrou Garan empurrando uma unidade R2 pela porta. O droide soltou um protesto agudo, mas não tentou escapar.

— O que foi? — Xizor perguntou.

— Acabei de apanhar essa coisa no corredor, bisbilhotando a porta.

Xizor lançou um olhar de divertimento para Jax.

— Isso pertence a você?

— Sim. Minha tripulação provavelmente o enviou para me encontrar. — Jax se virou para o droide. — Você tem alguma mensagem?

O droide emitiu uma série de bipes que Jax interpretou como "tome cuidado".

— Eu sempre tomo cuidado, Cinco. — Ele se virou de volta para Xizor, sentindo-se estranhamente mais calmo com a presença do droide. — Então, lorde Vader está presente na Estação Kantaros. Preciso de uma maneira de atraí-lo para fora e impedir que ele avance com

Yimmon. Não vou aceitar sua oferta de ajuda material, mas, se você puder criar uma distração...

Xizor considerou aquilo por um instante.

— Uma distração que leve Vader de volta a Coruscant? Acho que posso conseguir isso.

— De quanto tempo você precisa?

— Algumas horas.

— O que... — Jax começou a perguntar, mas o vigo sacudiu a cabeça.

— É melhor você não saber.

Jax sorriu com ironia. Aquelas foram praticamente as mesmas palavras que Tuden Sal dissera há pouco tempo.

— Certo. Então, vou embora.

— E eu vou pensar em um favor realmente grande para você fazer para mim.

O café-teatro *Port o' Call* ficava debaixo da marquise de uma torre relativamente nova perto do Porto Oeste. Ao menos o topo da torre era novo. O café ficava logo abaixo da construção mais recente, em uma junção entre o velho e o não tão velho. Sua fachada exibia uma explosão de grafite. Os donos aproveitaram a coleção de arte espontânea e introduziram elementos intencionais que brilhavam com nomes de artistas e as datas de suas aparições.

A poetisa Sheel Mafeen, uma Togruta, fazia parte do programa para aquela noite; seu nome e sua imagem exagerada flutuavam perto da porta. As luzes de uma variedade de fontes faziam a imagem estática parecer se mover, enquanto seus olhos seguiam todos que passavam pela porta.

Pol Haus parou para ler os artistas da noite, depois assentiu e entrou. Se alguém, além da imagem de Sheel, o estivesse observando, pensaria que ele apenas estava entrando porque viu o nome de uma pessoa de que gostava. O café era um mar de escuridão pontuada com chamas holográficas que pareciam flutuar sobre cada mesa. O lugar estava cheio apenas pela metade, com o espaço preenchido pelas conversas da clientela. O ar era carregado pelo cheiro de bastões da morte e outros inalantes, a maioria alucinógenos; ele sentiu o leve começo de um zumbido quando encontrou um lugar para se sentar no canto mais afastado do palco, onde pediu um café quente.

As apresentações começaram dez minutos após sua chegada; ele permaneceu ali durante as apresentações de um cantor de fluxo da consciência, um parodista e um contador de histórias humano até chegar a vez de Sheel Mafeen tomar o palco. Ela declamou três poemas – dois breves e um longo – enquanto o chefe de polícia tentava com muito esforço não bocejar. Ele não entendia de poesia. Ele entendia de música.

Ela o avistou na metade da apresentação e, embora fosse profissional o suficiente para não deixar transparecer, Haus percebeu que seus olhos se acenderam. Assim que terminou o recital, ela desceu do palco e foi direto para sua mesa.

– É bom ver você, Pol! – ela exclamou, apertando sua mão. Sheel tomou a cadeira ao seu lado e aproximou a cabeça de forma a quase encostar em seu ombro. – O que aconteceu? – perguntou num murmúrio, sorrindo como se estivesse flertando ou falando algo íntimo.

Haus sentiu uma pontada de atração pela Togruta. Isso o surpreendeu. E era uma distração. Ele cortou o clima.

– Nosso amigo Sakiyano está um pouco irritado comigo. Parece que ele esperava um presente que eu me neguei a dar.

Os olhos dela se fixaram sobre o rosto dele.

– Um presente?

– Uma informação.

Ela pensou naquilo por um momento, depois assentiu.

– O que ele fez?

– Aquilo que eu esperava. Deu um chute no meu traseiro. Não sou mais bem-vindo em seu clube de elite.

Os olhos dela se arregalaram com preocupação.

— O que eu posso fazer? Tentar consertar as coisas entre vocês?

Ele sacudiu a cabeça.

— Isso provavelmente nunca vai acontecer, e você apenas vai irritá-lo se tentar. Mas eu gostaria de saber o que ele está pensando. Ele conseguiu a informação que queria de outra fonte. Estou um pouco preocupado com o que possa fazer com isso.

— Tenho certeza de que ele será cuidadoso. Mas você é um doce se preocupando assim com ele. — Sheel se aproximou e raspou os lábios no rosto de Pol Haus, sussurrando: — Ele convocou uma reunião hoje. Tarde da noite. Na estação L-dois-seis-nove.

Haus assentiu. Então Sal havia mudado as paradas do trem magnético para um nível diferente da cidade.

Sheel se endireitou.

— Fica mais um pouco para a próxima sessão?

Ele sacudiu a cabeça.

— Preciso correr, desculpe. O dever me chama.

Ela fez uma cara triste.

— E não é sempre assim? Então, nos vemos mais tarde?

— Mais tarde — ele concordou. — Hum, onde? Onde você estará mais tarde?

— No Eclipse — ela disse, mas sua mão fez um gesto sutil que dizia a Pol Haus que ela tomaria o trem dois níveis abaixo do estabelecimento.

— Talvez eu me junte a você... depois.

— Eu gostaria disso. Mande um sinal. Estarei livre... — Ela deixou a frase no ar, depois se levantou, beijou o outro lado de seu rosto e disse: — Você precisa de um corte de cabelo, Pol. Que tipo de chefe de polícia parece um vendedor de rua?

— Um chefe de polícia que ganha a confiança dos vendedores de rua.

Ela riu suavemente e desapareceu atrás o palco.

Haus terminou seu café morno e foi embora, imaginando se todo aquele subtexto era realmente necessário. Ou talvez desejando que não fosse. Tuden Sal sabia que tanto Haus quanto Sheel não gostavam de sua obsessão pelo assassinato de Palpatine e, embora nenhum dos dois tivesse discordado seriamente, os dois aconselharam que ele não deveria ser imprudente. Com Jax Pavan e Pol Haus fora do esquema, o Sakiyano poderia muito bem jogar fora toda a cautela. Ou poderia enterrar seus planos sobre camadas de subterfúgios. Ou os dois.

Se isso acontecesse, ele poderia excluir qualquer um que colocasse em dúvida sua liderança. Haus podia apenas torcer para que Sal não excluísse Sheel Mafeen. Se fizesse isso, seria mais difícil antecipar seus movimentos.

Tuden Sal observou seus companheiros do Conselho da Whiplash tomarem seus lugares ao redor da mesa. Agora eram apenas quatro – Acer Ash, Dyat Agni, Fars Sil-at e Sheel Mafeen. Fars e Dyat já discutiam sobre planos futuros. Dyat defendia uma abordagem mais audaciosa com uma série de ataques-relâmpago a instalações imperiais por toda Coruscant. Fars argumentava que, após as recentes perdas da organização, eles precisariam se reagrupar e desaparecer por um tempo – possivelmente até considerar mudar a base de operações para fora do planeta.

A discussão se intensificou. Acer observava o vai e vem com um óbvio divertimento, Sheel observava com um silêncio impenetrável.

– Vocês dois estão certos – Sal disse depois de deixar a discussão correr por um tempo.

Todos se viraram para ele.

– Como isso é possível? – Acer perguntou. – Estou apenas curioso.

– Nós vamos fingir que desaparecemos por um tempo. Talvez até fingir que não existimos mais. Mas então usamos esse tempo para atacar de surpresa um alvo considerado impossível. Um alvo na costa do Mar Ocidental.

– O quê? – Fars perguntou. – Por quê? O que tem na costa do Mar Ocidental?

Os lábios finos de Acer Ash se curvaram em um lento sorriso.

– Eu sei. É o imperador, não é? Ele foi para seu palácio de veraneio na costa.

Os olhos de Dyat se acenderam e seu rosto tomou um profundo tom de vermelho com dourado.

– Então você pretende mesmo atacar o imperador? – Ela bateu na mesa com a palma da mão. – Sim! É *assim* que devemos operar. Tudo que nossa cautela nos trouxe até agora foi decepção e morte. Se o imperador espera que vamos nos intimidar, então vamos surpreendê-lo sendo ousados! Vamos assustá-lo até a *morte*. – Depois de jogar seu desafio para quem quisesse ouvir, a Devaroniana virou seus olhos incendiários para Sal. – Você tem um plano?

Ele assentiu lentamente.

– O começo de um plano. Para o qual precisaremos de explosivos... – Ele olhou rapidamente para Acer Ash, que sorria. – E um alguns vagões deste trem.

Sheel Mafeen se inclinou em sua direção, com as mãos sobre a mesa, a expressão indecifrável perdida em meio aos desenhos de seu rosto.

– Você pretende explodir o palácio? Qualquer lugar que o imperador escolher morar certamente deve estar protegido contra um ataque desses. Como você pretende atingi-lo?

– Os detalhes ainda serão discutidos com... agentes especiais. Mas antes de explicar melhor, preciso saber que todos vocês apoiam essa empreitada. Alguns de vocês já expressaram... preocupação quanto a esse tipo de operação. Não vou mentir, talvez seja a coisa mais perigosa que a Whiplash já tentou. Mas, se conseguirmos realizar a missão, mesmo se perdermos agentes, cortaremos a cabeça do Império.

– E quanto ao lorde sombrio? – perguntou Fars Sil-at. – Eu diria que o Império possui duas cabeças.

Sal curvou o lábio.

— Vader é o cachorrinho do imperador. Sem seu mestre, ele não terá propósito nem direção.

— Ele parece obstinado por seu ódio aos Jedi — Fars observou. — Se você se lembra, existe um Jedi associado à Whiplash. Se matarmos o imperador, o que o faz pensar que Vader não ficará ainda mais obcecado em destruir Jax Pavan e qualquer um conectado a ele?

— Caso você não tenha notado, Jax Pavan está ausente de nossa reunião.

— Sim — Fars disse. — Assim como Pol Haus. Onde ele está? O que ele acha do seu plano?

Sal baixou os olhos para suas mãos.

— Pol Haus não faz mais parte do nosso grupo.

Uma onda de incredulidade varreu os membros ao redor da mesa.

— O quê? — Dyat Agni exclamou. — Por quê?

— Sim, por quê? — ecoou Sheel Mafeen. — Você pode nos explicar?

O quanto ele poderia contar? Tuden Sal foi atingido por uma incerteza. Será que deveria mentir para suavizar o golpe da traição do chefe de polícia, ou será que deveria impressioná-los com sua liderança?

Ele optou pela verdade, do jeito que a enxergava.

— Pol Haus deliberadamente escondeu uma informação crucial.

— Por que ele faria isso? — Fars Sil-at exigiu saber.

— Não sei. Ele não conseguiu se explicar.

— E foi por isso que você mudou a rota do trem — Acer disse, assentindo. — Isso foi inteligente da sua parte. Você acha que ele está trabalhando com o inimigo?

— Não. Acho que ele simplesmente está preocupado com seus próprios interesses. A missão em que estamos prestes a embarcar é perigosa. Pol optou por não fazer parte dela. Ele também acredita que meu plano está comprometido por causa de sua decisão de esconder a informação de mim. O que é bom. Se ele cair na desconfiança aos olhos do DSI, ele não será capaz de contar nada.

Sal olhou ao redor novamente para seus aliados.

— Então, meus amigos, aqui estamos nós. Se, como Pol Haus, vocês não quiserem se envolver, agora é a hora de partirem... antes que saibam mais. Dyat já deu seu apoio. Acer?

— Estou dentro.

— Sheel?

— Sim.

— Fars?

Houve um longo momento de silêncio antes de o Amani franzir seu largo nariz, piscar algumas vezes, depois soltar um longo suspiro.

— Sim. Sim, estou dentro. O que mais podemos fazer?

Sal encarou Fars por mais um longo tempo.

— Ótimo — ele disse. — Agora, deixem-me rascunhar aquilo que estive pensando.

Jax caminhou por vários quarteirões em silêncio — com I-Cinco rolando junto ao seu lado. Finalmente, ele disse:

— Você estava me espionando?

— Estava dando apoio — I-Cinco respondeu num tom baixo, já que unidades R2 não deveriam possuir vocalizadores. — Achei que você poderia precisar.

— O que o fez pensar assim?

— Pensei que, se Tyno Fabris estava fora do jogo, então alguém deveria estar dentro. Alguém com um alcance ainda maior do que o de Fabris. Não gostei das implicações disso. Então eu o segui. Se você se lembra, da última vez que esteve na mesma sala que Xizor, ele tentou matá-lo.

Jax sorriu.

— Oh, ele me assegurou que não foi nada pessoal. Apenas negócios.

— E agora também são "apenas negócios", Jax? Seu envolvimento com Xizor?

Jax se perguntou o quanto da conversa o droide ouvira. Depois se perguntou por que deveria se importar com isso.

— Espero que meu "envolvimento" com Xizor esteja no final. Ele me deu a informação de que eu precisava. Agora podemos agir com isso. — Jax olhou de relance para o droide. — Tenho certeza de que você o ouviu oferecer mais coisas.

— Eu ouvi.

— Então você também ouviu minha recusa. Estamos indo embora de Mandalore, Cinco. Imediatamente. Vamos para a Estação Kantaros.

O droide continuou rolando em silêncio até eles alcançarem a entrada da plataforma norte do espaçoporto, então perguntou:

— E quando chegarmos à estação? O que faremos? Imagino que o defensor da estação estará de olho.

— Com certeza. Mas estou contando que ele não estará de olho em um Jedi simplesmente porque acredita que todos os Jedi estão mortos.

— E se ele estiver certo, Jax? — I-Cinco perguntou. — E se você *realmente* for o último Jedi? Colocar sua vida em perigo seria...

Jax parou e se virou para o droide.

— Que outra opção nós temos?

— Você poderia pedir ajudar aos Rangers...

— Já discutimos isso. Existem perigos inerentes com essa opção.

— Você poderia ficar aqui em Mandalore e deixar que Den e eu viajemos para a Estação Kantaros.

— Isso é inaceitável. — Jax se virou e começou a andar novamente, com tanta rapidez que o droide precisou acelerar para alcançá-lo. Ele já havia cruzado a plataforma e já estava subindo a rampa da *Laranth* quando I-Cinco o chamou:

— Jax.

Ele se virou para olhar o droide remendado.

— Você *quer* morrer?

Seja lá qual pergunta Jax esperava do droide, com certeza não era essa.

— O quê?

— Fiz uma pergunta direta. Você quer morrer?
— Que tipo de pergunta é essa?
— Do tipo que você não respondeu.
— É claro que eu não quero morrer.
— É mesmo? Pois você está agindo como alguém que deseja morrer. Invadindo o DSI, chegando perto de Inquisidores e perto de Vader. Vindo até aqui e cortejando contatos do Sol Negro. Entregando-se ao príncipe Xizor, que, até onde sabemos, poderia tanto ter conversado quanto atirado em você. E agora, jogando-se em uma situação completamente desconhecida com o homem mais perigoso da galáxia...

Isso arrancou uma risada de Jax.

— Neste exato momento, Cinco, *eu* sou o homem mais perigoso da galáxia, pois não tenho nada a perder.

O droide subiu a rampa atrás dele.

— Você está errado. Ainda há muito a perder, Jax. O problema é que você não será o único a perder.

Aquilo doeu. Principalmente porque sabia que era verdade e sabia que estava dizendo palavras vazias. Em um momento de epifania, Jax percebeu que o próprio I-Cinco era uma das coisas que ele poderia perder. Se jogassem tudo que possuíam contra Vader e falhassem...

— Você e Den podem ficar aqui em Keldabe. Vocês ficarão seguros aqui.

— O quê? E diminuir ainda mais as chances de você permanecer vivo? Nem pensar.

— Certo. Então vamos tirar esta lata-velha do chão. — Ele girou nos calcanhares e continuou subindo a rampa.

VINTE E DOIS

Durante a viagem no hiperespaço para o sistema Both, Jax sonhou novamente. Foi um sonho diferente dos anteriores, pois não começou no caos dos corredores escuros da *Far Ranger*. Começou no Templo Jedi em Coruscant, na ampla galeria que levava para a biblioteca. Ele andava na direção das enormes portas esculpidas, um facho de sol penetrando pelas claraboias, o carpete translúcido para seus pés caminharem.

Ele sentiu alguém andando ao seu lado, mas, quando se virou para olhar, a figura – outro Jedi padawan sênior vestindo a túnica do templo – estava tão banhada pela luz do sol que Jax não conseguia distinguir quem era. Ele queria falar, queria fazer o outro Jedi se manifestar para poder reconhecê-lo, mas, quando abria a boca, o som não saía.

Ele continuou andando, acompanhado pelo outro, passo a passo. Assim que alcançasse a biblioteca, seria capaz de ver seu rosto.

Mas eles não chegaram à biblioteca. Atrás deles, o largo corredor foi destruído por uma tremenda explosão que preencheu o espaço com fumaça e gritos de socorro.

Jax ficou confuso. A Ordem 66 foi cumprida à noite, assim como a operação que resultou na Noite das Chamas. O que era aquilo? *Quando* era aquilo?

Não importava. O tempo não importava. Ele precisava lutar.

Jax sacou o sabre de luz e se virou na direção do caos, mas uma forte mão o impediu, segurando seu braço. Ele olhou para a figura ao seu lado.

Olhos verdes foram de encontro aos seus.

— Não — Laranth disse. — Nós precisamos continuar andando. — Ela voltou a caminhar na direção da biblioteca.

Indeciso, ele vacilou. O que poderia existir de tão importante na biblioteca para ele deixar de defender o Templo? Eles sabiam como aquilo iria acabar. Eles sabiam. Os younglings[5] e os padawans juniores seriam todos mortos. Anakin iria assassiná-los com as próprias mãos.

— Jax — Laranth disse —, ainda não chegou a hora.

Ele sentiu o calor das chamas em seu rosto, observou o corredor derretendo, ouviu os gritos dos younglings.

— Então, quando? — ele exigiu saber. — Quando?

— O tempo é uma espiral — Laranth respondeu, e sobreposta à sua havia outra voz, dizendo "tempo é foi/será uma espiral".

Ele sentiu o sabre de luz pesado e sólido em sua mão quando olhou, de novo, para o corredor. As chamas engoliam as paredes e despencavam do teto. As claraboias estavam negras.

— Escolha é perda... — as vozes disseram, e Jax gritou de frustração.

— Sim! Sim! Eu *sei!* E indecisão é perda total. Eu também sei disso!

— Precisamos ir — Laranth disse.

— Ir para onde? Você não estava lá — ele percebeu. Isso pareceu subitamente importante. — Você não estava no Templo quando a Ordem 66 foi executada. Você não estava *lá*!

— *Você* estava lá. Agora eu também estava.

— Eu não entendo.

---

5 No universo de *Star Wars*, *youngling*, ou Jedi Iniciado, é o termo que se refere a crianças de qualquer espécie que, por serem sensíveis à Força, se encontram em estágios iniciais de treinamento Jedi. (N. T.)

— Tempo — ela disse, e Jax não sabia se estava dizendo que era hora de partir ou se o tempo tinha algo a ver com ela testemunhando a destruição do Templo Jedi. — Tempo — ela repetiu, e se virou novamente.

Jax olhou mais uma vez para o corredor em chamas, depois se virou para seguir Laranth.

Ela havia sumido.

Com o coração martelando e um frio nas costas, Jax disparou atrás dela. As grandes portas da biblioteca estavam se fechando. Em um instante, seria tarde demais. Ele se jogou contra elas, forçando sua abertura e deslizando para dentro.

A biblioteca sumiu, e Jax agora estava no corredor de sua nave moribunda. Agora o pesadelo era familiar. Ele sabia onde Laranth estava. Estava morrendo na artilharia dorsal.

Acorde, ele disse a si mesmo, mas continuou andando na direção do centro da nave. Uma cortina de fumaça obscurecia sua visão.

Novamente, uma mão agarrou seu braço.

— Eu não estou lá — Laranth disse, mas, assim como antes, havia outra voz sobreposta. Uma voz mais sombria.

— Eu não estou lá — a voz sombria disse, e agora Jax reconheceu e sabia de onde a voz viera. Do fogo catastrófico e destrutivo atrás dele. Era uma voz de ódio e assassinato. Uma voz de morte.

A voz de Darth Vader.

Jax sentiu um impulso de se virar, mas isso significaria deixar Laranth para trás.

Escolha.

— Eu não estou *lá* — Laranth disse enfaticamente, com a voz vindo de lugar algum.

Jax acordou quando percebeu que eles haviam saído do hiperespaço.

— Jax — a voz de Den soou no comunicador —, já estamos em espaço Bothano.

Ele abriu os olhos em sua cabine e ficou desorientado por um momento. Filamentos da Força que não eram dele envolviam seu corpo.

Eram translúcidos, mas vividamente coloridos; assim que os viu, eles desapareceram para dentro da árvore miisai.

Jax manteve seu olhar confuso na árvore, e em seguida respondeu à mensagem repetida de Den.

– Estou a caminho.

Mas não estava. Não imediatamente. Precisou de vários instantes para se conectar conscientemente com a Força, para acalmar seu coração e concentrar os pensamentos.

Antes de deixar a cabine, Jax olhou para a árvore uma segunda vez. Nada de extraordinário aconteceu, exceto pelo brilho de energia que só ele conseguia enxergar – uma energia que se alimentava continuamente da Força.

Por algum motivo, Den esperava que a Estação Kantaros fosse mais parecida com outras instalações imperiais: plataformas orbitais que flutuavam nas nuvens de planetas inóspitos ou complexos que atropelavam a paisagem com instalações que cravavam no solo ou subiam aos céus. Kantaros não era nada disso. Não usava a superfície de um planeta. Também não orbitava um planeta. Nem flutuava no espaço. De acordo com a última informação do príncipe Xizor, a estação se encontrava em algum lugar no cinturão de asteroides Fervse'dra, que orbitava o sistema Both, onde o terceiro planeta da estrela se encontrava originalmente. Agora, constituía uma formidável barreira entre o mundo desértico de Taboth e o centro populacional, o planeta Bothawui.

Tudo isso significava precisamente uma coisa para Den Dhur – seria muito difícil encontrar a estação, muito perigoso se aproximar dela e quase impossível de escapar.

Eles se aproximaram do campo de asteroides pela periferia do sistema, escondendo-se nas sombras gravitacionais dos mundos exteriores, depois entrando no tráfego comercial quando saíram de trás de Golm, o planeta gigante gasoso de coloração púrpura.

O que o vigo não fora capaz de passar a eles era a frequência de transporte da estação. Ele não a possuía – algo que Den tinha certeza de que não lhe caía bem. Entregadores do Sol Negro forneciam à estação itens de difícil acesso, mas eles eram guiados até lá apenas quando necessário, entrando no sistema com seus próprios sinais e esperando que Kantaros os contatasse de volta e os guiassem com raios tratores. A nave do Sol Negro *Corsair* estava por conta própria.

Entrar no campo por cima ou por baixo do plano solar seria igualmente suspeito. Uma das maneiras que os contrabandistas usavam para sinalizar implicitamente suas "nobres" intenções era entregar o controle de suas naves para a estação. Todos os olhos em Kantaros cairiam sobre eles no momento que transmitissem sua identificação.

Eles aterrissaram em Bothawui, reabasteceram e conectaram I-Cinco ao sistema da Autoridade Espacial Bothana. Ele não conseguiu encontrar nenhum código para a Estação Kantaros; também não encontrou nenhum sinal de que ela pudesse estar no meio do campo de asteroides.

– Isso foi inteligente da parte de Vader – Den constatou assim que deixaram Bothawui na direção do campo de asteroides. – Escondendo a estação no meio de um monte de rochas flutuantes. Como vamos encontrá-la?

– A estação ainda emana uma alguma energia – I-Cinco disse. – Poderemos detectar com os sensores da nave.

– Ah, claro – disse Den. – Quando estivermos perto o bastante para registrar a energia. Você tem ideia do tamanho desse cinturão de asteroides?

A cabeça R2 de I-Cinco se virou para Den.

– Tem 306 milhões de quilômetros de largura em seu ponto mais largo e um diâmetro de...

– Foi uma pergunta retórica.

Jax, sentado no assento do piloto, soltou um suspiro audível.

— Mas Den está certo. Varrer toda a estrutura com os sensores iria demorar uma eternidade, mesmo na órbita interna.

— Iria levar aproximadamente cinco dias, vinte e sete horas e...

— Isso também foi retórico. Acrescente a isso o fato de que, se não entregarmos o controle da nave, seria a mesma coisa que aparecer atirando. — Depois Jax concluiu: — E isso não foi retórico.

— Eu não contava que fosse — a unidade R2 respondeu.

Den sorriu, gostando de Jax ter feito uma piada.

— Então, o que faremos agora? — Den perguntou. — Existe alguma maneira de estender o alcance dos sensores?

— Esta nave já possui um dos sistemas de varredura mais avançados que já vi — I-Cinco disse. — Mas, mesmo assim, temos apenas cinquenta por cento de chance de localizar a estação, por causa da largura e profundidade do cinturão de asteroides. Que, por sinal — o droide acrescentou —, é um nome enganoso. Seu alcance é grande o bastante para quase ser possível qualificá-lo como uma esfera, em vez de um...

Den sacudiu a cabeça.

— Eu nunca deveria ter instalado aquele vocalizador.

Jax fechou os olhos, parecendo subitamente exausto.

— Então, no mínimo quatro dias, *se* começarmos no interior do campo, e se não conseguirmos encontrar a estação...

— Então teremos que recomeçar o processo no perímetro exterior, o que levará praticamente o dobro do tempo.

— Tempo — Jax murmurou. — Sempre é uma questão de tempo. Um tempo que não temos. — Ele abriu os olhos e, após um momento de hesitação, acionou o piloto automático. — Den, você tem a ponte. I-Cinco, se você acha que vai ajudar, pode começar a varrer o campo de asteroides com os sensores e tentar a sorte.

— E o que você vai fazer? — I-Cinco perguntou quando Jax se levantou.

— Vou encontrar a estação... de um jeito ou de outro.

Den sentiu como se alguém derramasse uma bebida gelada em sua cabeça.

– Você quer dizer que vai tentar sentir a Força. Vai procurar por Vader. Será que preciso lembrá-lo de como isso pode ser perigoso?

– Aparentemente – o droide resmungou.

– Não precisa. Mas talvez eu não precise procurar por Vader. Se nossa informação for correta, ele carregou esse seu calabouço com Inquisidores. É uma grande quantidade da Força em um único lugar. E um desses Inquisidores é Probus Tesla. Confie em mim… nunca esquecerei esse sinal.

– É muito provável – I-Cinco disse – que Tesla lembre tão bem quanto você. Se ele descobrir que você ainda está vivo, Vader também saberá.

Jax parou na escotilha, olhando para a janela de transparisteel sobre o painel de controle. Den segurava a respiração, esperando que o Jedi desistisse da ideia. Mas não desistiu. Ele sacudiu a cabeça, apertando os lábios com determinação.

– Esse é um risco que eu terei que correr – disse, depois sumiu.

Assim que entrou em sua cabine, Jax se sentou de pernas cruzadas em seu tapete de meditação e contemplou a situação. Aquilo que I-Cinco sugeriu era uma distinta possibilidade. Graças a uma série de confrontos, o sinal da Força em Probus Tesla se tornara muito familiar para Jax. Era algo que se destacava. Jax sentia a Força como um fluxo, como filamentos, extensões de energia que se entrelaçavam em um tecido de poder e significado. A energia de Tesla não se entrelaçava; ela fervia e ondulava. Isso fazia Jax imaginar se a experiência de Tesla da Força era, assim como a de Kajin Savaros, de natureza líquida.

Uma vez ouvira que entender a Força em outro ser significava entender como derrotar esse ser. Jax não precisava derrotar Tesla, precisava apenas passar por ele despercebido… ou talvez disfarçado.

Ele fechara os olhos e agora os abriu de novo para observar a árvore de Laranth. A árvore, de um jeito próprio, possuía seu próprio sinal na Força – um sinal particularmente forte para uma planta. Será que poderia usar isso para cobrir ou obscurecer seu próprio rastro de energia da mesma maneira que os Inquisidores usavam escamas de taozin para se camuflarem?

Só havia um jeito de descobrir.

Ele se levantou e tirou o vaso da árvore de dentro do recipiente de alimentação.

VINTE E TRÊS

◆

Probus Tesla respirou profundamente e deixou seu corpo seguir o caminho da memória através dos movimentos da forma de combate Soresu.[6] Ele vestia uma túnica sem manga e uma fina camada de suor. Empunhava um florete de luz, bom apenas para rituais de combate e prática de formas. Ele se concentrou, esfriando a raiva que parecia prestes a tomar de assalto seu autocontrole, e começou a passar pelos movimentos de luta e os versos do mantra Sith.

Passo.
Paz é mentira; só existe paixão.
Contrapasso.
Por meio da paixão, ganho força.
Giro.
Por meio da força, ganho poder.
Passo.
Por meio do poder, ganho a vitória.

---

[6] Terceira entre as sete técnicas de batalha com sabre de luz, o Soresu era usado pelos Jedi ou Sith para redirecionar ataques – normalmente tiros de blaster. Dominar essa técnica requeria muito treinamento e sensibilidade à Força, por isso não era muito utilizada. As demais formas eram: Shii-Cho (i), Makashi (ii), Ataru (iv), Shien/Djem So (v), Niman (vi), Juyo/Vaapad (vii). (N. E.)

Golpe de florete.
Por meio da vitória, minhas correntes se rompem.
Passo-virada-giro.
A Força me libertará.

— Seus movimentos são incertos, Tesla. Temo que você esteja distraído.

Tesla não abriu os olhos. Ele sabia que o veria – seu aprendiz Elomin, Renefra Ren, na porta de sua câmara de meditação, sem dúvida exibindo uma expressão vazia que conseguia sugerir ao mesmo tempo arrogância e subserviência. Na opinião de Tesla, seu aprendiz era uma cobra servil.

Mas Ren não era o alvo da raiva que ele tentava controlar. Fora o próprio lorde sombrio quem atiçou seu Inquisidor na direção de uma agonia que ameaçava escapar de seu controle.

— Se estou distraído – Tesla disse, ainda sem abrir os olhos –, é por causa da minha ciência de *você*. Por que veio até aqui? – Ele continuou executando os movimentos da mesma forma. Estranhamente, a interrupção de Ren estava ajudando seu foco; ele executou uma série de golpes poderosos e elegantes.

— Vim para dizer que lorde Vader retornou para a estação após seu encontro em Bothawui.

A concentração de Tesla se esfarelou. Ele parou no meio de um golpe e se virou para olhar nos olhos negros de seu aprendiz.

— Eu sabia disso, é claro – respondeu, mas era mentira... Seu próprio caos interno o impediu de sentir.

Renefra Ren arqueou as sobrancelhas, e seu sorriso se tornou mais convencido ainda.

— Então, estou surpreso por você ainda não ter ido atrás dele. Sei que gosta de se mostrar... atento para ele.

— Eu estava meditando – disse Tesla. – E, diferente de alguns entre nós, eu não sinto a necessidade de bajular lorde Vader a toda oportunidade. Eu o servi por tempo o bastante, e bem o bastante, para saber quando ele está aberto à aproximação. Se precisar de mim, sem dúvida ele vai me convocar diretamente.

O Elomin ficou em silêncio por um tempo, com seus olhos negros indecifráveis, mas o sorriso havia sumido.

– Sem dúvida; mas ele parecia… perturbado com algo. Havia uma aura diferente, e detectei uma corrente de fúria em sua voz quando falou com seu adjunto. Imaginei que você poderia ter sentido a mesma coisa.

Novamente, Tesla foi pego de surpresa. Será que esteve tão concentrado em suas meditações que confundiu a agitação de seu mestre como sendo sua? Ele usou uma fração da Força e procurou a aura de Vader. Sim, havia algo ali – algo como uma estática sombria.

– Se senti ou não deveria ser irrelevante para você, Renefra – Tesla disse, usando o nome pessoal do Elomin para lembrá-lo de sua posição. – Como eu já disse, se o lorde sombrio quiser minha presença, ele vai me…

As palavras sumiram quando veio a convocação de Vader – um forte, quase doloroso, puxão na Força. Ele se ajeitou, desativou o florete de luz e guardou o equipamento de volta na prateleira, depois apanhou sua túnica vermelha de um gancho perto da porta.

Os olhos de Ren se arregalaram.

– Ele chama?

Tanta fome naquelas duas simples palavras. Tesla sorriu.

– Como eu esperava que chamasse. – Ele apertou o cinto sobre a túnica, prendeu o sabre de luz na cintura e saiu da sala, deixando Ren para trás junto com sua vontade de servir o lorde sombrio.

Os corredores da Estação Kantaros eram feitos de um durasteel estéril que cintilava um branco esverdeado fantasmagórico. Tesla considerava a cor tranquilizadora. Lembrava-o do luar em campos de grãos perto de onde cresceu no Vale Denendre, em Corellia. Mas o ar em seu vale nunca teve aquela qualidade artificial. O ar na Estação Kantaros era antisséptico e metálico, embora Renefra Ren se gabasse de sentir o cheiro da poeira do asteroide no qual a estação estava cravada.

O coração da estação era o centro de detenção onde o mestre de Tesla mantinha pessoas e itens de interesse. A cabine de Vader ficava muito perto desse coração negro. E enquanto os aposentos, celas, áreas comuns e unidades de armazenamento eram patrulhados por tropas imperiais e Inquisidores, o aposento privado do lorde sombrio era guardado apenas por suas próprias imensas habilidades.

Tesla achou melhor evitar as celas naquele dia e optou por atravessar o largo corredor interno que circulava o centro do complexo. Pensar no que Vader mantinha ali – ou melhor, quem – apenas servia para lembrá-lo da raiva que ele tentava controlar. Não apenas Darth Vader era o mais poderoso usuário da Força que Tesla já havia encontrado, como também o considerava um gênio sem igual. Mas eventos nos últimos meses plantaram algumas sementes de dúvida. Ele testemunhara Vader inexplicavelmente permitindo que o Jedi Jax Pavan o provocasse até agir irracionalmente. De fato, ao Inquisidor pareceu como se a destruição de Pavan fosse mais importante para o lorde sombrio do que a vontade do imperador Palpatine ou a destruição da nascente rebelião. Às vezes, pensava que, se tivesse que escolher entre extinguir a resistência em todos os mundos ou ferir Pavan, lorde Vader escolheria o último.

Quando os Jedi finalmente foram destruídos, Tesla esperava que seu mestre se sentisse triunfante – e passasse a se dedicar totalmente à erradicação da rede de "guerreiros da liberdade". Em vez disso, Vader manteve Thi Xon Yimmon vivo e insistiu em lidar pessoalmente com seu interrogatório, relegando sua equipe de Inquisidores a apenas vigiar e guardar. Não houve sinal de triunfo; foi como se a destruição dos Jedi não tivesse sido uma grande conquista.

Essa era a fonte do mau humor de Tesla. Ele queria interrogar o chefe da Whiplash sozinho, queria mostrar ao mestre a extensão de seus poderes e sua lealdade. Mas não apenas Vader havia negado a Tesla a chance de provar a si mesmo, como ele próprio não avançou com o Cereano. Ou, ao menos, não relatou progresso para os Inquisidores. Na única vez que Tesla perguntou se poderia ajudar, lorde Vader deixou muito claro que ele, sozinho, tinha o privilégio de trabalhar com prisioneiros importantes como Thi Xon Yimmon. Ninguém mais tinha permissão de chegar perto dele.

A rejeição de seu mestre era dura para Tesla em qualquer situação, mas com a presunção adicional de que ele não era capaz de quebrar a vontade de um não adepto era demais.

O quão capaz você foi em sua última missão?, ele perguntou a si mesmo. *O quão bem-sucedido fora com o padawan de Jax Pavan, Kajin Savaros? O quão bem-sucedido fora em proteger os interesses de seu mestre?*

Não muito. Talvez Tesla devesse estar grato por lorde Vader não o ter dispensado de uma vez ou deixá-lo em Coruscant com os Inquisidores menos experientes e os aprendizes.

Os pensamentos de Tesla cessaram diante da escotilha do aposento de seu mestre. Ele parou e anunciou sua presença como uma ondulação na superfície da Força. A escotilha deslizou para dentro da parede e ele entrou nos domínios do lorde sombrio.

Vader o encarou, de pé na frente de sua câmara de meditação privada. A entrada segmentada da câmara estava se fechando. Tesla tentou olhar para dentro disfarçadamente. Ninguém, até onde ele sabia, nem mesmo havia visto o interior do santuário privado de lorde Vader. Rumores diziam que apenas dentro da estrutura especializada o lorde sombrio era capaz de existir fora de seu traje cibernético.

Perto assim de seu mestre, Tesla ficou ainda mais ciente da estática sombria que emanava debaixo do exterior lustroso do traje.

— O que foi, meu lorde? — ele perguntou, e sentiu como se tivesse mergulhado em água quente e gelada quase ao mesmo tempo. Ele deu um passo para trás. Nunca havia sentido algo assim vindo de seu mestre. Isso o deixou confuso.

Vader se virou e atravessou a sala até ficar diante de um monitor que mostrava um panorama intimidador de rochas flutuantes iluminadas pela estrela do sistema.

— Eu preciso deixar a estação novamente — Vader disse.

— Mas você acabou de retornar...

— Preciso cuidar de coisas que estão acontecendo no centro imperial.

— Devo acompanhá-lo?

— Não. Você ficará aqui de olho em nosso importante convidado. Na verdade, Tesla, quero que você preste atenção nele diariamente.

Tesla quase não conseguiu conter um sorriso. Quanto tempo passou esperando ouvir aquelas palavras? Ele queria se jogar aos pés de Vader e agradecê-lo, mas sabia que o lorde sombrio detestava a subserviência em seus seguidores. Estremecer de medo ou bajulação quando Darth Vader aparecia ou falava era um convite para o desastre. Aqueles que pensavam que ele exigia completa servidão de seus comandados cometiam um erro que Tesla sabia que podia acabar com carreiras... e vidas.

— Prestar atenção nele, meu lorde? Então você deseja que eu o interrogue?

— Não. E nem deve usar suas habilidades da Força sobre ele, exceto para ler seus humores e paixões. Quero que você o observe, meramente.

O Inquisidor sabia que sua expressão facial havia perdido a neutralidade.

— Observá-lo? Observá-lo fazendo o quê?

— Existindo. Ele é um homem isolado em seus próprios pensamentos e sentimentos. Aprenda-os.

— É isso... é isso que você tem feito com ele, lorde Vader?

— De certo modo.

Tesla assentiu.

— Entendo.

— Entende mesmo?

Tesla percebeu o tom perigoso na voz de seu mestre, sentindo-o como uma onda gélida percorrendo sua nuca. Ele afastou o medo e endireitou os ombros.

— Você deseja atraí-lo para uma falsa sensação de segurança. Deseja destruir as expectativas que ele tem sobre você. E... fazer seus próprios pensamentos o traírem.

— Você aprendeu algo, afinal de contas.

O alívio de Tesla foi profundo. Tão profundo que, novamente, ele sentiu a maré quente envolvendo-o. Interpretou aquilo como a aprovação de seu mestre, mas a onda foi suplantada quase tão rápido quanto antes, quando sentiu a estática gelada emanando de Vader. Isso era estranho. As duas sensações eram tão díspares, porém pareciam se sobrepor.

— Como eu disse — Vader continuou —, você deve prestar atenção e observar. Não prepare questões, apenas faça perguntas que você se sentir impelido a fazer. Não faça nada além disso. *Nada*. Depois você deve relatar a mim aquilo que observou e qualquer impressão que tirar das sessões.

Tesla se esforçou para não exibir sinal de que não entendia as instruções. Que tipo de interrogatório seria aquele?

— É claro, meu lorde. Mas devo perguntar: o que o faz voltar para o centro imperial? Alguma coisa errada por lá?

Um divertimento sombrio percorreu a consciência de Tesla.

— Algo sempre está errado no centro imperial — Vader disse. — O que está errado agora é que alguém parece tramar contra a vida do imperador Palpatine.

Tesla pensava sobre a natureza das observações que seu mestre queria dele.

— Fico satisfeito por nossa rede de espiões ser tão eficaz.

Vader emitiu um som que podia ser tanto um grunhido quanto uma risada.

— Nossa rede de espiões? É praticamente uma rede inútil, motivada por medo e ideologia. Isso veio do Sol Negro, cuja motivação é a simples ganância e oportunismo. Eu confio na rede deles, e em seus motivos, muito mais do que confio em nossa própria rede.

Tesla se retirou da audiência com seu mestre em meio a uma mistura de orgulho e perplexidade. Recebera a função que cobiçava, mas com restrições tão grandes! Havia apenas um jeito para aumentar sua influência sobre Darth Vader: conseguir apresentar alguma informação sobre Thi Xon Yimmon que o próprio lorde sombrio não havia conseguido arrancar.

Prestar atenção e observar. Probus Tesla tinha toda a intenção de descobrir uma maneira de fazer mais do que isso sem que fosse aparente.

Jax se recostou contra a parede de sua cabine, analisando as impressões que teve em seu breve contato com o Inquisidor. Trepidação. Alívio. Até mesmo um lampejo de exultação – tudo isso fluiu através das conexões momentâneas. Mas, enquanto as emoções do Inquisidor eram caóticas e confusas, sua localização era clara. Assim como sua identidade. Jax tinha uma história com Probus Tesla que nenhum dos dois esqueceria.

Jax se levantou, recolocou a árvore miisai em seu recipiente e se dirigiu para a ponte.

VINTE E QUATRO

O núcleo da Estação Kantaros ficava enterrado dentro de um asteroide. Ele, por si só, tinha um formato esférico mal definido, simplesmente pela falta de massa e gravidade suficientes. Era possível ver a estação como um caótico emaranhado de estruturas que se estendiam para fora da rocha. Estudando esse emaranhado, Den enxergou aquilo que parecia ser a ponte de controle, com anéis de plataformas acima, sobre e abaixo do equador natural do asteroide, e alguns cabos de atracagem e pontes espaciais usados para embarcar e desembarcar naves grandes demais para as plataformas, mas não grandes demais para tornar uma aproximação suicida.

O tráfego ao redor da estação parecia estranhamente iluminado. A única nave próxima era uma fragata imperial que flutuava serenamente no fluxo de rochas, eclipsada por enormes asteroides. Não havia boias de fiscalização ou pequenas naves-guia.

— Como eles estão fazendo isso? — ele perguntou, olhando para a fragata. — Eles deveriam acabar esmagados desse jeito.

I-Cinco respondeu:

— Provavelmente são campos repulsores passivos, ou talvez uma teia trator/repulsora. Qualquer uma dessas alternativas forneceria um bolsão de energia ao redor da nave que impediria que os asteroides colidissem com ela e manteria a nave se movendo junto a eles. Aposto que é a teia. Tem mais energia, maior estabilidade.

Den sorriu ironicamente. Ele também apostava em uma teia.

I-Cinco girou o domo de sua cabeça na direção de Jax.

— A questão é: Vader está lá? Não estou vendo a nave dele. É claro, as plataformas podem ser internas.

— Ele está aqui. Quando eu... raspei em Tesla, ele estava com Vader.

Den piscou seus grandes olhos.

— Você não acha que Vader... você sabe... reconheceu a sua...

Jax negou.

— Eu estava camuflado... de certo modo. Tesla não percebeu que eu o toquei. Ele estava concentrado em outra coisa.

— Por que não estamos vendo uma presença imperial maior? – Den perguntou. – Onde estão as patrulhas do perímetro e os postos de vigilância? Será que estão escondidos nos outros asteroides? – Ele cerrou os olhos em um largo asteroide que passou girando pela rocha menor que eles usavam como esconderijo.

I-Cinco emitiu uma série de rápidos cliques enquanto lia os dados com seus sensores.

— Até onde nossos sensores conseguem enxergar, não há nada entre os outros asteroides. Estranho. Parece tão pouca proteção.

— Não é tão estranho, considerando quem usa esse covil – Jax disse. – A proteção física está ao nosso redor. Sem os códigos do transponder, alguém que não seja sensível à Força nunca conseguiria encontrar este lugar, exceto, talvez, por meio de tentativa e erro.

Isso era uma ideia arrepiante.

— O que torna este lugar uma armadilha ideal para os Jedi, você não acha? – Den perguntou.

— Os Jedi não existem mais – Jax murmurou.

Den segurou uma resposta irritada, reconhecendo – no instante que começou a subir por sua garganta – que sua reação era baseada em uma sólida fundação de medo.

– Então é melhor cuidarmos bem do único Jedi que temos – ele acabou dizendo.

– O que você acha que devemos fazer? – I-Cinco havia voltado a exibir a estação.

Jax estudou o monitor.

– Aquele asteroide ali, o mais perto da estação, nos deixaria a algumas centenas de quilômetros de uma plataforma.

– E depois, o que faremos? – Den insistiu. – Pulamos para dentro como pulgas verdes? Não podemos simplesmente pousar lá sem sermos detectados. Quer dizer, se você tivesse uma nave blindada e uma grande distração, talvez...

– Nós temos uma nave blindada. Se conseguíssemos passar pelo lado escuro do asteroide...

– A fragata está no lado escuro do asteroide – I-Cinco observou. – Jax, acho que não vamos conseguir fazer isso sem ajuda. Talvez devêssemos voltar para Toprawa e recrutar a ajuda dos Rangers.

– Temos outra possibilidade – Jax disse. – A estação é habitada por imperiais, mercenários e alguns civis. De acordo com as informações de Xizor, a tripulação civil e os mercenários recebem... suprimentos extras por meio do mercado negro.

– Por meio do Sol Negro, você quer dizer – Den acrescentou, não gostando nem um pouco do rumo da conversa.

– Sim, e esses entregadores do mercado negro recebem permissão para acessar algumas partes da estação.

– Mas não as partes de que precisamos – Den retrucou.

– Uma vez lá dentro, vou ter que achar uma solução para isso. O grande problema é conseguir entrar. Estamos voando em uma nave com códigos de identificação de Mandalore. Talvez possamos nos passar por agentes do Sol Negro.

— Sim, é possível. Mas precisamos de uma carga legítima... ou melhor, ilegítima – Den comentou. – E não temos isso.

— Não agora, mas podemos conseguir em Concórdia.

I-Cinco emitiu um chiado alto e girou a cabeça de volta para o painel de sensores.

— O que foi? – Jax perguntou.

— Atividade nas plataformas da estação.

Den prendeu a respiração.

— Será que eles nos descobriram?

— Dificilmente – disse I-Cinco. – Estamos blindados e nosso comunicador está mudo.

Jax levou a mão sobre os controles do raio trator que mantinha a *Laranth/Corsair* presa em seu esconderijo. Ele observou quando um portal se abriu no hemisfério inferior da Estação Kantaros e vários caças de longo alcance apareceram, envolvendo a estação como mosquitos. Eles pareciam tomar uma formação de defesa, esperando ordens ou talvez uma nave que precisavam escoltar.

— Jax... – Den sussurrou o nome enquanto ficava cada vez mais inquieto.

Jax não esperou para descobrir qual era a intenção dos caças. Ele desativou o raio trator, acionou os motores iônicos e girou o pequeno cargueiro, depois disparou na direção da órbita interna, desviando de obstáculos flutuantes numa velocidade que empurrou o coração de Den ainda mais garganta afora.

Sentado no assento do piloto da *Laranth/Corsair*, observando os rastros de luz pela janela de transparisteel, Jax fez alguns cálculos improvisados. Nenhum dos resultados era agradável. Quando Xizor entregou as informações e os códigos de identificação Mandalorianos para Jax, ele sabia que suas chances de se infiltrar na Estação Kantaros sem a ajuda do Sol Negro eram basicamente nulas. Ir até lá foi uma grande perda de tempo.

Mas, ao mesmo tempo, foi inevitável. Jax precisava admitir que, se Xizor tivesse contado o que eles encontrariam, ele não acreditaria.

Claramente havia apenas duas maneiras para penetrar as defesas da estação: um ataque direto com um poder de fogo significativo; ou uma infiltração, que exigiria ainda mais a ajuda do Sol Negro. Quanto mais pensava sobre isso, mas percebia que, com Probus Tesla a bordo da estação, suas chances de se misturar sem ser detectado eram insignificantes. O Inquisidor o conhecia bem demais e tinha mais razões legítimas para odiá-lo do que seu mestre.

Frustrado, Jax suspirou. Todas as respostas necessárias pareciam estar fora de seu alcance. Sim, ele era um Jedi, mas um Jedi cujo treinamento fora interrompido quando o Império passou a perseguir sua Ordem e a destruiu. Havia coisas que seu mestre não vivera tempo o bastante para lhe ensinar, coisas que precisou aprender, de um modo imperfeito, por si próprio... muitas delas ensinadas por Laranth.

Ele havia descoberto sua própria habilidade de sentir a Força nas energias e cores de um disfarce. Agora desejava entender como levar esse princípio adiante. Talvez fosse uma forma de psicometria?

Quando tocou o Inquisidor, Tesla, primeiro imaginou a si mesmo passando pela árvore miisai, envolvendo faixas da força vital da árvore ao seu redor, vestindo-se com elas – ou talvez imitando-as. Ele honestamente não tinha certeza de qual das duas opções era a real – se é que alguma delas era. Sabia apenas que havia projetado algo "diferente" na estação – algo que não era inteiramente Jax Pavan.

Agora, precisava se perguntar: será que sua atividade fora sentida por Vader ou seu aprendiz? Será que isso explicava a súbita atividade na estação?

Levaria várias horas até que emergissem no espaço normal perto de Mandalore, onde, supostamente, iriam reabastecer antes de parar em Concórdia, em busca de alguma carga ilícita.

Den e I-Cinco não saberiam, até ser tarde demais para convencê-lo, que Jax não tinha intenção alguma de ir até Concórdia.

VINTE E CINCO

Tuden Sal estava sentado em uma espreguiçadeira, em um dos quatro cafés temáticos do Hotel Torre do Sol. O nome do hotel era muito adequado – cada suíte da enorme torre possuía uma vista ensolarada do Mar Ocidental. Se você tivesse os créditos, poderia frequentar o lugar por um tempo. Se não tivesse, mas se vestisse como se tivesse, você poderia fingir que frequentava o lugar.

Sal estava fazendo isso – fingindo ser apenas mais um turista rico visitando a costa, bebericando café e lendo as últimas notícias em um datapad. Na verdade, estava colhendo informações sobre direção e distância entre os vários pontos que seu pessoal havia identificado como conexões necessárias para seu plano.

E estava esperando um sinal.

Nas plataformas dos ricos, famosos e políticos, havia constante necessidade de manutenção. Máquinas limpavam as plataformas, os barcos, a água e as ruas, mas alguém precisava cuidar dessas máquinas. E, às vezes, quando uma máquina quebrava na água – como acontecia de vez em quando –, alguém precisava ir até lá para consertar, geralmente alguém de uma espécie aquática.

De fato, havia uma equipe de manutenção na água naquele momento, reparando um robô flutuante cujo único propósito era manter a superfície da água livre de potenciais detritos.

A equipe era composta de um Nautolano e um Mon Calamari. O Nautolano estava na água com o robô quebrado enquanto o Mon Calamari monitorava o reparo na plataforma. Enquanto Sal observava, o Nautolano completou o reparo, enviou o robô de volta ao serviço, nadou para a costa em uma série de braçadas eficientes e saiu da água, erguendo duas de suas tranças dorsais para realizar uma dança sinuosa.

Tuden Sal sorriu. Se todas as cargas explosivas fossem plantadas tão facilmente, destruir o palácio de veraneio do imperador seria mais simples do que ele imaginava. Quando tudo tivesse acabado, os Nautolanos que tiveram a ideia mereceriam uma recompensa digna dos Hutts – toda a resistência estaria em dívida com eles.

Nos próximos dias, cinquenta dos pequenos robôs emergiriam para a manutenção de rotina. Os aliados da Whiplash – todos inseridos cuidadosamente na equipe de manutenção de maneiras tanto mundanas quanto engenhosas – podiam cuidar de quase dois terços deles. Outros iriam simplesmente "esquecer" sua programação e pifar, precisando de medidas emergenciais para ativá-los novamente.

No final, a Whiplash teria quase setenta assassinos em suas mãos. Eles certamente derrubariam uma grande porção do palácio de veraneio do imperador e sua plataforma de aterrissagem. No caso de não conseguirem matá-lo, havia um plano de contingência: se o imperador tentasse escapar pela água, ele seria vítima de uma segunda onda de robôs de manutenção e Nautolanos assassinos. E, se tentasse fugir pelas ruas, outros agentes da Whiplash na área certamente seriam capazes de penetrar suas defesas enfraquecidas e destruí-lo.

Os sentidos do imperador Palpatine estavam nublados pela arrogância. Ele superestimava seus próprios poderes e os poderes de seu tenente, Darth Vader. Mas estava prestes a descobrir o quanto eram limitados contra um inimigo astuto e imprevisível.

Sal terminou seu café e guardou o datapad no bolso. Ele estava confiante com seu plano, apesar dos pessimistas como Jax Pavan e dos traidores como Pol Haus. Aquela era a coisa certa a fazer. A única coisa que fazia algum sentido.

Yimmon e seu conselho executivo eram tímidos demais – seu sequestro após fugir de Coruscant foi prova disso... e também, talvez, uma recompensa adequada para tal timidez. Era preciso uma liderança mais forte para enxergar o que era necessário fazer e simplesmente fazer.

Probus Tesla não esperou muito para "prestar atenção" em Thi Xon Yimmon em sua cela no núcleo da Estação Kantaros. Ele esteve curioso sobre as acomodações que o líder da Whiplash recebera. Imaginou todas as maneiras que Darth Vader poderia empregar para abalar a calma do Cereano assim que emergisse de seu estado catatônico autoinduzido. Isso Yimmon já havia feito, mas aparentemente aquilo que lorde Vader encontrara na mente do Cereano não era o que ele esperava.

Tesla não sabia nada das expectativas de seu mestre ou de suas descobertas. O que sabia era que Vader havia adquirido uma grande gaiola blast para deter qualquer vigilância eletrônica, energia cinética ou sinal psíquico. Ficou surpreso ao descobrir que o líder da Whiplash estava sendo mantido não no ambiente blindado, mas em uma cavernosa sala cujas dimensões eram camufladas tão completamente por sombras que, da perspectiva de Yimmon, o lugar parecia infinito e escuro como o próprio espaço sideral. Mas, embora o entorno da sala estivesse em total escuridão, o lugar onde Yimmon se sentava de pernas cruzadas no chão – ele não recebera nenhum tipo de mobília – estava fortemente iluminado com uma única fonte de luz que o atingia como um sol inclemente.

Isso era intrigante. Tesla sabia que a falta de sono era um fator crucial para um interrogatório bem-sucedido, mas tudo que Yimmon precisava fazer para encontrar a bênção da escuridão era andar alguns passos e sair da luz. Talvez a luz tivesse algum significado simbólico ou espiritual para alguém religioso como Yimmon, mas certamente a religião não o impediria de dormir nos dias e horas que ali passara.

Só depois de Tesla observar o prisioneiro por várias horas de dentro de uma galeria oculta é que percebeu a engenhosidade de seu mestre: Quando Thi Xon Yimmon se movia, a luz se movia com ele, atingindo-o continuamente com um forte brilho enquanto tudo ao redor continuava em escuridão total. Além disso, descobriu que a gaiola blast havia sido usada na galeria oculta do observador, minimizando assim a possibilidade de que o indivíduo psiquicamente sensível na sala abaixo pudesse saber que estava sendo observado.

No confinamento do observatório de Tesla, um suave bipe foi emitido e uma voz digital disse:

— Frequência cardíaca do indivíduo atingiu nível de repouso.

A sala foi repentinamente inundada com uma caótica dança de luzes, movimentos e sons. Pequenas luzes brilhantes percorriam a escuridão e uma mistura cacofônica de sons arrítmicos e atonais giravam em torno do prisioneiro Cereano.

Yimmon se levantou do chão e se moveu lentamente para o perímetro externo da sala, encontrando a parede abaixo da câmara de observação de Tesla e se movendo por ela, arrastando os dedos sobre a superfície. Em nenhum momento ele abriu os olhos.

Tesla ficou espantado. Uma onda indecifrável varreu suas costas. Certamente era apenas uma coincidência que Yimmon tivesse escolhido exatamente o lugar abaixo de onde ele estava.

O Inquisidor observou através do transparisteel filtrado e incrementado da câmara de observação enquanto o prisioneiro percorria o perímetro externo da enorme prisão com determinação, até mesmo com pressa. Ele virou no último canto e continuou na direção de onde partira, aparentemente ignorando as luzes que giravam e o caos sonoro.

Yimmon parou de andar exatamente no lugar onde tinha começado. Ele se alongou, girou a cabeça sobre os ombros, depois circulou a sala mais uma vez, parando novamente no mesmo lugar de antes.

Bom, é claro, ele estava simplesmente contando passos. Ele deve ter feito aquele caminho repetidas vezes desde que fora preso ali. Havia algo particularmente notável sobre aquilo, embora a estranha serenidade do homem fosse desconcertante. Tesla se perguntou se o lorde sombrio também sentia isso.

O observador saiu da janela. Agora era uma boa hora para começar a "prestar atenção" ao prisioneiro.

VINTE E SEIS

— Você vai nos acompanhar até a loja do mercenário? — Den perguntou a Jax enquanto o Jedi dava os últimos retoques naquilo que Den considerava seu "disfarce de pirata".

Jax inseriu sua lente que imitava um implante cibernético e se virou para observar Den.

— Tenho um assunto do qual preciso cuidar na cantina.

Den estremeceu diante da estranheza daquele olho "mecânico".

— É mesmo? E que assunto é esse?

— Preciso conversar com Tyno Fabris sobre uma coisa.

— Tyno Fabris? — I-Cinco perguntou quando entrou na sala comum da tripulação, usando seu corpo de droide DUM. — Ou com o príncipe Xizor?

— Importa se for um ou o outro?

— Não muito. O Sol Negro é o Sol Negro. Todos os membros são igualmente perigosos e pilantras.

Jax abotoou a jaqueta com um cuidado extraordinário.

— Cinco...

— O que você pode ter para falar com ele? Você recusou a ajuda adicional da última vez que o encontrou... Achei que foi uma das decisões mais inteligentes que você tomou nos últimos tempos.

– O que você está tentando dizer?

– Estou tentando dizer que seria uma péssima ideia voltar atrás e negociar ainda mais com Xizor. Não podemos confiar nele.

– Podemos apenas confiar que ele não será confiável – Den murmurou.

– Quem disse que confio nele? Eu não confio. Mas preciso de seus recursos. Ele pode nos colocar dentro da Estação Kantaros junto com alguns de seus contrabandistas. E pode fornecer uma cobertura ou camuflagem para nós se precisarmos.

– E o que ele vai exigir de volta, Jax? – I-Cinco perguntou. – Algo que você não poderá entregar?

– Já discutimos isso antes...

– Aparentemente, precisamos discutir de novo.

Den olhava de um para outro. Sob outra circunstância, teria achado a cena hilária – um "pirata" humano discutindo com um droide de um metro de altura. Ridículo. Ele podia sentir a tensão entre os dois; Jax era a própria definição da palavra *inflexível*, e I-5YQ emanava toda a sua justa indignação. Era quase como um impasse entre pai e filho.

Den engoliu uma risada inapropriada quando Jax disse:

– Deve ser assim que alguém se sente quando tem um pai.

– Às vezes, você parece que precisa mesmo de um – o droide respondeu.

– O que eu preciso – Jax resmungou – é um Mestre Jedi, mas não tenho um. O que eu *preciso* é a Laranth, mas também não a tenho mais. O que eu *preciso* é não ter colocado Yimmon em perigo, mas eu fiz isso. O que eu *preciso* é de treinamento e experiência para enfrentar Vader... mas também não tenho isso. Da última vez que o encarei eu tive ajuda... muita ajuda. E mesmo com toda aquela ajuda foi preciso que Vader exagerasse e Rhinann jogasse sua vida fora para conseguir nos tirar de lá vivos. Agora, eu tenho Xizor e seus recursos e estou disposto a usá-los.

— Isso é um erro, Jax — I-Cinco disse. — Um Mestre Jedi a serviço de um vigo do Sol Negro...

— Eu também não gosto. Mas é isso que temos.

Den percebeu que esteve sacudindo a cabeça durante o minuto que se passou.

— Jax, Jax, não *podemos*.

Jax o encarou com um olhar gélido.

— Talvez *vocês* não possam, mas *eu* preciso. Se não quiserem fazer parte disso, então não façam. Tenho certeza de que consigo arrumar uma carona em uma das naves de Xizor.

— Então talvez você deva fazer isso – disse I-Cinco.

Jax guardou seu sabre de luz debaixo das dobras da jaqueta e saiu da nave, deixando Den olhando para o vazio.

— Vamos, Den — I-Cinco disse. — Nós também temos assuntos para cuidar. Precisamos completar minhas modificações o mais rápido possível.

— Você realmente estava falando sério sobre nos separarmos de Jax? Será que não podemos...?

— Não podemos o quê? Ficar com ele até o final trágico? Assistir enquanto ele vende sua alma para o Sol Negro, para o príncipe Xizor? Se ele está determinado a resgatar Yimmon usando os recursos do Sol Negro, o que podemos fazer?

— Podemos ficar aqui em Keldabe prendendo nossa respiração?

— Eu não respiro.

Aquilo foi uma piada?

— Não estou brincando, Cinco. Eu... estou com medo. Algo está acontecendo com Jax e me sinto incapaz de ajudar.

— Acho que *não* podemos ajudar. Não sem conseguirmos ajuda para nós em primeiro lugar.

— O que você tem em mente?

— Se ele pretende entrar na Estação Kantaros, talvez possamos voltar para Toprawa e juntar algumas forças por lá. Podemos montar um ataque contra a estação que daria a Jax uma cobertura muito útil e forneceria uma distração para os imperiais enquanto ele resgata Yimmon.

– Isso parece... insano.

– Provavelmente é.

– Certo, deixe-me colocar de outra forma: por que você acha que temos alguma chance de sucesso?

– Não sei.

Aquelas foram as duas palavras mais desesperadoras que Den já ouviu.

Jax chegou à cantina *Oyu'baat* e encontrou Tyno Fabris mais uma vez escondido em seu escritório extravagante. Tlinetha fez o melhor que pôde para impedir que Jax entrasse, mas ele sentiu que isso tinha mais a ver com sua própria vontade do que com a vontade de seu chefe. No fim, ela o acompanhou até o andar de cima, jogando sutis dicas sobre o quanto a vida dentro de uma nave contrabandista devia ser excitante.

– Excitante? – Jax repetiu. – Dificilmente. Apertada, entediante e perigosa.

– Existem maneiras para aliviar o tédio – ela disse, sorrindo.

Ele parou em frente à porta do escritório e lançou um olhar de repressão para Tlinetha.

– A última mulher que viajou comigo acabou morta – ele disse com um tom sem emoção. – O que mais você gostaria de saber?

Ela pareceu chocada. Até mesmo um pouco amedrontada – suas energias retrocederam para longe dele. Mesmo assim, para seu crédito, Tlinetha se recuperou rapidamente e perguntou:

– Você se importa com a morte dela?

A inesperada pergunta quase o atingiu como um soco no estômago. Embora ele tivesse mantido uma expressão impassível, Jax sabia que a Balosar, com sua sensibilidade para mudanças nas emoções, não se deixou enganar.

Ele estremeceu. *Mantenha a concentração.*

– Avise Fabris que estou aqui – ele disse.

– Já avisei – ela respondeu. – Pode entrar. Ele está esperando por você. – Ela se virou e desceu os degraus da escadaria de madeira, com seus longos e pálidos cabelos balançando atrás dela como um manto.

A porta de Fabris se abriu com um toque. Entrando, Jax analisou a sala, mas seus olhos apenas confirmaram o que seus sentidos Jedi já diziam: o Arkaniano estava sozinho.

– Onde está Xizor? – ele perguntou.

– Por que você achou que iria encontrá-lo aqui? O seu negócio já foi finalizado. Você conseguiu o que queria, e eu fiquei com a distinta impressão de que você não queria ter mais nada com a gente. Ele também pensou isso.

– Eu *não* quero ter mais nada com vocês. Infelizmente, preciso ter algo com vocês.

O Arkaniano jogou um rápido olhar para a tapeçaria ao lado direito de sua mesa.

– Isso é uma pena, pois não sei se ele vai se encontrar com você novamente. O príncipe Xizor é um homem ocupado.

Jax deu dois passos largos até a mesa e bateu com as duas mãos no centro da superfície, espalhando tudo o que havia ali. Uma estatueta de um guerreiro Dathomir caiu no chão, atingindo o carpete com um sólido baque.

– Não tenho tempo para joguinhos. Xizor vai se encontrar comigo porque sou potencialmente útil para ele. Você quer ser responsável por impedir que o príncipe tenha acesso a algo que ele considera útil?

O sorriso de Fabris desapareceu como se tivesse sido sugado do rosto. Ele mordeu os lábios por um momento, lutando contra sua raiva. Claramente, ele queria mandar o Jedi desaparecer, mas os negócios sempre vinham antes do orgulho.

Jax ergueu a mão diante do rosto do arkaniano. Ele usou a Força e atraiu a estatueta, apanhando-a no ar com um impacto que não foi menos satisfatório do que a reação de Fabris – o Arkaniano teve um sobressalto como se tivesse levado um choque. Medo, súbito e profundo, inundou seus olhos.

– Vou avisar que você retornou – Fabris murmurou, mal movendo os lábios.

– Acho que ele já sabe disso. Na verdade, aposto que estava me esperando... desta vez.

Ele sentiu o aroma de feromônios antes de ouvir o aplauso de um único par de mãos. Ele se virou quando o príncipe Xizor surgiu pela porta secreta, com seu segurança Mandaloriano afastando a tapeçaria que ocultava a passagem.

– Uma exibição de poder muito sutil, Jedi – Xizor disse. – Você continua a me surpreender. Mas você está errado, sabe... eu não tinha certeza se veria você novamente. Você foi até a Estação Kantaros?

– Sim.

– É mesmo? E ainda está vivo para contar a história? Eu o parabenizo. Na verdade, você merece congratulações só por ter *achado* a estação. Como conseguiu esse milagre?

– Como acha que consegui?

O sorriso de Xizor foi lento e totalmente maléfico.

– Você possui um talento maravilhoso, Jedi. Ser capaz de sentir a presença de outros adeptos poderosos a distâncias tão grandes. Maravilhoso... e extremamente valioso.

Jax abafou a rebelião de sua consciência que as palavras do Falleen provocaram. Ele precisava de Xizor – *precisava* dele –, se quisesse se infiltrar na estação.

– Sim, é mesmo.

– O que você quer em troca desse talento?

– Quero entrar na Estação Kantaros. Isso deve ser fácil de conseguir, já que suas naves vão até lá regularmente. Além disso, vou precisar encontrar Yimmon e disfarçá-lo de alguma maneira, ou usar algum tipo de contêiner que possamos embarcar de volta na nave.

— Como você propõe chegar até ele? Existem Inquisidores na estação.

— Eu cuidarei disso. Já lidei com Inquisidores.

Algo se acendeu no fundo dos olhos violeta de Xizor e sua pele corou alcançando uma tonalidade bronzeada.

— Ah, outro talento valioso.

— Já foi valioso no passado. Agora, sobre quando iremos...

— Agora. A hora é agora... e por uma boa razão. Minha distração funcionou muito bem. Darth Vader deixou a Estação Kantaros para voltar ao centro imperial.

Probus Tesla apenas deu um passo dentro da grande câmara vazia que era a cela de Yimmon e observou seu prisioneiro com interesse. O Cereano estava sentado, como de costume, com uma postura meditativa, parecendo alheio aos sons caóticos que o bombardeavam. Tinha algo a ver com aquele córtex duplo, Tesla suspeitava.

Ele mencionaria isso a seu mestre quando retornasse. Agora ele ergueu a mão, fazendo os sons cessarem.

Yimmon não se moveu, embora Tesla sentisse uma mudança em seu nível de consciência do mundo exterior. Tesla se aproximou lentamente, parando diante do cone de luz sob o qual o líder da Whiplash estava sentado. O Inquisidor ficou na beira do véu de sombras, sabendo que sua aparência era sinistra e imponente com sua túnica encapuzada. Ele observou o Cereano em silêncio por alguns minutos e se impressionou com sua completa falta de resposta.

Curioso, usou a Força para tocar levemente a consciência do prisioneiro. Encontrou um sereno lago de calmaria sem uma única ondulação para estragar a superfície. Hipnotizado, ele ousou explorar o lago. Estava tão calmo e claro que imaginou ser possível enxergar suas profundezas. Foi apenas quando nadou até o centro do lago que ficou ciente daquilo que ele *não* conseguia ver. Ciente de que flutuava sobre um desconhecido insondável.

Tesla se esforçou para se arrastar até a margem de sua própria consciência com a surpreendente impressão de que as profundezas invisíveis da mente de Thi Xon Yimmon escondiam algo perturbadoramente alienígena. Ele sentiu... Tesla estremeceu. Sentiu como se ele, o observador, fosse o observado.

Talvez fosse por isso que seu mestre havia ordenado que ele apenas "prestasse atenção". Vader sabia o que ele iria imaginar quando tocasse aquela consciência.

E talvez seu mestre tenha subestimado você.

Esse era seu orgulho falando, é claro – orgulho que foi ferido em seus últimos encontros com agentes da Whiplash, mais precisamente com Jax Pavan. Mas isso não o fez descartar a ideia imediatamente. Uma coisa ele sabia: recebera a autoridade sobre a Estação Kantaros na ausência de lorde Vader. Não deixaria escapar essa oportunidade de mostrar seu valor.

Ele se abaixou nas sombras, puxou o capuz para trás e olhou para o rosto de Thi Xon Yimmon.

– Eu conhecerei você, Cereano – ele disse. – Quando lorde Vader retornar, eu conhecerei você.

Os olhos âmbar se abriram de repente, penetrando o olhar de Tesla. Ele precisou de todas as forças para não recuar.

– Você conhece a si mesmo? – Yimmon perguntou, com uma voz rouca pela falta de uso.

Ele voltou a fechar os olhos – e a mente.

Tesla esperou um momento, mas o prisioneiro não disse mais nada. Ele se levantou e vestiu o capuz novamente. Queria que o Cereano soubesse que ele reconhecia sua tentativa patética de manipulação, mas percebeu antes de as palavras deixarem seus lábios que isso seria uma pequena derrota naquele jogo mental.

– Mais do que você imagina – ele disse ao prisioneiro, depois saiu da sala.

Ele imaginou Thi Xon Yimmon como se o cereano fosse uma equação matemática ou um enigma lógico. Tesla confiava em seus instintos, e seus instintos diziam que o segredo para comprometer o líder da Whiplash era neutralizar seu córtex duplo. A estratégia: dividir para conquistar.

Ele se perguntou se Vader havia considerado alguma maneira de separar os córtices do Cereano. Buscando essa informação, Tesla analisou o registro dos interrogatórios e tratamentos de Yimmon. Embora houvesse repetidas menções ao poder de sua inteligência, não havia referência alguma sobre sua natureza peculiar.

Um deslize... ou um teste?

Se fosse o primeiro, Probus Tesla iria explorá-lo; se fosse o último, ele iria superá-lo.

VINTE E SETE

◆

— Esse é um colar muito... interessante.

Pol Haus ergueu os olhos quando ouviu a voz melodiosa de Sheel Mafeen e sorriu internamente, sabendo que não era o colar que ela achava interessante, mas a pele sintética Togruta que ele vestia como disfarce e o transformava em um bonito macho da mesma espécie da poetisa. Ela o reconheceu apenas porque ele usava um dente de rancor como pingente, que era – de acordo com o que haviam combinado antes – o sinal que usaria para ela o reconhecer.

— Obrigado. Você tem a voz de um anjo. – Ele puxou uma cadeira para a mesa de onde assistiu a apresentação dela. – Posso oferecer um drinque?

— Eu adoraria, obrigada. – Ela se sentou na frente dele, sorrindo. – Você é novo aqui.

— Eu vi sua foto na entrada. Pensei em ver se sua voz era tão bonita quanto sua aparência.

— E?

— Como eu disse, você possui uma linda voz. E a sua seleção de poemas é estelar.

Eles pediram bebidas, conversaram, flertaram e saíram do bar em direção ao apartamento de Sheel. Era um lugar aconchegante. Afinal, Sheel Mafeen era uma conhecida e admirada artista daquele setor. Haus imaginou que ela ganhava bem o suficiente para possuir um apartamento em um lugar tão estimado de seu quarteirão.

Um corredor acarpetado levava até sua porta, que abria para uma sala principal decorada em ricos tons de verde e mobiliada com peças que pareciam feitas de madeira real.

Ela notou Haus estudando a mobília.

— Sim, é real — ela disse. — Mandei importar do meu planeta natal. Tenho muitas boas lembranças dos vales florestais de Shili.

— São muito bonitos. — Ele percebeu a expressão dela e riu. — Não, estou falando sério. Os móveis são lindos. — Ele não mencionou que os tons de verde contrastavam um pouco com o tom rosado de seu rosto.

Ela sorriu, exibindo caninos afiados.

— Fique à vontade. Vou preparar um pouco de café. — Enquanto falava, ela apanhou sua bolsa e tirou de dentro aquilo que parecia um estojo de maquiagem.

Mas não era, e ele sabia. Era um sensor portátil — ou CSP, como os militares gostavam de chamar, uma sigla para "conjunto de sensores portátil". Enquanto cruzava a sala de estar e ia para a cozinha, Haus apanhou seu datapad e ativou os sensores. Em menos de um minuto, ele determinou que a sala de estar não possuía nenhum dispositivo de vigilância.

Haus relaxou, sentou-se em um divã verde-floresta e percorreu a sala com os olhos. Precisou de vários instantes para perceber que a vista lá de fora era real. Aquelas eram as torres do palácio imperial, e não projeções holográficas.

— Uau. — Ele foi atraído para a janela, hipnotizado pelo jogo de luzes e sombras entre as torres e os arranha-céus.

— Pois é. Aposto que você não vê muito esse tipo de paisagem no seu trabalho.

Sheel Mafeen havia retornado à sala. Haus ficou surpreso ao ver que ela carregava uma bandeja com canecas fumegantes e um prato de algum tipo de fruta cristalizada.

— Não. Não muito. Já visitei o Departamento de Segurança várias vezes, mas mesmo assim nunca vi o palácio deste ângulo.

— A cozinha está limpa – ela disse quando ele voltou para o divã.

— Você alguma vez já encontrou grampos aqui?

— Apenas quando me mudei. Eu estava começando a me destacar no mundo das artes e acho que os imperiais queriam ficar de olho em mim. Deixei os grampos lá por um tempo para estabelecer que eu era uma cidadã exemplar, depois "acidentalmente" os destruí quando redecorei o apartamento. Desde então, nada. – Ela entregou uma caneca. – Já mencionei que você fica muito bonito como um Togruta?

Ele riu.

— Em vez de um Zabrak sem graça?

— Não foi isso que eu disse. Você também é um Zabrak muito bonito. Só é um pouco... desleixado.

Ela franziu o nariz quando disse isso e, por um momento, ele considerou que talvez não precisasse sempre ter a aparência de um rato demente das ruas. Por outro lado, isso era tão útil – quase sempre fazia as pessoas o subestimarem.

Ele tomou um gole do café.

— Qual é a situação?

O sorriso de Sheel retrocedeu lentamente.

— Sal vai continuar com o... com o... – Ela sacudiu a cabeça, incapaz de juntar as palavras. – O que realmente me preocupa é que ele está fazendo tudo isso com a mínima participação do Conselho da Whiplash.

— Estou começando a achar que essa é a maneira como Tuden Sal gosta de trabalhar. Dividir para conquistar.

Sheel concordou.

— Ele não só dividiu a autoridade entre os líderes da Whiplash como também separou diferentes partes desse... plano; acho que ele é o único que conhece o plano inteiro. Nem mesmo Acer e Dyat sabem de tudo, apesar de Sal confiar mais neles do que nos outros. Ele falou sobre emboscar o imperador nas ruas ao redor da costa, mas isso não bate com o que eu vi. Ele possui agentes de campo na costa e em equipes de manutenção perto do palácio de veraneio do imperador. E Acer deixou escapar que recebeu grandes quantidades de explosivos... poderosos o bastante para derrubar prédios inteiros.

Haus assentiu. Não ficou surpreso em saber que o Sakiyano havia efetivamente se transformado no líder da Whiplash, enquanto ao mesmo tempo pregava uma organização sem uma autoridade hierárquica. Essa também foi – de acordo com o dossiê que o chefe de polícia havia lido em todos os detalhes – a maneira como ele administrou sua organização corporativa. Ele ficava no assento do piloto, enquanto seus subordinados cuidavam de partes do negócio com uma autoridade que apenas se estendia aos seus próprios pequenos domínios. Ninguém, exceto o próprio Sal, tinha uma visão geral de toda a operação.

Em uma organização como o Sol Negro, esse tipo de arranjo acontecia por ambição natural; todos os subordinados procuravam brechas para incrementar suas posições, para executar golpes ou trabalhar em seus próprios planos. Entretanto, em uma organização como a Whiplash, na qual os membros do conselho acreditavam na natureza igualitária de sua causa, Tuden Sal podia fazer seus próprios planos com a segurança de que ninguém mais na liderança compartilhada iria formular esquemas competidores ou imaginar que ele estaria omitindo informações. Haus se lembrou de que a resistência em Coruscant havia escolhido o nome *Whiplash* com um senso de ironia – uma constante lembrança do cabresto imperial que eles tentavam derrubar.

— Imagino que seja possível que ele esteja apenas sendo cuidadoso — Sheel disse, envolvendo a caneca com os dedos como se sentisse frio. — Se eu fosse ele, teria medo de que talvez alguém pudesse revelar coisas demais para a pessoa errada.

Lembrando-se de suas próprias suspeitas, Haus baixou o café sobre a mesa de madeira com mais força do que pretendia.

– O que foi, Pol?

– O que você falou sobre alguém revelar coisas demais... Isso já pode ter acontecido. Não tenho certeza.

Talvez fosse sua imaginação, mas o rosto da Togruta pareceu empalidecer um tom ou dois.

– O que você quer dizer?

– Um dos meus agentes de patrulha chegou hoje de manhã com a estação de observação e eles disseram que, nas duas últimas noites, forças de segurança imperiais foram vistas se movendo na direção da área do Crescente Dourado perto da casa de veraneio do imperador.

– Bom, é claro, o imperador está lá...

Ele sacudiu a cabeça.

– Ele está lá faz mais de uma semana. Por que eles começariam a se mover agora... e sob a cobertura da escuridão? Também recebi um relato de uma agente que entrega suprimentos para os escritórios administrativos dos Inquisidores. Ela disse que alguns Inquisidores que ficaram para trás quando Vader saiu do planeta não estão mais "andando à toa por aí", como ela mesma disse.

Agora a palidez de Sheel definitivamente não era imaginária.

– Você acha que eles estão indo proteger o imperador?

– É inteiramente possível. Também é inteiramente possível que, com ou sem a reunião de alto nível do Senado, o próprio imperador tenha sido transferido. – Ele deu de ombros. – Ou, sabendo o quanto é arrogante, ele pode estar esperando como uma aranha no centro da teia.

– O que podemos fazer? Precisamos alertar Sal?

– Como? Você acha que ele vai confiar em alguma coisa que eu disser? E, se você levar essa informação para ele, Sal vai exigir saber onde você a conseguiu. Pior... ele pode decidir que também não pode confiar em você.

– Então, o que faremos?

Haus se levantou.

– Vou tentar falar com ele. Ao menos assim você ficará fora disso. Vou tentar fazê-lo acreditar que o alerta é real e não uma tentativa minha de interferir em seu plano. É provável que ele simplesmente ria na minha cara, mas não posso deixá-lo mergulhar de cabeça em um ninho de gundarks. Acho que eu poderia prendê-lo com alguma acusação falsa ou inventar alguma razão para interrogá-lo na delegacia.

– Você faria isso? Você *pode* fazer isso?

– Se for preciso. Mas não sei se isso impediria seu plano de continuar.

Haus começou a andar na direção da porta da frente, depois parou e se virou de novo.

– Sheel, talvez seja melhor você não comparecer a mais nenhuma reunião do Conselho da Whiplash.

Ela piscou.

– Ele convocou uma reunião para amanhã de manhã. Se eu não for...

Esquecendo que estava disfarçado, Haus ergueu a mão para coçar seus cabelos desarrumados. Seus dedos encontraram uma prótese Togruta.

– Você tem razão. Faça o combinado, mas mantenha seu comunicador por perto.

Ela concordou, com os lábios apertados de preocupação.

Quando ouviu o suave bipe do terminal da HoloNet em sua cabine pessoal a bordo do trem da Whiplash, Tuden Sal ergueu os olhos para ver quem estaria ligando para ele àquela hora da noite. Honestamente ficou surpreso ao ver o ícone de Pol Haus flutuando sobre o console.

Ficou ainda mais surpreso consigo mesmo: ele decidiu atender.

– A que devo esse dúbio prazer, chefe Haus? – ele perguntou para a imagem holográfica da cabeça e ombros de Pol Haus que apareceu assim que atendeu a chamada.

— A um relato que recebe hoje de manhã de alguns agentes meus. Especificamente, os agentes que patrulham a costa do Mar Ocidental na área do Crescente Dourado.

— Oh, espere. Deixe-me adivinhar: eles viram Darth Vader levando seu rancor de estimação para passear. Ou talvez ele estivesse procurando algum Jedi na água.

Haus suspirou audivelmente.

— Você pode calar a boca por um minuto e me escutar?

— Por quê? Nada que você pode dizer me interessa.

— Se você ainda planeja atacar Palpatine, então deveria se interessar. Existem forças de segurança imperiais e possivelmente Inquisidores ao redor e na praia perto do palácio de veraneio do imperador.

Sal ficou imediatamente desconfiado.

— Por que eu deveria me importar com o que acontece ao redor do palácio do imperador?

— Não brinque com isso, Sal. Não temos tempo. Eu sei que você vai tentar matar Palpatine, e existem boas chances de que outra pessoa também ache que você vai tentar fazer isso.

A pulsação de Sal aumentou consideravelmente.

— Como você sabe disso? Quem contou isso a você?

— Tenho pessoas por todo o setor. Elas veem coisas. Elas ouvem coisas. E relatam tudo isso para mim... ou a algum outro chefe de polícia que também precisa emitir um relatório de atividades. A diferença entre mim e os outros chefes é que eu sei quem são os agentes da Whiplash. E conheço você. Não acreditei nem por um minuto que você não iria agir por causa daquela informação. Atacar Palpatine enquanto ele está naquele palácio de veraneio é a melhor chance que você terá.

Haus estava certo. Sua lógica era impecável. Sal às vezes se esquecia de que Pol Haus não era o detetive preguiçoso e estúpido que fingia ser.

— Então você me ligou para me alertar. O que está pensando, Haus? Que sou um idiota?

— Eu acho que você está cego por causa de sua determinação. Acho que você está tão focado em assassinar Palpatine, tão focado em vingança, que não consegue mais pensar claramente.

Uma raiva, rápida e avassaladora, inflou o peito de Tuden Sal. Ele apertou as mãos diante de si, esforçando-se para manter um sorriso no rosto e um tom de voz calmo.

— Vingança? Você acha que é isso que está acontecendo? Que estou cuidando dos meus próprios interesses? Palpatine não *me* arruinou apenas, Pol. Ele arruinou *muitas* pessoas. E assassinou muitas outras. Ele é diretamente responsável pela perda de Yimmon e Laranth, e indiretamente responsável pela perda de Jax, I-Cinco e Den. Esse é o homem que destruiu toda a Ordem Jedi, deixando o caminho aberto para seu controle opressor sobre nossas vidas. Isso não é apenas a minha luta. É a luta de *todos*.

— Sim. É mesmo. E também é por isso que você precisa me escutar. Se o imperador sabe que você vai atacar, então *todos* vão sofrer.

— Sabe qual é o seu problema, Pol? Você não consegue se comprometer com nada. Você fica zanzando nos bastidores, se esgueirando na escuridão, fingindo ser uma coisa que não é. Fingindo ser um tolo, um detetive policial desastrado para que seus inimigos não pensem em você como uma ameaça. Tenho certeza de que você pensa que está sendo esperto e que isso lhe permite saber de coisas que não saberia de outra maneira. Mas não é só isso, não é mesmo? Você não age assim por nenhuma dessas razões. Você faz isso para ficar em segurança. As outras pessoas morrem. Mas você já é um fantasma. O homem que ninguém vê. Certo, então. Seja um fantasma... seja um covarde. Mas não espere que o resto de nós também fuja correndo de medo. O imperador vai morrer.

Haus sacudia a cabeça.

— Sal, ouça o que estou falando. Quero me livrar de Palpatine tanto quanto você...

— Será que quer mesmo? — Uma desconfiança horrível atingiu Sal. — Ou você está na folha de pagamento dele?

— Se estivesse, você acha que eu iria alertá-lo?

É claro. Aquela lógica impecável novamente.

— Não. Você está certo. Você não é um traidor. Apenas um covarde.

— Se você acha que vai conseguir me tirar do sério me chamando de...

— Não me importo se você está ou não sério. Eu me importo com a missão.

— Você não sabe o que está fazendo, Sal...

— *Errado*. Eu sei *exatamente* o que estou fazendo. E quanto a você? Está pensando em interferir no meu plano?

O Zabrak correu seus longos dedos entre seus cabelos e, pela primeira vez, Tuden Sal enxergou resignação em suas feições.

— Não — ele disse. — Não vou interferir em seu plano. Boa sorte com ele. E estou falando sério. Espero que você seja bem-sucedido. Apenas tenho medo de que não será.

Sal cortou a ligação.

Em uma taverna perto do Porto Oeste, Acer Ash apertou a mão da capitã Donari Caron e sentiu uma agradável atração quando tocou a pele cor de rubi da Zeltron. Ele segurou a mão dela um pouco mais do que a formalidade pedia, admirando sua beleza enquanto os largos olhos negros da capitã cintilavam diante da admiração silenciosa.

Ele esperava que seus negócios pudessem também envolver uma quantidade significativa de prazer, mas também estava cauteloso. Uma contrabandista Zeltron possuía uma vantagem tática — ela podia manipular as emoções de seus contatos usando feromônios, ganhando assim melhores condições do que alguém sem essa capacidade.

Ash determinou que não cairia nesse tipo de jogada emocional. Ele sabia que os Zeltrons ansiavam por afeição física tanto quanto ansiavam por lucros. Essa era uma pequena vantagem que ele poderia e iria usar. Ele direcionou a capitã para uma sala aos fundos da taverna que, por causa de um acordo com o dono do estabelecimento – que era um informante da Whiplash – também se passava por um escritório privado. Enquanto isso, no largo salão principal, uma banda tocava uma música alta para o delírio da plateia. O ruído gerado pelos confundidores auriculares na sala dos fundos se misturava com o som caótico da taverna.

As negociações foram cordiais, apesar das várias tentativas da Zeltron de empregar feromônios para convencê-lo a comprar ou negociar itens que ele não queria realmente. Ele a flagrou no ato, chamou atenção para isso e os dois caíram na risada.

Acer acabou fazendo bons negócios com as importações banais, mas havia alguns itens para os quais a capitã Caron tinha exigências muito específicas – como várias peças de arte extraordinárias tiradas de sítios arqueológicos em outros mundos e para as quais Acer Ash tinha compradores ansiosos. O que ele não tinha em abundância eram os dispositivos de última geração que os contatos do Sol Negro da capitã Caron queriam em troca das obras de arte.

– Quantas unidades você pode conseguir para mim? – ela perguntou, referindo-se a um campo de energia experimental que cabia na palma da mão, possuía alcance de dois metros e não apenas desviava projéteis e armas energéticas como também os refletia de volta aos agressores.

Ash guardou a amostra em sua pequena caixa.

– Tenho cinco iguais, mas preciso guardar dois para outro cliente.

O outro cliente era Tuden Sal. Ele havia pedido dois desses dispositivos para agentes de campo envolvidos na missão. Lucro era lucro, mas a Whiplash vinha em primeiro lugar mesmo para alguém com o instinto mercenário de Acer Ash.

– Apenas três? – Ela sacudiu a cabeça, deixando cair uma cascata de cabelos cor de açafrão sobre o ombro. – Meus clientes precisam de centenas deles.

Acer encolheu os ombros, lutando contra suas reações hormonais.

Ele se afastou dela forçando as costas no encosto da cadeira e puxando as mãos de volta para o lado da mesa.

— Eles podem desmontar os protótipos e descobrir como funcionam. Talvez montar alguns novos.

Donari Caron revirou os olhos; Ash sentiu o suor sobre o lábio superior. Ela certamente era um indivíduo exemplar de sua espécie; uma fábrica de feromônios. Ele desesperadamente queria se inclinar sobre ela – chegar mais perto –, mas manteve a compostura, relaxado na cadeira, brincando com uma das mãos com sua taça de licor de canela preenchida pela metade.

— Sem as instruções? Por favor, Acer, meus clientes esperam muito de mim. Eu precisaria de vinte ou trinta dessas coisas para eles poderem fazer engenharia reversa. Ou os cinco que você possui *e* as instruções de como montar mais. Tenho certeza de que você entende a importância disso.

Ela pousou a mão sobre a mão dele em cima da mesa.

Ele recuou a mão.

— Você está brincando, não é? Não posso dar as instruções. Isso é um segredo muito bem guardado.

A frustração dela era palpável.

— Então, o *que* você consegue me dar? Não pode pelo menos conseguir dez dispositivos?

Ash riu.

— Parece que você está achando que eu *poderia* conseguir mais dessas coisas se você oferecesse os incentivos certos, como se eu estivesse negociando. Mas juro que não é o caso. Eu posso conseguir outros, mas não tão rapidamente e não em grandes quantidades. Com Palpatine, Darth Vader e os Inquisidores, e o maldito DSI, meus canais de fornecimento estão, digamos, apertados.

Os olhos dela perderam o brilho e a capitã se recostou na cadeira, distanciando sua considerável presença hormonal completamente.

— Isso é uma má notícia. Acho que superestimei a sua habilidade de conseguir cumprir o prometido. Meus clientes ficarão desapontados... para dizer o mínimo.

Ele tentou chegar mais perto, faminto pela onda calorosa que sentira momentos antes, depois percebeu que ela estava usando suas próprias táticas contra ele. Saber disso não ajudou muito, mas Ash conseguiu recuperar um pouco da compostura.

— Donari, posso cumprir o que prometi, confie em mim. Acontece que as coisas estão um pouco difíceis em Coruscant, em termos de segurança. Mas isso vai mudar muito em breve.

— É mesmo? Por quê?

— Vamos apenas dizer que Palpatine não será mais um fator e, depois disso, Vader e seus capangas estarão correndo por aí tentando entender o que aconteceu. E, enquanto estiverem ocupados fazendo isso, vou aproveitar a oportunidade para passar todo tipo de coisa bem debaixo do nariz deles.

Ela piscou diante dele, depois exibiu um sorriso com o canto da boca que o acendeu como um farol.

— Você parece muito seguro da sua informação. O que você sabe? — Ela se inclinou na direção dele novamente, pousando os cotovelos na mesa, com olhos arregalados e especulativos.

Ash sacudiu a cabeça, rindo.

— Desculpe, capitã, mas não posso dizer nada. É só uma sensação que tenho. Você sabe como são... as sensações.

O sorriso dela se aprofundou.

— Sim, eu sei. Agora, que outra coisa você pode me dar em troca das obras de arte?

Eles acabaram fechando negócio por três campos de energia em troca de uma das pinturas, e apertaram as mãos com a promessa de mais outros dez dispositivos. Se ele conseguisse as instruções ou dez dispositivos, a segunda obra de arte seria dele.

Os dois selaram o acordo na cabine da capitã, a bordo de sua nave, o *Toque Dourado*.

Três dias.

Em três dias, o último dos senadores selecionados seria levado ao palácio de veraneio do imperador Palpatine na costa do Mar Ocidental e a reunião secreta teria início. Seria também o dia do ataque. Para a maioria dos homens que planejam esse tipo de operação, a segurança intensificada dessa reunião poderia ser um argumento contra uma tentativa de assassinato. Mas Tuden Sal havia observado muitas vezes que o caos causado por tais eventos podia fornecer a perfeita cobertura para uma missão dessas.

E contava que desta vez também seria assim.

Havia múltiplas organizações de segurança envolvidas – forças imperiais, os guarda-costas pessoais dos senadores, o pessoal administrativo – todos criando brechas e sobreposições, distraindo as forças comuns de suas rotinas e hábitos diários. Em tempos assim, objetivos e protocolos de segurança geralmente acabavam entrando em conflito, e, quando isso acontecia, aqueles envolvidos eram forçados a se concentrar uns nos outros, em detrimento do que acontecia ao redor deles.

Também era posto um grande número de agentes em campo que não sabiam o que era considerado "normal" na vizinhança ou nas águas que envolviam a casa de veraneio do imperador ou passavam debaixo de sua plataforma privada.

Tuden Sal levou a sério o alerta de Pol Haus de que forças imperiais adicionais haviam sido deslocadas para a área durante a noite, mas nenhum de seus agentes relatou qualquer atividade desse tipo, o que o levou para a óbvia conclusão de que Haus estava mentindo.

O imperador provavelmente suspeitava o tempo todo que alguém planejava assassiná-lo. E ele estava certo; provavelmente muitas pessoas planejavam isso. Mas Palpatine era um homem arrogante, tão certo de seus próprios poderes e dos poderes de seu protegido, Darth Vader, que nunca se esconderia, mesmo se soubesse a hora e o dia de sua tentativa de assassinato. Mas ele não sabia. Então, Vader estava fora do planeta e o imperador faria uma reunião privada com seus informantes favoritos.

Thi Xon Yimmon, Sal pensou, teria se recusado a matar o imperador por causa do tamanho dos danos colaterais – os explosivos que Acer Ash havia trazido reduziriam o palácio e os arredores a escombros –, mas Sal não tinha esse tipo de receio. O imperador merecia a morte que iria receber, assim como os senadores que o apoiavam voluntariamente.

Então, os explosivos foram instalados nos droides de limpeza; a equipe de "limpeza" dos Nautolanos e dos Mon Calamari havia se infiltrado na equipe de manutenção das propriedades à beira-mar e possuíam todas as razões para estarem perto da água; as equipes de ataque aéreo estavam prontas para eliminar qualquer um que escapasse das explosões; as forças terrestres estavam armadas e prontas para eliminar quem escapasse para as ruas; os agentes que haviam plantado as cargas explosivas e reprogramado os droides estariam lá para "ajudar" qualquer um que tentasse escapar para um lugar mais distante.

Tuden Sal estendeu o braço para tocar a imagem holográfica do palácio de veraneio do imperador. Logo, todos aqueles anos trágicos chegariam ao fim. Ele iria se reunir com sua família. Teria uma vida outra vez. Seu dedo passou sobre o holograma, apagando-o em uma fração de segundo.

Três dias.

VINTE E OITO

Tyno Fabris estava sorrindo.

O príncipe Xizor reconheceu aquele sorriso assim que entrou no escritório chamativo. O sorriso dizia *eu sei uma coisa que você não sabe*, e o recém-nomeado vigo achava isso irritante. A irritação fez sua pele se arrepiar, mas ele conseguiu impedir o reflexo que o fazia corar.

– Você parece satisfeito consigo mesmo – ele comentou.

– Bom, não comigo mesmo, mas com minha rede de informantes. Sim, estou muito... – desta vez Xizor não impediu a vermelhidão em sua pele; o sorriso do Arkaniano diminuiu quando foi atingido pelos feromônios de seu chefe – ... satisfeito – ele completou sem muito entusiasmo.

– Por favor, conte-me por quê – Xizor pediu, usando um tom que parecia mais uma ordem que um pedido.

Para seu crédito, Fabris entendeu a mensagem.

– Coisas estão acontecendo no centro imperial, vigo. Coisas interessantes. Nossos rumores não apenas tiraram Darth Vader da Estação Kantaros como também fizeram as forças imperiais serem deslocadas para a área afetada.

Xizor deu de ombros.

– Isso já era esperado.

– Ah, mas isso não é tudo... ao menos não de acordo com a capitã Donari Caron. Quando foi perguntada por que conseguiu apenas três protótipos do dispositivo de campo-P, ela relatou que seu contato disse que a segurança no centro imperial estava muito acentuada no momento, mas a situação iria mudar em breve, quando Palpatine estivesse, como ela mesma disse, fora da jogada.

Xizor ficou momentaneamente sem palavras. Assim que processou a informação, disse:

– O que você está insinuando é que existe *mesmo* alguém planejando matar Palpatine.

O sorriso do Arkaniano voltou, irritante como sempre.

– Certamente é o que parece.

Na ponte da *Raptor*, uma nave do Sol Negro, tudo estava correndo de acordo com o plano. Jax observava de seu assento na parte de trás da ponte enquanto a pequena tripulação realizava os procedimentos pré-decolagem. A *Raptor* era uma das três naves do Sol Negro – todas encarregadas de entregar contrabando. Em menos de uma hora, eles iriam decolar de Mandalore na direção da Estação Kantaros.

Jax ergueu os olhos para a janela, onde podia ver as outras duas naves. Atrás das naves do Sol Negro, estava a *Laranth*, com os motores desligados e frios.

Jax não achou ruim que Den e I-Cinco não estivessem com ele. Era melhor que ficassem para trás, por uma crescente lista de razões. Uma delas era sua própria segurança. Aquilo que Jax propunha fazer era arriscado para qualquer envolvido – incluindo os agentes de Xizor. Um imperativo recente era que a resistência não podia mais perder pessoas. Se fosse sozinho e falhasse, Den e I-Cinco poderiam continuar a missão. Se estivessem com ele quando falhasse...

Não. Não conseguia nem pensar nisso.

Havia um terceiro motivo para se separar dos seus amigos mais próximos – a desconfiança deles. Era palpável e o distraía. As duas coisas combinadas, distração e desconfiança, podiam causar indecisão e, como ele já sabia, a indecisão resultava em perda... em morte.

Não há morte...

Jax estremeceu, tentando afastar as dúvidas. Talvez não houvesse morte do ponto de vista dos mortos. Talvez a morte apenas existisse na mente dos vivos – aqueles que ficaram para trás.

Jax sentiu o tremor dos motores iônicos da *Raptor* quando foram acionados. Ele estranhou e checou seu relógio. Onde estava Xizor? O audacioso vigo fez de sua presença na missão parte do acordo, mas ainda não havia subido a bordo da nave, apesar de a partida estar a poucos minutos de acontecer.

Houve uma súbita mudança na atmosfera da ponte. Todos os sentidos de Jax se concentraram na fonte daquela mudança – o capitão, um humano chamado Breck, havia se endireitado no assento e tocado o comunicador em seu ouvido, depois inclinou a cabeça e olhou por sobre o ombro para Jax.

Os cabelos se arrepiaram na nuca de Jax. Algo estava errado.

O capitão voltou a olhar para a frente, falou uma ou duas palavras, depois se virou para o copiloto.

– Desligue os motores. Não vamos decolar.

Jax ficou surpreso. Ele se levantou.

– O que você quer dizer com isso? – Mas ele sabia muito bem antes mesmo da resposta do capitão Breck.

– O chefe acabou de ligar – o velho homem disse. – Ele está cancelando a operação. Não vamos para Kantaros.

– Ele disse a razão?

O capitão sacudiu a cabeça.

– Não. E eu não perguntei.

– Então, eu vou perguntar.

Jax saiu apressado da nave.

— O que está acontecendo?

Den Dhur olhou através da janela da *Laranth* para a atividade na plataforma — ou melhor, a falta de atividade. As três naves do Sol Negro, que estavam acionando os motores, subitamente interromperam os procedimentos de decolagem. Após um momento de calmaria, a rampa de embarque da maior das naves se abaixou e Jax apareceu. Ele cruzou a plataforma com passos longos e decididos. A expressão em seu rosto era aterrorizante, e seria mesmo sem o olho cibernético falso.

Den ficou aterrorizado, de qualquer maneira. Ele se afastou da janela.

— Tem algo errado, Cinco.

— Só agora você notou?

— Estou falando sério! Algo deu errado. *Muito* errado.

— Aparentemente.

Den se virou para o droide, que estava "vestido" com sua nova e "não-tão-brilhante" persona I-5YQ.

— Como você consegue ser tão frio com... seja lá o que for isso?

— Não estou sendo frio. Na verdade, eu me sinto impotente para fazer qualquer coisa. Mas considere o que pode significar Jax, aparentemente em uma explosão de raiva, saindo da nave que deveria levá-lo para a Estação Kantaros.

Den considerou o que significava e estava prestes a dizer que não entendia, mas então a ficha caiu.

— Xizor quebrou o acordo.

— É isso que eu imagino.

— Então, o que faremos? Devemos segui-lo?

— Em seu presente estado de espírito, duvido que Jax receberia o gesto com bons olhos. Acho que devemos apenas esperar.

Den fechou os punhos sobre o painel de controle.

— Ele pode estar com problemas, Cinco. Pode estar indo confrontar um vigo do Sol Negro... um vigo que quase o matou antes.

— Jax não era o mesmo homem que é agora, e Xizor seria um tolo se pensasse assim.

A cantina estava fechada àquela altura do dia. Havia apenas algumas pessoas nas ruas quando Jax chegou à frente do edifício. A porta trancada não foi um obstáculo. Ela se abriu com um simples gesto, permitindo-lhe entrar no saguão escuro. Enquanto atravessava o lugar na direção da escadaria, um par de funcionários assustados – pegos de surpresa enquanto limpavam mesas – olhou para ele, mas não ofereceram resistência.

Ele subiu os degraus de dois em dois e encontrou a primeira resistência no topo quando se deparou com os capangas de Tyno Fabris – o Devaroniano e a Zabrak. Eles se aproximaram com as mãos já sobre suas armas.

— Pare! – a Zabrak ordenou.

Seu parceiro sacou uma arma. Jax fez um rápido gesto e o blaster voou sobre o balcão e caiu lá embaixo no saguão. A mulher Zabrak então também tentou sacar sua arma – o punho fechado de Jax usou a Força para entortar a arma até torná-la irreconhecível.

Ela jogou a arma inutilizada para o lado e se lançou sobre ele. Jax respondeu usando a Força para lhe dar um empurrão poderoso o suficiente para arremessá-la quatro metros pelo corredor. Seu parceiro Devaroniano, sabiamente, escolheu fugir, apanhando a Zabrak do chão e carregando-a nos ombros.

Jax entrou no corredor atrás deles, com portas se abrindo violentamente enquanto passava. Quando alcançou a porta do escritório de Fabris, não havia guardas para desafiá-lo, embora ele sentisse muitos outros nas profundezas do edifício.

Ele jogou a mão na direção da porta, que foi arrancada pelas dobradiças, explodindo para dentro do escritório em uma chuva de poeira e gesso.

Fabris não estava atrás de sua mesa. Isso era de se esperar.

Jax fechou os olhos, vasculhando. Ali, atrás da tapeçaria, atrás de uma porta e da parede, havia forças de vida. Quatro delas.

Jax cruzou a sala com três largos passos. Um gesto arrancou a tapeçaria da parede e a jogou em um dos cantos; outro gesto empurrou a porta para o lado, fazendo seu mecanismo chiar. Ele sacou o sabre de luz e passou pela porta, esperando ter que desviar tiros de blaster, mas ninguém atirou.

O príncipe Xizor estava no centro da sala, com as mãos erguidas – se queria mostrar que estava desarmado ou impedir que seus dois guarda-costas atirassem, Jax não sabia. As emoções do Falleen fervilhavam, fazendo sua pele mudar de cor rapidamente. Tyno Fabris estava sentado entre dois guardas, tentando parecer calmo, mas sem sucesso. O suor se acumulava em suas sobrancelhas, e seu olhar estava preso na direção do sabre de luz de Jax.

Jax trocou de postura, movendo lentamente a lâmina brilhante, que zumbiu de um jeito ameaçador.

– Que jogo você está jogando, Xizor? – ele perguntou ao vigo. – Por que você cancelou a missão?

– Missão? Nossa, como isso soa religioso. Não existe missão alguma, Jedi. Isso são apenas negócios, não uma busca espiritual.

– Então, deixe-me colocar em termos que você deve entender. Por que você quebrou nosso contrato?

Xizor abriu as mãos em um gesto que sugeria que ele não teve escolha.

– A situação mudou radicalmente. Já não faz mais sentido eu me envolver com essa... empreitada.

Jax entrou completamente na sala e se moveu lentamente para a direita, forçando Xizor a se virar para encará-lo. Na última vez que os dois homens se confrontaram, a conexão de Jax com a Força estava inconsistente e falhando. Xizor possuía a vantagem. Desta vez, Xizor estava a sua mercê, e ele sabia disso.

— Vou deixar que você se explique – ele disse ao vigo –, mas primeiro quero alertá-lo sobre o que vai acontecer se os guarda-costas que estão se reunindo no corredor decidirem invadir o escritório de Fabris. Aquele grande candelabro no teto vai despencar sobre suas cabeças. Depois eu vou esmagá-lo contra essa parede atrás de você.

Sorrindo, Xizor o olhou nos olhos, analisando-o. Aparentemente, o Falleen não gostou do que viu. Seus olhos vacilaram, tentando desviar. O sorriso também diminuiu, tornando-se forçado. Os lábios se curvaram no canto da boca.

— Deixe-me enviar um dos meus homens lá fora para avisá-los.

Jax considerou a ideia, depois concordou.

Xizor se virou para os homens ao lado de Tyno Fabris.

— Brank, vá até lá e impeça qualquer ataque.

— Diga a eles que recuem para o andar térreo – Jax ordenou.

— Que seja. Diga isso a eles.

Brank, um Mandaloriano alto e de ombros largos de alguma espécie indeterminada, assentiu secamente, grunhiu e saiu da sala.

— Você estava me esperando, Xizor – Jax observou. – De outra forma, duvido que haveria tantos guardas perambulando nos corredores do andar superior.

— Você me pegou. Imaginei que minhas notícias não iriam deixá-lo feliz, mas o que posso fazer? Não posso levá-lo para a Estação Kantaros, Jax. Sinto muito. E estou falando sério. Eu estava muito animado em ter um Jedi me devendo favores. Eu seria o único vigo na história do Sol Negro com uma força dessas. Então, veja bem, isso me afeta tanto quanto afeta você.

— Duvido. Você disse que algo mudou. O que mudou? – Jax lutava para não se conectar com a fúria que crescia em seu peito. Se conseguisse permanecer calmo...

— Bom, veja bem, uma coisa engraçada aconteceu. Como você pediu, eu empreguei minha rede de associados para atrair Darth Vader de volta para o centro imperial. Meu pessoal conseguiu isso espalhando rumores de que alguém estava planejando assassinar o imperador.

Jax sentiu uma onda fria no estômago.

– E como isso muda as coisas?

– Estou um pouco constrangido por dizer isso, mas parece que alguém está realmente planejando um ataque desses. Uma de nossas capitás estava negociando com um fornecedor do mercado negro... um sujeito chamado Ash, se me lembro bem. Esse fornecedor fez uma estranha referência a Palpatine "saindo do jogo".

Acer Ash – um membro da Whiplash. Tuden Sal iria colocar seu insano plano em ação, e não havia nada que Jax pudesse fazer sobre isso.

– Enfim, os rumores que eu espalhei acabaram se provando verdadeiros. Agora, vamos imaginar por um momento que alguém faça uma conexão entre essa tentativa de assassinato e a tentativa maluca de libertar o líder da Whiplash. O fato de o libertador de Yimmon ter chegado em uma nave do Sol Negro não escaparia da atenção do imperador.

– Você poderia dizer que embarquei escondido.

O Falleen sacudiu a cabeça lentamente.

– Um punhado de valiosos membros da minha organização sabe desse plano. Se Vader questionasse algum deles, o meu envolvimento ficaria imediatamente óbvio. Eu simplesmente não posso correr esse risco.

– Você sabia? Você sequer parou para pensar que rumores dessa natureza poderiam afetar a resistência? – a voz de Jax soou dura, fria e seca.

– Não me ocorreu, e eu não teria me importado se tivesse, para ser completamente honesto com você. Simplesmente pensei que uma ameaça verossímil contra o imperador poderia atrair Vader para longe da estação. – Xizor abriu as mãos novamente. – Desculpe, Pavan. Não é nada pessoal, são apenas negócios.

Apenas negócios. Quantas pessoas morreram – quantas *iriam* morrer – por causa dos simples *negócios* do Sol Negro?

Jax foi atingido por uma forte apreciação da discordância de Den e I-Cinco sobre suas negociações com Xizor. Eles provavelmente se sentiram em sua própria versão de "apenas negócios" enquanto Jax perseguia seus objetivos.

Lá no fundo de seu ser, algo mudou.

Xizor sentiu isso, pois deu um passo para trás e gritou:

– Brank! Venha aqui!

Jax sentiu a súbita adrenalina entre as pessoas na cantina. É claro, Xizor havia deixado um comunicador aberto. Seria estupidez não deixar.

Jax se virou e correu para a antessala, chegando lá quando o primeiro dos guardas subia as escadas. Ele sabia que mais se aproximavam por outros caminhos, com certeza cortando qualquer rota de fuga. Mas eles estavam lidando com um Jedi. Embora fosse um Jedi que nunca viram mostrar qualquer sinal de violência real.

Brandindo seu sabre de luz, Jax usou o resto das tapeçarias de Fabris, efetivamente bloqueando as portas secretas com vários metros de material pesado. Depois ele se virou, com a mão livre estendida, usando a Força para varrer todas as superfícies da sala, criando uma tempestade de objetos voadores. A chuva de vidro, metal e madeira atingiu os guarda-costas que entravam pela porta desbloqueada do escritório.

Jax pulou para fora do centro da sala, lançando a mão livre na direção do teto. Acima, o grande e luxuoso candelabro tremeu e tilintou. As velas vacilaram nas arandelas.

– *Não!* – Tyno Fabris gritou da porta de sua sala oculta. – Isso não!

– Entregue-se, Pavan – Xizor alertou. – Você está cercado. Não tem para onde correr.

Jax encarou o sorriso do Falleen com o seu próprio – um sorriso que também não tinha nada de agradável.

– Acho que você tem razão. Não há saída.

Ele desativou o sabre de luz e o prendeu na cintura, olhando rapidamente para a janela altamente fortificada atrás dele. Jax viu os guarda-costas relaxarem, ouviu Fabris suspirar de alívio, sentiu a arrogância crescer dentro de Xizor.

Ele voltou a olhar para o vigo.

— Mas eu posso consertar isso.

Jax girou, empurrando o ar com as duas mãos. A janela blindada explodiu sobre a rua, levando junto um bom pedaço da parede. Vidro colorido refletiu o sol da manhã como uma cascata cintilante.

No momento silencioso que se seguiu, Jax olhou de volta para Xizor e seu aliado.

— Nada pessoal, é claro. São apenas negócios.

Um último movimento da mão arrancou o fantástico candelabro do teto e o trouxe para baixo em uma chuva de cristal e chamas. Depois Jax foi até a janela vazia e desceu para a rua nos braços da Força.

Sentiu uma pontada de remorso quando viu a devastação que a explosão de energia causara — blocos de gesso e pedaços de madeira e vidro se espalhavam pela calçada e rua; as poucas pessoas que ali passavam se protegiam com total descrença. Jax não sentiu feridos e torceu para que não houvesse mortos quando começou a correr.

Menos de meia hora depois de ter deixado o espaçoporto, Jax reapareceu correndo, não menos amedrontador do que antes. Ele foi direto para a *Laranth*, entrou pela rampa que foi abaixada apressadamente e se dirigiu para a ponte.

Den olhou para aquele rosto endurecido, sem saber o que esperar.

— Prepare a nave para decolar — Jax disse. — Nós vamos para Toprawa. — Depois ele se virou e foi para os fundos da nave.

Den ficou olhando em sua direção, com um estranho entusiasmo crescendo em seu peito. Jax estava de volta... de novo. Eles logo estariam entre amigos. Den relaxou no assento do copiloto e olhou para I-Cinco, que começou os procedimentos de pré-decolagem com uma precisão mecânica — usando a única mão "normal" de seu corpo I-5YQ remendado.

— É cedo demais para celebrar?

— Sim, é cedo demais — I-Cinco disse, apontando com a cabeça na direção do setor comercial de onde Jax saíra. — Pelas aparências, eu diria que Jax deixou alguma destruição em seu encalço.

Den olhou pela janela, os olhos imediatamente encontrando aquilo a que o droide se referia: uma coluna de fumaça sobre a cantina *Oyu'baat*.

— Sugiro que nos apressemos — disse I-Cinco, que logo depois ativou os motores iônicos.

Ele nunca se sentira assim antes — não após a morte de seu mestre, não após a Noite das Chamas, não após a quase destruição de Kajin Savaros, nem mesmo após perder Laranth e Yimmon. Ele estava cheio de um *desejo* horrível e sombrio, mas não conseguia expressar esse desejo em palavras. Sua vida inteira sempre girou em torno do autoconhecimento, autocontrole, autodisciplina. Agora, ele não sabia nada sobre si mesmo, exceto que não possuía nenhuma dessas coisas.

No momento em que a porta de sua cabine se fechou atrás dele, aquela necessidade voraz o atingiu de novo, clamando por liberdade. Ele sucumbiu, ventilando um grito de estranha emoção. A cabine ao redor explodiu em um turbilhão de movimento, som e violência. Tudo que não estava fixo no chão ou na parede acabou voando e se espatifando no teto. Tudo que estava fixo voou segundos depois.

Tão rápido quanto veio, a onda de emoção desapareceu de novo, deixando Jax vazio no centro de sua cabine arruinada. Ele tremia enquanto seus olhos enxergavam a devastação... e pararam imediatamente quando viram a árvore de Laranth caída no chão, com as raízes nuas e esmagadas pelos restos quebrados de seu recipiente.

O sabre de luz Sith que ele escondera no dispositivo também estava caído no chão, brilhando como se quisesse provocá-lo.

Jax caiu de joelhos, afastando os detritos e erguendo o pequeno miisai com a palma da mão. Ele remontou o recipiente da melhor maneira que pôde, coletou a terra e enterrou a árvore de volta, regando e alimentando-a com energia de sua própria força vital. Depois ele se sentou e a observou, vagamente ciente do tremor da nave enquanto se erguia no céu da manhã.

PARTE TRÊS
O FIM DA JORNADA

VINTE E NOVE

O CRONOGRAMA ESTAVA FINALIZADO. Sheel Mafeen o entregou para Haus logo após Tuden Sal o ter revelado para o Conselho da Whiplash. Ela mostrou um conjunto de planos tirados do holoterminal na sala do conselho a bordo do Expresso Whiplash.

Haus estava no processo de criar seu próprio plano para impedir a tentativa de assassinato quando recebeu uma informação inquietante de um contato dentro do DSI: Darth Vader havia retornado para o centro imperial sem aviso ou barulho.

Em resposta, Pol Haus adiantou seu próprio cronograma em dois dias. Ele reuniu uma força especial de oficiais com treinamento em combate e lhes informou que um perigoso grupo de criminosos estava operando ao longo de uma rota abandonada de trens magnéticos. No meio da tarde – às 15h em seu relógio – eles iriam seguir uma informante até o local de reunião para interceptar e prender os criminosos.

Simples.

Exceto que, quando a tal informante – Sheel Mafeen – entrou na estação abandonada na qual o trem deveria parar às 15h15, nada aconteceu. Ela esperou, mas o trem não apareceu; Haus e seus homens esperavam escondidos. Ela tentou contatar Sal, mas não recebeu resposta.

Sheel então contatou Haus discretamente, com o medo afetando sua voz.

– Isso parece muito errado, Pol. Era aqui que o trem deveria parar hoje. O Conselho iria repassar o plano mais uma vez.

Haus soltou um longo suspiro e olhou para o terminal abandonado onde a reunião deveria acontecer. Ele estava lentamente começando a suspeitar que a paranoia de Tuden Sal o havia feito passar planos falsos para o caso de suas intenções terem sido descobertas.

Acionando o comunicador, Haus disse:

– Certo. Certo. Vou cancelar a operação.

As palavras fizeram Sheel Mafeen, disfarçada, deixar o terminal; também fizeram os homens de Haus ficar de ouvidos abertos.

– Senhor? – perguntou Kalibar Droosh, um tenente Bothano.

– Envie a equipe. Procurem por qualquer sinal de visitas recentes.

Eles encontraram mais do que isso. Após levar um grupo de oficiais pelo túnel magnético, o tenente Droosh reapareceu poucos momentos depois, sozinho. Na entrada do túnel, ele chamou Haus.

– Senhor? Encontramos uma coisa! Tem um vagão abandonado aqui.

Um vagão abandonado... O chefe de polícia sentiu um arrepio.

– Apenas um?

– Sim, senhor. Apenas um. Devemos entrar no vagão, senhor?

– Não! Não deixe que ninguém chegue perto! Tire-os de lá, tenente! Tire-os de lá agora mesmo!

O tenente Bothano franziu seu longo nariz, sem entender aquela reação. Deu de ombros, se virou e gritou:

– Sargento Amry! Podem voltar. O chefe quer que vocês saiam daí.

Um segundo depois, o tenente foi lançado para o ar por uma explosão dentro do túnel – uma explosão violenta o suficiente para derrubar Haus e vários outros oficiais que faziam buscas na área do terminal. No caos que se seguiu, Haus se levantou, já gritando ordens para os homens que não se feriram.

Aquilo que havia começado como uma armadilha terminou como uma missão de resgate.

Assim que as equipes de emergência chegaram e a situação ficou sob controle, Pol Haus colocou o ferido tenente Droosh no comando, entrou em seu deslizador e ligou para Sheel Mafeen. Ele explicou rapidamente o que havia acontecido, depois relatou seu pior medo.

— Sal planejou a emboscada para mim, Sheel, porque esperava que seria traído por mim ou outra pessoa. O fato de você não saber desse plano deixa muito claro que ele não sentia que podia confiar em você completamente.

— Ele nunca... Quer dizer, de todos nós, ele parecia confiar menos em Fars. Fars não queria aprovar o plano para matar o imperador. Não sei se Dyat ou Acer sabiam...

— Não importa, Sheel. Ele acabou com as conexões. Abandonou o trem magnético. Para mim, isso sugere que já deu andamento ao plano.

Sheel ofegou.

— Oh, espíritos do fogo e do ar! O que faremos?

— Você vai para casa esperar que eu entre em contato. Vou tentar salvar isso... se for possível.

Depois ele entrou no trânsito aéreo, acionando o sistema anticolisão e a sirene, correndo na direção do Mar Ocidental. Sob o pôr do sol, ele emergiu entre os dois últimos quarteirões e viu os blocos residenciais da costa surgindo no horizonte. Ali, apenas a elite da elite possuía casas e comércio, e os edifícios eram estritamente limitados em altura. Então ele sabia, mesmo enquanto deixava a sombra dos enormes blocos residenciais, que algo terrível estava acontecendo ao longo da costa no Crescente Dourado.

O fogo se refletia nas águas do oceano, emitindo tons de rubi e topázio sobre a superfície ondulante. Fumaça subia sobre o píer do palácio de veraneio do imperador, mas o palácio em si parecia intacto. Havia tropas de uniforme negro e Stormtroopers de armadura branca em toda parte. O ar estava carregado de naves militares, enquanto na água lanchas imperiais e barcos de patrulha formavam uma barreira que impedia a fuga de um grupo encurralado contra um píer que pegava fogo.

Ele chegou mais perto, entrando na fila junto com outros veículos policiais que pareciam, como o dele, estar chegando atrasados para a festa. Um atrás do outro, eles foram parados por uma barreira do DSI, que os conduziam de volta por onde vieram. Quando chegou sua vez, Pol Haus mostrou sua identidade para um oficial de segurança.

– Chefe Haus? Você é de um setor vizinho, não é?

Haus confirmou.

– Eu estava perseguindo uma pista sobre um cartel de contrabando que serve os ricos e famosos. Parece que vocês estão de mãos cheias aqui. Com muito mais do que contrabandistas, pelo jeito.

– Rebeldes, senhor. Ouvi dizer que foi uma tentativa de assassinar o próprio imperador. Não que eu tenha ouvido muita coisa. Sou encarregado de apenas desviar o trânsito. – O jovem oficial parecia constrangido. – Vou precisar pedir para o senhor dar a volta agora, chefe.

– Claro... claro. – Haus acenou amigavelmente para o oficial de segurança e manobrou o deslizador com uma curva longa o bastante para conseguir olhar o pátio na frente do palácio do imperador. Havia Stormtroopers patrulhando e montando guarda na frente de um grupo de cadáveres estendidos nas pedras diante de uma elaborada fonte. A câmera do deslizador podia capturar aquilo que o olho nu não podia; Haus continuou a lenta curva, mirando a câmera primeiro nos corpos, depois no píer.

Ele sabia, mesmo ao deixar o local, que um dos corpos no pátio era de um Sakiyano. E também reconheceu vários outros que entregaram suas vidas para o plano de Tuden Sal. Em sua busca cega por vingança, Sal havia destruído o restante do conselho da Whiplash e um grande número de seus agentes. A sorte da resistência em Coruscant estava se esvaindo com a fumaça que consumia o píer do imperador.

Houve um súbito surto de atividade no pátio que Haus agora observava pela câmera traseira do deslizador. Uma figura havia entrado no espaço reservado, e todas as outras pessoas vivas prestaram obediência instantânea.

Darth Vader – como sempre, no centro de tudo.

TRINTA

A *Laranth/Corsair* chegou a Toprawa três dias depois de deixar Mandalore. Na escuridão da noite local, ela desapareceu na entrada traseira do Lar da Montanha. A tripulação foi recebida na plataforma de aterrissagem por um comitê de boas-vindas que incluía Degan Cor, Sacha Swiftbird e o pequeno mecânico de droides Rodiano, Geri.

Jax tentava controlar suas emoções e pensamentos, mantendo o rosto impassível para não revelar a perturbação que acontecia dentro de si. Mesmo assim, Degan Cor precisou de apenas um olhar para perceber que algo estava errado.

— Imagino que as coisas não deram muito certo em Mandalore — o líder da resistência disse enquanto Jax descia a rampa de embarque.

— Não. Não deram nada certo. Nós sabemos onde Yimmon está, mas quanto a como resgatá-lo... voltamos à estaca zero.

— Voltaram? — Sacha Swiftbird olhou para Jax e para Den, que também desceu a rampa. — Então vocês tentaram chegar até ele?

— Nós... Eu estava determinado a fazer isso. Pensei que tinha encontrado uma maneira. Mas os planos... evaporaram como fumaça.

Den soltou uma rápida risada, depois tossiu constrangido.

– Desculpe. Isso foi inapropriado.

I-Cinco chegou ao fim da rampa naquele momento, ainda com sua persona I-5YQ/Nêmesis remendada. Apoiando-se em pernas diferentes – seu membro I-5YQ junto com uma unidade de um droide série 3PO que já teve dias melhores –, ele levava o pequeno corpo do droide DUM debaixo de um braço. Geri soltou um grito abafado e se esgueirou entre os dois Rangers humanos.

– Uau, Cinco! Você parece... realmente horrível.

– Obrigado. Talvez, em vez de criticar, você pudesse sugerir algumas modificações?

– Oh, hum, claro. – Ele olhou para Degan Cor. – Depois da... você sabe, reunião de guerra, por que não vai até a oficina?

– Acho que podemos ir agora. Prefiro não ficar carregando isto indefinidamente – I-Cinco mostrou o droide DUM.

Geri concordou.

– Claro. Vamos lá.

Den e I-Cinco começaram a seguir o Rodiano para o centro do Lar da Montanha. Jax ficou aliviado ao vê-los se retirarem. Era um esforço muito grande estar com eles naquele momento. Sua mente estava cheia de pensamentos sombrios e nebulosos tentando alcançar alguma luz; ele não tinha nem as palavras para descrevê-los nem o desejo de explorá-los.

Jax acompanhou automaticamente os dois agentes da resistência, ciente do intenso escrutínio deles. Degan se apressou para o centro de comunicação para chamar Aren Folee, que estava em Big Woolly. Isso deixou apenas Sacha para guiá-lo até a câmara do conselho.

– Parece que você já viveu dias melhores – a engenheira comentou enquanto atravessavam os corredores no subterrâneo da montanha. Como ele não respondeu, ela continuou: – Olha, só de saber onde Yimmon está preso já é um grande avanço. É uma vitória e você sabe disso. Vamos organizar uma equipe. Depois vamos voltar lá e resgatá-lo.

Jax quase sorriu. Lá estava ele – um Cavaleiro Jedi – enquanto uma piloto aposentada tentava animá-lo.

– Não é tão simples assim – ele disse. – Você vai entender quando analisarmos as informações. Kantaros é... um sistema fechado.

– Sim. Mas é um *sistema*. Qualquer sistema pode ser invadido e bagunçado por dentro.

Jax se virou para olhar em seus olhos. Ela parecia totalmente sincera.

– Você poderia fazer isso sem ninguém perceber?

– Por um tempo. – Sacha soltou os cabelos, revelando a cicatriz prateada que cruzava seu olho esquerdo.

Jax desviou o olhar.

– Você quer um pouco de café ou *shig*? – ela perguntou quando eles entraram na informal câmara do Conselho. – Parece que você iria gostar de algo acolhedor.

– Obrigado. *Shig*, por favor.

Jax se sentou em uma das cadeiras, inclinou a cabeça para trás e considerou o que Sacha dissera.

Qualquer sistema pode ser invadido.

Isso era mesmo verdade, e seu flerte com o Sol Negro não foi uma total perda de tempo. Ele agora sabia que a organização fazia negócios regularmente com a tripulação em Kantaros e as naves de Xizor pousavam lá sem problemas. Isso dava a eles uma possível "entrada". Com os talentos de I-Cinco e a seleção de naves disponível no Lar da Montanha, eles poderiam se passar por contrabandistas do Sol Negro.

Jax sorriu ironicamente quando pensou que Xizor poderia acabar ligado ao resgate de Yimmon, gostando ou não.

– Aqui está.

Ele abriu os olhos e encontrou Sacha segurando uma caneca fumegante. Jax apanhou a caneca, agradeceu, depois disse:

– Vamos assumir que podemos arranjar uma aterrissagem na Estação Kantaros e que posso apontar exatamente onde fica a cela de

Yimmon. É um grande complexo, construído dentro de um asteroide de tamanho considerável. Se conseguirmos entrar do jeito que estou imaginando, ficaríamos restritos à plataforma de aterrissagem... talvez no máximo teríamos permissão para usar os níveis onde fica a tripulação. Que alternativa você propõe para andarmos em lugares não autorizados sem chamar atenção?

Ela se sentou ao seu lado, também segurando uma caneca de *shig*.

— Redirecionamento e invasão seletiva. Você pode ignorar sistemas que não precisa invadir. Pense nas câmeras de vigilância. Você pode afetar os mecanismos usando pulsos de energia. Se apenas mexer com uma ou duas câmeras de cada vez, é difícil detectar. — Ela deu de ombros. — É claro, você também poderia fazer a câmera pensar que está vendo algo inexistente.

— Um corredor vazio.

— Sim. Ou um corredor com alguém que deveria estar lá. — Ela tomou um gole da bebida. — Você poderia fazer a câmera pensar que viu intrusos, mas não onde os intrusos estão de verdade. É claro, você precisa planejar tudo cuidadosamente. E isso leva um tempo.

— E não temos muito tempo.

— Pois é. O seu droide provavelmente consegue criar um simples efeito de repetição... ou eu poderia.

Jax ignorou a óbvia proposta de Sacha para ser incluída no plano, depois ergueu os olhos quando a porta da câmara deslizou para permitir a entrada de I-Cinco e Den. Degan Cor chegou quase ao mesmo tempo com uma expressão no rosto que fez Jax se levantar.

— O que foi? — Sacha perguntou. — Deg, o que foi?

Ele sacudiu a cabeça e fez um gesto eloquente de impotência e frustração.

— Enquanto eu estava na sala de comunicação, nós recebemos uma mensagem urgente de Coruscant. A Whiplash... a Whiplash foi destruída. Houve uma tentativa frustrada de assassinar o imperador. Aparentemente, os imperiais estavam prontos para agir. Eles dizimaram... dezenas. Dezenas de agentes e a maior parte do Conselho.

Jax sentiu como se alguém tivesse detonado uma granada de atordoamento na sala. Seus lábios tentaram formar palavras, mas falharam.

I-Cinco não teve o mesmo problema.

– Quem enviou a mensagem?

– Um cara que chamava a si mesmo de "o Policial". Disse que não sabia quantos mortos havia e, até onde sabia, ele e alguém chamado "a Poetisa" eram os únicos membros do Conselho da Whiplash que sobreviveram. Ele disse... que Vader estava lá.

Den Dhur sentou no chão – na verdade, ele desabou no chão.

– Pol Haus – murmurou Jax. – E Sheel Mafeen.

A Whiplash estava efetivamente eliminada. Morta.

Por quê?

E quem havia iniciado essa cadeia de eventos? Quem havia passado a informação para Darth Vader sobre o deslocamento de Yimmon em primeiro lugar?

– Lorde Vader vai voltar sua atenção para outros grupos da resistência agora que destruiu a Whiplash – disse I-Cinco. – Ele vai tentar arrancar essa informação de Yimmon com ainda mais força.

– Yimmon sabe da unidade aqui em Toprawa – Jax disse. – E sabe da unidade em Dantooine. Nós temos que tirá-lo daquela estação.

Degan concordou.

– Vou pedir à equipe de comunicação que tente conseguir mais informações sobre a situação em Coruscant. Precisamos saber o que Vader está fazendo, para onde está indo...

– Eu preciso dormir – Jax disse.

Aquilo provocou um profundo silêncio. Então, Degan Cor concordou.

– Sim. Você provavelmente está certo. Tentar planejar algo no meio da noite não é uma boa ideia. Vamos descansar algumas horas e voltar a pensar nisso pela manhã.

Então, eles se retiraram para suas cabines pessoais, mas Jax não tinha intenção alguma de dormir. Ele esperou quase uma hora até que todos já estivessem dormindo antes de refazer seus passos até a grande caverna, onde subiu a bordo da *Laranth* por tempo suficiente para apanhar seu dispositivo e inserir a última posição da Estação Kantaros em um cristal de memória. Depois se dirigiu para o caça estelar Jedi. Toda a tinta havia sido retirada do caça desde a última vez em que o viu, e agora a nave possuía um prateado uniforme por toda a lataria, embora ele ainda pudesse ver os sinais de sua última batalha.

Ele usou a Força para fazer a nave baixar sua rampa de embarque e para ligar as luzes do interior.

Jax pisou na rampa, depois olhou para a caverna. Um par de droides o observava com uma incerteza pairando entre eles. Jax acenou para eles, sorriu e entrou a bordo da elegante nave. Ele não tinha ideia do que os droides fizeram quando acionou os motores e decolou da plataforma. Sua mente já estava pensando adiante para onde iria assim que deixasse a atmosfera de Toprawa.

TRINTA E UM

Pol Haus observava a equipe forense trabalhar sobre a área da explosão, apanhando e catalogando destroços, varrendo o vagão destruído com sensores precisos. Certo de que a equipe estava concentrada no trabalho, Haus se virou e andou pelo túnel, acionando uma lanterna assim que saiu de vista.

Supostamente, ele estava checando se algum destroço havia voado mais adiante no túnel. Mas sua real intenção era descobrir se Tuden Sal havia escondido o resto do trem magnético da Whiplash. Haus tinha uma vã esperança de que estivesse escondido em algum lugar perto do vagão que explodiu, mas Tuden Sal tinha uma maneira perversa de fazer o inesperado.

A superfície de duraço do antigo metrô ainda estava relativamente intacta, embora opaca em alguns lugares por falta de manutenção. Enquanto andava, Haus tentava refazer os pensamentos de Sal sobre onde ele teria escondido o trem. Poderia ter escondido em algum lugar perto dos terminais que eles usavam, ou mesmo perto da velha plataforma de aterrissagem – parte do maior sistema de fuga da Whiplash, usado para tirar pessoas do planeta.

Ele poderia ter feito isso, mas fazia mais sentido para Haus – de um jeito distorcido – que o Sakiyano tivesse escondido os vagões onde seria menos provável que as autoridades procurassem. E isso poderia ser próximo da cena de uma investigação de polícia.

Ele andou por talvez duzentos metros e estava considerando dar meia-volta quando notou que a luz da lanterna refletiu estranhamente na parede curva do túnel – havia um ponto definitivamente brilhante, porém difuso, logo onde o túnel da mão direita se curvava para fora da vista, como se a luz estivesse refletindo em uma superfície que não era a parede do túnel da mão esquerda.

Haus respirou fundo e continuou andando. Por um momento, pensou ter ouvido passos atrás de si. Ele parou e tentou ouvir.

Nada. Uma lufada de ar passou pelo túnel. Isso era normal. Com exceção disso, tudo que Haus podia ouvir era o zumbido intermitente das vozes da equipe forense atrás dele.

Haus afastou a pontada de paranoia e continuou andando, tentando abafar sua imaginação. Quem iria segui-lo até ali sem chamá-lo? Voltando a se concentrar no túnel adiante, ele passou pela curva.

Sem energia, o trem magnético estava apoiado no chão do túnel; nenhuma luz escapava das aberturas horizontais que serviam de janelas para o mundo exterior. Mesmo assim, Haus se aproximou cuidadosamente, sacando seu blaster. Em teoria, qualquer membro da Whiplash que pudesse estar escondido ali seria seu aliado. Mas ele sabia que as teorias falhavam muitas vezes.

Ele circulou o primeiro vagão, tocando a superfície polida. Não havia vibração alguma – a energia do trem estava desligada.

Haus hesitou diante da porta. Será que poderia ser mais uma armadilha? Ele guardou o blaster no coldre e apanhou um sensor. Se o trem estivesse gerando mesmo uma pequena quantidade de eletricidade ou sinal eletromagnético, o sensor iria detectar... em teoria.

Mas não detectou nada.

Com um sorriso no canto da boca, Pol Haus seguiu para a porta dianteira, guardou o sensor e tirou um dispositivo que era literalmente um salvador de vidas – e um segredo bem guardado dos policiais e bombeiros. Casualmente conhecido como "o melhor amigo do refém", o manipulador eletromagnético permitia que mecanismos defuntos – como portas quebradas – fossem operados mesmo se a fonte de energia estivesse completamente esgotada ou destruída. Isso virtualmente eliminava a necessidade de explodir portas ou forçá-las a abrir.

Naturalmente, havia uma grande demanda por essas unidades no mercado negro por pessoas que ganhavam a vida com a duvidosa arte do arrombamento de propriedades alheias.

Haus pressionou o dispositivo que cabia na palma da mão contra a lateral do vagão à direita da porta dianteira, em seguida ativou os sensores e os moveu lentamente ao redor do perímetro. O sensor vibrou gentilmente quando encontrou um mecanismo de tranca. Ele ativou a alça magnética, pressionou o botão de ativação para iniciar o fluxo de energia e girou o dispositivo em sentido horário. Depois correu para o lado e se protegeu na curva do túnel.

A tranca da porta vibrou em resposta, e a íris se abriu.

Nenhuma explosão.

– Até agora, tudo certo – Haus murmurou, depois apontou a lanterna para dentro da escuridão do vagão.

Nada se moveu. Ele guardou a unidade eletromagnética e sacou o blaster novamente, entrando no trem. Usando o sensor, varreu o lugar procurando por formas de vida, mas não encontrou nenhuma. Também vasculhou visualmente – afinal, só se pode confiar nas máquinas até certo ponto.

Depois de ter certeza de que ninguém estava se escondendo no primeiro vagão, continuou até o vagão onde a liderança da Whiplash reunia seu conselho. Foi uma visão sinistra e um pouco triste.

Haus sacudiu a cabeça. Ele havia acabado de ser aceito, e agora o grupo estava morto. É claro, ainda havia outras unidades da resistência – outras almas dedicadas a ajudar pessoas que buscavam asilo em outros mundos. Mas não havia ninguém direcionando o tráfego. Ninguém para manter as avenidas de fuga abertas.

Dirigir o tráfego. Ele sorriu um pouco. Era uma metáfora irônica para um chefe de polícia.

Ele acabou na frente do console de comunicações e se perguntou se seria possível acioná-lo. É claro, existia uma fonte de energia reserva; era apenas uma questão de ativá-la. E se ativasse... então o que aconteceria?

Outra grande explosão?

Não. Aquele era o plano B de Sal. Seu porto seguro. Ele esperava poder retornar até ali. Mas será que ele não deixaria alguém no trem, só por precaução?

Um som abafado no vagão seguinte casou um arrepio em Haus. Aquilo *não* foi sua imaginação.

Cobrindo a lanterna no bolso do casaco, ele se aproximou da porta que separava os dois vagões. A porta estava aberta para a escuridão. Ele parou no pequeno corredor de transição para tentar ouvir novamente. Daquela posição, conseguia ver que a porta da cabine de Tuden Sal também estava aberta.

Ele se moveu com todo o cuidado possível, praguejando – não pela primeira vez – contra o longo casaco que balançava ao redor das pernas. Ele realmente precisava considerar jogar aquela velharia fora. Um dia desses aquele casaco ainda seria a sua morte.

Ao chegar à entrada da cabine de Sal, parou para ouvir novamente.

Silêncio completo.

Não... não completo. Ele podia ouvir alguém respirando, e estava convencido de que, fosse quem fosse, esse alguém sabia que ele estava ali. Uma onda de inquietude o atingiu quando detectou outro som – um som disfarçado – vindo da sala de conferência, no vagão que ele havia acabado de deixar. Haus se virou, pressionando as costas contra a parede e tocando a lanterna. Ele concentrou todos os sentidos na cabine e jogou a luz da lanterna sobre a porta para que iluminasse o ambiente.

— Apareça onde eu possa vê-lo! — ele ordenou.

— Ora, vejam só. O traidor retorna à cena da traição. — A voz de Tuden Sal veio de um canto da sala, à esquerda de Haus.

O chefe de polícia podia apenas vagamente identificar uma forma que poderia ser o Sakiyano.

— Não sou traidor, Sal. Não sei quem foi, apenas sei que não fui eu.

— É claro que você diria isso. Você quer que eu saia para poder atirar em mim.

Haus baixou o blaster.

— Não vou atirar em você, Sal.

— Acho que isso não importa mais, não é? Eu deveria ter morrido com os outros.

— Eu pensei que você tivesse morrido.

O Sakiyano soltou uma risada seca.

— Não, não. Um general não sai para a batalha junto com as tropas. Eu os enviei para uma missão suicida e fiquei assistindo de uma distância segura. Assisti a tudo dar errado. Assisti enquanto eles eram mortos.

— Eu tentei avisá-lo, Sal.

Um instante de silêncio.

— Você tentou, não é mesmo?

E então Tuden Sal saiu de seu esconderijo. Ele estava armado — com um pequeno blaster que mal era visível em sua mão. Mas não fez movimento para usá-lo.

Haus manteve seu blaster abaixado.

— Eu deveria ter escutado — Sal disse. — Se tivesse, nada disso teria acontecido.

— Por que não escutou?

— Eu disse aos outros que era porque você poderia ser um traidor e um covarde. — Ele sacudiu a cabeça. — Porque eu sabia que você faria qualquer coisa para me impedir. O Império arrancou minha vida de mim, Pol. Meu negócio. Minha família. Eu apenas enxergava uma maneira de me vingar: matando Palpatine.

– Então, no fim, você usou a Whiplash para sua vingança pessoal.

– Usei. – O rosto de Sal se fechou e, por um momento, Haus pensou que o Sakiyano fosse chorar. Em vez disso, ele simplesmente disse: – Fiz pior do que isso.

– O que você quer dizer? – Haus perguntou, depois congelou quando ouviu um som vindo do corredor atrás dele.

Haus se virou. Seu tenente Bothano, Kalibar Droosh, estava diante da porta, com o blaster apontado na direção do corpo do chefe de polícia.

– Essa foi uma conversa muito reveladora, senhor – o tenente disse com seu estranho sotaque. – Uma conversa que eu tenho certeza que o Departamento de Segurança Imperial ficaria muito interessado em ouvir.

– Você vai relatar a eles? – Haus perguntou.

– É claro. Tenho certeza de que haverá uma grande recompensa para quem capturar... ou matar... os membros restantes da Whiplash.

– Ele não é membro da Whiplash – Tuden Sal disse secamente. – Ele era meramente um parasita.

O tenente encolheu os ombros.

– Isso já é suficiente. E também havia aquela mulher, a tal informante que você trouxe aqui antes. Imagino que você possui algum jeito de contatá-la, senhor?

Haus sentiu a bile subindo pela garganta. Sheel. Esse cretino iria atrás dela depois.

– Por que você quer fazer isso, tenente? Por que quer ajudar o Império?

– Eles vão me pagar. Bons créditos por um serviço leal. Pagarão ainda mais se eu conseguir fornecer itens de interesse. Estive observando você por um tempo, chefe Haus. Desde que fui transferido para o seu setor. Fiquei impressionado com o quanto suas amizades eram incomuns. Imagino que você possa despertar muito interesse entre meus superiores. Talvez o bastante para eu ganhar uma posição permanente no DSI.

Haus suspirou e começou a virar seu blaster com o cabo para frente para entregar a arma a Droosh.

– Oh, não, senhor. Você pode ficar com isso. É importante que pareça...

Houve um grito rasgado de Tuden Sal quando ele se jogou por trás de Haus, atirando enquanto se movia.

Haus apagou a lanterna e pulou para sua esquerda. Dois outros tiros de blaster atravessaram a escuridão em rápida sucessão – um da porta e outro do centro da cabine.

Com olhos arregalados, Haus permaneceu deitado e de ouvidos abertos, apontando seu próprio blaster contra a porta. Ele ouviu o som de uma respiração difícil à sua direita. Apenas silêncio vindo do corredor. O cheiro quente de carne, cabelo e tecido queimados indicava o que ele veria quando ligasse a lanterna.

Em meio à escuridão, Haus viu Tuden Sal caído contra a parede da cabine. Ele não estava morto, mas provavelmente não iria viver por muito mais tempo. O blaster de Droosh o havia atingido entre as costelas, deixando um buraco carbonizado.

De Droosh, ele podia ver apenas as botas. Haus se levantou cuidadosamente, apontando a luz e o blaster na direção do oficial caído. Do centro da cabine, ficou claro que Droosh nunca mais se levantaria. O tiro de Sal acertou bem no meio dos olhos.

Haus se ajoelhou ao lado de Tuden Sal.

– Você não precisava fazer isso – ele disse.

– Oh, então você faria? – Sal grunhiu. – Você deixaria que ele atirasse em você. Era preciso mais uma missão suicida. Foi meu jeito de... retornar o favor.

– Sal...

O Sakiyano ergueu a mão trêmula e agarrou a manga do casaco de Haus.

– Esconda... o trem. As informações...

– Vou cuidar disso. Sheel e eu cuidaremos disso.

Sal puxou o ar com dificuldade, os olhos perdendo o foco.

– Estúpido... tantos erros.

Ele se foi antes que Haus pudesse perguntar que erros eram aqueles, e se podiam impactar sua própria existência.

Haus ficou sentado no escuro por um longo momento, tentando dar alguma ordem aos seus pensamentos. Quando o caos se acalmou e a lógica voltou a se instalar, ele se levantou e considerou a sombria tarefa que tinha pela frente – livrar-se dos corpos.

Depois disso... bom, o quão difícil seria esconder um trem?

TRINTA E DOIS

O CAÇA DELTA-7 *Aethersprite* saiu do hiperespaço na órbita externa do campo de asteroides Fervse'dra e entrou em sincronia com o asteroide mais próximo. Jax havia considerado como fazer a aproximação da Estação Kantaros durante a jornada de quatro dias para o sistema Both. Com Darth Vader em Coruscant, ele possuía uma janela de oportunidade, mas possivelmente apenas uma janela muito estreita.

A primeira coisa que precisava fazer era encontrar a estação. Ele foi até onde ela estivera antes, mas já não estava mais lá. Jax inseriu a telemetria da última posição conhecida da estação, que havia retirado do computador navegacional da *Laranth*, no sistema do caça estelar e calculou sua atual posição.

Ele a encontrou mais ou menos onde o computador disse que estaria e pousou sua nave em um asteroide que ficava a uns cem quilômetros atrás da estação, no meio do fluxo de rochas flutuantes. Ele posicionou a *Aethersprite* entre duas projeções rochosas. Isso deveria ser o suficiente para impedir qualquer detecção acidental, mas, se houvesse patrulhas que chegassem tão longe, ou alguma nave que sobrevoasse sua posição, seu campo de energia seria inútil. Jax programou os sensores da nave com o maior espectro possível e determinou o perímetro do campo em um ponto onde teria apenas tempo suficiente para fugir dali se alguém entrasse na área. Isso dava a ele um alcance reduzido, mas aumentava a sensibilidade. Qualquer deslizador, cápsula de fuga ou drone causaria uma vibração na rede dos sensores.

Então, com as mãos nos controles da nave – pronto para decolar a qualquer momento – ele entrou em um estado meditativo, preparando-se para alcançar a consciência de Thi Xon Yimmon.

Por uma fração de segundo, sua mente se desviou para a ideia levantada por Xizor – de que seria mais fácil destruir Yimmon do que salvá-lo. Tudo dentro de Jax se rebelou contra esse pensamento. Rebelou-se tão enfaticamente que, por um momento, ele se sentiu fisicamente doente. Jax se forçou a se recompor, depois fechou os olhos e mergulhou, mais uma vez, na meditação. Sentiu falta da árvore miisai e acabou evocando sua figura em seus pensamentos.

Jax não podia arriscar ser detectado, então expandiu sua consciência delicada e cuidadosamente. Voltou a sentir falta da árvore, pois a tinha usado anteriormente para mascarar seu sinal da Força. Tudo o que possuía agora era a memória do miisai, seus talentos natos e a habilidade que desenvolvera ao treiná-los.

E possuía o holocron Sith.

Na calmaria que veio com aquele pensamento, Jax apanhou o objeto no bolso interno de sua jaqueta. Como se sua atenção tivesse disparado uma resposta, o artefato se aqueceu em sua mão. Quando fechou os olhos, ele ainda podia vê-lo como um ponto de luz difusa e de calor... um sinal na Força.

Equilibrando o holocron na palma da mão, ele estendeu suas energias com mais confiança – com longas faixas ondulantes da Força que se entrelaçavam entre o brilho ambiente gerado pelo dispositivo de Darth Ramage e buscavam seu objetivo.

Ele encontrou Yimmon, ironicamente, usando o conjunto aparentemente aleatório de campos defletores de Vader. Achou interessante Vader não ter percebido que a aleatoriedade podia ser uma quimera. Padrões faziam parte do tecido do universo tanto que emergiam apesar das mais rigorosas tentativas de evitá-los.

Jax ficou impressionado com o estado mental do Cereano. Ele estava calmo. Quase calmo demais, considerando as circunstâncias. Será que fora drogado?

Não... não havia confusão ou lentidão em seus pensamentos, apenas serenidade. E alerta. Jax estranhou, tentando afastar a sensação de que estava sendo observado de alguma forma. Não era inquietante, apenas inesperado. Como se...

Com uma percepção súbita que roubou seu fôlego, Jax sentiu outra presença – não, mais de uma presença: um forte sinal da Força, irreconhecível, aparecendo ao lado da consciência do líder da Whiplash. Então, antes que pudesse entender o que acontecia...

— Ouça. Indecisão é perda total. *A separação de Yimmon destrói a todos nós.*

A voz que não era voz soou clara, forte e insistente. Era inegavelmente um alienígena. Um Cefalônio, na verdade.

Aoloiloa? Como poderia? Como um Cefalônio em Coruscant poderia contatá-lo ali, naquele campo de asteroides na Orla Média?

Ele sentiu a comunicação do Cefalônio. Era ao mesmo tempo familiar e estranha. Aoloiloa, mas *não* Aoloiloa. Com uma onda de adrenalina, Jax percebeu que não era apenas um Cefalônio, mas uma rede viva de Cefalônios, conectados para enviar uma mensagem a ele.

Mas você já me disse isso, ele pensou. *O que mais posso fazer? Por que vocês continuam repetindo a mesma coisa?*

— *Separação destrói a todos nós.*

Separação destrói... O que isso significava?

— Eu preciso resgatá-lo — Jax murmurou em voz alta. E isso significava que ele não tinha mais tempo a perder. Precisava se mexer *imediatamente*.

– *Separação destrói a nós.*

Mas espere. A mensagem havia mudado sutilmente a cada repetição. Jax engoliu um gemido de pura frustração. Por que, em nome da Força, os cefalônios não podiam simplesmente dizer as coisas com clareza?

– *Separação destrói* – insistiu Aoloiloa e sua rede de Cefalônios.

Eu não deveria fazer isso sozinho? É isso que você quer dizer? É a minha separação que destrói?

Jax lançou a pergunta sobre o tecido da Força, para o universo vivo. A resposta veio na forma de uma sensação – tão forte que ele quase gritou – de que ele não estava sozinho no confinamento da *Aethersprite*.

– *Busque* – os Cefalônios disseram – *comunhão. Busque irmãs.*

Comunhão? Irmãs?

Por um horrível momento, Jax teve certeza de que estava perdendo a cabeça. Em certo sentido, Laranth era uma irmã – uma companheira usuária da Força. Mas Laranth estava morta, voltando para ele apenas em sonhos e memórias. Mesmo assim, ele ficou congelado no assento, com medo de que, se abrisse os olhos, Laranth estivesse ao seu lado no assento do copiloto.

E igualmente com medo de que ela não estivesse.

Jax descongelou quando ouviu o alarme de violação do perímetro da nave. Havia uma pequena nave entrando no sistema. Apenas um cargueiro lento, mas estava acompanhado de um caça TIE imperial e logo sobrevoariam sua posição.

Sem parar para pensar, Jax soltou as braçadeiras de ancoragem e acionou os motores iônicos apenas o suficiente para tirar a nave do caminho do comboio. Depois mergulhou na direção oposta, saindo do plano elíptico e desviando dos asteroides. Ele acionou o hiperpropulsor assim que saiu do cinturão, notando apenas distraidamente o destino que programou.

Foi usando a Força que programou o último salto, torcendo para que estivesse certo e, em algum nível, tivesse entendido o que os Cefalônios tentavam dizer.

O que significava "buscar irmãs"?

Irmãs de quem? Dos Cefalônios? A única espécie que podia ser considerada "irmã" dos Cefalônios era a espécie dos Celegianos. Era uma espécie muito isolada e poucos deles tinham treinamento na Força, com exceção de seu uso natural da telepatia e telecinesia. Embora não fossem geneticamente relacionados, eles pareciam ao menos fenotipicamente conectados.

Irmãs na resistência? Aren Folee ou Sacha Swiftbird se encaixavam na definição, assim como Sheel Mafeen. Isso fazia sentido lógico. Fazia tanto sentido que ele se inclinou para checar as coordenadas que havia programado no sistema, esperando que o computador navegacional mostrasse que estava voltando para Toprawa.

Sua mão pairava sobre o painel quando uma terceira possibilidade lhe ocorreu: que o termo "irmãs" significava outras usuárias da Força. Ele pensou em apenas uma associação desse tipo que poderia ser considerada "irmã" dos Jedi e dos Paladinos Cinza: as Bruxas de Dathomir.

Jax estremeceu. Essa ideia era ridícula. Dathomir não era um local seguro para um Jedi. Principalmente um homem Jedi. Embora houvesse exceções, a maioria dos clãs em Dathomir era extremamente matrilinear e matriarcal. Em muitos, se não na maioria, os homens foram reduzidos a meros escravos. E, embora as Bruxas fossem poderosas com a Força, elas eram compreensivelmente hostis com relação a forasteiros.

Mesmo assim, eram aliadas ao lado luminoso da Força, e seu mantra — passado por sua suposta ancestral, a Jedi banida Allya — era "nunca se entregue ao mal".

Jax enxergou a ironia de uma espécie que não incluía o conceito de escravidão em sua definição de "mal".

De qualquer maneira, existiram duas ordens descaradamente maléficas entre os clãs. Eram as Irmãs da Noite e os Irmãos da Noite – muitos dos quais eram híbridos zabrak-humanos, e todos eram exilados de suas tribos. Nos anos que levaram às Guerras Clônicas, elas se aliaram com os Sith, mas não antes de usarem a descoberta do portal interestelar chamado o Portão da Infinidade em uma tentativa de destruir Coruscant, que era então o lar da República.

Os Jedi as destruíram, junto com o Templo Estelar que continha o Portal em Dathomir. Desde aquele tempo – há treze anos – Dathomir havia praticamente entrado em quarentena. Não era justo para a maioria dos clãs, mas esses clãs dificilmente eram amigáveis, para começo de conversa, e não possuíam posição estratégica ou recursos naturais que o Império pudesse querer, nem tecnologia que pudesse temer.

Jax fechou os dedos. As Bruxas eram poderosas com a Força, mas pouco importava que entoassem feitiços para empregar esse poder. Elas eram usuárias da Força – mas que viviam e trabalhavam muito além da existência regimentada da Ordem Jedi, até mesmo mais além do que Laranth e os Paladinos Cinza.

Realmente, eram irmãs. Que conhecimentos elas poderiam possuir que fossem úteis a ele?

Jax tomou a decisão emocionalmente antes que a razão desistisse de argumentar. Ele saiu do hiperespaço no limite do espaço Bothano e tocou o controle navegacional novamente, desta vez para programar a jornada até Dathomir. Ficou ao mesmo tempo animado e assustado quando percebeu que esse era o destino que já havia programado.

TRINTA E TRÊS

◆

Probus Tesla orbitava seu prisioneiro Cereano como um planeta orbitava sua estrela. Ele havia começado a circular o líder da Whiplash em um momento de frustração com a calma do prisioneiro. Mas, quando sentiu que o movimento constante estava causando algum impacto em Yimmon, ele continuou.

Tesla havia perdido a conta de quantas vezes circulou a figura imóvel – vasculhando-o com pequenos pingos da Força – quando decidiu fazer um movimento mais incisivo. Os pingos se tornaram um rio quando ele pressionou, procurando por alguma brecha na parede psíquica de Yimmon. Para sua surpresa, o Cereano recuou mentalmente, afastando-se daquela abordagem.

Tesla controlou seu entusiasmo e aumentou a pressão.

– O que há de errado? – ele perguntou em voz alta. – Por que você ficou tímido de repente? Foi algo que eu disse? Algo que eu fiz?

Ele pensou em contar a Yimmon o que descobrira em sua última comunicação com seu mestre – que a Whiplash estava destruída, morta. Mas não fez isso. Afinal, seu mestre havia ordenado que não fizesse nada além de observar.

Tesla inundou a conexão entre ele e o Cereano, buscando uma entrada. Mas o prisioneiro estava completamente isolado em uma barricada de calmaria.

Os lábios de Tesla se curvaram. Yimmon não era um adepto da Força, e suas patéticas defesas mentais eram grosseiras, inertes, rochosas. A água causava erosão na rocha, Tesla pensou; entrava por suas saliências, criava pressão e a despedaçava. O Inquisidor visualizou essas imagens e atraiu a Força para elas. Seus redemoinhos físicos e mentais deviam afetar o rebelde impassível de alguma forma. Talvez precisasse apenas continuar o ataque.

A barreira defensiva de Yimmon vacilou e se contraiu... e depois parou.

Tesla tentou pensar em alguma maneira de penetrá-la. Acabou optando por um plano que não violava totalmente as instruções de seu mestre.

— E se eu contasse a você que houve um golpe em Coruscant? — Ele deixou a pergunta no ar e foi recompensado com uma súbita onda de interesse de Yimmon, como se este tivesse espiado para fora de sua fortaleza.

— E se eu contasse a você que houve uma tentativa de assassinar o imperador? Talvez você já soubesse disso?

Nenhuma resposta, mas a pulsação de Yimmon se acelerou, assim como sua respiração.

— E se eu também contasse que os responsáveis foram completamente aniquilados e sua organização foi inteiramente destruída?

Ah, sim. *Aquilo* foi uma reação. Ele podia sentir o quanto Yimmon queria abrir os olhos e encarar o rosto de Tesla, mas ele seria incapaz de ler qualquer coisa ali.

— Você deve estar se perguntando se algo assim realmente aconteceu. Vamos assumir que sim. E que as operações da resistência em outros mundos serão o próximo alvo. E esses grupos também cairão, um após o outro. Você iria avisá-los se pudesse? Ah, mas é claro, você não pode. Você não tem como contatá-los.

Depois de lançar aquela sugestão – depois de convidar Thi Xon Yimmon a pensar sobre seus colegas da resistência em seus vários mundos – Tesla monitorou a atividade agora muito mais nervosa por trás da simulada calma do Cereano, depois o pressionou gentilmente mais uma vez. E então recuou... aparentemente. Ao menos Yimmon deveria sentir que Tesla havia recuado.

Combinando ação física com a sugestão mental, ele se virou como se fosse deixar a sala – mas foi atingido por uma inundação repentina de energia da Força. Raspou em suas costas como uma chuva de estática. Eletrizante. Chocante.

Tão rápido quanto veio, a sensação se foi, deixando Tesla sem fôlego e rígido. Ele hesitou e sentiu uma instantânea cócega de interesse do homem sentado de pernas cruzadas no chão atrás dele. Tesla forçou a si mesmo a continuar andando, mantendo seus pensamentos febris firmemente escondidos. Seria possível que o Cereano fosse secretamente um adepto da Força? Ele repensou o plano que pretendia colocar em curso quando Darth Vader voltasse para a Estação Kantaros: a separação física do córtex duplo de Yimmon. Se Yimmon fosse sensível à Força, que efeitos isso poderia causar?

Tesla se apressou para fora da cela, sentindo uma deliciosa curiosidade. Estava ansioso pela volta de seu mestre para que, juntos, pudessem dissecar a psique de Thi Xon Yimmon e expor seus segredos.

TRINTA E QUATRO

◆

NA ÓRBITA INFERIOR DE DATHOMIR, Jax cuidadosamente considerou onde pousar. O planeta ainda era amplamente inabitado, e as populações existentes ficavam confinadas à larga região da costa de um dos três continentes. Havia vários clãs das Bruxas espalhados pela terra. Novos clãs também se formavam ocasionalmente, povoados por exilados, ex-escravos e renegados.

As Irmãs da Noite nasceram como um desses grupos renegados, e havia ao menos dois clãs que supostamente rejeitaram a hierarquia matriarcal dos clãs dominados por mulheres e que pretendiam criar uma sociedade mais igualitária. Esses clãs poderiam ser mais receptivos a um forasteiro, mas Jax duvidava que algum deles pudesse fornecer aquilo que ele queria – acesso às ruínas do Templo Estelar.

Não, ele teria que arriscar provocar a ira do Clã da Montanha Cantante – o grupo tribal que ocupava o território acima da planície devastada onde o templo ficava no passado.

Qualquer dúvida sobre a escolha de ir até Dathomir foi afastada quando sobrevoou a vasta ruína que dominava a Planície do Infinito. Guardado em um bolso fundo de seu casaco, o holocron Sith entrou em ressonância com as energias decadentes do local. Não era muita coisa, mas foi o suficiente para alertar Jax sobre o fato de que o campo arruinado ainda possuía um poder residual.

A capital do Clã da Montanha Cantante ficava na base da grande montanha que dava nome ao clã. As avenidas da cidade fortificada serpenteavam as encostas da montanha, cercadas por uma floresta escassa.

Jax não tinha dúvida de que o clã estaria completamente em estado de alerta quando ele aterrissasse. Ele baixou o Delta-7 em um rochedo plano que ficava na frente do portão da cidade e saiu do caça ganhando o ar gelado da montanha... na frente de dezenas de guerreiras – todas mulheres e, certamente, todas mortais.

Ele não hesitou, simplesmente desceu a rampa de embarque com as mãos erguidas. Ele se aproximou apenas o suficiente para que pudessem conversar e analisou as mulheres cuidadosamente.

Duas estavam armadas com lanças de estática, cada uma com um campo elétrico na ponta. Duas carregavam cajados feitos de cortosis.[7] O par ao centro do grupo parecia desarmado... a menos que você considerasse a Força como uma arma. Uma delas era definitivamente humana; a outra era uma Zabrak e exibia tatuagens faciais que declaravam sua maioridade. As tatuagens envolviam os olhos e a base dos chifres, e conectavam o nariz, o lábio superior e o queixo.

Embora nenhuma das mulheres estivesse vestida para batalha, Jax não tinha dúvida de que eram tão bem treinadas na arte da defesa quando eram treinadas na arte da manipulação da Força.

Enviando gentis faixas de consciência, Jax descobriu apenas que aquelas duas mulheres enxergavam a si mesmas como iguais e a serviço uma da outra.

— Por favor – ele disse, em um tom de voz baixo. – Eu gostaria de uma audiência com a líder de seu clã.

---

7 Cortosis é um mineral raro, capaz de resistir à lâmina de um sabre de luz. Devido a isso, foi utilizado nas armaduras de droides de batalha durante as Guerras Clônicas. (N. E.)

As mulheres trocaram olhares. A Zabrak inclinou seu queixo tatuado na direção da *Aethersprite*.

— Você voa em uma nave Jedi. Mas você não pode ser um Jedi.

— Eu sou.

Uma pausa, depois:

— Ouvimos rumores da destruição da Ordem Jedi pelo Império.

— Os rumores são exagerados. Eu *sou* um Jedi.

— Nós sentimos o eco de suas mortes através da Força.

Jax ignorou o embrulho em seu estômago.

— Assim como eu.

Ele sentiu o toque da Força vindo das guerreiras como se fossem mãos raspando em suas têmporas e testa. Jax se protegeu contra aquela invasão.

— Você é sensível à Força, no mínimo — a humana observou. — Apenas um adepto poderia bloquear de um jeito tão eficiente. Mostre-me sua arma.

Ele sabia que ela não estava pedindo para ver o blaster exposto em sua cintura. Jax ergueu a mão direita e chamou o sabre de luz para a palma aberta. O sabre voou de dentro do casaco e atingiu fortemente a mão.

— Acione — a Zabrak ordenou.

Ele obedeceu. A lâmina ganhou vida com um zumbido de puro poder — brilhante, sólida, com a cor da espuma do mar sob a lua cheia. Todas as guerreiras, menos a Zabrak, deram um passo para trás.

Ela assentiu e trocou mais um olhar com sua companheira humana.

— Uma arma Jedi.

Jax suspirou de alívio e enviou uma silenciosa mensagem de gratidão para a Força por ele e Laranth terem tido tempo de construir um novo sabre de luz antes de deixarem Coruscant. De outro modo, ele teria que encarar esses inimigos mortais do Império empunhando uma lâmina Sith. Duvidava que conseguisse apaziguar a situação apenas com conversa. Felizmente, ele havia deixado a lâmina Sith a bordo da *Laranth*.

O holocron Sith que deixou escondido no caça estelar também poderia ser uma ameaça à sua credibilidade, mas pensaria nisso quando o problema aparecesse.

— Sua arma pode não significar nada — a Bruxa humana disse. — Ele pode ter roubado a nave e a arma de um Jedi morto. — Ela virou os olhos para Jax. — Você será levado para a fortaleza e será analisado com os sensores... ou partirá agora.

Jax desativou o sabre de luz e concordou com a cabeça.

— Farei o que for necessário.

Ela ergueu a mão pedindo por sua arma.

— Isso é o necessário. Entregue o sabre de luz.

Jax passou a arma sem hesitar. O sabre retornaria se assim ele quisesse, então não era um problema... a menos que ela trancasse o sabre em algum lugar.

A guerreira deu um passo para trás e fez um gesto para ele passar pelo grupo. Ele fez uma reverência e se moveu na direção do portão que agora se abria.

— Qual é o seu nome, Jedi? — a Zabrak perguntou.

Mentir seria fútil.

— Jax Pavan.

— Por que veio até aqui?

Por que ele foi até ali? O que esperava encontrar?

— É sobre isso que preciso conversar com a sua líder.

Elas o escoltaram para dentro da fortaleza e o enorme portão se fechou atrás deles sem o comando de ninguém. Na larga praça adiante, Jax sentiu o escrutínio de muitos olhos. As construções não passavam de três andares, mas as pessoas — em sua maioria mulheres e garotas — observavam de cada janela e porta. As ruas também estavam cheias de olhos observadores.

As guerreiras o levaram diretamente pela praça até um edifício cilíndrico que parecia um centro oficial de recepção. Seu telhado cônico de dois andares era sustentado por enormes colunas esculpidas de árvores nativas com adornos metálicos. Cada coluna possuía um medalhão que exibia o brasão particular de uma tribo ou clã.

Jax achou bom não ter sido levado imediatamente a uma área fechada de onde seria forçado a escapar. Ele não tinha dúvida de que não seria fácil fugir daquela fortaleza.

Ele se moveu para o centro do lugar e se virou para encarar suas anfitriãs. As duas mulheres que falavam – o termo *tenentes* parecia adequado – se moveram cada uma de um lado, encarando Jax. As outras quatro se posicionaram no círculo ao redor dele.

As duas mais próximas ergueram os braços simulando toscamente um abraço, depois a Zabrak emitiu uma série de palavras tonais que ele não entendeu. Jax foi tomado imediatamente por uma sensação estranha, como se alguém tivesse derramado um balde de água morna sobre sua cabeça – escorrendo até o cérebro, passando pela coluna e concentrando-se no estômago. Foi uma sensação ao mesmo tempo tranquilizadora e inquietante e, quando acabou, ele se sentiu sem fôlego e invadido.

Jax precisou fechar os olhos. Quando os abriu novamente, encontrou as duas mulheres observando-o com desconfiança.

– Você diz que é um Jedi – a humana disse –, mas existe uma escuridão dentro de você… uma mistura de sombras e luz.

Jax respirou fundo e emitiu palavras que não tinha intenção de dizer.

– Eu perdi… minha companheira. Uma usuária da Força de grande talento. Sua morte perturbou o equilíbrio da Força dentro de mim. Também perdi o líder do meu… clã, mas não para a morte… para o lorde sombrio. Essas perdas precisam ser…

– Vingadas?

A voz flutuou até ele vinda da galeria do segundo andar que percorria toda a circunferência da construção.

Jax ergueu os olhos, procurando pela fonte. Encontrou uma mulher de talvez cinquenta e cinco ou sessenta anos observando lá de cima. Ela era alta, elegante, com cabelos da cor do luar presos com um anel de aurodium.

Ele se virou em sua direção e fez uma reverência.

– Não vingadas, mas redimidas.

Ela sacudiu a cabeça.

– Redenção, Jedi, é uma coisa muito difícil de conquistar.

– E você sabe bem disso – ele respondeu. – Você é Augwynne Djo, não é mesmo?

O sorriso dela foi um reflexo da profunda tristeza que cobria sua aparência serena como uma fina camada de neve. Jax sentiu uma imediata sensação de concordância com aquela mulher; sentiu que ela também fora vítima de traição e perda. Os dois usuários da Força permaneceram em silêncio, estudando um ao outro, por um longo momento – longo o suficiente para fazer a guerreira Zabrak se mover desconfortavelmente. O movimento chamou a atenção de sua líder.

– Traga-o para mim – disse Djo. Ela se virou e desapareceu nas sombras.

As duas guerreiras imediatamente levaram Jax para a escada que conectava o térreo com a galeria acima. No topo da escada, dois corredores se estendiam em um ângulo de quarenta e cinco graus um do outro. Aquele edifício, Jax percebeu, se conectava com outras construções. As guerreiras tomaram o corredor da direita e os três o atravessaram rapidamente, seguindo a sombra intermitente da Matriarca do clã.

Seu destino era uma larga câmara com paredes de pedras vermelhas e uma lareira central cujo fogo queimava forte e brilhante, mas não consumia combustível algum. Augwynne Djo já estava sentada em uma grande poltrona, esculpida na mesma pedra nativa que formava o chão e as paredes.

As guerreiras levaram Jax para dentro da sala e o posicionaram diante da Matriarca.

– Obrigada, Magash, Duala. – A Matriarca do clã assentiu para uma de cada vez. – Vocês podem nos deixar agora.

A Zabrak, Magash, sentiu a necessidade de intervir.
– Mas, Matriarca, ele é um estranho. E um *homem*.

Jax não sabia qual das duas definições o irritava mais.

– Ele é um Jedi – disse Augwynne Djo, como se isso fosse tudo que ela precisasse dizer. Ela ergueu a mão para Magash. – A arma dele, por favor.

Lançando um olhar para sua companheira, a Zabrak se aproximou da Matriarca e entregou o sabre de luz de Jax. Depois as duas jovens mulheres fizeram uma reverência e se retiraram da sala.

– Sente-se, Jedi – disse a Bruxa, gesticulando graciosamente com a mão –, e diga-me por que veio até nós.

Duala Aidu havia retornado imediatamente para o centro de recepção para dispensar as guerreiras. Na ausência de sua colega, Magash Drashi começou a andar sem rumo pelo corredor da sala da Matriarca do clã com grande perturbação. Ela nunca vira a Matriarca Augwynne ser tão receptiva com visitantes.

Sim, talvez aquele visitante realmente *fosse* um Jedi, e sim, os Jedi eram – ao menos em teoria – alinhados com as Bruxas de Dathomir contra os Sith e a escuridão que provocavam. Mas ele era... bom, um *homem*.

Ela teria que ser cega para não sentir a estranha familiaridade entre sua Matriarca e aquele forasteiro. Magash estava certa de que aquilo tinha a ver com a revelação de que ele perdera sua companheira.

Aquilo despertou sua curiosidade. Que tipo de parceria poderia existir entre usuários da Força fêmea e macho? Em sua cultura, os homens eram subservientes e inferiores às mulheres. Eles eram coletores de comida, trabalhadores, reprodutores. Ora, eles não podiam canalizar a Força mais do que um rancor podia estudar filosofia! Mas, aparentemente, os homens em outros mundos *podiam* canalizar a Força. Magash sabia que os Jedi não serviam a ninguém. Os Jedi machos aparentemente eram tão livres quanto as fêmeas para serem treinados com a Força, até mesmo para ensinarem seu uso.

Ela começou a sentir uma forte vontade de estar na companhia do Cavaleiro Jedi, de poder observá-lo, de vê-lo usar a Força sem precisar invocar feitiços – algo que ela mal conseguia imaginar –, ouvir seus pensamentos sobre seu lugar no universo e sua conexão com a Força. Ela sentiu a Força dentro dele, testemunhou quando sua arma Jedi foi acionada.

Será que ele podia fazer mais do que isso? Ela estava morrendo de vontade de saber.

Parte dela achou graça de seu próprio interesse ingênuo sobre um forasteiro. Afinal, que tipo de pensamentos poderia um homem ter sobre qualquer coisa? Eles apenas pensavam em comer, dormir, acasalar, trabalhar e passar suas poucas horas de descanso jogando jogos com regras obscuras que resultavam nos vencedores zombando dos perdedores. Aquela foi a primeira vez que ela foi exposta a um macho de outro mundo – outra cultura. Será que eles realmente eram tão alienígenas?

Bom, respondeu uma voz interna, *o comportamento desse Jedi não demonstra o quanto ele é diferente de qualquer homem em Dathomir? O mero fato de que voa em uma espaçonave tão complexa...*

Seus pensamentos foram interrompidos pela ideia do caça Jedi abandonado no rochedo logo além do portão da fortaleza. Com um rápido olhar para a porta da câmara de Augwynne Djo, Magash Drashi correu para poder observar a nave mais de perto.

TRINTA E CINCO

◆

Den Dhur encarou o droide remendado como se tivesse começado a falar na língua dos Hutts.

— O que você disse?

— Eu disse que Jax sumiu. Algo que, por algum motivo, não me surpreende tanto quanto deveria.

Den olhou para I-Cinco e depois para Sacha Swiftbird, que estava atrás do droide na porta da oficina de Geri.

— O que ele quer dizer com "Jax sumiu"?

A mulher sorriu ironicamente e cruzou os braços sobre o peito.

— Ele embarcou na *Aethersprite* e decolou no meio da noite. Alguns droides do turno da noite viram quando ele fez isso, mas... — Ela sacudiu a cabeça.

A fria onda de terror que atravessou o corpo de Den o fez desabar sobre a cadeira.

— E ninguém pensou em impedi-lo?

Swiftbird deu de ombros.

— Ele é Jax Pavan. O que significa que é um herói por aqui. Você não impede que heróis saiam por aí para fazer coisas heroicas.

— Achei que ninguém deveria saber quem ele era... com exceção dos líderes da resistência.

Ela revirou os olhos.

— Ora, vamos. Em uma comunidade pequena como a nossa? Dá um tempo. Segredos fazem parte do nosso dia a dia. Imagino que um dia depois de vocês aterrissarem aqui pela primeira vez todos já sabiam que havia um Jedi entre nós. Eles apenas não ficavam falando sobre isso por aí.

Den sacudiu a cabeça, olhando para I-Cinco como se o droide pudesse fazer algo que fizesse seu mundo parar de girar.

— Então ele roubou o caça e decolou... para onde?

— Não faço ideia – disse o droide. — Ele não se deu ao trabalho de registrar um itinerário no controle de voo do Lar da Montanha. Típico.

— Não seja cínico – Den retrucou. — Você sempre fica cínico quando está bravo.

— Eu sou um droide. Droides não ficam bravos.

— Ah, não me venha com essa, sua lata-velha. Você está bravo e sabe muito bem disso.

As lentes de I-Cinco brilharam rapidamente e ele emitiu um barulho contrariado, preparando-se para responder, mas Sacha o cortou.

— Vocês dois parecem um casal de velhinhos. Isso é uma perda de tempo. Pavan sumiu e temos uma nave a menos em nosso arsenal. A situação de Thi Xon Yimmon não mudou. Ele ainda está à mercê do lorde sombrio e seus seguidores. Precisamos nos reagrupar e descobrir o que podemos fazer para salvar a situação. Alguém tem alguma ideia *construtiva*?

O Sullustano e o droide olharam assustados para ela ao mesmo tempo.

Uma risada abafada lembrou Den de que ele não estava sozinho na oficina quando I-Cinco e Sacha apareceram. Ele e Geri haviam levado seu café da manhã até ali e conversavam sobre modificações nas partes Nêmesis de I-5YQ. Agora o pequeno mecânico de droides estava assistindo à cena com um divertimento que ele mal disfarçava.

— Desculpe — ele disse, parecendo tão contido quanto suas feições rodianas permitiam. — É só que... você sabe... foi engraçado.

— Daí a risada — disse I-Cinco. — Mas Sacha está certa. Não temos ideia do que Jax está fazendo ou de para onde foi. Podemos apenas tentar lidar com a situação da melhor maneira possível.

— Como? — Den perguntou, cada vez mais frustrado. — Você mesmo disse que não temos ideia de onde Jax está.

I-Cinco entrou completamente na oficina.

— Ou Jax voltou para a Estação Kantaros ou não voltou. Se voltou, ele precisará de nossa ajuda. Se não voltou, então Yimmon ainda precisa ser resgatado.

Sacha Swiftbird seguiu I-Cinco para dentro da oficina e se sentou no banco ao lado de Geri para beliscar seu prato de café da manhã. O Rodiano não protestou.

— Ótimo — ela disse. — Então, parece que você está pensando que deveríamos voltar para a Estação Kantaros e resgatar Yimmon nós mesmos.

— Nós? — I-Cinco perguntou.

— Vocês precisam de um piloto, não é mesmo? Eu sou uma piloto. Uma das melhores, na verdade. Também sou uma ótima engenheira.

— Ei, vocês também vão precisar de um mecânico de droides, não é? — Geri perguntou. — Quer dizer, a Sacha não pode ser engenheira enquanto está pilotando, não é mesmo?

— Não — os outros disseram ao mesmo tempo.

— Desculpe, garoto — Sacha disse. — Essa é uma missão perigosa.

— Ah, Sacha!

— Aren e Degan nunca permitiriam. Você está pensando em desobedecer a ordens superiores, cadete?

Geri franziu o rosto.

— Não...

Sacha se virou de novo para Den e I-Cinco.

— Degan já me ofereceu para acompanhá-los uma vez. Vocês precisam de apoio na engenharia e na pilotagem. O que significa que irei com vocês. Gostem ou não.

— Quem disse que não gostamos? — Den perguntou.

— Ótimo — Swiftbird disse, terminando o resto do café da manhã de Geri. — Então, qual é o plano? — Ela dedicou total atenção a I-Cinco.

— Achei que você já tinha pensado em tudo.

— Não seja engraçadinho. Imagino que vamos para a Estação Kantaros. E, já que sabemos que as naves do Sol Negro são recebidas por lá, então vamos nos disfarçar de nave do Sol Negro. O que vocês acham?

— Parece correto — I-Cinco admitiu. — Agora que concordamos com um plano, sugiro que decolemos o mais rápido possível. Por mais que eu queira continuar aqui trabalhando nas minhas modificações, tempo é um luxo que não temos. Você consegue liberar uma decolagem com seus líderes?

— Posso fazer melhor do que isso. Posso conseguir uma escolta e uma equipe de apoio.

— Eles só poderão nos escoltar até certo limite. Acredite em mim, a área ao redor da estação é muito bem patrulhada.

— Eles serão como sombras. As forças de Vader nunca saberão que eles estão lá... a menos que deixemos que saibam.

Den se sentiu deixado de lado.

— Ora, equipe de apoio! O que você quer dizer com "concordamos com o plano"? Eu não concordei com nada. O que exatamente estamos propondo fazer?

Se I-Cinco tivesse uma sobrancelha para erguer, ele teria erguido, Den tinha certeza.

— Exatamente o que Sacha sugeriu. Vamos fingir que somos um cargueiro do Sol Negro e aterrissar na estação como se tivéssemos todo o direito do mundo de estar lá.

Den sacudiu a cabeça.

– E o que vai convencê-los de que não devem simplesmente explodir nossa nave? Qualquer nave do Sol Negro que se aproxima deles precisa enviar códigos de identificação para a estação. Nós não temos códigos do Sol Negro.

– Na verdade, temos – o droide disse, soando tão orgulhoso quanto um droide poderia soar. – Enquanto estávamos esperando na plataforma em Keldabe junto com a frota do príncipe Xizor, eu tomei a liberdade de copiar alguns códigos de identificação. Para o controle em Kantaros, nós seremos a *Raptor*, de Mandalore.

Den assentiu, grato por, finalmente, receber uma explicação que fizesse sentido.

– Entendo. Desse jeito, assim que entrarmos na estação e resgatarmos Yimmon, nós poderemos fugir antes que eles… – Den piscou seus grandes olhos negros. – Espere… *o quê?*

TRINTA E SEIS

O caça Jedi era lindo, Magash precisava admitir. Até mesmo a pintura gasta não prejudicava suas linhas elegantes e o perfil arrojado.

A Bruxa Zabrak não era a única pessoa da comunidade que achava a nave intrigante; havia várias irmãs – até mesmo algumas crianças – observando a nave Jedi a uma distância segura.

Magash sentiu uma pontada de irritação. Pela Montanha, elas estavam com medo da nave! Bom, Magash não teria medo. Ela marchou até a nave e parou sob a sombra de uma das asas, desejando que o visitante tivesse deixado a rampa de embarque estendida. Ela não teria hesitado nem por um momento, Magash disse a si mesma, em entrar e olhar a cabine do piloto por dentro.

Considerou dar um pulo com a ajuda da Força, mas desistiu de um movimento tão ousado. O Jedi podia ser um homem e um estranho, mas era um convidado da Matriarca. Um ato daqueles seria uma quebra da cortesia. Então, ela apenas ergueu a mão e acariciou a superfície da asa perto de onde se juntava com a fuselagem.

Uma leve sensação de algo parecido com terror percorreu seu braço. Ela recuou a mão imediatamente e ofegou.

O que foi isso?

Magash olhou rapidamente por sobre o ombro para as mulheres tímidas que a observavam. Será que sentiram seu recuo involuntário? Será que consideraram aquilo como medo?

Cerrando os dentes, Magash voltou a tocar o metal. O sussurro de energia sombria retornou, causando um novo arrepio. Ela murmurou as palavras e a melodia de um feitiço tranquilizador...

Eu o invoco, oh, Infinito.
Que nenhum mal recaia sobre mim em tempos de provação.
Em momentos de perigo, guie meus passos.
Dê-me inspiração. Dê-me propósito.

Ela manteve a mão em contato com o casco da nave até achar que todos os seus nervos gritariam com a urgência de calar aqueles sussurros de energia sombria. E então ela recuou casualmente, como se sua mandíbula não doesse de tanto cerrar os dentes – como se não quisesse rosnar com uma perturbação inominável.

Ela se afastou da nave e se virou, caminhando de volta para a fortaleza, tomando cuidado para que ninguém percebesse a maneira compulsiva com que limpava a mão sobre a túnica. Já não estava mais apenas curiosa. Agora precisava desesperadamente saber o que assombrava a nave do Jedi.

Jax Pavan se sentou no divã que a Matriarca Djo havia apontado e considerou como responder sua pergunta: por que ele havia viajado até ali?

Não quero colocar um nome para aquilo que me trouxe aqui, ele pensou, mas essa não era uma resposta que ela aceitaria... e ele também não, pois sabia que estava apenas evitando uma resposta verdadeira.

— Eu fui atraído até aqui, Matriarca. Em parte, por minha companheira, Laranth... uma Paladina Cinza.

O olhar de Augwynne Djo era sereno, mas Jax sentiu um súbito aumento de seu foco sobre ele.

— Você a mencionou antes. Mencionou sua morte. Mas você diz que ela o guiou?

— Tive uma visão dela... Não, foi menos do que uma visão, foi uma impressão, durante um contato com meus aliados Cefalônios. A mensagem deles foi: *busque irmãs*. Com exceção da própria Laranth, apenas as Bruxas de Dathomir poderiam ser chamadas de "irmãs" dos Jedi.

O escrutínio de Djo se intensificou.

— Você esteve em contato com cefalônios? Já ouvimos falar sobre esses seres. Dizem que eles vivem fora do tempo.

— Não sei se eles vivem *fora* do tempo, mas certamente possuem uma perspectiva diferente da nossa.

Jax se inclinou na direção da Matriarca do clã, tentando provocar uma abertura que ele sabia que seria difícil para ela, consideradas as circunstâncias. As Bruxas de Dathomir eram essencialmente uma comunidade exilada em seu próprio mundo.

— Matriarca Djo, enquanto eu ainda estava imerso naquele contato, fui forçado a digitar um percurso no computador. Não pensei quais seriam as coordenadas, apenas digitei. Quando saí do hiperespaço, percebi que as coordenadas me levaram a Dathomir.

As sobrancelhas de Djo se ergueram na direção de sua coroa.

— *Busque as irmãs* — ela repetiu suavemente. — Sim, entendo. Mas o que você espera encontrar aqui?

— Não tenho certeza. Apenas sei do que preciso.

— E do que você precisa?

— De uma ferramenta. Uma arma. Uma estratégia para usar contra o lorde sombrio. Também mencionei que perdi meu líder para ele. Não posso trazer Laranth Tarak de volta do mundo dos mortos, mas *preciso* libertar Thi Xon Yimmon.

Augwynne Djo assentiu.

— E você acredita que vai encontrar essa... arma... aqui?

— Sim. E acho que tem algo a ver com as ruínas da Planície.

A Matriarca se levantou e começou a andar sem rumo, mas Jax percebeu uma leve perturbação em sua expressão, sentindo-a como ondulações na textura da Força que corriam entre eles.

— As ruínas do Templo Estelar? Nós evitamos aquele lugar. Assiduamente. Você acredita que aquilo que procura está lá?

— Existe algum vestígio de energia, possivelmente do Portão da Infinidade. Algum tipo de... redemoinho na Força... possivelmente no próprio tempo. Eu... sinto a necessidade de entender o que são esses redemoinhos. — Jax não mencionou o holocron Sith ou sua reação às ruínas do Portal.

— Então você pretende ir até lá... para visitar as ruínas?

— Se você permitir, Matriarca.

Ela voltou a olhar para ele, com um pequeno lampejo de humor em seus olhos pálidos.

— E se eu recusar? Se eu negar seu acesso às ruínas?

Ele se levantou.

— Então eu irei embora. Encontrarei outra maneira para... descobrir aquilo que preciso descobrir.

— Nenhum outro clã pode permitir acesso àquele lugar. Nós somos as guardiãs das ruínas.

— Eu sei.

Ela considerou a proposta em silêncio, sem tirar os olhos de seu rosto, sem quebrar a conexão da Força que havia estabelecido com ele desde que fora levado ao centro de recepção.

— Você pode visitar as ruínas, Jax Pavan, mas precisa estar acompanhado de uma das Irmãs.

Ele inclinou a cabeça.

— Obrigado, Matriarca.

Augwynne Djo se virou na direção das portas da câmara. Jax viu os filamentos da Força voarem dela – brilhantes fibras de energia que convocavam uma presença. Depois ela retornou para sua poltrona. Após se ajeitar no assento, a porta da câmara se abriu para a entrada de sua tenente humana – aquela que se chamava Duala.

– Você me convocou, Matriarca? – a mulher perguntou.

– Eu concedi ao nosso convidado permissão para visitar as ruínas. – Ela inclinou sua cabeça alva na direção da planície ao nordeste das muralhas da cidade.

A jovem Bruxa lançou um olhar surpreso para Jax, mas apenas concordou.

– Sim, Matriarca Augwynne.

– Quero que ele seja acompanhado por uma das Irmãs. As ruínas são... um lugar perigoso.

– Será difícil – Duala disse – encontrar alguém disposto a ir com ele.

– Eu irei.

Jax, Augwynne e Duala se viraram ao som daquela voz. A tenente Zabrak estava na porta, olhando atentamente para Jax. A intensidade daquele olhar fez o Jedi erguer uma defesa cautelosa.

– Tem certeza, Magash? – a Matriarca perguntou.

– Estou curiosa sobre os Jedi – a Zabrak respondeu. – Eu gostaria de entendê-los melhor, e talvez eu possa aprender algo útil para o clã.

– É uma intenção nobre – Djo disse, depois se voltou para Jax. – Já passa do meio-dia. Quando o sol se puser, a temperatura vai cair e as ruínas se tornarão ainda mais perigosas, mesmo para aqueles imersos na Força. Você quer ir agora ou prefere esperar até amanhã?

– Tempo, Matriarca, não é algo que eu tenho para desperdiçar – ele respondeu. – Irei agora, se for aceitável.

Augwynne Djo assentiu com a cabeça. Depois estendeu a mão, com o sabre de luz equilibrado sobre a palma.

Jax ergueu a própria mão e chamou a arma. O sabre tocou sua palma com um peso reconfortante. Ele o prendeu na cintura.

— Tenho certeza de que não preciso dizer a você que tenha cuidado — disse Djo.

Jax sorriu.

— Não, Matriarca. Não precisa. — Ele fez uma reverência a ela e se dirigiu para a porta, onde sua guardiã esperava com um semblante sério.

— Jax Pavan.

Ele se virou ao ouvir a voz da Matriarca.

— Se você encontrar algo nas ruínas que possa ser útil a nós...

— Tenha certeza, Matriarca Djo, que eu vou compartilhar qualquer coisa que descobrir que possa servir à Irmandade.

Jax primeiro voltou ao caça estelar para apanhar o holocron. Ele não sabia como explicaria isso para Magash e as irmãs, e se perguntou se conseguiria esconder sua presença de alguma forma.

A *Aethersprite* estendeu a rampa de embarque diante de seu pensamento e ele subiu até a cabine do piloto. Jax guardou o holocron Sith no bolso interno do casaco, invocando a memória da árvore miisai para ajudar a criar um véu da Força que mascarasse o sinal do artefato. Depois se juntou a Magash Drashi na planície rochosa.

Ela o olhou de um jeito estranho quando ele alcançou o fim da rampa e acionou o mecanismo de retração. Jax ficou surpreso quando ela se aproximou rapidamente e tocou a asa da nave.

Magash tirou a mão e se virou para ele.

— Sumiu. O que você fez?

— O que sumiu?

— A coisa terrível — ela disse, e Jax teve uma sensação daquilo a que ela se referia.

Ele mordeu a parte interna dos lábios. A Bruxa era incrivelmente sensitiva às texturas da Força.

— Não sei do que você está falando... A "coisa terrível"?

Ela fez um gesto de impaciência.

— Estava dentro da sua nave... ou era parte da sua nave. Uma vibração sombria, como o rastro de um predador que você não consegue ver. Estava ali. Agora, não está mais.

Jax olhou ao redor. Eles eram o foco da atenção de várias mulheres que apareceram para observá-los.

— Não aqui — ele disse para sua guardiã. — Mais tarde eu explico. Agora, qual é a melhor maneira de chegar às ruínas? Nós temos que andar até lá?

— Sim. Isto é, a menos que você prefira cavalgar numa fera rancor. Elas são domadas apenas pelas irmãs. Até onde sei, nenhum *homem* nunca tentou... nem conseguiu. — Ela sorriu, exibindo dentes afiados e brancos.

O sorriso de resposta de Jax foi irônico.

— Vamos andar. Para que lado?

TRINTA E SETE

◆

— Você não se importa de usar a cabine de Jax? — Den estava diante da escotilha da cabine, sentindo-se desconfortável ao acompanhar Sacha Swiftbird examinando o lugar.

— Eu não me importo se ele não se importar. Mas ele não está aqui para eu perguntar, então... não. Não me importo.

Ela se aproximou da árvore miisai e passou os dedos sobre os delicados ramos.

— Isto era dele?

— Sim. Hum. Foi um presente dela... da Laranth. Ele usava... ainda usa a árvore para meditar.

— Parece que ela teve uns dias difíceis. — Sacha tocou num ramo quebrado, depois ajeitou a terra espalhada na base do pequeno tronco.

— Pois é... acidentes acontecem.

Den ia perguntar se ela queria que ele tirasse a árvore dali, mas Sacha rapidamente apanhou um pacote de barras de energia de seu casaco e começou a espalhar farelos no receptáculo de alimentação. Certo, Sacha era do tipo carinhosa.

— Bom, então vou deixar você se acomodar — Den disse. — Volte para a ponte quando já estiver instalada.

— Pode deixar.

Aquilo levou mais do que Den esperava, e I-Cinco também estava inexplicavelmente ausente. Sozinho na ponte de comando, Den começou a se perguntar se era o único que sentia a pressão do tempo passando quando ouviu a rampa de embarque sendo retraída.

Bom, finalmente.

Um minuto ou dois depois, I-Cinco apareceu na ponte usando sua persona diminuta do droide DUM.

— Onde diabos você estava? — Den perguntou. — Pensei que estivéssemos com pressa.

— Nós estamos, mas precisei consultar Geri sobre... umas modificações.

— Modificações no seu corpo, você quer dizer?

— Sim. Já estamos prontos para decolar?

— Assim que nossa engenheira aparecer.

Como se tivesse ouvido a deixa, Sacha apareceu na escotilha.

— Desculpe — ela murmurou. — Só estava me acostumando com tudo.

— Ah — exclamou I-Cinco. — Aí está você. Você gostaria de passar pelos procedimentos da *Laranth*?

— Adoraria.

Den saiu do assento do copiloto e a observou deslizar na frente do painel de controle. Ela parecia... perturbada. Ou, no mínimo, introspectiva.

— Acho que o mais inteligente seria primeiro passar em Keldabe para embarcarmos alguma carga de verdade e estabelecer Mandalore como nosso ponto de origem — o droide falou enquanto a Ranger checava os controles. — Desse jeito, se o pessoal na Estação Kantaros checar nosso rastro...

Sacha estava assentindo...

— ... isso vai reforçar nosso disfarce como um cargueiro do Sol

Negro – ela completou. Sacha tomou o manche e checou o painel. – Estaremos em um bom ponto para saltar daqui a um-ponto-vinte-e-cinco horas.

– Foi exatamente o número que também calculei – I-Cinco disse.

Den, sentado atrás e à esquerda de Sacha, começou a observá-la mais de perto. Ela parecia nervosa... ou pouco à vontade. Suas mãos moviam o manche – os dedos flexionados, esfregando, batucando nervosamente. Sua mandíbula parecia tensa.

Den abriu a boca para perguntar se havia algo de errado quando ela falou:

– Hum. Eu... ah... descobri uma coisa um pouco... incomum... na cabine de Jax. Não sei bem o que pensar sobre isso.

– Incomum? – I-Cinco perguntou.

– O que você descobriu? – Den perguntou, sentindo a boca repentinamente seca. A última coisa de que precisava era ouvir de sua nova colega algo assustador sobre Jax para aumentar a lista de coisas assustadoras sobre ele.

– Tem uma gaveta secreta no recipiente daquela árvore... que eu descobri quando fui checar sua alimentação – ela acrescentou quando I-Cinco girou a cabeça em sua direção. – Enfim, tem um sabre de luz lá dentro. – Ela hesitou. – Um sabre de luz Sith.

Houve um profundo silêncio enquanto ela esperava pela reação deles. Den quebrou o silêncio explodindo em risada.

Sacha o olhou de um jeito estranho.

– Isso é engraçado?

– Não. Não é engraçado. – Den engoliu o humor inapropriado. – Apenas um alívio.

– Um alívio saber que nosso amigo Jedi possui uma arma Sith escondida em sua cabine?

– Olha, Sacha, considerando tudo o que está acontecendo com Jax, fiquei com medo que você dissesse... não sei bem o quê, mas algo que seria demais para mim.

A expressão dela se tornou ainda mais perplexa.

— Olá? Sith? O lado sombrio? O oposto de "amigo". Na verdade, exatamente "o" inimigo.

I-Cinco interviu:

— Jax recebeu esse sabre de luz de uma fonte anônima antes de enfrentar a assassina Aurra Sing. Você pode ter ouvido falar dela.

Swiftbird confirmou.

— Sim. Uma boa encrenca mortal.

— Jax achava que a arma podia ter pertencido a Sing, na verdade. Quando ele a enfrentou, *ela* estava carregando uma arma Jedi.

— Você quer dizer que eles... trocaram de arma?

— O sabre de luz de Jax havia sido destruído. Ele usou a arma Sith até que ele e Laranth conseguissem construir novos sabres.

— Mas ele guardou a arma Sith depois disso? — A ideia parecia absurda para ela.

— O plano — disse Den — era localizar um novo cristal para o cabo e reconstruir a arma para algum futuro padawan. Mas ficou por isso mesmo.

Sacha Swiftbird assentiu lentamente, processando a informação.

— Certo. Obrigada por explicar. Fiquei um pouco desconfiada da minha nova cabine... Não vou encontrar mais nenhuma surpresa, não é?

— Espero que não — I-Cinco disse.

— Mas nunca se sabe — Den murmurou.

Em algumas partes de Coruscant, a noite era mais iluminada do que o dia. Quando a luz do sol, refletida e refratada, se extinguia, um brilho artificial tomava conta completamente e transformava as ruas em dourado, prateado, em tons vermelhos e verdes, um completo arco-íris. O falso dia reinava em todo o seu esplendor variado.

Mas ali, nas entranhas abandonadas do antigo sistema de trens magnéticos, a noite era a noite. Preto sobre preto.

Pol Haus sabia que havia coisas sobrevivendo ali embaixo que nunca viram qualquer tipo de luz solar – falsa ou não. Coisas que fugiam da luz e do som, de cheiros e vibração... a menos que estivessem com fome.

Foi um lugar assim que ele havia escolhido para esconder o trem da Whiplash. Precisou descartar quase tudo, com exceção dos três primeiros vagões – sacrificando a calda para salvar o corpo e a mente – e levou esses três vagões para o nível mais profundo que ainda era acessível pelo túnel onde Sal havia originalmente deixado o trem. Ele escolheu um pedaço dos trilhos que apenas parecia isolado da saída, mas que na verdade possuía uma "porta dos fundos" secreta. Ele também havia programado o núcleo do computador com uma série de instruções e dispositivos destrutivos; se fosse descoberto, e impedido de fugir pela "porta dos fundos", ele poderia vaporizar toda a informação do sistema.

Esperava que não chegasse a isso, mas não podia saber com certeza se seu tenente Bothano estava sozinho em suas atividades. Seu instinto dizia que sim. A motivação de Droosh, em última instância, era a simples ganância. Pessoas gananciosas geralmente não querem compartilhar suas potenciais fontes de riqueza e/ou poder.

Mas, por outro lado, nunca se sabe.

Então, enquanto ele e Sheel Mafeen cruzavam as entranhas do antigo sistema de trens, a centenas de metros abaixo dos túneis originais que a Whiplash havia usado, ele ensaiava em sua mente um plano de fuga para a eventualidade de precisarem escapar antes de extraírem todos os dados do sistema.

Haus parou seu deslizador atrás do último vagão e desceu do veículo empunhando seu blaster.

Sheel veio logo atrás. Seu nervosismo estava óbvio na maneira como sua voz tremeu quando perguntou se tudo estava como ele havia deixado.

— Sim. E, já que tomei a precaução de instalar um sensor de perímetro, posso garantir que ninguém esteve aqui. - Ele desativou o sensor enquanto falava e se aproximou da escotilha do último vagão... aquele onde ficava a cabine de Tuden Sal.

Eles subiram a bordo, e Pol Haus ativou o sensor externo novamente, que funcionava com um conjunto de pequenos discos fixados magneticamente na lataria do trem. Baratos, fáceis de instalar e muito eficazes.

Uma vez lá dentro, os dois tinham tarefas predefinidas. Haus foi até o computador principal para começar a baixar os dados em vários nódulos da HoloNet que se espalhavam em diferentes locais da cidade. Enquanto isso, Sheel cuidou do computador na cabine pessoal de Tuden Sal. Ela possuía um dispositivo portátil para isso; os dois haviam imaginado que os dados pessoais de Sal seriam apenas uma fração do tamanho dos arquivos do computador central.

Ficaram ocupados com suas tarefas por talvez meia hora – Haus já estava usando o terceiro nódulo de armazenagem – quando Sheel soltou um grito de surpresa ou de socorro.

Haus imediatamente saiu do vagão principal e se moveu até a porta da cabine de Sal. O lugar ainda cheirava a morte, ou talvez fosse apenas sua imaginação fértil.

– Sheel, o que foi?

Ela se virou para ele com uma expressão tão angustiada que Haus sentiu necessidade de tocá-la, de tranquilizá-la. Ele atravessou a cabine com duas passadas e pousou a mão em seu ombro.

– O que aconteceu?

Em resposta, ela mostrou seu dispositivo, virando a tela para que ele pudesse ler.

– Dei prioridade para a transferência de dados – ela disse –, mas isolei tudo o que mencionasse Jax, Laranth, Darth Vader ou o imperador. Esta mensagem estava na correspondência privada de Sal.

Estranhando, Haus apanhou o dispositivo e olhou mais atentamente. Não havia dados holográficos – era apenas texto. A mensagem enviada dizia o seguinte: *Urgente. Para: Lorde Vader. Tenho razão para suspeitar que Pavan e "pessoas de interesse" vão se movimentar pela Flecha de Myto.* Essa mensagem foi seguida por um conjunto de datas que incluía o período em que Jax e seus companheiros transportavam Thi Xon Yimmon...

— Através da Flecha de Myto... — Haus murmurou. Ele sacudiu a cabeça. — Não entendo. O que...

— Ele enviou isso — Sheel disse com uma urgência em sua voz. Seus olhos brilhavam com lágrimas que se acumulavam. — *Sal* enviou isso. Para o Departamento de Segurança Imperial... para lorde Vader. A mensagem estava criptografada. Uma de talvez dezenas de mensagens criptografadas, e a única que mencionava Jax e Vader ao mesmo tempo. Sal os entregou, Pol. Ele entregou *todos nós.*

Com um impacto que abalou seu mundo, a informação finalmente foi registrada em sua mente.

— Por quê?

— Não sei. Não acho que tenha sido por alguma recompensa. Ele fez isso anonimamente. Ele criptografou a mensagem, enviou por meio de uma conexão disfarçada para que passasse por vários nódulos antes de alcançar seu destino. A mensagem contém apenas texto, claramente ele não queria ser reconhecido... e repassou informações mínimas sobre localização e datas, mas Sal sabia exatamente qual era o itinerário da *Far Ranger.*

Haus se apoiou pesadamente na parede e encarou Sheel.

— Ele poderia ter enviado os imperiais para Toprawa no exato dia da chegada de Yimmon naquele planeta.

— Mas não fez isso.

— De novo, por quê?

Sheel se sentou na beira da cama de Sal, com os pés a meros centímetros da mancha deixada pelo sangue do moribundo Sakiyano.

— Talvez a intenção não fosse a captura deles, mas apenas... um susto?

Haus concordou.

— Seu plano contra o imperador. Ele sabia que Yimmon e Jax nunca teriam permitido que o plano fosse adiante. Mas, se estivessem fugindo de Vader... escondidos e longe de qualquer unidade da resistência... ele poderia fazer qualquer coisa que quisesse e ninguém perceberia até ser tarde demais. — Haus tentou, sem sucesso, relaxar a mandíbula. — Ele poderia fazer exatamente aquilo que fez.

— Exceto que com Yimmon capturado...

Haus fechou os olhos, entendendo ao menos por que Sal estava tão determinado a assassinar Palpatine.

— Ele não podia abortar seu plano, independentemente do que acontecesse. A única maneira de impedir que a captura de Yimmon destruísse a resistência seria matar Palpatine e desestabilizar o Império.

Sheel se levantou.

— Precisamos terminar e sair logo daqui, Pol. Precisamos analisar tudo cuidadosamente. E tentar nos reconectar com nossos aliados. Não podemos deixar que isso destrua toda a resistência em Coruscant. A Whiplash não pode ter morrido em vão.

Ele olhou para ela, admirando sua coragem — e pura teimosia. Ele gostava de teimosia.

— Morrido? — ele repetiu. — Não vi nenhum funeral até agora.

Probus Tesla havia causado uma impressão em seu prisioneiro, isso estava claro. Os pensamentos do Cereano, embora escondidos atrás de sua impressionante calmaria, estavam mais emocionais, mais perturbados. Tesla sentiu trepidação, tristeza, esperança, arrependimento.

Agora, o que deveria fazer com tudo isso?

Lorde Vader dera ordens explícitas para não interagir diretamente com o líder da Whiplash e apenas observá-lo. Tesla acreditava que poderia dizer sinceramente que havia sido isso mesmo o que fizera — embora talvez tivesse dado a si mesmo algo para observar ao sugerir que os colegas do rebelde estavam em perigo.

O que, de fato, era verdade.

Isso fazia sentido para ele. Que seguisse adiante oferecendo simples lembretes das perdas do Cereano. Com isso em sua cabeça, literalmente, Tesla visitou a cela na qual Yimmon estava aprisionado em um horário incomum – enquanto o Cereano fazia sua magra refeição. Tesla sabia que a surpresa era uma ferramenta eficaz no processo do interrogatório.

Logo que entrou na sala, Tesla sentiu as recompensas de seu esforço. O Cereano ficou surpreso, momentaneamente desprevenido. Não esperava a visita em um momento que geralmente era deixado sozinho, e tão cedo após o último encontro. Ele rapidamente ergueu uma barreira mental, mas Tesla conseguiu captar sua agitação interna. Ele estava pensando sobre seus aliados possivelmente mortos em Coruscant.

Perfeito.

Tesla se aproximou e se sentou de pernas cruzadas diante de seu prisioneiro, encarando-o.

– Você sofreu uma grande perda – Tesla murmurou.

Yimmon olhou para ele momentaneamente, depois voltou a atenção para sua refeição. Ele comia lentamente, com mordidas pequenas e cuidadosas.

– Você sabe que sofrerá muito mais.

Nenhuma resposta.

– Laranth Tarak, Den Dhur, Jax Pavan... todos mortos.

Um breve olhar do Cereano e suas emoções chamaram a atenção do Inquisidor. Tesla continuou pressionando.

– Você está completamente sozinho.

Thi Xon Yimmon levantou os olhos para o rosto de Tesla, com um olhar preciso, limpo, desconcertante.

– Estou?

Tesla ficou intrigado pelo pingo de emoção que sentiu no Cereano. Parecia errado. Sim, havia tristeza, mas não um poço sem fundo de desespero. Yimmon tinha... esperança.

Esperança do quê? Esperança vinda de onde? Tesla quase fez essas perguntas em voz alta.

O Cereano desviou os olhos novamente, e então Tesla entendeu.

— Você acredita que Jax Pavan ainda está vivo? Você acha que ele vai resgatá-lo? Eu posso dizer agora mesmo, ele está morto.

Yimmon encolheu os ombros. Ele *encolheu* os ombros. Como se eles estivessem debatendo uma simples diferença de opinião.

— Por que você persiste com essa vã esperança, Yimmon? Você estava lá. Você viu a condição em que a nave se encontrava. Viu a explosão quando a nave finalmente foi atraída para o redemoinho entre as duas estrelas. Toda a vida dentro daquela nave foi dizimada. Completamente destruída.

Mais uma vez, ele deu de ombros casualmente.

— Acredite naquilo que você quiser. Eu acreditarei naquilo que eu quiser.

Tesla lançou mais respingos de sua energia da Força nas aberturas da consciência de Yimmon. Sentiu algo muito mais poderoso do que mera esperança. Sentiu certeza. Isso era absurdo. Irritante. Loucura... porém, lá estava.

Tesla se recostou, subitamente frustrado. Era assim que Yimmon achava que poderia escapar dos esforços de Vader — mergulhando de cabeça na insanidade?

O Cereano olhou em seus olhos novamente, calmo, sereno, determinado... implacável. Sua fé no Jedi e na Força era total. Tesla enxergou lampejos dessa fé sob a perspectiva de Yimmon: como o jovem Jedi Jax Pavan havia superado os Inquisidores e frustrado os planos de Vader repetidamente... como havia resgatado Kajin Savaros bem debaixo do nariz de Tesla... como — em seu último encontro — Tesla fora forçado a fugir.

O Inquisidor não tentou esconder sua raiva. Ele se levantou lentamente, até assomar de um jeito ameaçador sobre o prisioneiro sentado. Então deliberadamente puxou seu capuz, revelando seu rosto sem expressão e a cabeça raspada.

Aqui está o rosto de seu inimigo, Cereano.

– Que tristeza – ele disse em voz alta. – Lorde Vader ficará desapontado por você ter se desintegrado mentalmente ao ponto de cultivar essas... fantasias insípidas. Mas acho que assim será mais fácil para ele arrancar de sua mente as informações de que precisa.

Ele sentiu as barreiras de Yimmon sendo erguidas novamente e sorriu por dentro. Era tarde demais. Tesla não só sabia qual era a fraqueza emocional de Thi Xon Yimmon, mas também sabia como poderia explorá-la.

Tesla recolocou o capuz e deixou a câmara, pensando se deveria contatar lorde Vader e anunciar sua descoberta. Seu dilema foi solucionado quando recebeu uma comunicação de seu mestre: após lidar com os rebeldes no centro imperial, o lorde sombrio estava retornando à Estação Kantaros.

Tesla decidiu que iria esperar para compartilhar o que sabia. Por enquanto, precisava calcular o melhor uso de sua descoberta sobre a condição mental do prisioneiro.

Sozinho em sua cabine, ele se sentou e meditou sobre Jax Pavan. Foi mais difícil do que esperava – sempre que tentava refletir sobre como poderia tirar vantagem da louca fé de Yimmon, era forçado a encarar sua própria raiva profunda do Jedi, a se lembrar da humilhação que sofreu no último encontro entre os dois.

Era uma pena que Jax Pavan já estivesse morto, pois Tesla adoraria ter sido seu assassino.

TRINTA E OITO

— Sua companheira... ela também era uma Jedi?

Magash observou Jax Pavan com o canto do olho, flagrando a súbita e delicada tensão em seu rosto e a tremulação da Força ao seu redor.

— Ela era uma Paladina Cinza. Uma usuária da Força, mas, como você, não foi treinada pela Ordem Jedi. Ela... vivia pelos mesmos princípios que os Jedi, mas os Paladinos eram menos... rígidos com relação a certas coisas.

Magash não deixou de notar que o Jedi escolheu as palavras com um cuidado tão grande quanto aquele com que cruzavam o desfiladeiro que descia até a Planície do Infinito.

— Que tipo de coisas? — ela perguntou.

— Oh... armas, por exemplo. Os Jedi usam sabres de luz como sua arma principal há tanto tempo que isso já se tornou parte de quem somos. A arma sintonizada ao guerreiro, de certa forma. Os Paladinos Cinza acreditam que um adepto da Força deveria ser independente de qualquer... — Ele fez uma pausa, sorrindo ironicamente. — ... apetrecho — ele completou, lançando um olhar de soslaio para Magash.

— Os Paladinos Cinza podem escolher sua arma principal e sintonizar sua filosofia de luta com essa arma.

Magash assentiu.

— O guerreiro sintonizado à arma.

— Sim, mas, para um Jedi, aprender as formas de combate com um sabre de luz é considerado crucial para controlar e canalizar a Força.

— Ou seja, faz parte de sua disciplina. Assim como os feitiços são parte da nossa.

O Jedi confirmou.

— Então, esses Paladinos Cinza são guerreiros indisciplinados? Isso não parece sábio.

Ele sacudiu a cabeça.

— Não. Eu não quis passar essa impressão, Magash, acredite em mim. Laranth... — Ele fez mais uma pausa, depois engoliu em seco. — Laranth era muito disciplinada. De certa maneira, era mais disciplinada do que eu. Ela me ensinou muito sobre o que significa ser um Jedi.

Magash ficou satisfeita ao ouvir aquilo. Aquele Jedi, aparentemente, era mais aberto a diferentes formas de canalizar a Força do que ela esperava.

— Então — ela perguntou —, no que você acredita? Você acha que o sabre de luz é a única arma adequada para um Jedi?

Ele riu.

— Um ou dois anos atrás, eu provavelmente teria respondido que sim, é claro que é. Mas desde então eu já usei... hum... uma variedade de armas. E também lutei sem arma alguma. O que acredito... — Ele parou de andar e olhou para o grande desfiladeiro cheio de pedras, areia e detritos. — Acredito que um Jedi não *precisa* de uma arma. Acredito que um Jedi, ou qualquer usuário da Força, é uma arma. O que ele ou ela usa como ferramenta ou como foco é secundário.

Ele voltou a andar, com os olhos grudados nas pedras sob seus pés. Magash acompanhou seu ritmo.

— E no que *você* acredita? — Jax perguntou.

— Eu? — A questão a surpreendeu. Por que um Jedi treinado no Templo se importaria com o que uma Bruxa de Dathomir acreditava?

— Tenho certeza de que você tem suas próprias opiniões sobre esse assunto. — Agora ele sorria para ela, não para si mesmo. Talvez estivesse até mesmo rindo dela.

Magash ergueu o queixo.

— Sim, tenho minhas opiniões. Acredito... nas mesmas coisas que você. O importante é a pureza da canalização, não a ferramenta usada para facilitá-la.

Ela ficou surpresa por ouvir a si mesma falando assim, certa de que o que deveria ter saído de sua boca era uma defesa da canalização da Força por meio dos feitiços e encantos. Porém ela sabia — com a mesma certeza com que sabia que a Força fluía através dela — que encantos falados ou cantados eram apenas uma ferramenta para focalizar as energias que uma Bruxa possui.

— A coisa mais crucial — ela acrescentou — é nunca se entregar ao mal.

Ela sentiu uma mudança nas energias do homem ao seu lado, como se algo reagisse dentro dele.

— O que foi? — ela perguntou. — Isso não está de acordo com os seus ensinamentos Jedi?

Ele assentiu.

— Sim. Sim, certamente as palavras estão de acordo.

— Mas?

Ele sacudiu a cabeça.

— Essa é uma opinião que eu não deveria compartilhar.

Ela deu dois passos adiante e se virou, bloqueando seu caminho.

— Eu pedi para você compartilhar. Eu *exijo* que você compartilhe. — Ela queria entender a discordância que existia entre os Jedi e as Bruxas.

Jax a encarou, deixando que enxergasse um pouco da ambivalência atrás de seus olhos. Depois, disse:

– Quando você olha para mim, o que você vê?

– O que eu *vejo*?

– Sim. Você vê um colega adepto da Força ou... um ser inferior?

– Você... – Ela hesitou. – Você é um Jedi.

– Não foi isso que eu perguntei, Magash.

Ela pensou um pouco e tentou de novo.

– Você é... – Magash parou e olhou para ele. *Realmente* olhou para Jax. Ela enxergou um jovem humano alto, magro, do gênero masculino, com cabelos escuros um pouco compridos, olhos que exibiam todas as cores ao mesmo tempo, e um cansaço e uma tristeza em seu rosto que geralmente acompanham aqueles com muita idade e que passaram por muitas dificuldades.

Ele era atraente. Ela enxergou isso também e percebeu que, se fizesse parte da tribo, poderia considerá-lo como um possível companheiro.

Atrás disso estava a Força. Brilhava dentro dele como brilhava em suas irmãs ou na Matriarca Augwynne. E então Magash percebeu que era com essa pessoa que ela esteve conversando nos últimos minutos. O adepto da Força.

– Você é único em minha experiência – ela admitiu. – É verdade que, quando você chegou, eu o considerei um inferior. Mas agora vejo você como um raro companheiro da Força. Um adepto.

– Mas esse é ponto, Magash. Eu *não* sou raro. – Ele sacudiu a cabeça ironicamente. – Bom, certo. Talvez eu seja agora. Mas eu *não* era. No grupo de Padawans com quem cresci e fui treinado, havia facilmente o mesmo número de machos e fêmeas. De dezenas de mundos e centenas de culturas. Quando pisei no seu mundo, eu me tornei, mesmo que por um breve momento, um ser inferior. Se eu tivesse nascido aqui ou estivesse exilado aqui, seria transformado em um escravo, igual a todos os outros homens da sua tribo. Eu não teria liberdade. Não teria permissão para canalizar a Força, independentemente do que eu pudesse me tornar se fosse treinado. Neste planeta, eu nunca alcançaria meu potencial como adepto da Força... ou mesmo como um ser senciente. Eu seria pior por causa disso... e o clã seria pior da mesma maneira. Se isso não é o mal, então o que é?

A raiva dela veio rápida e profunda. Magash abriu a boca para retrucar, mas foi atingida por uma vasta tristeza que pareceu se abrir nos olhos do Jedi – como se carregasse o sofrimento de todos os Jedi do passado.

Magash apelou para a lição que aprendera desde o berço.

– Os homens de nosso clã não conseguem canalizar a Força.

– Mas vocês já permitiram que eles tentassem? De qualquer maneira, isso é razão suficiente para escravizá-los?

– Eles são pouco mais do que feras irracionais – ela argumentou. – Se aprendessem a usar a Força, eles a usariam apenas uns contra os outros... contra nós.

– Por acaso *eu* usei minhas habilidades contra vocês?

– Você não é deste mundo. Você foi treinado na disciplina espiritual...

– Certo. Então deixe que eles aprendam a sabedoria e disciplina espiritual antes de ensiná-los a canalizar a Força. É assim que todos os Jedi são ensinados... *eram* ensinados. A primeira coisa que aprendi com meu mestre foi qual tipo de pessoa um Jedi deve ser para realizar o bem em sua vida e evitar sua queda no lado sombrio. Canalizar a Força veio depois. Se os Jedi podiam ensinar isso, por que as Bruxas de Dathomir não poderiam? O que as impede?

Jax passou por ela e continuou a descer o desfiladeiro rochoso.

Magash ficou parada e olhou para ele, depois olhou para a vastidão que se estendia adiante. Vapor e fumaça se erguiam através de profundas valas abertas na rocha nativa pela catástrofe que destruíra o Templo Estelar e o Portão da Infinidade. Essas valas percorriam a terra arrasada como sombras fantasmagóricas e envolviam os fragmentos de pedra e entulho, que eram tudo o que restava da terrível arma das Irmãs da Noite.

De repente, Magash já não estava tão ansiosa para se aventurar naquela terra com o jovem-velho Jedi. Ela não tinha medo dos fantasmas daquele lugar, ela disse a si mesma, estava apenas irritada com a censura daquele homem.

Covarde, ela pensou, depois o seguiu até a planície, esmagando as pedras negras que se transformavam em poeira sob seus pés. Magash o alcançou assim que ele pisou no campo de destroços, depois ergueu a cabeça repentinamente quando ouviu um som familiar.

Um rancor.

Ela ouviu mais de um som. Talvez fossem dois. Ela virou a cabeça... Ali, ao leste, na base da grande montanha.

– Rancor? – o Jedi perguntou. Ele havia parado e se virado para ela. Magash confirmou.

– Eu vou espantá-los. Não quero que você seja devorado enquanto estiver sob minha guarda – ela acrescentou, sorrindo com os dentes afiados.

Mentirosa, ela disse a si mesma quando começou a se dirigir para o limite da floresta. Rancores nunca vinham até a planície devastada, mas o Jedi não poderia saber disso.

Jax direcionou seus passos para o centro da planície. Calculou uns doze quilômetros de um lado a outro, talvez cinco de largura. Para o oeste, a planície parecia terminar no horizonte; ao leste, a planície se mesclava com a floresta de árvores cinzentas.

Foi para lá que sua guardiã se dirigiu. Jax podia vê-la pulando sobre obstáculos, executando um incrível salto antes de pousar suavemente sobre um pedregulho do tamanho da cabeça de um rancor.

Ele se perguntou qual seria sua razão para se afastar dele. Não havia sinal algum de rancores por ali – não havia nada. De fato, não havia razão para um rancor – que, afinal, era uma fera inteligente – se aventurar naquela paisagem devastada. Jax sabia que seus comentários afastaram Magash. Talvez tenha feito isso instintivamente, da mesma maneira como programara o curso para Dathomir.

Ele voltou a olhar para o centro da planície. Vários pedaços de rocha nativa e metal retorcido – cada um tão longo quanto a *Aethersprite* e tão grande quanto um cedro de Toprawa – se projetavam do solo torturado, apontando suas coroas uns para os outros como pontas de sabre saudando uma luta que se anunciava. Logo após aquela estrutura, ao leste, havia um rasgo sobre a superfície no qual uma nave com o dobro do tamanho do Delta-7 poderia desaparecer sem deixar rastro. Uma cascata de rochas negras estava congelada em sua queda sobre o abismo como uma cachoeira de vidro.

Jax respirou fundo e começou a andar na direção da fissura, sentindo a atração de energias das quais ele apenas conseguia distinguir os contornos.

Sim, aquela área era a fonte do deslocamento que ele sentia na Força. Mas por onde começar? Na verdade, o que deveria fazer quando descobrisse por onde começar? O céu estava escurecendo enquanto o sol Dathomiriano beijava o topo das montanhas. Nuvens flutuavam pelo céu prateado, e uma névoa fina no solo começava a se erguer das sombras do vale. A escuridão seria completa em duas horas, talvez menos.

Jax apanhou o holocron Sith em seu bolso, esperando usá-lo como um compasso. Mas, embora estivesse claramente reagindo às energias que fluíam naquele lugar, o objeto não ofereceu indicação sobre qual parte do Templo destruído ele deveria explorar.

Ele havia acabado de fechar os olhos e enviado as primeiras faixas da Força quando algo o atraiu. Jax abriu os olhos e se virou para as projeções rochosas a oeste, a vários metros de distância. Uma graciosa figura se movia entre os ápices titânicos, surpreendendo Jax.

Como ela havia feito aquilo? Como Magash poderia ter passado do último lugar em que ele a vira – quase a um quilômetro de distância – para o templo arruinado? Mais precisamente, *por que* ela faria isso? Talvez para exibir seus poderes a um ser inferior?

Seu coração se acelerou. Talvez ela tivesse descoberto algo. Talvez soubesse mais sobre aquele lugar do que a Matriarca Djo suspeitava. A Matriarca dissera que as irmãs evitavam as ruínas, mas, ao observar Magash se deslocando pelo terreno acidentado, Jax acreditou que aquela não era sua primeira incursão naquele lugar.

Certo. Então, ele a seguiria. Jax começou a andar até onde ela estava, usando a Força para evitar cair nas fissuras cada vez maiores espalhadas pelo terreno da planície.

Ele olhou para a formação ao se aproximar. A garota o esperava, praticamente escondida na névoa que subia, quase como se fizesse parte do próprio vapor. Jax passou pelos últimos metros com uma série de pulos usando a Força para alcançar o lugar onde ela estava.

Ela havia sumido.

— Magash? — Ele parou para ouvir. Uma fria brisa percorreu o caminho entre as protuberâncias, emitindo um lamento arrepiante.

Ele hesitou. Será que havia irritado tanto a Bruxa a ponto de ela querer encurralá-lo? Ela poderia fingir ter caído em uma das fendas ou ter sido devorada por um rancor. Jax podia sentir sua irritação, mas nada tão letal quanto ódio.

— Magash! — ele chamou novamente.

Como não houve resposta, Jax sacou o sabre de luz e entrou debaixo da sombra das protuberâncias rochosas. Quase imediatamente seus sentidos foram atingidos por uma onda morna de estática. Ele ofegou, desorientado.

Jax virou quando sentiu um toque no ombro, mas não havia ninguém ali.

Porém... naquela fração de segundo em que reagiu, pensou que encontraria Laranth atrás dele. De pé junto *a* ele. Naquele momento, sem conseguir vê-la ou senti-la, Jax ficou desolado.

Ele gemeu alto. O que *era* aquele lugar? Que forças existiam ali para afetá-lo daquela maneira?

Em sua mão direita, o sabre de luz zumbia, banhando as sombras com seu brilho azulado. Na mão esquerda, o holocron Sith reagiu com um súbito calor e lançou um feixe brilhante sobre as superfícies polidas das torres de pedra que se tocavam sobre sua cabeça.

Ele se virou lentamente, observando o brilho deslizar sobre a pedra polida. Jax parou, encarando a maior das protuberâncias que se erguia ao céu, enxergando a si mesmo na superfície. Enxergando também o reflexo fugaz da mulher que estava atrás dele.

Não era uma Zabrak. Era uma Twi'lek.

Não era Magash. Era Laranth.

Ele girou.

O espaço atrás dele estava vazio. A coisa mais próxima era uma espiral de névoa.

Ele se virou novamente para aquele espelho improvisado...

... e pisou dentro do corredor de sua nave moribunda. O sabre de luz ainda ativado, irradiando seu brilho sobre a semiescuridão; a luz alaranjada não era do holocron Sith, mas dos incêndios que consumiam os ossos e o sangue da *Far Ranger*. E ali, diante dele na escuridão vacilante, estava Laranth saindo do compartimento de armas, com Den Dhur ao seu lado, lutando contra a escada.

Ele deu um passo adiante. Depois outro. E outro.

– Laranth! Den! Agora! Acabou! Vamos!

Eles olharam para Jax. Den disse algo para Laranth, depois correu na direção de Jax.

– Laranth! Agora! – Jax lançou toda a energia da Força em suas palavras. – Yimmon precisa de nós.

Ela ergueu os olhos para o compartimento de armas, olhou para Jax... e foi para a segurança da popa.

As imagens vacilaram, se distorceram e se realinharam. Laranth agora estava caída no chão, morrendo, com um pedaço de metal cravado no pescoço.

Jax soltou um rugido inarticulado de angústia, esvaziando-se completamente, até sentir como se tivesse sido virado do avesso. Antes que conseguisse respirar novamente, as imagens se rearranjaram outra vez e Laranth apareceu diante dele... e estava caída, morta, aos seus pés.

Ele inspirou o ar gelado. Dois caminhos. Dois passados. Aquele que fora criado pela indecisão e pela escolha; aquele que ele poderia ter criado se não tivesse hesitado. Jax desejou com cada átomo de seu corpo que pudesse tomar mais um passo e refazer aquela escolha.

Por uma fração de segundo, sentiu como se pudesse fazer isso, e, naquele segundo, Jax deu mais um passo adiante, gritando o nome de Laranth.

Ele tropeçou nas rochas e caiu de joelhos. Seu sabre de luz foi desativado, o holocron caiu de sua mão. Ele jogou a mão para impedir a queda e gemeu de dor quando um pedaço afiado de rocha cortou sua palma.

Ele se apoiou nos calcanhares e ergueu os olhos. Jax havia voltado completamente para as ruínas do Templo Estelar. Todos os resquícios do passado desapareceram. O vento soprava por entre as estruturas, as sombras aumentavam a cada segundo.

Será que foi real? Será que estava mesmo no meio de um nexo temporal? Ou seria outra coisa? E se o nexo fosse real, será que poderia forçá-lo a se abrir novamente?

Concentre-se. Você veio até aqui por causa de Yimmon.

Mas será que era verdade? Ou será que ele fora até ali por outra razão? *Por outra pessoa?* Será que lá no fundo de sua mente ele tinha uma ideia de como enganar a morte? De como enganar o tempo?

Não há morte; há a Força.

Jax afastou aquele pensamento, mesmo reconhecendo que deveria aceitar a ideia. E já *tinha* aceitado... certa vez. Ou pensou que tivesse.

Agora, já não tinha tanta certeza.

Jax respirou fundo e tentou se reorientar. Olhou ao redor novamente, percebendo que estava ajoelhado sobre algum tipo de estrutura artificial – um pedaço de rocha plano que provavelmente formava parte do chão do Templo, ou um altar – ou uma matriz de controle.

Olhou perto de onde estava ajoelhado e reconheceu a característica peculiar dos fragmentos de pedra ao redor. Eles pareciam ter algum tipo de escrito ou desenho. Jax prendeu o sabre de luz na cintura e apanhou um dos pedaços de pedra negra – um pedaço do tamanho de sua mão. *Realmente* havia uma série de símbolos, e ele percebeu, quando o colocou sob a luz âmbar do entardecer, que seus contornos eram regulares demais para serem naturais.

Seu pulso acelerou. Jax suspeitou que fora atraído para muito perto do coração do Templo Estelar. E isso significava... o quê? Que as energias eram instáveis ali? Poderia o próprio tempo também ser instável?

Um clarão no canto do olho fez Jax se virar na direção do holocron, que estava caído a meio metro de distância. O objeto pulsava, com trilhas luminosas percorrendo suas faces e superfícies esculpidas.

Ele o apanhou, equilibrando-o na palma da mão. Ali, sobre a pedra polida na qual se ajoelhava, a pulsação do artefato Sith aumentou, e agora ele podia sentir as reverberações na Força. O Templo Estelar também fervia com energias – energias que no passado alimentaram o Portão da Infinidade e foram desviadas a serviço do lado sombrio.

O holocron reagia às energias, mas será que isso significava que estava mais próximo de se abrir?

Jax concentrou suas próprias energias sobre o holocron, deixando a Força tocá-lo, estudá-lo, saborear sua textura. Era ácido e oleoso. Era mercúrio e vidro. Fogo e gelo.

Ele fechou os olhos, ainda enxergando o artefato dentro de sua mente. Com filamentos da Força, seguiu as faces, tracejando os intrincados ideogramas, pressionando e puxando. Onde sua mente tocava, os símbolos ganhavam vida.

Ele estava perto. Podia sentir.

Jax ergueu a mão esquerda sobre o holocron, envolvendo-o enquanto concentrava todos os sentidos sobre o objeto, mergulhando-o no tecido da Força. E de repente, súbita e facilmente, um painel se abriu e outro se dobrou. Uma projeção holográfica preencheu o ar diante dele, exibindo complexas fórmulas alfanuméricas.

Jax se lembrou de I-Cinco falando sobre ter testemunhado Yanth, o criminoso Hutt, manipulando habilmente as faces do holocron para revelar informações em seu casco exterior. Mas os holocrons eram compostos de muitas camadas – quase infinitas, na verdade – e os Sith eram desvirtuados além do tempo e do espaço. I-Cinco argumentara que seria preciso um catalisador de algum tipo para expor as camadas mais profundas.

Um pingo de sangue caiu do ferimento de Jax, atingiu a coroa do artefato e desceu em zigue-zague pela face gravada.

A Força dentro e ao redor de Jax estremeceu, e o holocron pulsou com uma batida sanguínea. O canto inferior girou sobre um eixo invisível.

Um catalisador.

Atordoado, Jax derrubou o holocron.

Magash não chegou até a floresta. Seus passos ficaram cada vez mais lentos até literalmente começar a arrastar os pés. Ela repreendeu a si mesma por aquela covardia. O Jedi havia ameaçado seu senso de identidade, e ela o abandonara nas ruínas.

Magash parou e encarou as árvores cinza.

Não. Ele não havia ameaçado a identidade dela, havia apenas afirmado a sua própria. Se isso era suficiente para ela desobedecer a Matriarca do clã...

Ela se virou novamente para a planície arrasada. Ele a confundira, só isso.

Não, ela se *permitiu* ser confundida.

Mas, sendo realista, qual era a alternativa? Se estava disposta a considerar as ideias dele e confrontar aquelas que mereciam ser confrontadas, o que mais ela poderia fazer além de ignorá-lo? Seria mesmo esse o costume da Irmandade da Montanha Cantante – ignorar ideias desagradáveis em prol de uma ignorância imperturbável?

O Jedi havia perguntado o que impedia as irmãs de Dathomir de fazer aquilo que os Jedi faziam – ensinar adeptos de todos os gêneros a canalizar a Força. Magash não sabia a resposta porque nunca havia pensado nisso.

Mas e se fosse verdade? E se realmente existisse, entre os cidadãos machos, potenciais usuários da Força prejudicados porque não tinham permissão para se desenvolver? E se potenciais talentos estivessem sendo desperdiçados... por causa do medo?

Será que a Matriarca Augwynne não saberia disso? Será que ela – e até mesmo Magash – não *saberia* se um macho em sua presença possuísse habilidades latentes com a Força? Ou será que a expectativa de que não havia qualquer habilidade a ser desenvolvida e o medo das consequências asseguravam que nenhum talento fosse descoberto?

Magash se virou novamente na direção das ruínas. Ela podia ver o Jedi se movendo ao redor da base das torres caídas. Um tremor percorreu suas costas.

Você está com medo!

Então, ela admitiu isso abertamente. Por mais que já tivesse percorrido aquela estranha atmosfera antes, procurando por qualquer sinal do antigo conhecimento que poderia ainda estar no Templo Kwa que as Irmãs da Noite haviam saqueado, o lugar ainda a deixava nervosa. Tanto que ela permitiu que o Jedi vagasse sozinho pelas ruínas porque ele a deixava desconfortável. E se ele encontrasse aquilo que ela procurava? Ou se ele se ferisse ou morresse porque ela não estava lá para protegê-lo? De qualquer modo, como poderia explicar para a Matriarca Augwynne a razão para abandoná-lo?

Desprezando a própria fraqueza, Magash Drashi começou a voltar para as ruínas. Não deu mais do que dois passos quando os pináculos negros que atravessavam a Planície do Infinito se acenderam com explosões de luzes azuis e vermelhas. A reação na Força quase a derrubou no chão, e sua alma foi atingida por uma onda de intensa angústia vinda do Jedi.

Praguejando, Magash começou a correr.

Sangue.

O holocron de Darth Ramage estava selado com sangue.

Com os joelhos encostados no peito, recolhendo-se sobre si mesmo, Jax encarou o holocron que estava sobre a laje negra de pedra em meio a um pulsante brilho vermelho.

Maldição.

Jax não deveria estar tão surpreso. Ramage foi um Sith, e um Sith particularmente impiedoso. Sua ciência se concentrava no uso destrutivo do poder e sempre foi mergulhada na escuridão.

Quanto sangue será necessário?, Jax se perguntou. *E de que tipo?*

Ele olhou para sua mão, que agora exibia um curativo apressado. O holocron havia respondido ao seu sangue, é claro, mas aquele respingo causou uma reação em apenas um dos cantos — e que se abriu apenas um pouco. Isso indicava que era necessária uma quantidade significativa de sangue. Claramente, se o adepto abrindo o holocron também fosse aquele cujo sangue facilitaria a abertura, o preço em seu processo neurológico tornaria difícil, se não impossível, usar a Força para sondar as trancas arcaicas do artefato.

E depois disso?

As implicações seriam terríveis.

Jax se levantou. Havia apenas uma maneira de testar as ideias que provocavam um caos em seus pensamentos.

Ele estendeu sua consciência da Força, analisando os cantos e fendas ao redor das ruínas. Havia vida, ele pensou, mesmo ali. Um tipo de inseto grande ali, um réptil aqui, e *lá*, debaixo daquele monte de destroços, uma fraca energia mamífera. Ele começou a se mover sem saber bem o que pretendia fazer. Jax ergueu a mão sobre os destroços

— pequenas rochas flutuaram e a areia se espalhou para revelar um ninho de um roedor endotérmico não muito maior do que o próprio holocron.

A criatura, repentinamente flagrada, tentou fugir, mas Jax a prendeu usando a Força, atraindo-a para sua mão. O roedor olhou para ele com grandes olhos brilhantes e arregalados, tentando entender que tipo de monstro o havia arrancado da segurança de sua casa.

Jax carregou a pequena criatura até o holocron e usou a Força de novo, tracejando as incisões e as faces do artefato como fizera anteriormente. Depois, cerrando os dentes tão forte até doer, ele apanhou um dos cacos de pedra afiada e rapidamente fez um corte na cauda do animal. A criatura se debateu, e uma grande gota de sangue se acumulou e caiu sobre o holocron.

Não houve reação – nada.

Jax se sentou, desabando sobre o altar rochoso. Quase como um reflexo, ele enviou um toque para o roedor com a intenção de curá-lo e tranquilizá-lo – e se desculpar. Depois, ele o soltou. O roedor correu e desapareceu entre as pedras.

Por mais gelado que fosse o vento percorrendo o templo, por mais frio que sentisse, Jax estava suando. Ele limpou o suor da testa com o curativo da mão.

Então, aparentemente, o pequeno deus escarlate de Darth Ramage não ficaria satisfeito com qualquer tipo de sangue. O artefato queria sangue de um senciente. Provavelmente o sangue de um usuário da Força. Mas a quantidade necessária iria incapacitar o pretendente aos segredos de Ramage; a chave tinha que ser a aplicação combinada de espírito e matéria.

A intenção era clara: Darth Ramage queria que a pessoa que buscasse seu conhecimento sombrio cometesse um ato sombrio – o sacrifício de arrancar o sangue de outro usuário da Força. Possivelmente sangue suficiente para matar. Talvez sua intenção fosse ter certeza de que ninguém do lado luminoso da Força tentaria usar seu conhecimento.

Eu deveria destruir essa coisa, Jax pensou. *Eu deveria apanhar e jogar o artefato em um buraco escuro e profundo.*

Havia uma fissura assim a poucos metros dali.

Mas dentro do artefato havia potencialmente a salvação de Thi Xon Yimmon e da resistência.

Jax pressionou a testa contra os joelhos e envolveu a cabeça com os braços. Era impossível. Não podia ser feito.

Errado, a pequena voz dentro dele sussurrou. *Pode, sim, ser feito, mas não por* você. *Você não consegue nem pensar em fazer isso.*

– Jedi? Tem alguma coisa errada?

Jax levantou a cabeça e encontrou Magash Drashi de pé na beira do altar, sentindo a Força poderosa e brilhante dentro dela.

TRINTA E NOVE

A *Laranth/Corsair* estava em Keldabe há menos de um dia, mas nesse tempo eles reabasteceram, arranjaram a entrega de uma carga e apanharam alguns armamentos leves. Sacha Swiftbird olhou satisfeita para o blaster DH-17 que havia comprado, porém, quando estava na cabine de Jax, seu olhar era atraído cada vez mais para a arma que o Jedi havia deixado para trás.

A princípio, ela retornara o sabre de luz Sith para seu esconderijo. Mas isso durou apenas algumas horas, pois ela o retirou novamente, fascinada com o objeto. Sacha o deixou ao lado da árvore miisai na abertura da parede, onde ficaria invisível para qualquer pessoa que olhasse da porta. De tempos em tempos ela o apanhava de novo, girando-o sobre a mão. O cabo parecia se encaixar muito bem na palma de sua mão, o que a fez pensar que talvez aquela fosse uma arma feminina.

Em um raro momento em que ficara sozinha dentro da nave, enquanto Den e I-Cinco supervisionavam o embarque da carga, ela timidamente ativou a arma... e desativou segundos mais tarde. O poder que fluiu daquela coisa – que parecia conectar sua mão, seu braço, seu corpo inteiro ao sabre – foi esmagador.

É inquietante.

É *excitante*.

Mas, para ela, o mais estranho de tudo foi que não sentiu o mal naquela arma. Poder, sim, mas não o mal. Nenhuma escuridão. Isso era curioso. Sacha se perguntou se talvez fosse um problema com sua própria virtude cinzenta que a deixava incapaz de sentir o mal.

Não. Ela já esteve próxima de Inquisidores. Podia identificar o mal muito bem quando se deparava com ele.

Talvez, como a posse da arma por Jax Pavan indicava, a Força era agnóstica sobre essas coisas. A diferença estava na pessoa que usava a arma. Sacha já havia ouvido usuários da Força discutindo interminavelmente sobre o assunto: será que existia mesmo uma dicotomia de intenções? Ou será que a Força era meramente o poder puro, a essência da vontade cósmica, e, sendo assim, estaria acima de conceitos sencientes como certo e errado? Ou será que era benéfica, precisando dos desejos venais dos sencientes para ser usada com um propósito sombrio?

Quando Sacha ativou o sabre de luz novamente, ela manteve a compostura, embora sentisse as mãos tremendo, os ossos vibrando e o cérebro zumbindo. Ela o segurou, moveu-se com ele – embora de um jeito hesitante – e então finalmente arriscou se dirigir para a oficina, onde fingiu lutar com o sabre. Ela adorou a maneira como se equilibrava em sua mão. Parecia mais natural do que qualquer blaster que já havia usado.

Sacha estava tão perdida em sua dança que mal registrou o som da rampa de embarque se fechando. Ela rapidamente desativou o sabre quando ouviu vozes no corredor.

Sacha guardou a arma dentro do casaco ao mesmo tempo que ouviu I-Cinco dizer:

– Peculiar.

Dois segundos depois, ele e Den apareceram na escotilha da oficina.

– O que é peculiar? – Den perguntou.

Sacha se apoiou casualmente contra um painel de circuito e repetiu:

– É, o que é peculiar?

I-Cinco fixou sua lente sobre ela.

– Ouvi alguma coisa dentro desta câmara um pouco antes de chegarmos. Parecia um sabre de luz.

Sacha riu, sabendo que seu rosto estava corado.

– Por que você está rindo? – Den perguntou, olhando para ela.

Sacha recobrou o equilíbrio e fez um gesto na direção de I-Cinco.

– Ele, falando comigo. Não consigo me acostumar com a ideia do meu antigo droide, o Ducky, com um cérebro de gênio.

– Não é o Ducky que tem o cérebro de gênio – I-Cinco disse. – É o cérebro de gênio que tem o Ducky.

– Sei. Certo. – Sacha limpou a garganta. – Estamos prontos para voar?

– Tão prontos quanto possível – Den disse. Ele limpou a mão sobre o casaco. – O que significa "não muito".

Sacha deu um tapinha no ombro do Sullustano quando saiu da oficina, na direção de sua cabine.

– Ah, vai dar tudo certo. Quando descermos desta nave na Estação Kantaros vai parecer que nascemos e fomos criados no Sol Negro. Vou checar se tudo está preso na minha cabine, depois encontro vocês na ponte.

Ela se retirou, assobiando, sentindo o olhar do droide queimando em suas costas até dobrar o corredor. Dentro da cabine de Jax, ela rapidamente guardou o sabre de luz em seu esconderijo e acariciou os ramos do miisai, praguejando contra seu descuido.

– Swiftbird, não deixe que coisas estúpidas assim se tornem um hábito. Combinado?

Ela concordou levemente para seu próprio reflexo no recipiente do miisai, depois se apressou para a ponte.

Assim que tomou o assento do copiloto, o painel de comunicações emitiu um sinal.

— Uma mensagem está chegando — ela disse, olhando para a tela. Depois lançou um olhar surpreso para Den. — É de Coruscant.

I-Cinco ativou o painel. Sacha notou que ele teve o cuidado de estabelecer uma comunicação visual de mão única — eles veriam quem estava "chamando" se uma imagem fosse enviada, mas eles próprios não enviariam uma imagem de volta.

O monitor holográfico exibiu um homem Zabrak e uma mulher Togruta. Sacha os reconheceu, mas a imagem ao redor estava obscurecida — provavelmente de propósito, caso mais alguém estivesse monitorando a mensagem. Era improvável, mas poderia acontecer.

— Jax — o homem disse. — Jax, aqui é Pol Haus e Sheel Mafeen.

I-Cinco ativou a emissão de imagens, depois assentiu para Den, que engoliu em seco e disse:

— Olá, Pol. Hum, Jax não está com a gente no momento. Nós... hum, como estão as coisas por aí? A situação está... tão ruim quanto parece?

— Sim e não — o Zabrak disse, olhando para sua companheira. — A liderança da Whiplash não existe mais, com exceção de nós dois. Tuden Sal... morreu heroicamente. Mas não, como achei a princípio, durante a tentativa de assassinato do imperador. Mas ainda sobraram alguns agentes de níveis mais baixos. Pessoas que apoiaram a resistência por anos, mas que, felizmente, não faziam parte do plano de Sal. Essa é a boa notícia... Ainda restou alguma coisa da Whiplash, afinal de contas. Mas não muito. E nós conseguimos recuperar todos os dados do quartel-general e destruímos todas as evidências físicas.

— Então, imagino que existam más notícias... fora a morte de Sal e dos outros.

Haus confirmou e Sheel Mafeen disse:

— Foi Sal quem vazou a informação para Vader sobre a transferência de Yimmon para fora de Coruscant.

Sacha sentiu o sangue desaparecer de seu rosto.

— Eu não entendo. Ele colocou em perigo a Whiplash, a resistência e a operação dos Rangers em Toprawa... em troca de quê?

— Vingança — a Togruta disse, com a voz abalada. — Ele queria o imperador morto de qualquer maneira.

Haus acrescentou:

— Para ser justo com Sal, nós não achamos que ele imaginava que Yimmon seria capturado, nem que alguém morreria. Achamos que ele apenas queria forçar Yimmon e Jax a se esconderem para que não pudessem interferir em seu plano. Então, *eu* tentei interferir. O que não percebi é que, quando Yimmon foi capturado, Sal ficou sem saída. Ele precisava ir até o fim.

— Isso — I-Cinco disse — explica muita coisa.

Sacha concordou.

— Por exemplo, explica por que Vader sabia apenas aproximadamente qual era a posição da *Far Ranger*.

— É verdade — o droide disse. — Se fosse um agente de Toprawa, ele saberia exatamente onde poderia nos interceptar. Aparentemente, ele só ficou sabendo disso quando sentiu Jax e Laranth através da Força.

— Nós achamos que vocês deveriam saber disso — Haus completou. — Diga a Jax que ele pode confiar em seus aliados em Toprawa.

— Se algum dia voltarmos a vê-lo... — Den murmurou.

QUARENTA

Jax sentava de pernas cruzadas diante do altar, de olhos abertos, as mãos e a mente apoiando gentilmente os planos e vértices do holocron Sith. Ele sentiu a Força brotando em seu interior, ondulando sob o crepúsculo que o envolvia como um manto suave. Com filamentos sensoriais, ele vasculhou os mecanismos de tranca do artefato, seguindo os símbolos mágicos esculpidos sobre as faces.

Ele estremeceu quando o calor líquido do sangue escorreu pelo holocron até se acumular na palma de sua mão antes de cair em cascata na pedra onde ele se sentava.

O holocron respondeu do jeito esperado – ao tracejar os símbolos com seus sentidos, as proteções sobre os vértices se abriram, uma após a outra, terminando com aquela do topo.

O holocron desabrochou como uma flor e revelou o cristal de dados que havia ali dentro.

O suave canto que preenchia a câmara arruinada cessou. Jax baixou a mão esquerda, erguendo os olhos para as três mulheres que se ajoelhavam com ele, de mãos dadas sobre o holocron, derramando seu sangue junto com o dele sobre as superfícies esculpidas.

Elas recuaram as mãos e Duala se apressou para fechar primeiro o corte de Augwynne Djo, depois o de Magash. Magash retribuiu o favor, envolvendo a mão de sua irmã antes de voltar a atenção para Jax.

Jax mal sentiu os cuidados dela. Toda a sua concentração estava focada na fonte de conhecimento em sua mão; não poderia desviar os olhos mesmo se tentasse. O holocron o possuía e derramava o conteúdo selado pela Força para dentro de sua mente. Mil luzes pulsavam; mil vozes sussurravam, mil filamentos da Força envolviam seu espírito – e sua mente.

Ele se afogava na enchente de conhecimento e não conseguia desviar o olhar.

– É possível ler as informações, Jedi?

A voz de Duala Aidu chegou até ele como se viesse de uma grande distância.

Se era possível ler? Ele quase riu. O cristal físico, ele tinha certeza, podia ser inserido em um leitor holográfico, permitindo acesso a um pedaço das informações mais mundanas. Mas aquele rio de conhecimento era destinado apenas ao usuário da Força que conseguisse acessá-lo – um usuário que Darth Ramage imaginava que seria alinhado ao lado sombrio que sequer conseguiria contemplar o ato que ele acreditava necessário para abrir o artefato.

Jax duvidava que Ramage teria imaginado que um grupo de usuários da Força iria cooperar livremente e entregar seu sangue para essa finalidade.

– Ele já está lendo, irmã – Augwynne Djo murmurou. Ela se inclinou em sua direção, encarando atentamente seu rosto.

Jax a viu através de um véu de luz âmbar, suas próprias energias da Força formando um halo brilhante ao seu redor. Ele queria agradecer a ela, mas não conseguia falar nem se mover. Jax se concentrou no fluxo de imagens, ideias, experimentos. Certamente haveria um jeito de escolher o tipo de informação que poderia ser benéfico a ele. Ou ao menos um jeito de separar e peneirar as informações.

Jax sentiu medo. E se não fosse capaz de entender aquilo que estava recebendo? E se tudo aquilo fosse demais? E se, afinal de contas, não houvesse nada que pudesse usar?

Uma dor disparou em sua cabeça.

Respire!

A ordem pareceu vir de dentro e de fora simultaneamente.

Não há medo. Não há ignorância. Não há caos. Há apenas a Força. Respire.

Ele respirou, abrindo a si mesmo para o conhecimento, deixando que fluísse através dele, sobre ele, dentro dele, sem tentar filtrar, selecionar ou impedir. Ele era um poço sem fundo sendo preenchido com água. Não ofereceu resistência alguma ao fluxo.

Tão súbito quanto uma porta batendo com força, o rio de informação cessou. Jax teve um momento de silêncio, de calmaria sombria, antes de perder a consciência.

QUARENTA E UM

— Isso vai funcionar? — Den perguntou, olhando para a muralha de rochas flutuantes que dominava a vista da janela da nave.

Eles entraram no hiperespaço perto de Mandalore e saíram no sistema Bothano, usando os códigos de identificação da *Raptor*. Agora tangenciavam o cinturão de asteroides Fervse'dra, procurando pelo melhor ponto de entrada.

— Você quer as estatísticas? — I-Cinco perguntou. Ele usava novamente seu corpo I-5YQ, copilotando manualmente a nave e inserindo dados navegacionais diretamente no computador por intermédio de seu dedo indicador direito.

— Não, obrigado — Den respondeu. — Isso provavelmente só iria me deixar mais nervoso.

— Como quiser.

As lentes do droide piscaram e um mapa holográfico do campo de asteroides apareceu sobre o console central.

— De acordo com os meus cálculos, a Estação Kantaros estará ali. — Um ponto vermelho apareceu no campo entre as rochas flutuantes.

— E nós estamos aqui — Sacha disse do assento do piloto. Ela acenou com a cabeça para um ponto brilhante vermelho na orla exterior do campo, acompanhando os asteroides com a mesma velocidade.

– Existem várias maneiras para fazermos isso – disse I-Cinco. – Pelas laterais, pela frente, por trás...

– Eu digo que devemos passar raspando por baixo do campo – Sacha disse –, até chegarmos a uma distância de contato com a Estação, depois entramos por trás e por baixo. Assim teremos menos chances de bater em um dos grandes. Se andarmos junto com o fluxo de detritos, será mais fácil ficar fora do seu caminho. Ou... – ela apontou para um terceiro ponto de luz que havia acabado de aparecer no mapa – ... podemos seguir *aquilo* para dentro.

Aquilo era um grande cargueiro Toydariano abrindo caminho pelo topo do campo de asteroides como um besouro gordo.

– Aposto – ela disse – que eles já fizeram isso antes. E, se seguirmos em seu rastro, teremos o benefício da familiaridade deles com os protocolos.

– E se eles *não* tiverem feito isso antes? – Den perguntou.

Ela encolheu os ombros e exibiu um sorriso travesso.

– Eles vão limpar o caminho de qualquer maneira. Uma nave daquele tamanho precisa ter campos repulsores fortes o bastante para empurrar os asteroides do caminho.

– E se não tiver?

– Você está pensando demais, seu pequeno pessimista.

Den arregalou os olhos com um ultraje fingido.

– Quem você está chamando de *pequeno*?

Ela riu.

– Se eles não tiverem repulsores fortes, ainda terão que limpar o caminho. Não se preocupe, não vou chegar perto demais deles.

– Promete?

– Prometo. Então, o que vai ser, garotos? – ela perguntou, segurando o manche com firmeza, usando as duas mãos. – Vamos atrás deles?

– Sim – disse I-Cinco.

— Claro — Den concordou. — Por que não?

Sacha pilotava com facilidade. A nave se movia graciosamente sob suas mãos. Den pensou que era quase como ter Jax no comando. Quem sabe, talvez aquela piloto de corridas possuísse alguma sensitividade à Força. Isso explicaria seu sucesso no esporte.

Fosse qual fosse a razão, ela era nada menos do que fantástica, em se tratando de pilotar a *Laranth*, bailando entre os asteroides na camada superior do cinturão até alcançar o rastro do cargueiro Toydariano, onde manteve a perfeita distância e aparência. Não havia tensão, nenhuma incerteza. Era como se aquilo fosse algo mundano em seu dia a dia.

— O cargueiro começou a fazer contato — I-Cinco disse.

— Então nós também devemos começar — Sacha respondeu.

— Sim, capitã. — O droide começou a enviar os códigos de identificação que havia roubado da *Raptor* verdadeira.

Em questão de minutos, o controle de voo lhes respondeu e reconheceu os códigos. Um ponto verde apareceu no mapa, mostrando a localização da estação nas profundezas do cinturão de asteroides. O ponto apareceu praticamente no mesmo local que I-Cinco havia previsto.

Den prendeu a respiração enquanto eles seguiam o sinal que indicava a posição da Estação Kantaros. A mera visão da nave imperial atracada na Estação fez seu rosto suar. Mas eles flutuaram serenamente seguindo o cargueiro, comunicando-se com a Estação apenas para estabelecer o "hemisfério sul" como área de aterrissagem.

— Nada mal — Sacha disse, entregando o controle da nave para o sistema automático de atracagem. — Ser pequeno até que tem suas vantagens.

— É o que eu sempre digo — murmurou Den.

— Principalmente porque conseguimos um lugar perto do coração da operação.

— Certo... e depois?

— Depois — I-Cinco disse —, nós nos misturamos, observamos os costumes e começamos a explorar por aí.

— Você quer se misturar — Den repetiu, olhando para o droide com ceticismo — usando esse corpo?

Dizer que I-Cinco parecia peculiar — e ameaçador — seria um eufemismo. Ele era um pesadelo total — um terço droide de protocolo, um terço assassino Nêmesis, um terço sabe-se lá o quê. Um braço parecia quase normal — mas não era — e o outro, em branco imaculado, parecia um lançador de foguetes, o que não estava longe da verdade. Uma perna era prateada, a outra era dourada; as duas possuíam repulsores antigravitacionais. O longo capacete que formava a traseira de sua cabeça estava encravado com pontas cônicas e afiadas — ele poderia matar alguém simplesmente caindo para trás.

Era a própria diplomacia com um toque de terror.

O droide possuía todo tipo de surpresa em suas mangas metálicas, Den tinha certeza. Durante sua estadia recente em Toprawa, ele havia adquirido a habilidade de trocar sozinho de corpo e, portanto, trabalhar em suas "melhorias" por si próprio. Den havia perdido controle — e até conhecimento — das modificações daquele momento em diante. Até onde o Sullustano sabia, I-Cinco podia até ter partes de droides de batalha instaladas sob a pele metálica.

— Eu acho que ele vai ser perfeito — Sacha disse. — Nós três seremos perfeitos. Vamos parecer tão Sol Negro que ninguém terá razão para nos questionar.

— "Tão Sol Negro"? — Den repetiu.

— Você sabe... surrados, mas bem-alinhados; durões, mas excêntricos. Diferentes.

Den olhou para ela. Sacha estava mesmo diferente — desde seu sobretudo preto e vermelho até as mechas prateadas em seu cabelo que chegava até o ombro. Ela carregava um blaster em cada quadril, uma pistola na bota direita e uma adaga na esquerda. Apenas ela sabia o que mais havia escondido nos bolsos internos de seu casaco.

Den não estava menos "excêntrico" nas roupas — ela se certificara disso. Ele estava coberto da cabeça aos pés por pele sintética preta.

Também estava armado até os dentes – todos os agentes do Sol Negro andavam armados até os dentes.

Eles pareciam tão piratas quanto o disfarce de Jax.

Den sentiu uma forte saudade repentina, imaginando onde Jax estaria e o que estaria fazendo.

E se ainda voltariam a vê-lo.

QUARENTA E DOIS

◆

O LUGAR ONDE JAX PAVAN estava era escuro. Ele tinha a impressão de ser um vasto espaço, então usou a Força para incrementar a visão. Pouco a pouco, o lugar se iluminou – literalmente – quando áreas de um suave brilho ambiente surgiram na escuridão. Aquelas luzes se afastavam alternadamente pelos dois lados em filas que se erguiam a uma grande altura. Eram regulares demais para serem estrelas.

Ele conhecia – e adorava – aquele lugar. Era a grande biblioteca no Templo Jedi em Coruscant. E que não mais existia.

Jax passou os olhos pelas paredes escuras com suas luzes espectrais – luzes que cresciam cada vez mais. Eram os "livros" que forravam as prateleiras da biblioteca – cubos de dados, chips de memória, holocrons, pergaminhos de luz, até mesmo antigos livros compostos de capas de couro e folhas de fibras de plantas nas quais textos antigos eram impressos.

Ele esteve de pé diante da larga porta da vasta câmara; agora se dirigia para o centro. Entre as fileiras iluminadas, algumas brilhavam com mais força. Em um canto, um halo âmbar envolvia um cubo de dados; em outra parte, um pergaminho brilhava como um tubo dourado. Jax imaginou qual seria o conteúdo... e se encontrou a vários metros no ar, tocando o pergaminho, sabendo que continha um tratado sobre projeções na Força.

Útil. Ele o retirou da prateleira, sentindo seu calor – e o objeto se dissolveu em sua mão.

Surpreso, ele permaneceu olhando para sua mão. Ela brilhava com a aura residual – quase obscurecendo o corte que já cicatrizava em sua palma.

O conhecimento contido no pergaminho emergiu em sua mente semiconsciente como uma ilha surgindo no meio do oceano. É claro, fazia sentido. Seria preciso disciplina e prática, mas era uma disciplina semelhante àquela usada com a camuflagem da Força que ele havia descoberto junto ao miisai.

Jax voltou a olhar para as prateleiras. É claro, não eram realmente prateleiras; ele sabia disso. Ele não estava realmente na biblioteca. A biblioteca não existia mais – fora levada por uma terrível distribuição de violência sem sentido. Ele estava dentro da própria cabeça, escolhendo qual conhecimento traria para a luz da consciência, depois de ter escolhido a metáfora com a qual faria isso.

Em outra parte da prateleira, uma luminescência branca pulsava. Ele se transportou para lá num piscar de olhos, chegando diante de uma esfera de dados que brilhava como uma pequena lua. Era um registro dos experimentos de Darth Ramage com energia – com pironium, especificamente.

Jax apanhou a esfera e assimilou o conhecimento.

Ele escolheu vários outros assuntos esclarecedores – um tratado sobre cura, retirado de um Jedi morto há muito tempo; outro tratado sobre o tipo de disfarce na Força que descobrira enquanto meditava com a árvore miisai; outro estudo escrito por um antigo Mestre Jedi sobre a natureza da Força; uma análise sobre as comunicações na Força; e ainda outro tratado sobre algo que Darth Ramage chamava de "efeito túnel", que permitia ao usuário da Força concentrar todo o seu foco sobre um único alvo.

Durante esse tempo, Jax estava ciente de que se aproximava cada vez mais de um brilho vermelho no alto da parede curva de sua biblioteca mental. Era um holocron – um cubo que pulsava com energias que lhe diziam que eram o trabalho da alma de Darth Ramage... se é que o trabalho de um homem louco como aquele podia ter alguma alma. Jax sabia que estava evitando aquele cubo, com medo do que poderia descobrir – o que poderia ser forçado a saber. Mesmo assim, acabou diante dele, aproximando a mão e tocando o objeto. *Conhecendo* o objeto.

Era um tratado sobre manipulação do tempo.

Seu coração se apertou. Ele desejava tanto aquilo, mas ao mesmo tempo temia esse desejo. Se Darth Ramage tivesse conquistado a manipulação temporal, então o que Jax Pavan, o Jedi, poderia fazer com esse conhecimento?

Cuidado, Jax. Cuidado. Será que esse conhecimento pode ajudar Yimmon?

Ele recuou a mão, hesitou, depois avançou novamente. Não havia como saber se poderia ajudar Yimmon sem descobrir o que era aquilo.

Jax ergueu o cubo avermelhado da prateleira e o sentiu submergir em sua mão para emergir em sua mente.

Ele viu o tempo não como um rio, mas como um vasto oceano cheio de correntes. Sobre sua superfície enganosamente plácida, ilhas emergiam. A primeira coisa que entendeu sobre as ilhas foi que não eram todas iguais. Algumas estendiam suas raízes para o fundo do mar; outras flutuavam livremente. Havia pontos fixos – nexos – e pontos flutuantes que vagavam sem rumo.

A segunda coisa que entendeu sobre essas "ilhas" foi que elas não marchavam em uma linha reta. De fato, não faziam nem mesmo parte das mesmas correntezas. Então, como as ilhas moviam umas às outras ou entre si?

Ilhas não se movem, a menos que as correntezas as movam.

Essa afirmação – encrustada naquele novo conhecimento – fez Jax parar. Ela continha a textura de um dos pronunciamentos místicos de Aoloiloa.

No momento em que esse pensamento passou por sua mente, Jax soube, com uma terrível certeza, que o conhecimento de Darth Ramage sobre manipulação do tempo veio às custas das vidas e das mentes dos cefalônios. Centenas, talvez até milhares deles.

Separação nos destrói.

Ele podia sentir os ecos de agonia nos intervalos entre visualização e articulação. Darth Ramage havia arrancado essa percepção do tempo e suas dimensões estendidas das mentes dos cefalônios, mas, ao fazer isso, ele os arrancou de sua rede de consciências conectadas, deixando os indivíduos horrivelmente sozinhos, isolados naquele vasto oceano temporal.

Aoloiloa devia saber disso. Será que havia previsto que esse conhecimento seria útil para Jax? Ou teria previsto outra coisa – outro *alguém* que pudesse usar esse conhecimento?

E o que aconteceria se Jax, de posse desse conhecimento, caísse nas mãos de Darth Vader?

Jax afastou sua consciência para longe da informação – mas era tarde demais, é claro. Estava fixada sobre ele como uma estrela, quente e vermelha. Ele fechou os olhos e a biblioteca desapareceu.

Magash andava de um lado para outro no andar abaixo do aposento da Matriarca do Clã, com a mente perturbada. Ela não sabia o que o Jedi estava passando em seu estado catatônico, mas podia sentir as repercussões na Força.

Por que ele achou necessário bisbilhotar o holocron? Ele sabia que o artefato vibrava com energias sombrias. Que conteúdo poderia ser tão importante para arriscar a própria vida – e a vida das irmãs? Um conhecimento que salvaria seu amigo, foi o que ele dissera. Conhecimento que beneficiaria todos aqueles aliados contra o Império; que poderia ajudar a derrubar o Império.

Por mais que Magash quisesse ver o Império derrotado, ela sabia que existia uma parte de si que não se importava com o que acontecia com o resto do universo, desde que sua pequena parte fosse poupada. Mas não era ingênua o bastante para acreditar nessa possibilidade. As Irmãs da Noite e os Irmãos da Noite já haviam atraído a atenção do Império para Dathomir. Isso não podia ser desfeito. E talvez, apenas talvez, quando o Jedi acordasse – *se* o Jedi acordasse –, ele teria informações que poderiam também beneficiar o Clã da Montanha Cantante.

Ela sentiu um calafrio de consciência subindo pelas costas, então virou para a escada que levava ao segundo andar da galeria. Jax Pavan estava de pé ao topo da escadaria, olhando para ela solenemente.

Magash se aproximou, observando-o desconfiada. Que efeitos o conhecimento que assimilara poderia ter sobre ele?

— Eu queria agradecê-la, Magash, por ter me levado até a Planície do Infinito. Por estar disposta a me ajudar a arrancar o conhecimento de dentro do holocron. Por ficar ao meu lado, e por ser minha amiga.

Ela piscou, incrédula.

— O que você descobriu?

Ele sorriu.

— A Matriarca Djo quer ver você.

A Matriarca do Clã queria vê-la? Então, por que simplesmente não a convocou por meio da Força?

Estranhando, Magash começou a subir as escadas. O Jedi se virou e começou a atravessar o corredor na frente dela. Diante da porta dos aposentos da Matriarca Augwynne, ele se virou... e desapareceu.

Magash congelou. Foi *isso* que ele aprendeu com o holocron? Teleporte? Invisibilidade? Atravessar paredes?

A porta da câmara se abriu e o Jedi apareceu diante dela. Agora, ele já não estava sorrindo, mas estudava seu rosto. Magash sabia o que ele enxergava – uma inquietação silenciosa.

– O que foi aquilo? O que você acabou de fazer?

Jax segurou a porta para ela entrar, e agora Magash sentiu a convocação da Matriarca Augwynne.

Ela entrou na câmara e se virou para encarar o Jedi.

– Aquilo foi um teleporte?

Ele sacudiu a cabeça.

– Não. Foi uma projeção. Era uma das coisas que Darth Ramage estava experimentando... usando uma projeção pessoal da Força para que parecesse que estava em outro lugar. E imagino que isso abra todo tipo de possibilidade sobre as histórias de sua morte.

– Então você estava aqui, projetando uma imagem que veio até mim para falar comigo. Mas você pareceu não ouvir aquilo que eu disse. Você não respondeu a minha pergunta.

– Eu não ouvi a sua pergunta, Magash, porque eu não estava aqui projetando a imagem ao mesmo tempo que você a via. Eu estava conversando com a Matriarca Djo.

Magash ficou confusa.

– Não entendo.

– Era uma projeção autônoma. Eu, digamos, a programei para fazer aquilo. E apenas aquilo. Qualquer outra coisa seria... – Ele sacudiu a cabeça, um pouco cansado, Magash pensou.

– Mas, mesmo assim, não seria necessário projetar a imagem enquanto eu a via?

– Não, por causa de algo que Ramage estava estudando: a manipulação do tempo.

Quando disse aquelas palavras, Magash sentiu a inquietude que fez a aura do Jedi tremer. Ela o olhou atentamente, querendo penetrar aquele escudo de autocontrole que ele usava.

– Esse conhecimento... deixa você nervoso. Perturbado. Por quê?

– Acho que não conseguiria nem começar a explicar. – Ele olhou para a Matriarca, que observava de sua poltrona perto da lareira. –

Basta dizer que é um conhecimento potencialmente devastador... nas mãos erradas.

Magash foi atingida por emoções conflitantes – medo, excitação, curiosidade. Ela deu um passo na direção do Jedi.

– Você pode viajar no tempo? Pode mudar coisas que aconteceram ou que vão acontecer?

– Viajar, não. Influenciar, talvez. Tenho que ser honesto com vocês. – Ele incluiu a Matriarca com seu olhar. – No momento eu não sei o que posso fazer com esse conhecimento. Mas sei o que Darth Vader pode fazer com isso. Então, gostaria de pedir mais um favor ao Clã da Montanha Cantante.

– E que favor seria esse? – Augwynne Djo perguntou.

– Primeiro de tudo, gostaria de deixar o holocron Sith com vocês. Sei que vocês não tentarão usá-lo para o mal, nem permitirão que caia nas forças do lado sombrio. – Jax olhou nos olhos das duas mulheres, primeiro nos olhos da Matriarca Augwynne, depois nos de Magash.

– Isso é aceitável para mim – disse a Matriarca. – O que mais você deseja?

– Se eu sobreviver à minha... tentativa de resgatar meu amigo, gostaria de retornar aqui para você eliminar esse conhecimento da minha mente. Quero que o elimine completamente, para que nunca seja usado para o mal, seja por Vader, seja por mim.

Aquelas palavras gelaram a alma de Magash e ela percebeu, novamente, as sombras que espreitavam aquele homem.

– Como quiser – a Matriarca Augwynne respondeu.

O Jedi fez uma reverência a ela como gesto de respeito.

– Então, com a sua permissão, eu gostaria de um lugar para meditar antes de deixar Dathomir.

A Matriarca retribuiu a reverência do Jedi.

Magash se curvou aos dois.

— Você realmente acha que poderia abusar do conhecimento que adquiriu? — Magash perguntou enquanto acompanhava Jax para a câmara de meditação que havia pedido.

— Tenho medo da tentação.

— Para desfazer a morte da sua companheira?

Uma boa observação, mas não inesperada. Magash Drashi, Jax pensou, seria uma ótima padawan.

Quando ele confirmou, ela protestou:

— Mas por que isso seria errado? Se eu entendo a situação claramente, se você desfizesse aquilo que aconteceu, não haveria mais necessidade de sofrer por sua companheira, resgatar seu amigo, ou mesmo temer adquirir um conhecimento tão perigoso, porque naquela linha temporal você nunca teria tido a necessidade de...

Ela se calou e olhou nos olhos de Jax. Ele percebeu quando ela se deparou com o paradoxo.

— Você nunca teria tido a necessidade de adquirir... Mas você ainda teria o holocron, não é? Então, você *poderia* adquirir o conhecimento.

— Para qual razão? E, após usar, mesmo se eu *pudesse* usá-lo dessa maneira, o que me impediria de usar de novo... e de novo? Quantos erros do passado eu poderia consertar? Quantos eu *deveria* consertar? Quantos eu *teria* que consertar simplesmente porque não consegui prever todas as consequências nas linhas do tempo?

Magash o conduziu até um pequeno quarto com uma varanda no alto da torre principal. Curiosamente — ou por causa da sensibilidade de Augwynne Djo —, o quarto tinha vista para a Planície do Infinito.

Ela se virou para encará-lo.

— Então você não sabe como a manipulação do tempo funciona?

— Ainda não. E talvez eu nunca saiba, o que pode ser uma bênção. — *Ou uma grande tragédia.* — Agora mesmo, Magash, tenho uma tempestade de conhecimento em minha mente. Destroços que apareceram na praia. Pedaços desconexos, voando para todo lado. Preciso tentar encaixar as peças de alguma forma.

Ela assentiu.

— Então, vou me retirar. Desejo sucesso, Jedi, em sua empreitada.

Ele riu com o canto da boca diante da formalidade em seu tom de voz.

— Jax, Magash. Meu nome é Jax.

— Jax — ela repetiu, depois se curvou diante dele antes de deixar o quarto, como se ele fosse seu semelhante.

Em sua meditação, Jax viu a si mesmo no centro de uma grande roda. Os conjuntos de conhecimento ficavam nas pontas das barras que irradiavam do centro, separados. Ele precisava, de algum jeito, conectá-los.

A relação entre as projeções da Força e o tempo era simples de entender, mas a natureza da manipulação do tempo sugerida pela pesquisa de Darth Ramage era, a princípio, impenetrável.

Jax se encontrou olhando para suas "ilhas" no oceano do tempo, contemplando como seria possível mover os pontos flutuantes. Deixou que sua mente mergulhasse naquele oceano, imaginando a atração das correntes e marés, observando-as se estenderem até formarem padrões fractais quase artísticos.

Então, com uma rapidez que roubou seu fôlego, os padrões se juntaram causando uma acachapante compreensão: para mover uma ilha no tempo, era preciso transformar as correntes que a afetavam, e, para transformar uma única corrente, era preciso fazer mudanças minuciosas naquelas ao redor — principalmente nas correntes que a precediam e de onde nascia.

Jax percebeu que existiam "correntes-mãe". Correntes no tempo que davam origem a correntes "filhas" — e correntes locais tão abundantes quanto os momentos. Com essa epifania, também veio outra, menos bem-vinda: *Você não pode alterar uma corrente sem alterar as correntes — e ilhas — conectadas.*

Não era como se fossem meros respingos, ou um efeito dominó. Era um efeito cascata. E, tão rápido quanto entendeu aquilo, Jax entendeu o que Darth Ramage também deve ter entendido: que uma manipulação tão complexa – ou mesmo uma compreensão do tempo tão complexa – poderia ser alcançada apenas por uma rede de poderosas mentes que existiam, elas próprias, não inteiramente no fluxo temporal.

Mentes como as dos cefalônios.

Então, o raciocínio de Ramage também ficou claro. Os cefalônios formavam uma rede – era isso que dava a eles sua percepção do tempo. Seus subcérebros eram conectados a vários aspectos, padrões, ondas – cada palavra era igualmente aplicável – do oceano temporal.

Jax estremeceu quando pensou nos experimentos nos quais Darth Ramage havia fisicamente arrancado cefalônios de seus companheiros para provar que a rede existia. Ramage havia concluído que, se a rede dos cefalônios permitia a habilidade de *enxergar* as correntezas e encontrar as ilhas no tempo, uma percepção semelhante poderia dar a mentes igualmente poderosas – mentes do lado sombrio da Força – a habilidade de *alterar* essas correntes.

Jax ficou surpreso com sua própria risada amarga diante da ironia da situação. A ferramenta de que Darth Ramage precisaria para executar um experimento daqueles não existia na experiência dos Sith. Mesmo uma percepção do tempo igual à dos cefalônios requeria uma profunda cooperação de um conjunto de mentes poderosas. Um coletivo assim seria impossível de alcançar para um grupo de usuários da Força do lado sombrio, no qual o medo, a desconfiança e a ambição faziam parte do próprio ar que respiravam.

É claro, agora também era impossível para os Jedi, Jax pensou. Ele estava cada vez mais convencido de que já não havia mais nenhum Jedi para cooperar com ele.

Jax afastou esse pensamento e voltou a olhar para suas ilhas no tempo. A ilha que continha a *Far Ranger* e sua tripulação estava fora do alcance de um único Jedi. Mas uma ilha mais próxima, tanto no tempo quanto no espaço – uma pequena ilha em uma corrente local...

Ele pensou na projeção que enviou para encontrar Magash, uma projeção feita com força bruta. Na ocasião, Jax não pensou em correntes; ele simplesmente cortou por meio delas. Tão perto do momento presente, eram apenas redemoinhos fracos. Mas e se olhasse esses redemoinhos mais de perto? Será que poderia afetá-los de modo significativo sem ter poder suficiente? O poder dos cefalônios para enxergar o tempo daquela maneira vinha de sua rede neural, e Jax não possuía uma rede dessas. Isso sugeria que ele precisaria de mais poder bruto.

É claro. O *pironium*.

Ele se lembrou daquilo que descobrira sobre a interação do pironium com as plantas bota. Mas não havia mais plantas bota. As plantas bota que existiam agora haviam passado por uma mutação que eliminara sua capacidade de incrementar as habilidades de um usuário da Força.

Mas a planta era irrelevante. O que era relevante era seu efeito: ela incrementava as conexões da Força. Então, a importância real do pironium era que, de alguma forma, poderia ser cultivado ou canalizado por meio das energias da Força. Teoricamente, seria uma fonte ilimitada de puro poder físico – assim como a Força era, teoricamente, uma fonte ilimitada de energia física.

O interesse de Darth Ramage sobre as plantas bota era que, provavelmente, elas poderiam aumentar ou aprofundar as energias da Força necessárias para condicionar aquele poder e aplicá-lo.

Mas o que isso significava?

Jax apanhou o pironium do bolso de seu casaco e o segurou na palma da mão. Aos seus olhos, parecia uma joia de brilho iridescente do tamanho de um pequeno ovo – um formato ovoide achatado. A Força não era um motor que você podia simplesmente acionar. Era um campo. Uma emanação.

Uma *fonte*.

Agindo impulsivamente, Jax usou a Força para chegar até o pironium, depois baixou a mão, deixando o objeto flutuando no ar diante dele. A joia começou imediatamente a passar pelos tons do espectro visível – amarelo, laranja, vermelho, violeta, índigo, cíano, verde e de volta para amarelo, continuando o ciclo. Jax percebeu, após o brilho desaparecer em vários momentos, que a joia provavelmente fazia algumas paradas em partes do espectro que ele não conseguia enxergar.

Ele enviou ainda mais energias da Força para dentro da joia, e as cores ficaram mais fortes e o ciclo mais rápido. É claro, estava absorvendo a energia cinética da Força. Mas estava fazendo mais do que isso. Estava devolvendo a energia para fora, retroalimentando em um impulso que a sustentava no ar.

Jax se recostou e retirou suas energias da joia. Em vez de desabar no chão como esperava, a joia permaneceu no ar... porque ele a havia tocado diretamente com a Força, cercado com a Força e direcionado através da Força. Então, a joia continuou seguindo aquela direção.

No círculo exterior da roda metafórica na qual Jax se sentava, um aro brilhante surgiu de repente, conectando as barras que irradiavam do centro.

QUARENTA E TRÊS

◆

Atracar na Estação Kantaros foi simples e rápido. Fazer negócios por lá – se não simples – foi ao menos uma questão de saber dosar as intimidações e subornos. Den Dhur era razoavelmente bom com as intimidações – era preciso ser bom nisso se você quisesse ser um jornalista, e Den foi um jornalista durante a maior parte de sua vida.

Sacha, aparentemente, também era boa nisso. Com a aparência endurecida de um pirata, ela entrou confiante no escritório central do chefe da Estação e ofereceu seu contrabando, que – como haviam se certificado em Mandalore – incluía itens cuja demanda por lá era alta.

O chefe da Estação – um funcionário de carreira cujo nome, de acordo com seu distintivo, era Cleben – era um humano. Den sabia que isso seria uma distinta vantagem, pois significava que o homem não tirava os olhos da "capitã" Swiftbird.

Mas, naturalmente, tinha que haver um problema.

– Você está uma semana adiantada, *Raptor* – ele disse. – E o que aconteceu com o capitão Vless?

Sem perder a compostura, Sacha sorriu.

– Acho que você ainda não sabe. Vless deu uma sorte danada.

Foi promovido para uma posição muito confortável em Mandalore. Comandante de comércio, se você pode acreditar.

Cleben pareceu impressionado.

— Então você herdou a nave?

Den tentou não entrar em pânico. Uma simples varredura da plataforma de aterrissagem mostraria que a *Raptor* tinha mais do que uma nova capitã; tudo era novo. Ele começou a abrir a boca para contar alguma mentira rápida.

— Não — Sacha disse suavemente. Ela sacudiu a cabeça, jogando suas mechas negras e prateadas sobre o ombro. Cleben parecia fascinado. — Ele ficou com a nave. Tudo que eu herdei foram seus códigos de identificação. Parece que ele sempre quis chamar sua nave de *Coração de Rancor*. Um comandante de comércio tem seus privilégios. Capitães precisam aceitar o que tiverem.

— É mesmo? — disse Cleben. — Vocês não podem nem nomear suas naves? Eu achava que o Sol Negro era mais flexível do que isso.

— Depende de quem é o seu vigo — Sacha disse. — Eu sou piloto de Xizor. Ele gosta de controlar tudo.

Cleben assentiu.

— Sim, foi o que ouvi falar sobre Xizor. — Ele olhou para Sacha com uma expressão especulativa. — Talvez você possa me confirmar outra coisa que ouvi sobre o príncipe... que ele está tendo muitos problemas com os imperiais.

Den jogou um olhar para Sacha.

Ela nem piscou.

— Oh, eu não posso confirmar nem negar esse tipo de rumor. — Ela abriu um sorriso.

Cleben sorriu de volta como se ela tivesse acabado de entregar um prêmio a ele.

— Sim, entendo. Olha, preciso dar uma olhada no seu manifesto. Para analisar as minhas... quer dizer, as *nossas* necessidades. O cargueiro toydariano é o primeiro da fila, mas cuidarei de vocês logo depois. Vou ficar muito satisfeito em olhar a sua... carga. Pode ser?

– Claro – Sacha respondeu, com o sorriso intacto. Ela jogou o datachip do manifesto sobre o console de Cleben. – Enquanto isso, nós vamos checar as instalações.

– É a sua primeira vez aqui?

Ela confirmou.

– Bom, você pode achar nossas instalações interessantes. Já que você é nova aqui, vou dar o aviso padrão. Vocês têm acesso apenas às áreas civis. Fiquem longe da Zona Vermelha. Só imperiais podem andar por lá.

Sacha fez um beicinho.

– Ei, até os imperiais precisam se divertir um pouco. Eu tenho um carregamento especial de glitterstim...[8]

Den rapidamente olhou para ela. Será que era uma mentira, ou será que ela realmente havia embarcado glitterstim para dentro da nave? De fato havia notado alguns caixotes que não fora *ele* quem embarcara...

O chefe da estação estava sacudindo a cabeça.

– Não, não. Nem pense nisso. Eles trazem suas próprias diversões. Nós fornecemos apenas o básico... comida, bebidas, suprimentos médicos. Com o resto, eles se viram sozinhos. E eles passam longe de glitterstim, principalmente quando *ele* está aqui.

– Você quer dizer Darth Vader? – Den perguntou.

– Quem mais? E tenha cuidado lá embaixo na baía de cargas. De vez em quando alguém acaba invadindo o espaço dos imperiais. Isso sempre acaba mal.

– Ora, a gente gosta de viver perigosamente – Sacha disse com um tom divertido, ainda sorrindo.

– É sério – disse Cleben. – Aquela gente não está para brincadeiras. Qualquer lugar onde o habitat deles cruza com o nosso é potencialmente perigoso. Eu não gostaria de ver você acabar sendo desintegrada, meu bem.

---

[8] Tipo de droga muito potente com aroma picante. (N. E.)

— Vou tentar ficar longe de problemas, *meu amor*. — Sacha retribuiu o olhar malandro do homem com uma saudação exagerada, depois saiu do escritório com os mesmos passos determinados, seguida de seus dois companheiros.

Eles caminharam pela seção comercial da estação onde os funcionários comuns viviam e se divertiam quando não estavam trabalhando. O lugar era composto de uma larga praça curva com vários estabelecimentos comerciais em cada lado. Havia hotéis para tripulações visitantes, duas cantinas, vários restaurantes, um mercado, uma loja de roupas, uma oficina mecânica para droides e mecanismos, e um estabelecimento de jogos com diversões de uma dezena de mundos. Corredores periféricos irradiavam da galeria principal em intervalos regulares, cada um codificado com uma cor e um número.

No final da praça comercial havia um largo portal com um discreto símbolo imperial decorando o painel de controle à esquerda. Enquanto Den o observava, o portal se abriu e dois Stormtroopers apareceram. Na verdade, havia mais Stormtroopers e oficiais do Império ali do que Den achava confortável, então claramente não havia uma regra contra a confraternização com os civis.

Sacha escolheu um dos restaurantes e eles entraram para uma refeição e um ponto de vista de onde pudessem observar as idas e vindas dos clientes — dando atenção especial aos Stormtroopers e aos oficiais do Império. Seu interesse na Zona Vermelha deixou Den nervoso, mas foi I-Cinco quem comentou.

— Espero — o droide disse, fixando seu monóculo sobre o rosto da toprawana — que você não esteja planejando simplesmente andar até lá e tentar entrar.

— Claro que não. Até *eu* não arriscaria tanto. Estou pensando que a área de cargas pode ser um acesso melhor.

— Então, qual será nosso próximo passo? — Den perguntou.

— Descobrir os costumes locais. Deve ter algum jeito de acessar a planta deste lugar. Aqueles mapas que Xizor entregou a Jax são imprecisos no lado imperial da estação.

– É verdade – disse I-Cinco. – Espero que seja apenas questão de eu ter uma conversinha com a inteligência artificial da manutenção.

Jax não conseguiu meditar muito durante a viagem para o sistema bothano, pois sua mente continuava trabalhando para assimilar o conhecimento que o holocron Sith havia derramado dentro de sua cabeça. Sua agenda era muito simples: determinar onde Yimmon estava, depois enviar uma projeção para levar os Inquisidores e seus comparsas não adeptos a procurar no lugar errado, enquanto ele próprio buscava Yimmon entrando pelo lado oposto da estação.

Simples em teoria. Na prática... quem poderia dizer?

Ele estava mais do que ciente de todas as armadilhas que Vader havia armado ao redor de seu prisioneiro. Isso provavelmente significava que havia apenas um acesso real para o lugar onde eles mantinham Yimmon preso e as armadilhas tornavam qualquer outra rota impossível de atravessar – ou, ao menos, essa era a teoria.

A gaiola blast não era uma preocupação. Podia camuflar o sinal biológico do cereano, mas não podia impedir aquilo que Jax sentia da Força. Se Yimmon fosse colocado dentro da gaiola blast, isso deixaria seu trabalho um pouco mais complicado, mas não impossível. Ainda menos problemáticos eram os dispositivos sônicos que deveriam confundir e distorcer qualquer sinal de varredura. Na verdade, com seu novo conhecimento sobre a projeção da Força, esses dispositivos podiam mais ajudar um Jedi invasor do que atrapalhar.

Muita coisa dependia da certeza de Vader sobre a morte de Jax Pavan. Presumivelmente, a inclusão de Inquisidores na festinha de Darth Vader era seu jeito de reconhecer a possibilidade de que ainda existia um Jedi capaz de desafiá-lo, mas e se existissem mais? E se Vader estivesse preparado para enfrentar um Jedi invasor?

Jax afastou aquele pensamento. E daí se o lorde sombrio estava preparado para um Jedi? Ele não poderia estar preparado para um Jedi que havia aberto o holocron de Darth Ramage e absorvido seu conteúdo.

Sacha Swiftbird acreditava que a *Raptor*, vinda de Keldabe, Mandalore, não poderia ter recebido um lugar melhor na área de carga da Estação Kantaros.

As baías dos cargueiros eram arranjadas em longos arcos, com dois níveis de altura, que começavam debaixo da parte manufaturada da estação e terminavam em uma série de cavernas encravadas na lateral do asteroide. A baía da falsa *Raptor* ficava dentro do próprio asteroide, abaixo do equador. Entre ela e a chamada Zona Vermelha havia apenas uma nave – um grande cargueiro minerador insectoide do sistema Mimban.

A nave mineradora havia atracado com a popa virada para dentro, deixando sua traseira enorme pairando sobre a larga passagem interior e a pequena *Raptor* debaixo de sua sombra, efetivamente escondida da vista do portal da Zona Vermelha. O portal era largo o suficiente para três plataformas antigravitacionais e tinha o dobro da altura dos dois Stormtroopers que montavam guarda.

Sacha sabia que do outro lado da barreira havia naves imperiais... e todo o complexo imperial.

O formato exato do complexo estava oculto, até mesmo da inteligência artificial que fazia a manutenção em Kantaros. O sistema de manutenção e seus droides possuíam apenas informações suficientes sobre o desenho das instalações imperiais para realizarem as funções mais básicas. Os vários corredores e câmaras eram visíveis apenas como parte de um desenho tático; não havia imagens de circuito fechado, nem mesmo designação de áreas. Os sistemas internos da Zona Vermelha eram separados da estação principal e operados de dentro da própria zona. Isso significava que eles precisavam confiar no mapa que Jax havia recebido do príncipe Xizor.

E isso não era nada encorajador.

Agora, na base da rampa de carga, esperando que o chefe da estação Cleben e seus droides retirassem a carga que eles haviam comprado, Sacha mantinha um olho sobre o portal e o outro sobre Cleben.

Ele gostava de falar. E, quando falava, gostava de invadir o espaço dela.

Na terceira ou quarta vez que ele se inclinou sobre Sacha e tentou colocar um braço ao redor de sua cintura, ela fingiu ver Den falando algo errado a I-Cinco e rapidamente se moveu na direção deles.

— Ei! Ei! Esse caixote foi marcado errado! Isso não é vinho corelliano, isso é cerveja três-zero-sete. Os caras daqui não aguentam uma coisa forte assim! Coloque de volta! — Ela se enfiou no meio do droide e do sullustano, abaixando-se para inspecionar o caixote e mudar a etiqueta com seu dispositivo portátil.

— Esse cara é horrível — ela murmurou de um jeito que só seus companheiros podiam ouvir. — Cretino nojento. Eu queria poder me livrar dele.

— Foi você quem flertou com ele no escritório — Den observou. — Tenho certeza de que ele apenas está cumprindo a promessa de, hum, checar sua carga.

Sacha olhou feio para ele.

— Prefiro que ele fique com as mãos bem *longe* da minha carga. Qualquer ajuda seria bem-vinda.

Nesse ponto, Cleben havia se aproximado deles e estava logo atrás de Sacha quando ela se levantou — perto o bastante para sentir sua respiração. Ela fez uma careta. Sacha podia lidar com droides malcriados, com velocidades insanas e brigas de bar. Na verdade, se esse sujeito estivesse sendo tão irritante em um bar, ela simplesmente já teria socado sua cara. Mas, claro, ela estava em seu território e ele possuía autoridade para chutá-los para fora da estação.

Ela se virou e ofereceu um sorriso para Cleben.

— Pode deixar o caixote aí mesmo — ele disse, chegando mais perto para tocar o contêiner, que balançou sobre seu campo antigravitacional. — Eu garanto que não existe bebida que o pessoal da estação não aguente... bom, pelo menos o *meu* pessoal. Não posso falar por aqueles tipinhos imperiais.

— Certo — Sacha respondeu. — O caixote fica com você. Ducky, deixe-o ficar com o caixote.

I-Cinco obedeceu imediatamente, desativando o campo antigravitacional e deixando a carga cair no chão... sobre o pé do chefe Cleben.

O resultado foi espetacular e gratificante, na opinião de Sacha. Cleben gritou e caiu no chão, "Ducky" ativou o campo novamente e Den observou tudo, de olhos arregalados e queixo caído. Sacha tomou conta da situação, praguejando contra o droide e gritando por ajuda.

Rapidamente, dois homens de Cleben chegaram para carregá-lo até a enfermaria e a carga foi levada por uma equipe de droides muito eficientes. Foi durante sua saída que duas unidades R2-AG apareceram, dirigindo-se para o portal da Zona Vermelha.

Sacha, fingindo olhar para os papéis do inventário, observou com o canto dos olhos enquanto os dois droides atravessavam o portal sem qualquer tipo de sinal para os Stormtroopers que montavam guarda.

Ao seu lado, I-Cinco emitiu um barulho peculiar que soou quase como um miado.

— Você também viu, não é? — ela perguntou quando se virou de volta para a nave e começou a subir a rampa.

— O quê? — Den perguntou. — O que você viu?

I-Cinco focou sua lente sobre o sullustano.

— Como vamos entrar na Zona Vermelha. Ou, na verdade, como *eu* vou entrar.

Menos de dez minutos depois, com sua carapaça polida até brilhar, "R2-Cinco" rolou para fora da sombra do cargueiro Mimban. Ele se aproximou do portal da Zona Vermelha sem hesitar e passou pelos guardas exatamente como fizeram os outros droides, desaparecendo de vista.

Sentada no compartimento de engenharia da *Laranth*, Sacha bufou.

— Eles provavelmente estão dormindo dentro daquela armadura branca. — Ela se inclinou para a frente, olhando para o monitor sobre o console de comunicações. — Eles nem se mexeram.

Den espelhou o movimento, seguindo com os olhos o progresso de I-Cinco para dentro das baías imperiais.

— Tem câmeras sobre as portas.

— Eu vi — Sacha murmurou.

— Estou vendo cinco naves aqui — I-Cinco disse. Sua voz foi gerada internamente e transmitida para a nave. — Várias baías vazias. Como podem ver, a maior é aquela perto do acesso ao interior.

Sim, eles podiam ver. A baía vazia, Den pensou, era grande o suficiente para uma nave de longo alcance classe *Lambda*. A nave de Darth Vader.

Além da baía vazia, ao longo do arco da enorme câmara, havia uma segunda barreira, desta vez sem guardas, mas com um óbvio conjunto de sensores e câmeras de segurança. Enquanto observavam a aproximação de I-Cinco, as portas se abriram para um Inquisidor e um oficial do Império — um tenente. Eles estavam conversando — algo que Den achou peculiar —, depois pararam e trocaram mais algumas palavras antes de o oficial se dirigir para uma das naves atracadas e o Inquisidor se virar para voltar ao coração da instalação.

Nenhum dos dois notou a pequena unidade R2 cuidando de seus assuntos, girando a cabeça aqui e ali. Quando o droide parou diante de uma entrada de manutenção para inserir sua extensão conectora — presumivelmente fazendo uma checagem ou recebendo ordens do sistema —, o Inquisidor seguiu para o setor imperial da estação. Após um instante, a unidade R2 o seguiu a uma distância respeitosa.

– Cinco, você acha isso seguro? Seguir esse lacaio Sith? – Den perguntou, sentindo o estômago começando a dar um nó.

– Se eu quiser encontrar Thi Xon Yimmon, acho necessário.

– Não temos como saber se ele está indo para o lugar onde Yimmon está preso – Den argumentou.

– Não temos como saber nada além do que eu já descobri com meu breve contato com o sistema deste lado da barreira. Acho que sei onde fica o centro de detenção.

– É para lá que esse *peedunkey* do lado sombrio está indo? – Sacha perguntou.

– *Peedunkey*? – Den repetiu.

– É um termo da língua dos hutts – Sacha respondeu. – Você não quer saber o que significa.

– Não sei se é para lá que o Inquisidor está indo – I-Cinco disse. – Mas, se não estiver, deixarei de segui-lo.

Corredores intermináveis e entediantes se estendiam diante da lente de I-Cinco. Eram de um cinza uniforme, com um chão texturizado e ocasionais portais – todos abertos – que poderiam ser fechados para selar partes dos corredores em caso de emergência. Ao longo desses corredores havia portas identificadas por cores e números que levavam para outras câmaras, nenhuma das quais parecia de interesse para o espião mecânico. Algumas possuíam câmeras montadas sobre elas para uma segurança extra. I-Cinco continuou a seguir o Inquisidor, passando por outros droides, Stormtroopers e alguns oficiais do Império.

Quando os olhos de Den já estavam secando de tanto olhar para o monitor, o Inquisidor finalmente tomou uma curva que o droide ignorou. O Inquisidor então parou, se virou, tocou no controle de uma porta e entrou naquilo que o rápido olhar de I-Cinco notou ser uma câmara privada.

A unidade R2 continuou sem parar, tomando um corredor à esquerda que o levaria para as entranhas da estação.

Den engoliu em seco todo o seu nervosismo.

– Cuidado – ele murmurou.

– Não se preocupe.

Em questão de instantes, o corredor que I-Cinco percorria decididamente tomou o aspecto de uma fortaleza. As paredes eram mais grossas e a superfície exibia uma textura de colmeia. Dentro de alguns hexágonos, pequenos dispositivos de vigilância piscavam.

– Unidades de distorção sônica – I-Cinco disse a eles. – Meus sensores são inúteis aqui, a menos que...

Ele não concluiu o pensamento. O corredor explodiu com uma súbita atividade – droides correndo de um lado para outro, uma dezena de Stormtroopers e um Inquisidor passando por ele na direção oposta. O som de sirenes invadiu a conexão entre I-Cinco e seus dois companheiros a bordo da *Laranth*.

O Inquisidor olhou para o droide enquanto passava por ele, permitindo a Den e Sacha um vislumbre de seu rosto.

– Tesla! – Den se levantou imediatamente quando o reconheceu.

Sacha o ignorou.

– O que foi? O que está acontecendo, I-Cinco?

A lente de I-Cinco virou para as tropas que corriam.

– Você quer que eu descubra? Ou quer que eu encontre Yimmon?

Den e Sacha trocaram olhares.

– Yimmon – disseram ao mesmo tempo.

A imagem virou novamente para o corredor. A unidade R2 andou mais cinco metros, depois parou diante de uma intersecção e virou novamente. Ao fim do corredor havia um portal que alertava em grandes letras que o acesso era restrito ao pessoal da Segurança Imperial por ordem de Darth Vader. Ali também havia câmeras de segurança. Qualquer um que entrasse no corredor de acesso seria flagrado por elas.

– É isso? – Sacha perguntou. – Essa é a área de detenção?

– Acho que sim – I-Cinco disse. – E fica exatamente no centro do asteroide. É uma proteção muito eficaz, eu diria, a menos que você seja um Jedi.

— Ou um droide com mais ousadia do que sanidade — Den murmurou.

— Eu ouvi isso. — I-Cinco completou uma varredura visual do portal e seus arredores, depois girou de volta para o caminho de onde veio.

— Distância da porta interna? — Sacha perguntou.

— Quatro metros.

— Quatro metros... quatro segundos — ela murmurou. — A interface da tranca é padrão?

— Sim.

— Então você deve conseguir abrir.

— Provavelmente, mas não sem alertar a segurança. Você já tem o que precisa, Sacha?

— Sim. Se você já localizou todos os sensores de segurança.

— Se?

Ela riu.

— Já tenho o que preciso. Volte logo, antes que você fique preso nessa confusão que está acontecendo por aí.

O droide obedeceu imediatamente, voltando para os corredores da Zona Vermelha. Ele virou no local onde havia se separado do Inquisidor quando os Stormtroopers reapareceram, marchando em perfeita sincronia na direção dele.

Atrás deles, estava o Inquisidor, Tesla, e Darth Vader.

Den teve uma visão muito próxima do reflexo de R2-Cinco na máscara negra de Vader quando ele passou pelo droide.

Molhando os lábios subitamente secos, ele disse:

— Nosso tempo acabou.

QUARENTA E QUATRO

Tesla havia servido ao lorde sombrio por tempo suficiente para saber quando o Sith estava agitado. Ele sentiu a agitação de seu mestre como uma caótica correnteza que parecia não ter direção nem destino. Mas não deixou transparecer que sentia isso. Nem perguntou o que perturbava seu lorde. Apenas indicar que Darth Vader pudesse não estar em sua forma fria e autocentrada de sempre podia se provar desastroso.

Probus Tesla sabia melhor do que qualquer um que seu lorde era um ser – a palavra *homem* parecia inadequada – de enormes paixões... mas uma paixão que, como uma erupção vulcânica incipiente, ficava protegida dentro de muros de uma fornalha impenetrável. Era o que dava a Darth Vader sua aura de poder, Tesla pensou – aquela sensação de que havia um núcleo de lava derretida debaixo do frio exterior.

Agora, enquanto caminhavam na direção dos aposentos privados de Vader, Tesla simplesmente esperou que seu lorde exteriorizasse seus desejos – o que não fez até dispensar os Stormtroopers e dar ordens aos oficiais para estenderem os sensores da estação a um alcance maior dentro do campo de asteroides.

— Você seguiu minhas ordens sobre Thi Xon Yimmon? — Vader perguntou quando ficaram a sós.

— Sim, meu lorde. Eu o observei de muito perto e com muito cuidado. — E isso era verdade.

Tesla esperava que Vader fosse perguntar em seguida o que havia observado.

Mas não fez isso. Vader apenas perguntou:

— Você sentiu uma... perturbação na Força enquanto eu estive ausente?

O que ele *realmente* sentira? Que estava sendo observado, analisado por leves ondas da Força?

— Não que eu pudesse discernir. Por que pergunta? Aconteceu alguma coisa, lorde Vader?

A máscara negra era opaca, mas Tesla não precisou imaginar a momentânea quietude por trás dela, como se o lorde sombrio estivesse calculando o quanto revelar. Ele sentiu uma pontada de decepção. Darth Vader não confiava nele, isso estava claro. Tesla engoliu seu desapontamento; ele ainda iria ganhar sua confiança.

— Uma porta se abriu — Vader disse —, e de dentro dela saíram luz e sombras... O crepúsculo. Como o momento antes do amanhecer. Foi... inesperado.

— Não entendo — Tesla disse, estupidamente.

Vader fez um gesto abrupto.

— Então, você não sentiu?

— Quando eu deveria...

— Não importa. Se tivesse sentido, você saberia. Não precisaria de mim para dar um tempo ou uma data. Você *saberia*.

Tesla mordeu o lábio, usando a dor para focar suas emoções. Mais uma vez, seus talentos não foram suficientes, mas ele não permitiria que isso o afetasse.

— Você perguntou sobre Yimmon. Se eu o observei.

Vader se movia inquieto, depois se virou para encarar o Inquisidor.

— E o que você observou?

Tesla havia pensado muito sobre isso – sobre a sensação peculiar de ser observado quando estava em contato com Yimmon. Mas como explicar isso a seu lorde sem revelar a extensão do contato?

Ele não respondeu diretamente.

— O córtex duplo que os cereanos possuem é uma adaptação significativa – ele começou. – Eu acho que isso permite a eles que… fiquem acima das táticas que temos usado até então. Acredito que, se ele estiver experimentando dor, privação sensorial ou ansiedade, nosso "convidado" será literalmente capaz de se desprender e emergir acima daquilo que está sentindo. É como se fosse capaz de permitir que uma parte de seu cérebro sinta as emoções conectadas a seu sofrimento, e depois consiga erguer uma barreira apoiada pela força da outra parte do cérebro.

A face mascarada de Vader estava virada para Tesla, mas é claro que ele não conseguia analisar qualquer expressão nas lentes opacas. Tesla limpou a garganta e continuou.

— Uma teoria diz que as faculdades baixas de um cereano residem em um córtex, e as altas em outro. – Ele havia estudado isso exaustivamente e estava satisfeito com suas descobertas.

Vader se mexeu, e Tesla teve a absurda ideia de que sua mente estaria longe dali.

— Isso seria uma adaptação notável – Vader finalmente disse. – Deixe o cérebro primitivo absorver os choques físicos e psíquicos, depois o acalme com as faculdades altas.

— A minha ideia, lorde Vader – Tesla disse, dando um rápido passo na direção do Sith –, é que essa adaptação pode ser usada contra ele.

Vader ainda o observava.

— Você achou o contato com ele… perturbador.

Não foi realmente uma pergunta, e Tesla hesitou, sabendo que havia permitido que algo vazasse da proteção que havia erguido sobre suas próprias emoções.

— Sim. É verdade. Até eu determinar por que ele me deixava tão desconfortável.

A atenção de Vader foi penetrante e repentina.

— Uma sensação de ser observado.

Tesla sentiu como se todo o sangue sumisse de sua cabeça. Será que Darth Vader podia invadir sua mente assim tão fácil?

— Eu... acho isso uma descrição precisa.

Vader se virou e se aproximou da janela que mostrava o prisioneiro em sua cela espaçosa, sentado, como sempre, e meditando.

— Será que ele poderia ser a fonte de... — Ele não concluiu o pensamento.

— A fonte do quê, meu lorde?

— Da estranha... efusão crepuscular que eu senti na Força.

Tesla sacudiu a cabeça.

— Não sei, meu lorde.

— Não. Você não sabe. — Vader girou para encará-lo. Seu olhar, como sempre, era sem expressão e impenetrável. Mesmo assim, Tesla sentiu um suor frio debaixo de sua túnica pesada.

— Quero dizer, mestre, que não tenho razão para acreditar que ele seja um adepto da Força com um alcance desses, embora...

— Sim?

— Quando eu estava na sala com ele, senti *alguém* além do que eu esperava. Acredito que isso foi o resultado de uma combinação de sua extrema inteligência e o córtex duplo de sua espécie. De fato, a chave para dobrar Thi Xon Yimmon, e torná-lo permeável, pode estar na desconexão cirúrgica de seus córtices para que um não consiga defender ou proteger o outro.

Darth Vader permaneceu parado por um longo momento, tão imóvel por tanto tempo que Tesla sentiu uma vaga irritação por ter tido uma ótima ideia apenas para seu mestre prestar menos atenção naquilo que deveria ser de vital importância – destruir a resistência – e mais em uma tal "efusão crepuscular" da Força que Tesla não havia nem sentido.

Vader abruptamente se virou de novo para a janela, fazendo sua capa esvoaçar.

– Arranje para que nosso "convidado" seja levado para a enfermaria. Eu mesmo vou programar o droide cirurgião.

Tesla se esforçou para conter sua explosão de satisfação – de orgulho. Ele havia conseguido; ele, Probus Tesla, embora apenas um Inquisidor, havia solucionado um problema que o próprio lorde sombrio fora incapaz de solucionar.

– Sim, lorde Vader. Imediatamente. – Ele se virou e começou a andar com passos largos na direção da porta dos aposentos de seu mestre.

A pergunta seguinte de Vader foi suave, quase tranquilizadora, porém Tesla a sentiu como um balde de água gelada derramada sobre suas costas.

– Diga-me, Tesla... como você descobriu isso que me contou sobre Yimmon?

As palavras o atingiram quando ele estava a um passo da porta.

– Eu... pesquisei muito...

– Você sentiu. Você *sentiu* a observação dupla.

– Eu... sim.

– Porém, eu não senti – Vader disse, com um tom quase divertido. – Talvez porque eu estava trabalhando para contê-lo, enquanto você *foi* contido. Você atravessou a intersecção de sua consciência dupla.

– Eu... entendo que você me tenha dito que apenas o observasse, meu lorde. E foi o que eu fiz, embora admita que cheguei mais perto do que pretendia. Por isso, realmente peço...

Vader parecia não ter ouvido.

– Interessante. Que as experiências de um usuário da Força inferior possam se provar úteis.

Inferior? A raiva queimou no peito de Tesla, depois foi rapidamente extinta. É claro que ele era inferior. Por um mísero segundo ele se esquece com quem estava falando. Isso era perigoso. *Extremamente* perigoso.

Vader continuou.

— Você caminhou dentro da mente dele. Por acaso deixou pegadas por lá?

Em um canto obscuro da consciência de Tesla, a parte que não estava fervendo de fúria se encolheu de terror.

— Meu lorde, eu...

— *Diga-me.*

A compulsão foi mais forte do que as palavras, deixando Tesla com a impressão de que Vader tinha sua vontade na palma da mão enluvada.

— Eu... eu meramente sugeri a queda da Whiplash. Que sua rede de amigos e associados em Coruscant havia desaparecido. Que era apenas uma questão de tempo até que toda a resistência fosse morta igual Jax Pavan.

O golpe foi súbito e violento. Tesla foi atirado contra a parede, lutando para respirar.

A voz de Vader mais uma vez soou irritantemente calma.

— Vá. Prepare a cirurgia.

Tesla partiu, imaginando se fora sua desobediência que causou a ira de seu mestre... ou a menção ao Jedi morto. Tinha a sensação de que foram as duas coisas.

QUARENTA E CINCO

◆

A parte mecânica do plano era a mais difícil em alguns aspectos. Depois de descobrir que uma corveta imperial estava para chegar ao sistema bothano para então ir até a Estação Kantaros, Jax traçou seu caminho e posicionou sua nave camuflada pela Força diretamente naquela rota. Era possível que até aquele mínimo uso da Força — o equivalente a acenar com o punho fechado pelas costas de alguém — pudesse alertar Vader de que ele estava por perto, mas Jax não podia se preocupar com a extensão das habilidades do lorde sombrio àquela altura.

Quando a corveta passou sobre ele, Jax experimentou fazer uma projeção da Força: um pedaço de gelo e rocha do tamanho de uma nave de longo alcance pareceu ricochetear para fora da órbita do grande campo de asteroides e entrar no caminho da corveta, fazendo seu piloto parar dezenas de quilômetros antes.

Seguindo a corveta, Jax fez a *Aethersprite* tocar a quilha da nave imperial tão gentilmente que ele duvidava que o contato pudesse ser registrado nos sistemas da nave. Um momento depois, a corveta ergueu os escudos, envolvendo Jax dentro deles enquanto a nave mergulhava no campo de asteroides.

Perfeito. Agora, até mesmo os sensores mais sofisticados interpretariam o perfil energético de sua nave como parte das emissões da corveta. O truque agora seria entrar na Estação.

A corveta não entraria nas docas espaciais – era grande demais. Ela usaria uma estação de abastecimento que voaria de Kantaros até a nave para reabastecê-la. Qualquer pessoal ou carga que precisasse ser descarregado usaria transportes menores que entrariam nas baías de atracagem.

Era aí que estava a questão. Entrar em uma das áreas de atracagem usando a camuflagem da Força estava fora de questão. As naves atracavam tão perto umas das outras que alguma delas certamente colidiria com a *Aethersprite*. A única possibilidade seria aplicar mais uma projeção da Força. Uma projeção mais prodigiosa dessa vez: o Delta-7 precisava parecer um transporte ou uma nave mensageira.

E então foi isso o que aconteceu. Quando os transportes da corveta partiram para a Estação, havia uma nave mensageira adicional cujo destino era uma baía diplomática no hemisfério norte do setor imperial da Estação. Jax aterrissou junto com outra nave mensageira, atracando sob sua sombra, dentro do perímetro do campo de força da baía de atracagem.

Até onde os agentes imperiais da área podiam dizer, a nave de Jax não tinha absolutamente nada de incomum.

— Sacha, ele não quer voltar. — Den estava diante da escotilha do compartimento de engenharia, sentindo o estômago congelando.

Ela tirou os olhos daquilo que estava fazendo e soltou um impropério que fez o rosto do sullustano corar.

— Afinal, onde diabos Jax achou aquela maldita lata-velha? Ele com certeza não age como nenhum droide que eu já encontrei.

— Jax herdou I-Cinco de seu pai. Você não pode ir conversar com ele? Agora que baixou as informações, ele acha que deve continuar a vigilância.

— Talvez ele esteja certo.

— Talvez ele esteja certo? – Den repetiu, incrédulo. – Como podemos entrar nas instalações se ele não estiver com a gente? Alguém precisa cuidar dos Stormtroopers enquanto ele mexe com as câmeras nos bloqueios, você não acha?

Sacha exibiu um sorriso malandro para ele.

— Na verdade, *eu* vou mexer com as câmeras. – Sacha fechou o objeto em que estava trabalhando e o mostrou para Den. – Meu recursor de sensores patenteado.

O recursor "patenteado" era um objeto retangular fino do tamanho do dedo indicador de Sacha e tinha um interruptor e um pequeno monitor.

— O seu o quê?

— Recursor. Basicamente, isso aqui faz qualquer câmera ou sensor entrar em uma repetição infinita até receber o sinal para parar. É uma das coisas legais que você pode fazer com ionita.

— Então você está dizendo que não precisamos que o Cinco volte?

Ela sacudiu a cabeça, guardando o recursor no bolso e andando até o console de comunicações.

— Não foi isso que eu disse. Nós absolutamente precisamos que ele volte. Mas uma vigilância adicional também seria útil.

Den sorriu ironicamente.

— O que significa que precisamos de dois I-Cinco.

— No mínimo. – Ela abriu uma conexão com o droide. – Ei, camarada. O seu amigo aqui está dizendo que...

— Eles estão transferindo Yimmon – I-Cinco anunciou.

Den pensou ter ouvido uma tensão naquela voz digitalizada. É claro, isso era impossível. Mas, quando Sacha também se endireitou, ele pôde ver que ela teve a mesma reação.

Os dois olharam para o monitor acima do console de engenharia. A imagem que I-Cinco exibia mostrava um grupo de seis Stormtroopers e um Inquisidor conduzindo um Thi Xon Yimmon enfraquecido por um curto corredor através de um conjunto de portas deslizantes que se fechavam com força atrás deles.

— Onde é isso? — Den perguntou.

— A enfermaria. Dois níveis acima da área de segurança máxima e quase tão bem protegida quanto.

I-Cinco se dirigiu para um terminal do sistema e inseriu sua extensão conectora. Ele a retirou poucos instantes depois e começou a atravessar o corredor.

— Eles prepararam uma sala de operações. Tudo que consegui tirar do sistema da enfermaria é que eles estão planejando realizar uma neurocirurgia nele. O sistema não sabe qual é a natureza do procedimento; o acesso a essa informação foi selado pelo próprio Darth Vader.

Den sentiu como se o gelo em seu estômago tivesse dobrado de tamanho. Ele e Sacha trocaram olhares.

— Estou voltando para o portal externo — I-Cinco disse, sem esperar a resposta deles. — Tem dois Stormtroopers por lá e um grande aparato de segurança. Preciso que você apareça no exato momento em que eu estiver saindo.

— Sei, sei, para o portal estar aberto. Entendi — disse Sacha. — E depois disso?

— Existe uma pequena cápsula de fuga sendo reparada logo à sua esquerda depois de passar pelo portal.

— Sim. Eu vi quando você entrou.

— Acho que podemos usá-la para encobrir nossas atividades. Se conseguirmos nos livrar dos Stormtroopers discretamente, nós poderemos usar um dos uniformes para você entrar. Sacha, você falou alguma coisa sobre criar um dispositivo que iria confundir as câmeras...

— Já fiz isso. Se sincronizarmos tudo, o sistema de segurança nunca saberá que nós estivemos aqui. — Ela explicou rapidamente como o recursor funcionava e ganhou uma única palavra de elogio de I-Cinco:

— Elegante.

— Não exatamente. Mas foi tudo o que pude fazer em tão pouco tempo.

Den olhava para o monitor sobre o console. Agora a imagem exibia uma porta de tuboelevador que se abria com um chiado. A unidade R2 saiu correndo, quase trombando com um par de técnicos. Ele desviou dos dois e continuou apressado pelos corredores labirínticos.

— Acho melhor você andar um pouco mais devagar, Cinco — Den aconselhou. — Você está chamando muita atenção.

— Estou me comportando como todas as unidades R2 que vi por aqui. Elas vivem apressadas. Ninguém nem nota mais... — Sua voz parou, mas ele continuou com a correria. Após uma pausa, ele disse: — Estou chegando perto do portal externo. Chegou a hora.

Sacha encerrou a conexão com o console, apanhou um comunicador e sintonizou na frequência de I-Cinco. Den fez o mesmo. Depois eles saíram na direção do portal que dava acesso às baías de atracagem imperiais.

Eles se aproximaram da barreira de segurança, parando um pouco antes da área que era coberta pelas câmeras. Os Stormtroopers viraram a cabeça ao mesmo tempo na direção de Sacha, provando que havia homens de verdade dentro das armaduras brancas.

Sacha sorriu. Acenou.

— Olá, garotos. Digam-me, vocês não ficam entediados de pé aqui o dia todo?

Eles a ignoraram.

O comunicador de Den emitiu um sinal.

— Agora — ele disse.

Sacha mirou em uma câmera de segurança, depois na outra, induzindo uma repetição infinita que mostrava dois guardas entediados com suas armaduras brancas.

— Ei! — disse um dos guardas. — O que é isso na sua mão? — Ele apontou sua arma.

O portal se abriu e uma unidade R2 apareceu. O droide parou no exato centro do portal, efetivamente mantendo as portas abertas. Foi suficiente para distrair os guardas: Den disparou um raio atordoante que nocauteou o guarda da direita; Sacha cuidou do guarda da esquerda.

Após checarem que o pátio atrás de I-Cinco estava vazio, Den e Sacha arrastaram os dois Stormtroopers inconscientes para dentro da cápsula de escape que I-Cinco havia identificado como o melhor esconderijo.

— Espero que isso tenha funcionado — Den murmurou, observando Sacha retirar a armadura de um dos Stormtroopers.

— Funcionou — I-Cinco disse —, porque nenhum dos guardas teve a chance de disparar o alarme. E mesmo se alguém estivesse monitorando o equipamento de segurança das várias barreiras, seria pouco provável que assistisse ao monitor por tempo suficiente para notar a natureza repetitiva da imagem.

Ele girou a cabeça para Sacha, que já havia vestido a armadura quase totalmente.

— Den será seu prisioneiro — ele continuou. — Eu serei seu acompanhante.

Ela concordou, pôs o capacete, prendeu a arma no ombro e posicionou o guarda — vestido apenas com a malha preta que cobria o corpo inteiro — dentro da cápsula de fuga, junto a seu companheiro. Sacha injetou em cada um deles algo que havia tirado de um bolso de seu casaco.

— O que é isso? — Den perguntou.

— Uma coisa que peguei na enfermaria.

— Você sabe...

— Sim, eu *sei* o que é isso, sei o que faz e quanto tempo levará para eles acordarem e poderem se mover e falar.

Ela apanhou os dois comunicadores imperiais. Sacha abriu um deles e retirou os circuitos, destruindo-os com o pé, depois os chutou para baixo da cápsula de escape. Depois se levantou e se esgueirou até onde podia ver toda a extensão do pátio.

Ela se ajoelhou ali por um momento ou dois, observando algo que acontecia ao longe, depois se levantou e chamou Den e I-Cinco. Quando chegaram, ela sacou a arma, apontando para Den e o empurrou na direção da passagem para o portal interno. I-Cinco, com sua camuflagem astromecânica, acompanhou Sacha.

Eles estavam no meio de uma baía de atracagem imperial e tinham acabado de avistar a nave de Vader quando I-Cinco falou suavemente:

– Ele olhou para mim.

– Hum? – Den murmurou.

– O quê? Quem? – Sacha perguntou.

– Antes, no corredor. Depois de sair da nave. Vader olhou para mim quando passou ao meu lado. – Ele deixou um instante passar, no qual o estômago de Den embrulhou ainda mais. – Ninguém olha para droides.

QUARENTA E SEIS

Jax não queria usar a Força tão perto de Vader e seu ninho de Inquisidores, mas esperava que a técnica do "efeito túnel", como Darth Ramage havia chamado – a qual focava tão intensamente numa energia em particular que passava direto sobre todas as outras –, poderia ser usada para passar despercebido. O maior problema era que isso impedia que o praticante percebesse qualquer energia que não fosse seu alvo. Ao procurar por um usuário da Força, ele podia acabar não percebendo a presença de outro.

Para Jax, isso era um risco aceitável. Ele sabia que havia Inquisidores na estação – suspeitava até que Vader estivesse ali –, mas, para ter certeza disso, teria que revelar sua presença.

Enquanto meditava a bordo de sua nave camuflada, o "efeito túnel" lhe mostrou que Thi Xon Yimmon não estava mais cercado pelos sensores de segurança. Eles o haviam transferido. Jax também sentiu que os padrões de consciência do cereano estavam inexplicavelmente alterados, o que significava que eles o haviam drogado.

Mas qual seria a razão disso?

Não importava. Jax não podia esperar mais.

Levaria muitos minutos para chegar perto de onde Yimmon estava. Dez. Talvez onze minutos. Talvez mais do que isso, se encontrasse obstáculos inesperados. Não havia como saber quando uma projeção seria mais útil, então teria que improvisar. Também teria que confiar no mapa da estação que Xizor havia providenciado. A ideia o fez perceber o quanto tinha se tornado dependente de I-5YQ para algumas coisas – I-Cinco seria capaz de comparar o mapa com a realidade usando o sistema da estação, por exemplo.

Jax também estaria mentindo se dissesse que não sentia falta do droide – e de Den.

Ele se concentrou ainda mais, alcançando o conhecimento que havia assimilado do holocron Sith, que continuava a aparecer em sua mente como uma "biblioteca" contendo uma coleção de livros. Agora abriu o Livro do Tempo, calculou um ângulo de aproximação – o "hemisfério sul", que podia ser acessado das docas comerciais, fazia mais sentido – e sentiu as correntes locais do tempo.

Então, com o pironium suspenso diante de si em um campo de energia da Força, ele considerou o que um Jedi incontrolável podia fazer para resgatar um amigo.

Tesla forçou a si mesmo a se acalmar, imaginando um fluxo de água gelada se derramando sobre sua cabeça. Ele não estava nervoso, estava meramente excitado. Seu mestre havia ordenado que ele supervisionasse a preparação da cirurgia do prisioneiro enquanto Vader contatava o imperador.

Tesla estaria presente no triunfo do lorde sombrio; eles abririam o córtex duplo de Thi Xon Yimmon como se fosse uma ostra para extrair as pérolas de informação. A resistência ficaria na palma de suas mãos.

O Inquisidor checou os padrões cerebrais no monitor ao pé da mesa onde o prisioneiro estava deitado.

Fascinante.

Os cérebros gêmeos até mesmo reagiam à anestesia de modo diferente. Um estava em um estado dormente; o outro parecia muito menos afetado. De fato, Tesla observou, as ondas do cérebro mais robusto se excitaram. Ao mesmo tempo, ele sentiu uma ondulação na Força, como uma pedra atingindo a superfície de um lago.

Estranho.

Qual córtex estava reagindo, e estava reagindo a quê? Qual cérebro lidava com respostas automáticas e qual lidava com as funções mais altas do raciocínio? Ele podia tentar um palpite, mas seria impossível ter certeza.

A menos que...

Tesla estendeu uma fina correnteza da Força para sondar a consciência do cereano.

No anel superior das docas imperiais, nas baías reservadas a pequenas naves, uma nave mensageira abriu sua escotilha e estendeu a rampa de embarque. Um oficial desceu e se dirigiu ao portal que levava às instalações imperiais propriamente ditas. Ele andava com passos decididos, passando por outros oficiais, alguns técnicos e um grupo de Stormtroopers. Com exceção das saudações a oficiais superiores, ele não interagiu com ninguém.

Na verdade, Jax não sabia o que faria se alguém decidisse pará-lo. Após preparar a projeção da Força sobre si próprio, usou o pironium para energizar a camuflagem da *Aethersprite*. Isso significava que a ilusão seria, para todos os propósitos, eterna, mas também significava que ele não teria o pironium consigo para incrementar seu uso da Força. Com a joia, talvez pudesse se igualar a Darth Vader; sem a joia ele podia apenas torcer para tirar alguma pequena vantagem dos conhecimentos que havia assimilado do holocron, mesmo que momentaneamente.

Jax afastou tal pensamento horrível. Ele havia decidido que manter o Delta-7 camuflado era de vital importância, já que removia uma variável potencialmente desastrosa – a súbita descoberta de um caça Jedi em uma estação imperial – e mantinha aberta sua única rota de escape.

A projeção sobre si mesmo de um oficial imperial, embora eficaz, era difícil de manter, já que também precisava usar o "efeito túnel" para focar em Yimmon. Jax precisava de um jeito diferente para se disfarçar, um jeito que o deixaria livre para empregar as ferramentas que o holocron de Darth Ramage havia lhe dado.

Rompendo a conexão com Yimmon por um instante, ele rapidamente procurou uma sala vazia, encontrou uma e entrou. Era algum tipo de sala de convivência. Não, na verdade era uma câmara de meditação – os floretes de luz e outros detalhes confirmavam que era ali que os Inquisidores praticavam suas diversas disciplinas. Estava vazio naquele momento, embora Jax sentisse as energias residuais de seus ocupantes mais recentes e poderosos. Tesla estivera ali havia pouco tempo; o Jedi podia sentir a textura espinhosa da agitação do Inquisidor.

Ele afastou aquele tecido sensorial. Um Inquisidor seria perfeito para os propósitos de Jax – ou melhor, sua vestimenta seria perfeita.

Vasculhou novamente, procurando por um sinal da Força próximo dali. Encontrou um a poucos metros.

De volta ao corredor, Jax localizou a porta da sala onde o Inquisidor estava e sinalizou sua presença, pedindo permissão para entrar. Após um momento de hesitação – no qual sentiu uma interrupção do estado meditativo do Inquisidor, seguida por uma irritação e uma esperança de que a interrupção não fosse longa – a porta se abriu para revelar uma figura alta vestida com uma túnica de aprendiz, ainda ajustando o capuz.

Com uma surpresa em seu tom de voz, o Inquisidor perguntou:

– Sim, Major? O que você quer?

– Gostaria de trocar uma palavra com você – Jax disse e entrou na sala, passando pelo Inquisidor, que era da espécie elomin. Ele ergueu a mão enquanto o outro homem se virava, tocando o dedo sobre sua têmpora ossuda.

Pego completamente de surpresa pelo solavanco psíquico, o Inquisidor desabou como um saco vazio no chão. Jax considerou usar a túnica que ele vestia, mas mudou de ideia ao perceber que havia outras iguais penduradas em um pequeno armário perto da unidade de limpeza. Seria melhor assim. Dessa maneira, o Inquisidor não saberia, ao acordar, o que acontecera nem por quê. Se Jax tivesse sorte, ele não notaria que uma de suas túnicas havia sumido.

Ele moveu o Inquisidor inconsciente para a cama, depois vestiu a túnica emprestada, cobrindo a cabeça com o capuz. Por mais alto que Jax fosse, a túnica ainda ficou grande, acumulando-se ao redor dos pés. Ele ajustou as dobras do tecido para minimizar o efeito, depois voltou para o corredor. Estava vazio, então ele tomou um momento para checar seu relógio; uma projeção iria se ativar em menos de um minuto.

Jax retomou sua jornada na direção de Yimmon, concentrando-se completamente na consciência do cereano. Ele ficou surpreso e perplexo com o que descobriu, pois não havia apenas Thi Xon Yimmon, mas outra consciência – sutil, mas claramente de um usuário da Força.

No caos de impressões e emoções, Jax entendeu três coisas importantes: Yimmon estava em uma instalação médica por alguma razão; ele sentia que estava em perigo imediato; e estava em contato mental com o Inquisidor Tesla.

Jax recuou instantaneamente. Seus pés continuaram a se mover, mas sua mente estava fervendo. Se Tesla estava sondando a mente drogada de Yimmon, será que poderia ter sentido o toque sem disfarce de Jax?

Jax, hesitantemente, voltou a usar a Força, dessa vez lançando a energia residual do dono da túnica para mascarar o seu sinal. Não, Tesla parecia concentrado em outro lugar. Mesmo assim, Jax sentiu uma pontada de irritação em Tesla debaixo de sua curiosidade sobre a natureza da consciência de Yimmon.

Dualidade. Ele estava focado em sua dualidade. Em separar...

A intenção do Inquisidor atingiu Jax como um relâmpago quando descobriu mais um significado do enigma do cefalônio.

A separação de Yimmon destrói a todos nós.

Jax soube tão claramente quanto se o próprio Tesla tivesse falado as palavras em alto e bom som. Darth Vader estava prestes a separar cirurgicamente as duas metades do cérebro de Thi Xon Yimmon.

Tesla manteve sua mente sobre o cereano, contendo sua irritação apenas com a força de sua determinação. É claro que Renefra Ren iria tentar bisbilhotar o trabalho de Tesla. Ele sentira o toque do aprendiz odioso e o ignorou.

Vader chegaria em questão de minutos para supervisionar a incisão nas pontes neurais de Yimmon. Se a operação fosse um sucesso – se produzisse a informação que o lorde sombrio precisava para destruir a resistência –, Tesla seria elevado aos olhos de seu mestre. E quando, finalmente, o imperador morresse e Darth Vader tivesse que escolher um aprendiz – ou se Vader fosse destruído e o imperador precisasse escolher um novo defensor...

Tesla não explorou nenhum desses pensamentos. Eram inebriantes, e ele não queria ceder à soberba. Era esperto demais para isso – e também cauteloso demais.

Um estímulo externo chamou sua atenção. Um ruído que pensou reconhecer. Era um ruído que o chamava com veemência, mas ele o bloqueou. Provavelmente era apenas Ren, tentando distraí-lo de sua responsabilidade com lorde Vader.

Ele não se deixaria distrair.

Sacha suava debaixo da armadura do Stormtrooper. Ela era uma mulher alta, então o disfarce servia razoavelmente bem, mas sentia os movimentos restringidos. Ela não sabia como usar os sistemas de audição e visão, então o capacete apenas dificultou sua navegação.

— Quanto falta? — ela perguntou a I-Cinco.

— Quatrocentos-e-oitenta-e-dois-ponto-três metros — o droide respondeu.

— Você pode aproximar.

— Por que eu deveria?

— Porque seria mais rápido.

A unidade R2 virou para a esquerda. Dois homens vestindo macacões azuis passaram por eles, olhando com curiosidade para o prisioneiro sullustano e seus dois guardas. Nenhum deles falou nada, mas um olhou de novo sobre o ombro.

Após vários metros no novo corredor, um oficial imperial — um comandante — passou por eles, depois parou.

— Quem é esse aí? — ele perguntou para Sacha, gesticulando para Den.

A atenção dela imediatamente focou em um fato muito importante — ela era uma mulher. Os Stormtroopers eram todos homens. Sua voz natural não era aguda demais, porém, mesmo que tentasse usar um tom mais grave, ainda seria a voz de uma mulher.

Mas então sua voz saiu com um claro tom de barítono, sem nem mesmo mover os lábios.

— Um espião sullustano. Tentou invadir pelo portal das docas comerciais no Nível Um. Estava carregando um dispositivo desconhecido. — Sacha teve a presença de espírito de erguer a mão que segurava o recursor. — Suspeitamos que seja um agente da resistência.

O oficial olhou para Den.

— Você não está levando esse prisioneiro para lorde Vader, não é?

Da última vez que Sacha viu um olhar tão frio, seu pod de corrida explodiu cinco minutos depois.

Novamente, a voz masculina saiu, aparentemente, de sua boca.

– Não. Recebi ordens de enviá-lo para um Inquisidor chamado Tesla para questionamento.

– Questionamento. *Tortura*, isso sim. E merecida. Verme. Então, continue. – Ele fez um gesto para o corredor, girou nos calcanhares e começou a se afastar deles.

– Cinco? – Den perguntou suavemente quando eles voltaram a andar. – Isso foi você?

O droide respondeu com uma série de bipes e assobios.

– Obrigada – murmurou Sacha. – Eu não tinha antecipado ser parada...

Ela parou de falar de repente, hesitando. Ela não podia dizer exatamente por que estava hesitando, exceto que algo havia... *mudado* na atmosfera da Estação. Era como uma súbita coceira em algum lugar impossível de alcançar. Sacha tentou se recompor mentalmente, endireitou os ombros e começou a dizer algo sobre estar imaginando coisas, mas I-Cinco havia parado e parecia estar olhando para ela.

– Ora, não me diga que você também sentiu – ela murmurou. – Isso seria impossível.

– Sentiu o quê? – Den perguntou, olhando de um para o outro.

I-Cinco voltou a andar. Sacha o seguiu, empurrando gentilmente o sullustano na direção de seu destino.

– Você já passou pelo teste de sensibilidade da Força? – o droide perguntou através do receptor de áudio do capacete do Stormtrooper.

– Quando me juntei aos Rangers. E... bom, não sou nenhuma Jedi. Mas às vezes... você sabe... eu sinto coisas. E quanto a você?

– Droides não sentem a Força.

– É mesmo? Então, o que é que *você* sente?

– Sabe de uma coisa – Den disse, com um tom de voz baixo e irritado –, é muito difícil ouvir sequer metade da conversa. Sobre o que vocês dois estão falando?

Sacha dobrou a esquina para dentro de um cruzamento no corredor e parou novamente. O que a parou dessa vez foi uma figura que cruzou rapidamente a intersecção uns dez metros adiante, depois hesitou e olhou na direção deles.

Den soltou uma exclamação de surpresa.

– Jax!

Se o Jedi os viu, não demonstrou. Seu olhar varreu o corredor onde eles estavam, depois sumiu de vista.

– Aquele era o Jax! – Den gritou. – Era o Jax!

– Sim, mas para onde ele está indo? – murmurou Sacha.

Alguns segundos mais tarde, alarmes começaram a disparar e luzes de segurança se acenderam do chão e do teto. I-Cinco começou a correr na direção da intersecção com uma surpreendente velocidade. Sacha prendeu seu blaster no ombro e seguiu o droide, deixando Den segui-los como podia.

– Se aquele era o Jax – o sullustano disse atrás dela –, o que diabos ele está fazendo?

Ela não respondeu, mas começou a correr, chegando à intersecção ao mesmo tempo que I-Cinco. Ela se virou e olhou para o corredor. Jax não estava em lugar algum. A única curva que ele poderia ter tomado que o faria "desaparecer" seria para dentro de um dos dois tuboelevadores entre ali e a próxima intersecção – a direção errada, se ele pretendia resgatar Yimmon. Yimmon estava *naquele* nível.

Será possível que ele não soubesse da transferência? Isso parecia improvável.

Será que ele estava produzindo uma distração para que eles pudessem chegar até Yimmon? Isso também parecia improvável.

Uma trovoada de botas contra o chão de metal chamou a atenção de Sacha de volta para a realidade. Ela se virou e arrastou Den para sua frente, agarrando seu ombro sem gentileza alguma e batendo a ponta do blaster em suas costas.

Um momento depois, uma dezena de Stormtroopers apareceu correndo, ignorando-os completamente. Os imperiais hesitaram diante do elevador olhando para o painel de controle, depois dispararam para dentro do elevador.

Sacha suspirou aliviada, depois apressou seus companheiros pelo corredor na direção da junção seguinte, novamente sentindo aquela maldita coceira bem no meio das costas. Ela parou diante do painel de controle do elevador. De fato, ele havia parado dois níveis acima.

O que aconteceria, ela se perguntou, se Jax percebesse seu erro, revertesse seu curso e atraísse os Stormtroopers – e seu chefe – de volta por aquele caminho?

– Vamos precisar tomar o elevador – ela disse a Den.

– Mas nós já estamos no...

– Eu sei, mas, se Jax perceber que está no caminho errado e voltar por aqui, nós seremos interceptados. Vamos descer, depois vamos encontrar um elevador mais perto do nosso destino final, depois subimos de novo.

Ela ativou o elevador, depois conduziu os dois para dentro, desejando ardentemente – perversamente – que Jax *não* voltasse por aquele caminho.

QUARENTA E SETE

Jax parou diante do som das sirenes. Ele se perguntou se haveria algum protocolo que os Inquisidores deveriam seguir sob tais circunstâncias – se deveriam procurar um posto de batalha, ou coisas assim. Mas não importava. Ele sabia para onde estava indo.

Jax estava vagamente ciente do frenesi causado por seu gêmeo projetado que apareceu rapidamente diante do aparato de segurança. Enquanto seu "fantasma" pareceria estar subindo das baías adjacentes ao setor comercial e se dirigindo para a área de detenção, o Jax real estaria vindo da baía das naves menores no hemisfério norte – praticamente a direção oposta. E seu destino final seria a enfermaria que ficava dois níveis abaixo da área isolada pela segurança.

Agora que sabia para onde estava indo, ele tomou um momento para sondar a área em busca de usuários da Força. Jax podia fazer isso sem preocupação; seria perfeitamente razoável para um Inquisidor procurar a localização de seus companheiros em uma situação daquelas.

Ele se abriu para receber as energias e foi quase derrubado no chão pela violência da resposta. Foi como ser atingido por chicotadas malévolas de pura escuridão. A atenção do lorde sombrio era como um cabo grosso e viscoso de maldade frígida direcionada para sua projeção da Força. Ao redor, com tentáculos de hostilidade, as energias dos Inquisidores golpeavam na mesma direção. A atenção dos Stormtroopers e dos oficiais veio logo em seguida, como explosões sem foco.

Jax sorriu com o canto dos lábios. Até agora, tudo estava dando certo.

Para Probus Tesla, a consciência do cereano era algo para se admirar. Com um córtex dormente e outro em estado vegetativo, o Inquisidor foi capaz de ter uma "visão" real da mente do rebelde. Não era a mente de um usuário da Força, era complexa, com camadas de raciocínio que se sobrepunham como correntezas no fundo do oceano.

Mover-se entre os redemoinhos de pensamentos era como tentar vislumbrar a atividade dentro de uma série de bolhas translúcidas que flutuavam e se moviam na correnteza. Os vislumbres eram excitantes, e Tesla estava certo de que, se pudesse romper uma das bolhas e derramar seu conteúdo — algo que tinha certeza que o procedimento cirúrgico facilitaria —, ele poderia entender o funcionamento daquela mente primorosa.

E então lorde Vader iria reconhecer o poder de Tesla e seu potencial.

Seguindo esse pensamento provocativo, veio uma fria pontada de dúvida: *e se o lorde sombrio enxergar poder e potencial como uma ameaça a sua posição? O que faria então? Talvez ser esperto demais ao redor de Vader não fosse a melhor das estratégias.*

Tesla sentiu o chamado de Vader enquanto lutava com aquela epifania sombria. Não foi o tipo de chamado com o qual estava acostumado. Em vez da costumeira ordem direta, o que recebia agora era uma explosão de intensa *descoberta* — uma mistura estranha e densa de descrença, raiva gélida, excitação… e confusão. Mas tudo isso sumiu em um instante como se a porta fosse fechada com violência sobre o fluxo de sensação.

O que restou foi uma imagem visual: Jax Pavan.

Tesla cambaleou mental e fisicamente, usando a mão para se apoiar ao lado da cama de Yimmon.

Não. *Não* podia ser verdade. Pavan estava morto. Tesla vira a nave sendo destruída pelas forças gravitacionais. Sentiu o súbito silêncio do Jedi. A súbita calmaria. E agora não sentia nada que reconhecesse como um sinal Jedi na Força.

Ele arrancou sua mente do contato com Thi Xon Yimmon e cambaleou até um comunicador, repentinamente ciente do alarme que indicava um intruso. Desligou o alarme na enfermaria e chamou o comando central.

— O que aconteceu?

— Temos um intruso, Inquisidor — o oficial respondeu, dizendo aquilo que já sabia.

— Que intruso? Como ele conseguiu entrar? Para onde está indo?

— Não sei como entrou, senhor. Ele simplesmente... apareceu em nossos monitores. Ele parece estar se dirigindo para o centro de detenção.

Tesla sorriu. Sim, era óbvio que estava se dirigindo para o centro de detenção. Porque era ali que achava que seu colega estava. O Inquisidor lançou um rápido olhar para o cereano inconsciente, depois desligou o comunicador e saiu da enfermaria, tomando cuidado para trancá-la na escotilha externa.

Ele dobrou a esquina para dentro do corredor principal e ficou cara a cara com um alto Inquisidor aprendiz. Renefra Ren, é claro. Quem mais seria tão arrogante para ignorar o protocolo e seguir suas vontades pessoais?

— O que você está fazendo aqui, Renefra? — Tesla rosnou. — Você deveria se colocar à disposição de nosso mestre sob tais circunstâncias, e não me seguir por aí. Venha, o prisioneiro está seguro e lorde Vader solicita minha presença.

Ele passou por seu aprendiz e começou a atravessar o corredor, percebendo tardiamente que a maldita criatura não havia se movido. Ele girou de volta.

– Você está surdo? Ou acha que vai agradar nosso mestre vigiando o prisioneiro? Jax Pavan está na estação.

– Sim – disse Renefra Ren com a voz de outra pessoa. – Ele está.

Quando Tesla percebeu a estranheza da voz, duas coisas aconteceram: a imagem de Renefra Ren pareceu vacilar e encolher, e o tubo-elevador à sua direita se abriu, revelando um Stormtrooper armado, uma unidade R2 e um sullustano. O Stormtrooper saiu do elevador e mirou – apontando seu blaster para a cabeça de Tesla.

– Mãos na parede – o Stormtrooper disse com uma voz feminina.

– Sacha, cuidado! – o sullustano gritou. – Tem mais um ali!

O capacete branco virou na direção do Inquisidor desconhecido. Tesla agiu automaticamente, erguendo sua mão esquerda para o alto. Ele atraiu o blaster da falsa Stormtrooper usando a Força, depois a ergueu do chão e a jogou contra a parede do elevador.

– *Não!*

O rugido de medo e raiva atingiu os ouvidos de Tesla ao mesmo tempo que as emoções por trás do grito atingiram sua consciência. Uma onda de poder da Força se seguiu e o lançou de cabeça pelo corredor. Enquanto se levantava, Tesla ouviu o zumbido de um sabre de luz sendo ativado, viu a lâmina de tom azul-claro e soube que o borrão que se aproximava deveria ser um Jedi – de fato, tinha que ser Jax Pavan.

Tesla saltou e voou sobre o Jedi, raspando pelo teto antes de cair com os dois pés no chão do lado oposto ao elevador. Um rápido olhar mostrou que a mulher com o disfarce de Stormtrooper ainda estava desmaiada. O sullustano estava ajoelhado ao seu lado.

O droide… onde estava o droide? Se realmente fosse um droide imperial, estaria enviando um alerta e um pedido de ajuda. Se fosse um droide dos rebeldes…

Tesla sacou sua arma e se virou para encarar seu agressor. A túnica vermelha havia sumido, e não havia dúvida de que era Jax Pavan quem o encarava.

— Isso é impossível — Tesla disse. — Você... você não pode estar aqui. Você está...

— Morto? — o Jedi perguntou, depois sacudiu a cabeça. — Desculpe, mas não.

— Você estava no nível do centro de detenção.

— Não. — O rosto de Pavan se acendeu em um lento sorriso. — *Ele* estava.

Tesla olhou rapidamente para onde o Jedi apontava. Um segundo Jax Pavan — idêntico ao primeiro — estava de pé na intersecção de dois corredores, também empunhando um sabre de luz. O instante de distração foi suficiente; quando Tesla voltou a olhar, o Jedi real estava a meros passos de distância, com o sabre de luz já em um movimento mortal.

Tesla não ouviu nem sentiu o movimento, e essa percepção o confundiu e gelou suas costas. Ele ergueu sua lâmina Sith para defender o golpe do Jedi, quase sem tempo. As duas lâminas colidiram com um alto chiado de energia.

— Não tenho tempo para isso, Tesla! — Pavan rugiu. Ele olhou sobre o ombro do Inquisidor, com o mesmo sorriso provocador, convidando seu adversário a olhá-lo também.

Tesla recusou o convite. Ele não sabia como o Jedi havia feito aquilo, mas só podia existir um Jedi e apenas uma lâmina Jedi.

Ele sorriu para Pavan.

— Interessante. Mas, é claro, ele não pode ser real. Você é o último Jedi, e você possui o último sabre de luz Jedi.

Ele jogou sua lâmina para baixo e fez um movimento circular, lançando a arma de Pavan para longe e jogando-o para trás. Pavan recuou com um passo cambaleante. Tesla, sorrindo ferozmente, completou o movimento em arco com seu sabre, girando agora por cima e sobre seu inimigo, deixando a Força aumentar o poder do golpe de cima para baixo, que partiria Pavan em dois...

O momento de triunfo de Tesla foi interrompido pelo som de um segundo sabre de luz sendo ativado tão perto de si que ele podia sentir a estática crepitando sobre sua pele. Ele girou para trás... e foi surpreendido ao perceber que era uma lâmina vermelha – uma lâmina Sith – vindo em sua direção.

Sua última emoção fugaz foi de perplexidade; seu último resquício de pensamento foi... *impossível*...

QUARENTA E OITO

Tesla estava morto.

O agente de sua morte assomava sobre ele com um sabre de luz Sith nas mãos, os cabelos negros e prateados molhados de suor, o corpo ainda vestindo a armadura de Stormtrooper.

Seu pálido olhar se moveu do corpo no chão para a lâmina. Ela desativou a arma, trazendo um profundo silêncio para o corredor. Depois olhou para Jax.

– *Uau* – ela disse. – Isso foi... eficaz.

Jax olhou para o Inquisidor morto. O capuz vermelho ao redor de seu pescoço fumegava arruinado.

– Vamos tirá-lo de vista.

– Aqui! – Den chamou no corredor de acesso à enfermaria. Ele havia se armado com o blaster do Stormtrooper. – Cinco abriu as portas.

Sacha e Jax arrastaram o cadáver até a escotilha externa de acesso, mas então Sacha o impediu de entrar no curto corredor e ergueu um pequeno dispositivo na direção das câmeras sobre as portas.

– Caso alguém esteja observando os monitores – ela disse.

Eles entraram no corredor, arrastando o corpo de Tesla. I-Cinco

— em seu corpo R2 — realmente havia aberto as portas da enfermaria, depois desapareceu. Jax e Sacha depositaram o corpo dentro da enfermaria e longe da porta.

— Den, tranque as portas da enfermaria e fique de guarda — Jax disse, depois seguiu Sacha, à procura do droide. Eles o encontraram conversando com o computador que controlava os processos autônomos de Thi Xon Yimmon.

Jax tentou conter uma explosão de emoções quando viu o líder da Whiplash — e quando constatou que seu poderoso intelecto fora reduzido a um mero casulo adormecido. E novamente foi atingido pelo horror daquilo que Vader pretendia fazer.

— Você pode acordá-lo? — ele perguntou a I-Cinco.

— Já interrompi o fluxo de anestesia e programei um leve estimulante. Mais do que isso seria…

— Podemos transferi-lo nessas condições? — Sacha perguntou. — Quando Vader perceber que está perseguindo um fantasma, ele virá direto para cá.

— Ele já sabe — Jax disse sombriamente. — O que significa que vai vasculhar a Força à minha procura. Consegui mascarar meu sinal, mas não vai demorar muito até que ele me descubra. Vader é poderoso demais. Precisamos tirar Yimmon daqui *agora*.

— Jax… — A voz, um mero sussurro, veio dos lábios de Thi Xon Yimmon. — O espírito está disposto. O corpo… — Ele ergueu a mão trêmula, focou o olhar sobre ela, depois a deixou cair.

— Precisamos tirá-lo daqui agora — Jax disse ao cereano. — Você consegue ficar de pé?

— Ele não precisa se levantar — I-Cinco disse, depois levou uma maca antigravitacional ao lado da cama de Yimmon. — Dada as circunstâncias, o que poderia ser mais natural do que o Inquisidor encarregado ordenar que o prisioneiro seja transferido para um local seguro?

Thi Xon Yimmon era um homem grande. Foi preciso que Jax, Sacha e I-Cinco o transferissem para a maca.

— Que nave vocês trouxeram e onde ela está? — Jax perguntou a Sacha.

— A *Laranth*... bom, agora ela é a *Raptor*. I-Cinco roubou os códigos. Ela está nas docas da área comercial, bem perto do portal externo deste lugar adorável onde estamos.

Jax grunhiu alto.

— Foi lá que comecei a projeção do meu "gêmeo".

— Sim, eu sei. Nós vimos.

Jax tomou uma decisão difícil. Disparando um dardo preciso na Força, ele buscou Darth Vader... e o encontrou — no mesmo andar e se dirigindo diretamente para eles. Assim que a conexão foi feita, ele soube que havia entregado qualquer possibilidade de se camuflar. Vader estava sozinho — os Stormtroopers e os Inquisidores estavam agindo nos níveis inferiores, provavelmente tentando conduzir qualquer intruso para o hemisfério norte.

Será que Vader não havia comunicado a farsa para eles?

— Certo — Jax disse. — Vamos precisar usar uma rota alternativa para sairmos daqui. Vocês sabem onde existem outras saídas para a estação principal?

— Claro — disse Sacha. — Foi a primeira coisa que fizemos quando chegamos... Averiguamos todos os pontos de acesso.

— Se vocês voltarem pelo caminho que fizeram, vão encontrar uma horda de Stormtroopers e Inquisidores.

Ela deu de ombros, fazendo a armadura chacoalhar.

— Que seja. Então vamos ficar nos níveis superiores.

— Ótimo. Seja lá o que eu faça, vocês precisam levar Yimmon até sua nave e tirá-lo daqui. Entenderam?

Sacha e Den o encararam ao mesmo tempo.

— Você não vai com a gente? — Den perguntou.

— Talvez eu não possa. Acontece que deixei meu caça estelar atracado na baía de transportes. Eu realmente gostaria que Vader não colocasse suas mãos naquela nave.

— E nós realmente gostaríamos que ele não colocasse as mãos em *você* – Den disse.

Jax fechou os olhos. Eles não faziam ideia.

— Não vou permitir que isso aconteça.

Momentos depois, um Inquisidor aprendiz, um Stormtrooper e um droide saíram da enfermaria com seus dois prisioneiros e entraram no tuboelevador mais próximo. Eles subiram. Três níveis mais tarde, desceram do elevador e se dirigiram ao setor comercial da Estação. Com a maior parte das forças imperiais concentrada nos níveis inferiores, havia poucos soldados inimigos onde eles estavam e, embora estivessem em alerta, os soldados procuravam um Jedi fugitivo, não um grupo de segurança transferindo dois prisioneiros.

A paranoia do Império sobre fazer tudo em segredo era uma faca de dois gumes. Ninguém nos corredores lançava mais do que um olhar para eles.

E com Darth Vader também seria assim, Jax pensou... exceto pela presença de um Jedi entre o grupo.

Ao se aproximarem de uma junção na metade do caminho para o perímetro exterior da instalação imperial, Jax tirou a túnica do Inquisidor e cobriu a maca com ela.

— Jax – Den perguntou –, o que você está fazendo?

Jax não respondeu. Ele apenas pousou a mão sobre a cabeça de I--Cinco.

— Leve-os de volta para a nave, Cinco. Tire-os daqui.

E então ele disparou correndo por outro corredor.

I-Cinco emitiu um único e longo som que, para Den, parecia um lamento. O sullustano estremeceu. Ele observou Jax desaparecer pelo corredor, sentindo como se sua coragem também estivesse desaparecendo com ele. Den se recompôs e continuou andando. Não podia pensar assim. Eles tinham uma missão a cumprir.

Den olhou por sobre o ombro para Sacha – por todo bem que isso fazia. Dentro de sua armadura de plastoide, ela estava invisível. Mas Den sabia que estava pensando a mesma coisa: continue andando. Continue com o plano... do jeito que estava. Ele não tinha ideia do que I-Cinco pensava, mas sabia que o droide estava se esforçando para não sair correndo atrás de Jax. Ele apenas continuou se movendo – e conduzindo a maca.

De repente lhe ocorreu o quanto aquele absurdo era engraçado – eles simplesmente entraram ali alegremente achando que iriam resgatar Yimmon sem problemas. Se Jax não tivesse aparecido, teriam ficado cara a cara com aquele Inquisidor. A surpresa explodiria no colo *deles*.

Den começou a rir e descobriu que não conseguia mais parar.

— O que foi? — Sacha murmurou e I-Cinco emitiu uma série de bipes que Den tinha certeza de que significava "cale a boca".

Ele sentiu sua histeria diminuindo.

— E-e-eu... O que nós estávamos pensando? Se não fosse por Jax... — Ele fechou a boca quando passaram por um trio de oficiais que se movia rapidamente na direção oposta.

— Hum — Sacha murmurou quando o corredor esvaziou de novo. — Entendo o que você quer dizer.

Eles seguiram o máximo que puderam naquele nível, depois Sacha os conduziu para dentro de um tuboelevador no intuito de descerem até o nível das docas.

— Você não está pensando em sair pelo mesmo caminho que usamos para entrar, não é? — I-Cinco perguntou. — Provavelmente aquela barreira vazia já foi descoberta.

— Sim. Eu estava pensando a mesma coisa. Yimmon, como você está se sentindo? Acha que consegue se levantar?

Em resposta, o cereano se sentou e passou as pernas para fora da maca.

— Acredito que sim. — Ele saiu da maca, apoiando-se nela.

Sacha parou o elevador um nível acima das docas, mas manteve as portas fechadas.

Den olhou para o rosto de Yimmon. A cor não parecia boa, e ele estava suando. Ele se aproximou para que o cereano pudesse se apoiar em seu ombro.

— O que você acha? — Den perguntou. — Pode tentar dar alguns passos?

O cereano tentou dois. Um pouco inseguros, mas não de um jeito perigoso.

— Ótimo. — Sacha apanhou a túnica do Inquisidor e entregou para ele. — Tente vestir isso. Desculpe por não termos um do seu tamanho.

Yimmon sorriu e obedeceu. A túnica ficou um pouco apertada ao redor dos ombros, mas era longa o suficiente, e o capuz — feito com espaço para os chifres de um elomin — cobriu bem seu grande crânio, embora deixasse seu queixo exposto.

Sacha retirou o sabre de luz Sith e o colocou nas mãos de Yimmon.

— Você me assustaria se eu o encontrasse por aí desse jeito.

— Às vezes, eu mesmo me assusto — Yimmon disse num tom de brincadeira. Ele pousou a mão sobre o ombro de Den. O sullustano grunhiu quando ele transferiu seu peso.

— Estamos prontos? — Sacha perguntou.

Den confirmou.

— Vamos.

Ela abriu as portas e todos passaram, andando para uma das saídas que levavam ao setor civil da estação. Os guardas do portal olharam rapidamente para o grupo e não deram muita atenção a eles.

Assim que cruzaram o limite entre os lados da estação, o Stormtrooper da direita falou com Sacha.

— Você sabe se eles capturaram o intruso?

Ela se virou e I-Cinco mais uma vez a socorreu, lançando sua voz para parecer que saía de dentro do capacete de Sacha.

— Ainda não. Mas é só uma questão de tempo.

— Ouvi um rumor de que era um Jedi.

— Um Jedi? Os Jedi estão todos mortos. Provavelmente era só um daqueles malucos da resistência.

— É, acho que isso faz mais sentido.

— Chega de conversa – o Inquisidor alto disse. – Temos que cumprir nosso compromisso. – Ele deu um forte empurrão nas costas de Den que o enviou cambaleando para o setor civil, depois o seguiu com um farfalhar da túnica vermelha.

Sacha e I-Cinco se moveram rapidamente atrás dele.

Den achava que deveria relaxar, uma vez que haviam saído da vista da barreira e já estavam dentro das áreas comerciais, mas isso não aconteceu. Seu coração martelava no peito, a boca estava seca como o deserto, e ele tinha certeza de que o alarme iria disparar a qualquer momento. Se os Stormtroopers que eles haviam anestesiado fossem encontrados e acordados, eles se lembrariam de ver um sullustano em sua barreira de segurança.

Mas nenhum alarme disparou naquele lado da Estação, e eles atravessaram o caminho até as docas de carga sem nenhum contratempo. Na verdade, as pessoas pareciam voluntariamente se colocar para fora de seu caminho.

I-Cinco agora havia tomado a dianteira – movendo-se tão rápido que era difícil para Den, com suas pernas curtas, acompanhar o ritmo. Ele estava ofegando quando chegaram à nave e subiram pela rampa de embarque.

Ao subirem a bordo, e atrás de portas seladas, Den finalmente conseguiu relaxar – bom, relativamente. As portas não serviriam para nada se Vader fosse atrás deles, embora Den suspeitasse que o lorde sombrio estava concentrado demais em Jax para se preocupar com possíveis cúmplices.

Aquela ideia lhe gerou um alívio horrível, e ele rapidamente a afastou com tanta força que sua mandíbula doeu.

Sacha tirou a armadura e foi para a ponte preparar a decolagem.

STAR WARS

Após uma breve discussão sobre sua condição física – a qual Yimmon venceu, obviamente –, o cereano a seguiu.

Den voltou para o compartimento da engenharia para ter certeza de que tudo estava no lugar. Ficou surpreso ao encontrar o lugar vazio. Nada de I-Cinco. Ele checou as cabines da tripulação e a área comum.

Den parou quando estava prestes a abrir a escotilha do compartimento de carga e chamou a ponte.

– Ei, Sacha, o I-Cinco está com você?

– Hum... não. Ele não está na engenharia?

– Não. Nenhum sinal dele. – Sentindo o começo de uma preocupação, Den digitou o código para abrir o compartimento de carga.

– Então, onde ele está? – Sacha perguntou.

A escotilha se abriu, revelando um compartimento de carga quase vazio e seus ocupantes mecânicos: um droide DUM dormente, o corpo Nêmesis remendado de I-5YQ, e uma unidade R2 também em modo de espera.

Den precisou de um momento para perceber que havia um caixote aberto jogado no chão do compartimento de cargas – um caixote que media aproximadamente uns dois metros de altura e meio metro de largura. Um caixote vazio. As palavras LAZER MECÂNICO BB-4000 estavam escritas ao lado com a caligrafia cuidadosa de Geri.

A mente de Den teve dificuldade para entender o que estava vendo. O que I-Cinco poderia fazer com...

Então, ele se lembrou de como o droide havia sumido um pouco antes de decolarem de Toprawa: "Precisei consultar Geri sobre... umas modificações".

– Umas modificações, uma ova!

Den se virou para ir até a ponte quando percebeu outra coisa: o braço-blaster do I-Nêmesis havia sumido.

QUARENTA E NOVE

Voltando para a enfermaria, Jax parou por tempo suficiente para enviar mais duas projeções da Força na direção oposta para confundir os inimigos que ele sentia abaixo e adiante. Tentar o mesmo truque com Darth Vader seria inútil – Vader havia sentido sua presença através da Força, e já não havia mais onde se esconder.

Então ele se moveu diretamente para o sinal sombrio que sentia à sua frente, com a mente acelerando por uma série de absolutos: ele absolutamente não podia permitir que Vader recuperasse Thi Xon Yimmon. Ele absolutamente não podia permitir que Vader roubasse o caça estelar Jedi.

Ele absolutamente não podia permitir que Vader o capturasse.

Se as informações na mente de Yimmon trariam devastação para a resistência, as informações na mente de Jax trariam destruição de magnitude ainda maior. Apenas o que aconteceria aos cefalônios já seria algo terrível.

Alcançando uma bifurcação nos corredores, Jax hesitou. Ir para a direita e tentar escapar com o Delta-7? Ou ir para a esquerda e enfrentar Darth Vader – e talvez, finalmente, colocar um fim a tudo aquilo?

As coisas que ele sabia sobre as correntezas do tempo já seriam suficientes para ter uma vantagem sobre o lorde Sith. Vader não tinha ideia alguma do que Jax era capaz. As correntezas do tempo locais eram manipuláveis. Talvez manipuláveis o suficiente para confundir seu adversário.

Talvez.

Por um momento, Jax se sentiu à beira de um precipício. Se pudesse destruir Darth Vader — mesmo se sacrificasse a própria vida fazendo isso —, valeria a pena. A morte de Vader serviria para inspirar mais pessoas a resistir à vontade do Império. Mais importante, iria acabar com a maior arma de Palpatine... e vingaria a destruição da Ordem Jedi e as mortes de tantos brilhantes usuários da Força.

E Laranth.

Eu seria a vingança.

Ele olhou para a esquerda. Deu um passo naquela direção.

Uma raiva, quente e inesperada, queimou descendo por suas costas. Ele não conseguia nem começar a nomear a fonte.

É isso *que significa ser um Jedi? Talvez o último Jedi? É para isso que você quer dar a vida, Pavan — para a vingança? Para a paixão? Essas emoções fazem parte do lado sombrio.*

Ofegando, Jax cambaleou até atingir a parede de metal.

Depois ele tomou o caminho à direita e correu.

O percurso de Jax por entre os corredores teve vários desvios enquanto ele alterava sua rota para evitar confrontos. Seus pensamentos espelhavam sua fuga. Se conseguisse alcançar a nave, ele poderia escapar daquela estação. Se não conseguisse...

Jax podia sentir Vader agora — uma presença ao mesmo tempo gélida e tórrida se aproximando.

Adiante, Jax subitamente sentiu um quarteto de pessoas. Devem ter descido de um elevador. Dois eram usuários da Força — Inquisidores.

Ficou surpreso ao perceber que podia sentir a textura de suas habilidades. Um deles era suave, fraco... novo. Um aprendiz, talvez. O outro era mais forte. Não se equiparava a Tesla, mas também não era inexperiente.

Ele não poderia evitá-los sem ir de encontro a Vader, mas se os enfrentasse...

Não havia escolha. Jax ativou o sabre de luz, se protegeu em uma curva e lá estavam eles: dois Stormtroopers e dois Inquisidores. Os soldados reagiram a ele rapidamente, erguendo suas armas e atirando.

Jax facilmente se desviou dos tiros enquanto os Inquisidores sacavam suas armas. O menor dos dois empunhava apenas um florete de luz, que o marcava como um aprendiz. A ponta da lâmina tremia. É claro que sim – o jovem adepto estava morrendo de medo. Ele provavelmente nunca vira um Jedi antes, muito menos entrara em combate com um.

Isso fez dele o alvo mais óbvio.

Girando o sabre de luz, Jax se lançou diretamente sobre o jovem Inquisidor, que reagiu saltando entre os dois Stormtroopers. Seu capuz deslizou para trás e revelou um pálido rosto humanoide com olhos brilhantes e amedrontados.

Jax disparou atrás dele, desviando dos tiros de blaster pelo caminho.

O Inquisidor mais velho fez exatamente o que Jax esperava – se esgueirou pela parede à procura de uma oportunidade para se posicionar atrás do Jedi. Jax o ignorou, atacando os Stormtroopers e o aprendiz aterrorizado. Ele golpeou diagonalmente com o sabre de luz, cortando os blasters ao meio e transformando suas pontas em metal derretido.

O Inquisidor atrás dele naturalmente escolheu aquele momento para atacar Jax pelas costas aparentemente desprotegidas. Não contente em apenas correr até o Jedi, ele concentrou a Força e saltou em sua direção.

Jax se lançou ao chão, rolou e usou a Força para jogar o aprendiz na direção da lâmina de seu superior. O jovem adepto gritou, protegendo-se inutilmente com seu florete de luz; a arma inferior saiu voando e ricocheteou nas paredes. O aprendiz atingiu o chão.

O Inquisidor mais velho executou mais um salto com a Força e aterrissou com os dois pés no chão, pronto para atacar Jax novamente.

Um oponente armado. Melhor alternativa. Sem tempo.

Jax respirou fundo, se preparou... depois virou de frente para o elevador. As portas se abriram e Darth Vader entrou no corredor, aterrissando seu olhar insectoide em Jax.

A reação do Inquisidor foi desativar a lâmina, abaixando a cabeça e recuando apressadamente.

Foi todo o tempo de que Jax precisava. Ele enviou uma última onda de energia para a projeção de Darth Vader, o suficiente para mantê-la ativa por mais um instante enquanto ele se virava, passando pelos Stormtroopers e disparando pelo corredor.

Seus adversários esperariam as ordens de seu mestre. No tempo que levassem para perceber a farsa, Jax já estaria longe de vista.

Depois de passar por mais duas intersecções, ele entrou em um tuboelevador e subiu para o nível das docas onde as naves de transporte ancoravam. Foi apenas quando teve tempo de se recompor que Jax percebeu que não sentia mais a atenção de Darth Vader.

O que isso significava? Será que o lorde sombrio havia voltado sua atenção para outro lugar? Será que percebeu que Yimmon não estava mais com Jax e então partiu em busca do cereano? Ou será que aquele novo uso da Força havia esgotado as energias de Jax?

As portas do tuboelevador se abriram e ele entrou no pátio que dava acesso às docas. Começou a andar – mas parou imediatamente quando sentiu uma onda sombria de intensa curiosidade... e um forte aperto em sua garganta.

– Impressionante. – Darth Vader saiu de dentro de um elevador aberto à esquerda de Jax. – Essa exibição de poder foi resultado de algum conhecimento a que você teve acesso? De onde?

Vader andou lentamente em sua direção, empunhando seu sabre de luz, desativado. As luzes do teto refletiam em seu capacete.

— O que você possui agora é um conhecimento do lado sombrio. Posso sentir em você... *dentro* de você. Assim como senti quando você o adquiriu de...

Filamentos da Força quentes como lava envolveram Jax, querendo vasculhar sua mente. Lembrando-se daquilo que sentiu em Tesla quando o Inquisidor havia tentado invadir a consciência de Yimmon, ele rearranjou o tecido de seus próprios pensamentos e permitiu a Vader um vislumbre por trás do véu em sua mente.

— Ah. Um holocron Sith. — O tom meloso de Vader parecia marcado por um leve respeito. — E não um artefato qualquer, mas um dos trabalhos de Darth Ramage. — Vader agora estava diante de Jax, com seu manto e traje cibernético parecendo atrair a suave luz ambiente, absorvendo-a como uma esponja sedenta.

— Estou surpreso com você, Pavan. Surpreso por ter maculado sua pessoa com um conhecimento do lado sombrio. O que poderia forçá-lo a tal sacrifício? A morte de sua Paladina?

Jax tentou não reagir àquela provocação, mas foi demais para ele. Certo. Deixe que Vader saiba que ele estava se descontrolando. Talvez estivesse mesmo.

E talvez não.

— Sabe, você não precisa morrer — disse aquela voz sombria e aveludada.

Jax encontrou sua própria voz.

— Não?

— Não. Na verdade, seria uma... infelicidade... que você morresse com todo esse conhecimento dentro de sua mente.

— Certo, e você vai me oferecer um acordo, não é... Anakin?

A força sobre a garganta de Jax aumentou. O frio do espaço estelar invadiu seu corpo. Se pudesse ver o rosto de Vader — o rosto de Anakin —, o que seria revelado? Raiva? Dor? Tormento?

— Anakin Skywalker está morto — Vader disse. — Queimado até as cinzas e soprado pelos ventos da traição.

Jax ousou rir. Foi um som fraco e difícil.

— Traído? Você? Não. Você foi o traidor. *Você* traiu a Ordem Jedi. Você traiu a todos nós. Você traiu a *si mesmo*.

A garganta foi apertada ainda mais. Jax engasgou e sua visão começou a escurecer. O tom de Vader continuou calmo, mas com um toque a mais de descontrole.

— Você acha que sua opinião sobre mim importa?

— Dificilmente.

O lorde sombrio relaxou um pouco a pressão sobre a garganta e ativou seu sabre de luz. O vermelho vívido da lâmina se espalhou pelo olhar de Jax. O Sith se aproximou de seu prisioneiro. Chegou ainda mais perto, até Jax enxergar o próprio rosto pálido como um reflexo distorcido na lente negra e curva da máscara de Vader.

— Sinto que você já dançou no limiar das sombras, Pavan. Venha inteiramente para elas, compartilhe seu conhecimento comigo e você poderá viver. Sua causa está perdida, de qualquer maneira. Você deveria ao menos salvar algo.

— E Yimmon?

— Eu tenho você agora. Por que precisaria dele?

— Você não vai mais torturá-lo? Não vai mais matá-lo?

— Isso é mesmo tão importante para você neste momento?

— Se você quer aquilo que existe dentro da minha mente, será importante para você também.

O lorde sombrio hesitou.

— Onde ele está?

Jax lançou um rápido olhar para as portas do elevador mais à sua direita. As portas se abriram, revelando Thi Xon Yimmon e Den Dhur. Yimmon se apoiava na parede do elevador; Den, horrorizado, tentava apoiá-lo.

A visão inesperada foi suficiente para quebrar a concentração de

Vader. Jax então liberou uma explosão de energia da Força que lançou o lorde sombrio um, dois, três passos para trás.

Não muito, mas suficiente.

Jax caiu de bruços, seu corpo pairando horizontalmente a seis centímetros do chão. Ele se preparou e disparou, passando por Vader, e acelerando através dos portais abertos do ancoradouro.

Vader se recuperou rapidamente e também passou pelos portais, com passos decididos e o manto revoando ao seu redor como uma fumaça negra.

— Você progrediu, Pavan. Nunca imaginei que seria capaz de lidar tão bem com um conhecimento desses. Posso ver através de você. Sempre pude ver através de você.

Jax se levantou e se virou para encarar o lorde Sith. Erguendo e ativando seu sabre de luz, ele continuou recuando para dentro do ancoradouro, ficando de olho nas tropas imperiais que poderiam aparecer. Não viu nenhum soldado — apenas alguns técnicos se protegiam, aterrorizados, em um canto.

— Então, eu sou tão transparente assim? — ele perguntou a Vader.

— Talvez não, mas suas ilusões são. Você se esqueceu de dar sinais vitais a elas. — O lorde sombrio lançou a mão na direção de "Yimmon" e "Den" — que ainda estavam no elevador — como se quisesse dispersar a miragem de Jax. Seus contornos se desfocaram, mas eles não evaporaram. Ficou evidente que Vader esperava que desaparecessem apenas pela leve hesitação de seus pés, pela súbita inclinação do capacete, pelo leve tremor nos dedos enluvados.

Jax freou a bolha de orgulho que surgiu em seu coração por ter conseguido quebrar a expectativa do lorde sombrio. Ele manteve as projeções por tempo o bastante para reforçar o argumento de que conseguia fazer aquilo, depois interrompeu o esforço. As imagens do sullustano e do cereano sumiram como fumaça.

— Está orgulhoso de si mesmo? — Vader perguntou. — Talvez você mereça estar. Você realmente ultrapassou minhas expectativas. Mas...

veja que interessante. As projeções de seus aliados se foram, mas ainda posso sentir a textura de uma ilusão... em algum lugar...

O capacete se inclinou para trás como se o lorde sombrio estivesse cheirando o ar, e Jax percebeu seu erro. Após tocar e sentir as projeções de Jax, Vader agora podia reconhecê-las. E havia uma projeção alimentada pelo pironium em um canto afastado daquelas docas.

– O que foi? – Vader perguntou, movendo-se lentamente, cada vez mais próximo. Estava a poucos metros. – O que você está escondendo, Jedi? O que você ocultou aqui? Mais precisamente... *como* você ocultou?

Jax hesitou. Ele esperava despistar Darth Vader com uma combinação que envolvia avançar, golpear e projetar, mas agora isso parecia ingênuo. Agora Vader possuía uma boa chance de não apenas ficar com a nave Jedi, mas também com o pironium.

Isso era irônico. Fora Anakin Skywalker quem dera o pironium a Jax em primeiro lugar. Para guardá-lo em segurança, ele dissera. Isso foi antes – antes de se tornar um enorme pilar de escuridão, antes de se tornar essa... *coisa*. O que uma criatura tão sem consciência poderia fazer com aquela fonte inesgotável de poder?

O capacete negro virou para um canto das docas onde o caça Jedi estava, com metade do corpo oculta pela nave que havia atracado na baía antes dele.

– Ah! O pironium, é claro. É *assim* que você está fazendo isso. É assim que você está energizando todas as suas projeções. Carregá-lo com você foi uma decisão estúpida, Pavan.

– Oh, mas não estou carregando.

Jax usou a Força para agarrar a primeira coisa que encontrou – um pedaço descartado de blindagem de uma nave sob reparo – e o lançou na direção de Darth Vader. Quando Vader desviou do golpe, Jax seguiu arrancando a nave inteira das estruturas de reparo e jogando-a sobre o Sith.

Sem se dar ao trabalho de ver o resultado de seus esforços, Jax disparou para a esquerda, para longe da projeção ao redor do Delta-7. Ele acabou isolado do pátio dos elevadores por sua própria ação, mas sabia que existiam, em cada ancoradouro, escotilhas no chão usadas para baixar grandes pedaços de maquinaria e carga de um nível a outro. Se pudesse encontrar alguma...

Ouviu o chiado de metal sobre metal atrás dele enquanto Vader lidava com o golpe do caça. Jax não gastou mais nenhuma preciosa energia da Força com aquilo. Em vez disso, preferiu vasculhar o caminho adiante enquanto corria.

Ali! Havia uma escotilha, cinco metros à frente – mas fechada.

Não por muito tempo. Usando a Força, Jax forçou a grossa cobertura de duraço e a jogou de volta sobre suas dobradiças. Depois ele saltou, jogando-se pela abertura. Ele aterrissou com elegância num nível abaixo, sobre a proa de uma nave, depois rapidamente pulou para o chão.

O que Vader faria?

Se acreditasse que o pironium estava com Jax, ele o seguiria. Então o caça estelar e o pironium estariam seguros... por enquanto. Se acreditasse que o pironium deveria estar a bordo da nave, se não o perseguisse, Jax poderia acionar o sistema de autodestruição e talvez – um fraco talvez – pudesse atingir Vader com a explosão.

Agora Jax sabia qual seria a jogada final. Ele disse a si mesmo que saberia discernir o momento em que desistiria de lutar por sua vida.

A baía inferior tinha o mesmo formato daquela acima dele, com um portal que dava para um pátio onde os elevadores convergiam. Jax se dirigiu até lá, escolheu um elevador aleatoriamente e subiu dois níveis. Ele voltaria para o setor civil da Estação, torcendo para que Den e Sacha tivessem desobedecido suas ordens e estivessem esperando por ele.

Da mesma maneira que Den, no passado, havia esperado no corredor da *Far Ranger*...

Saindo do elevador, Jax se dirigiu para sua esquerda – para o oeste, na geografia da Estação Kantaros. Ele teria que descer vários níveis depois de se afastar de Vader, mas por ora queria apenas distância.

Ele passou correndo por técnicos, Stormtroopers e oficiais, sabendo que eles o enxergavam como um deles – um técnico anônimo apressado com suas tarefas. Jax hesitou quando um trio de Inquisidores saiu de um elevador, depois virou à esquerda e se deparou com uma cozinha.

Era uma longa sala reluzente, cheirando a comida e mobiliada com mesas e equipamentos. Os droides que trabalhavam ali estavam ocupados preparando refeições para a tripulação. Eles não deram atenção ao Jedi.

Jax estava na metade da cozinha quando a porta mais afastada se abriu e Darth Vader apareceu, com o ar vibrando ao redor da lâmina de seu sabre de luz. Os droides também o ignoraram.

– O problema com aquelas projeções, Pavan, é que agora eu conheço seu aroma. Você deixou um rastro que até um bantha cego poderia seguir.

Com o canto do olho, Jax viu fileiras de panelas, frigideiras e utensílios de metal pendurados sobre a área central. Abaixo deles havia pilhas de bandejas. Sabendo que a única rota de fuga estava atrás dele, Jax concentrou a Força em suas mãos e jogou cada panela, frigideira, utensílio e bandeja na direção de Vader em uma chuva de metal.

Não satisfeito, Jax voltou pelo mesmo caminho pelo qual entrara, usando a Força para influenciar os droides a seu favor. Ele os virou contra Darth Vader, com suas facas, pilões e panelas. Havia uma boa dezena deles, que agora se voltava contra o Sith.

Jax não tinha dúvidas de que o lorde sombrio, com seu domínio da Força, podia repelir o ataque, mas isso lhe deu tempo para fugir. Dessa vez, não usou uma projeção. E, dessa vez, foi flagrado pelo inimigo. Um punhado de Stormtroopers, liderados por um tenente corpulento, começou a correr atrás dele.

Foi isso que o fez decidir o que faria a seguir. Ele se dirigiu de volta às docas, torcendo para que Vader acreditasse que ele havia tomado a direção oposta.

Foi uma vã esperança. Jax ouviu o tumulto quando o lorde sombrio saiu da cozinha e ganhou o corredor, sentiu o distúrbio entre os imperiais quando o viram, ouviu sua voz autoritária deixando claro que ele iria cuidar do Jedi.

– Eu cuidarei dele!

Eu cuidarei dele.

Será que era tão inevitável assim?

Certo... então, era hora da última jogada.

Ativando o sabre de luz, Jax correu de volta para as docas onde o Delta-7 estava escondido. Entrou na enorme câmara e se virou quando Darth Vader passou pelo portal atrás dele.

– É sua última chance, Pavan. Venha voluntariamente para mim e você viverá. Se resistir, vai morrer. Para mim não faz diferença.

Isso era uma mentira, e Jax sabia. Fazia *sim* diferença para Darth Vader, pois fazia diferença para Anakin Skywalker. Jax entendeu finalmente que, se ele se rendesse, Anakin vingaria sua queda para o lado sombrio. Se resistisse até o fim e morresse, não haveria vingança para Vader. A Ordem Jedi – a coisa que Vader vivia para destruir – desapareceria para sempre. Mas Jax sabia que apenas matá-lo não seria suficiente para Darth Vader. Não, o último Jedi precisava sofrer mais do que simplesmente morrer.

Seu espírito precisava ser *quebrado*.

Se isso não acontecesse – se fizesse Vader acabar com ele –, a sede do lorde sombrio por vingança permaneceria insatisfeita, e não haveria mais ninguém para ser o alvo de sua vingança. Mesmo se houvesse outros Jedi vivos – era uma grande galáxia, afinal de contas –, o homem que um dia foi Anakin Skywalker poderia procurar por uma vida inteira – por milhares de vidas inteiras – e nunca encontrar ninguém.

Ele não teria mais um propósito.

Assim como você?

Algo lá no fundo de Jax Pavan se identificou com aquilo. Afinal, ele também não estava buscando vingança pela morte de Laranth? Sim, é claro – ele veio para resgatar Yimmon, mas, em última instância, não era *isso* que ele realmente queria?

Jax encarou o olhar opaco de Vader, olhando diretamente sobre as lentes negras. Se morresse, será que colocaria um fim no propósito de Vader? Se Vader morresse, será que colocaria um fim no propósito de Jax?

Não havia tempo para responder. O lorde sombrio estava se aproximando a passos largos.

– Venha, Jedi!

Jax escolheu. Ele se lançou sobre o Sith, com o sabre de luz cortando o ar metálico da Estação. Vader bloqueou o golpe e as lâminas colidiram, deslizaram, arquearam e colidiram novamente. O ar vibrava com todo aquele poder.

Mais uma vez. E de novo. Golpe, defesa, recuo. Golpe, defesa, recuo.

Jax trabalhou seus movimentos lentamente, recuando sem parar na direção da *Aethersprite*. Ele teve cuidado para não deixar parecer que estava desistindo da luta. Se Vader percebesse que estava sendo atraído, seria impossível prever como reagiria.

Então Jax lutou. Como se esperasse vencer.

Ele atingiu seu adversário com vários pequenos objetos – qualquer coisa que não estivesse presa ao chão, e até algumas que estavam. Vader desviou os objetos com seu sabre de luz, fatiando tudo que vinha em sua direção. Ele respondeu jogando a mesma chuva de metal sobre Jax.

Os técnicos corriam para sair do caminho, mas, prisioneiros da curiosidade, a maioria continuava a observar de longe.

E isso deu a Vader a vantagem que ele esperava.

Com um movimento de sua mão livre, o lorde sombrio usou a Força para erguer um dos técnicos das docas e jogá-lo na direção de Jax.

Jax congelou por uma fração de segundo, erguendo sua arma, depois se jogou para fora do caminho do técnico que gritava de medo. Anakin o conhecia bem demais – sabia o que Jax faria ou não faria.

Talvez.

Com uma suprema força de vontade, o Jedi sentiu as correntezas do tempo ao seu redor, depois as agitou em redemoinhos, e então se lançou ao chão e rolou debaixo da fuselagem de uma pequena nave de transporte entre ele e a *Aethersprite*.

A onda seguinte de destroços que Vader lançou foi direcionada para onde ele esteve, não para onde ele foi.

Jax se levantou rapidamente e disparou na direção do caça Jedi que o esperava atrás de uma nave imperial. Agora, ele ofegava por causa do esforço, esgotado com o empenho necessário para acumular tanta energia.

O gemido ensurdecedor de metal atrás dele fez Jax se virar. A pequena nave de transporte sob a qual ele havia rolado foi arrancada do chão e lançada como se fosse um pedaço de metal qualquer. Darth Vader veio em seguida, com seu sabre de luz emitindo um vermelho sinistro.

– Você me surpreende, Pavan. As coisas que absorveu daquela fonte sombria de conhecimento, a facilidade com que as usa. Você realmente é um desperdício no lado da luz. A continuidade de sua existência e o que fez para assegurá-la confirmam isso.

A observação cortou fundo em sua alma, mas Jax não deixaria Vader vê-lo sangrando.

– O que fiz foi apenas para libertar Yimmon. Após isso, terei servido ao meu propósito.

Ele estava perto o bastante do Delta-7 agora que podia sentir as energias da projeção alimentada pelo pironium como um tremor na Força ao seu redor. Tinha certeza de que Vader também podia sentir.

– Servido ao seu propósito? – o Sith repetiu sonoramente. Ele fez um gesto elegante com as mãos enluvadas, e o sabre de luz descreveu um gracioso arco no ar. – Então, renda-se.

— Eu morrerei antes de deixar você colocar as mãos naquilo que existe na minha cabeça, Anakin.

Vader permaneceu completamente parado por um instante, depois ergueu o sabre de luz para um ataque.

— Como quiser... Jax.

Quando Vader o golpeou, Jax buscou a conexão entre o pironium e a nave. Um simples comando – um simples gatilho – era tudo de que precisava para terminar aquilo.

Ele foi surpreendido por um súbito lampejo de luz que explodiu ao longo da fuselagem da nave vizinha ao caça estelar. Foi como se alguém tivesse aberto uma porta entre as duas naves, deixando a luz do sol invadir o local.

Vader parou, partindo sua atenção pela metade com o novo intruso.

— Essa é mais uma das suas projeções? Eu não serei enganado com isso.

Sua voz desapareceu quando o lorde sombrio sentiu aquilo que Jax sentia: a nova presença possuía um sinal próprio na Força – fraco, mas constante.

O brilho se intensificou, e Jax podia ver uma figura em seu centro. Uma figura humanoide. Será que Sacha...

— Corra!

Era uma voz familiar, mas ele hesitou antes de obedecer. Jax sabia o que precisava fazer. Precisava destruir o caça estelar, destruindo também Vader e a si mesmo.

Corra!

Um tiro de blaster foi disparado do meio do brilho entre as duas naves, na direção de Vader. O lorde sombrio saltou com o auxílio da Força em um arco que o levou por sobre a cabeça de Jax. Ele aterrissou em meio ao farfalhar de seu manto e depois rolou para baixo da *Aethersprite*.

Uma rápida saraivada de tiros o seguiu, acertando a extensão da nave e derretendo as estruturas do trem de pouso. A nave Jedi se inclinou na direção do chão, depois sua proa caiu com um alto gemido metálico.

Jax correu.

Correu para a luz e encontrou, em seu centro, não Sacha, mas um estranho – um homem. Não, não um homem, ele percebeu quando seus olhos e a Força absorveram os detalhes do rosto e do corpo.

Era um droide – um droide replicante humano. Podia apenas ser I-Cinco, com seu braço mecânico que continha um rifle blaster.

Jax parou ao lado do droide.

– Mexa-se – I-Cinco disse, com suas feições humanoides mostrando uma firme determinação. – Eu *não* vou perder você como perdi seu pai.

Jax continuou se movendo.

Atrás dele, a saraivada de tiros se intensificou. Ele ouviu o rugido de uma raiva concentrada na Força, depois sentiu o ar tremer quando algo explodiu atrás de si. A explosão o lançou no ar. Jax atingiu o trem de pouso de outra pequena nave de transporte.

Atordoado, ele tentou olhar para o incêndio que resultou da explosão. Não havia sinal de Vader. E I-Cinco... ele percebeu o brilho de metal prateado quando a metade inferior da perna do droide – com sua pele sintética arrancada – tombou para dentro das chamas.

Não. Não, não isso. Não o Cinco.

Jax se levantou rapidamente, começou a correr para o fogo e chutou algo duro que estava caído no chão. Ele olhou para baixo. A cabeça DRH de I-Cinco olhava de volta para ele do chão. Uma orelha foi destruída, mas o crânio de duraço estava intacto.

Ao se abaixar para apanhar a cabeça, os olhos piscaram e o rosto exibiu um sorriso muito humano.

– Isto – disse o droide, com sua voz fraca e abafada –, está se tornando uma rotina.

Jax controlou sua frágil alegria e levantou a cabeça.

Ele repentinamente ficou ciente do completo caos ao redor. O fogo estava se espalhando. Sirenes disparavam, luzes piscavam e, acima de tudo, uma voz repetia um alerta terrível:

— Evacuar as docas! Todo o pessoal e todas as naves, evacuar as docas! Explosão iminente! Evacuar as docas! Evacuar...

Jax não precisava de mais nenhum encorajamento. Com a cabeça de I-Cinco debaixo do braço, ele se lançou para dentro de uma nave de transporte – uma pequena nave de dois lugares – e deixou a cabeça de I-Cinco no banco do copiloto.

— A *Laranth*? – Jax perguntou enquanto acionava os motores.

— A caminho do campo de asteroides... se eles obedeceram minhas últimas instruções.

— Vamos torcer para que tenham obedecido.

Jax conduziu a nave para longe do incêndio e manobrou facilmente entre as outras naves que também fugiam das docas arruinadas. Ao se afastarem da estação, Jax lançou um pensamento sobre o caça Jedi danificado.

Um momento depois, as docas foram sacudidas por mais uma explosão quando a *Aethersprite* foi sacrificada. A nave arruinada foi lançada para o vazio do espaço pela explosão e desapareceu como se fosse sugada pelo vácuo. De certo modo, foi mesmo – o pironium havia devorado a energia da explosão e agora era apenas mais um ponto brilhante sendo ejetado das docas imperiais. Um ponto brilhante muito poderoso.

Jax duvidava que até mesmo Darth Vader fosse capaz de recuperá-lo... se pensasse em fazer isso. Naquele momento, o lorde sombrio teria outras coisas em mente. E Jax sabia, sem dúvida, que aquela mente havia sobrevivido – ele podia sentir as ondas de raiva gélida emanando da Estação.

Jax localizou a *Laranth* entre a flotilha de naves comerciais que haviam evacuado a estação após o "acidente" no lado imperial. Ele atracou suavemente com o pequeno cargueiro e se transferiu a bordo antes de soltar a nave à deriva no meio de asteroides que flutuavam lentamente.

Ele se sentiu estranho ao voltar para a *Laranth*. Foi pego de surpresa por uma combinação louca de alegria e trepidação. Após tudo o que havia acontecido – após o que ele havia feito –, como será que os outros o receberiam?

Jax passou pela escotilha e entrou na apertada ponte de comando, ainda trazendo a cabeça de I-Cinco debaixo do braço. Sacha, Den e Yimmon se viraram ao mesmo tempo e olharam para ele por um longo e pesado momento de silêncio.

— Ora, não acredito! — Den disse, com seu olhar se acendendo quando viu o que Jax estava carregando. — Por acaso você está pensando em fazer disso um hábito?

O droide bufou através de seu nariz levemente achatado.

— É bom ver você de novo também.

— É, sei. — Den saiu do assento do copiloto e voltou para a escotilha, oferecendo as mãos. — Passe-o para mim. Vou colocá-lo de volta em algum dos, hum... outros chassis.

Jax entregou a cabeça.

Den passou por ele, resmungando, depois parou para olhar em seu rosto.

— Bem-vindo de volta, Jax. Se *estiver* mesmo de volta.

Jax assentiu.

— Sim. Estou de volta. Desta vez, é definitivo. — Ele se virou para Sacha, que ainda observava com desconfiança. — Calcule a rota para Dathomir. Tenho que cumprir uma promessa.

EPÍLOGO

◆

A PARADA EM DATHOMIR foi relativamente breve; apenas o suficiente para Augwynne Djo manter a promessa de livrar Jax do conhecimento sombrio de Darth Ramage. Foi arriscado confiar em uma Bruxa de Dathomir para restaurar algum equilíbrio em sua mente, mas o ato de confiança em si também foi um passo na direção da luz.

Agora, de volta a bordo da *Laranth*, enquanto preparava a decolagem, Jax sondou sua mente à procura de memórias sobre que o fizera na Estação Kantaros. Os eventos estavam lá – claros e cristalinos. Mas havia um branco sobre a maneira como os influenciou – um vazio desfocado. Ele não podia mais sentir as correntezas do tempo, embora o conceito ainda restasse em sua memória. O resto das ideias de Ramage eram meras nuvens de vapor – rarefeitas e transparentes.

Ao seu lado, no assento do copiloto, Sacha se ajeitava inquieta.

– Você... está limpo? Quer dizer, a sua cabeça. Você conseguiu se livrar... daquelas coisas sombrias?

– Bom, ao menos me livrei das coisas sombrias que aprendi com Darth Ramage.

– Então, para onde vamos agora, Jax? – Den perguntou atrás dele.

— Vamos levar Yimmon de volta para Toprawa, depois vamos contatar Pol Haus e Sheel Mafeen em Coruscant para fazermos o que for necessário.

Ele virou o olhar para Sacha Swiftbird.

— Você não precisa de mim para decolar, não é? – ele perguntou.

— Para decolar, não. – Ela exibiu um sorriso no canto da boca, evidenciando a cicatriz em seu olho esquerdo. – Você vai se encontrar com alguém?

— De certa maneira, sim. Faz muito tempo que não faço minha meditação.

Ela assentiu.

— A árvore está onde você a deixou. Eu e o Cinco cuidamos bem dela enquanto você esteve fora.

— Obrigado. – Ele retribuiu o sorriso.

— Hum – ela hesitou, estranhamente tímida –, sobre aquele sabre de luz vermelho…

— Por que você não fica com ele?

Jax saiu do assento do piloto, passou os dedos sobre o capacete de I-Cinco, pousou gentilmente a mão sobre o ombro de Den e saiu da ponte. Ele não havia retornado à sua cabine desde que voltara a bordo da *Laranth*. Havia deixado Sacha continuar nela e preferiu ficar na cabine comum com Den e Yimmon.

O líder da Whiplash também precisou dos cuidados das Bruxas de Dathomir, mesmo depois de se livrar das drogas dos imperiais. Quando Jax perguntou como ele aguentou os interrogatórios dos Sith e conseguiu atrair Tesla para uma falsa sensação de segurança, ele sorriu e disse:

— Eu tinha uma vantagem injusta. Dois cérebros em vez de um. E ele mantinha seus desejos, e seus medos, próximos demais da superfície. Foi fácil deixar um rastro para ele seguir. Mas – Yimmon acrescentou, com uma expressão sóbria – Tesla suspeitou, corretamente, que a separação dos meus córtices iria me privar dessa vantagem. Se ele não tivesse invadido minha mente uma última vez…

A recuperação de Yimmon foi acelerada graças a muitas horas de meditação. Entretanto, Jax não quis meditar até que a mancha sombria do conhecimento de Darth Ramage sumisse totalmente de sua cabeça. Finalmente, ele estava pronto.

A árvore estava onde ele havia deixado, mas agora parecia significativamente mais saudável. O cuidado de Sacha estava evidente no dispositivo de alimentação reparado. Ela até devolveu o sabre de luz para seu compartimento.

Jax se aproximou da árvore, chegou mais perto da suave folhagem verde-prateada e inalou o aroma de pinheiro. Ele a tirou, com o vaso e tudo, do alimentador e se sentou com ela no chão da cabine, voltando para os braços da Força.

A Força fluía como seiva através daquela árvore, ele percebeu, desde a raiz até a ponta das folhas e alcançando a atmosfera; permeava o planeta debaixo do trem de pouso, o espaço sideral que logo os receberia... e ele próprio. A Força era o tecido conjuntivo infinito e imutável do universo, e o conectava, para sempre, aos Jedi que vieram antes dele... e os Jedi que viriam depois.

O conectava, sempre, a Laranth.

Ele não quis deixar que ela partisse. Agora sabia, com a força de uma epifania, que não havia necessidade de tentar manter algo que sempre esteve lá.

Não há morte; há a Força.

Quantas vezes ele havia pensado ou pronunciado aquelas palavras? Apenas naquele momento ele realmente entendia seu significado. Aquelas palavras significavam que não havia motivo para tristeza, nenhum motivo para vingança.

Dentro de sua mente, a aura da árvore pulsava e ele sentiu uma infusão de calor. Pela primeira vez naquilo que parecia uma eternidade, Jax se sentiu completamente conectado com a Força – enraizado, assim como a árvore de Laranth. Agora entendia que havia se isolado da Força – havia arrancado sua própria "árvore". Estava exausto depois da batalha com Darth Vader, mas a Força era inesgotável. Ele havia se esquecido disso; havia se esquecido de *si mesmo*.

Em meio a suas meditações, ele sentiu outra presença na cabine. Jax abriu os olhos e viu um homem, bonito, embora com uma expressão um pouco severa, vestido com uma túnica e calças simples. Após um momento, Jax o reconheceu; não por sua aparência, mas por sua inconfundível aura da Força. Jax o observou, aquele droide que era seu amigo mais próximo, que havia mantido a fé de que Jax retornaria quando quase todos já haviam desistido dele.

– Eu sinto muito – Jax disse. – Sei que eu... fugi para a floresta por um tempo. Tal pai, tal filho, eu acho.

– Não, felizmente. Você possuía ferramentas de que seu pai não dispunha.

– Eu tinha você.

O droide ficou em silêncio por um momento, depois disse:

– Você tinha a Força. E o conteúdo daquele holocron Sith. E a habilidade de usá-los para o bem. Aquela projeção que você usou para distrair Vader logo no fim foi muito eficaz.

Jax encarou o droide.

– Como assim? Que projeção? Da *Aethersprite?*

– Não. Estou falando da imagem espectral que você usou para encobrir minha chegada. Aquela explosão de luz. Vader não me viu até ser tarde demais.

– Eu... não fiz aquilo – Jax disse. – Ao menos, não conscientemente. Pensei que havia sido você. Senti um sinal da Força por trás daquilo. E Vader também sentiu.

O droide sacudiu a cabeça.

– Não fui eu.

– Então, o que... – Jax parou, olhando para a árvore diante dele. – Não há morte; há a Força – ele murmurou.

I-Cinco inclinou a cabeça; um gesto curioso que foi ao mesmo tempo estranhamente familiar e completamente novo.

– E o que isso significa?

– Significa, eu acho, que nós devemos seguir em frente. Da forma que for possível... – Ele parou e olhou para o droide humanoide – ... em qualquer capacidade. Vamos trabalhar da maneira que conseguirmos. Nunca vamos ceder ao mal. E nunca vamos nos render à escuridão.

Ao dizer aquilo, Jax sentiu a verdade de sua afirmação. Era verdade que a velha Ordem dos Jedi fora dizimada, mas isso não significava que havia desaparecido para sempre. Apenas significava que uma nova Ordem Jedi iria se erguer, mais ou cedo ou mais tarde, das cinzas. Se ele estaria vivo para ajudar a erguê-la, apenas a Força sabia.

Jax olhou para a árvore miisai, depois mais uma vez para I-Cinco.

– O que foi? – o droide perguntou.

– Eu me lembro – Jax disse –, quando senti a Força vindo de você pela primeira vez. Foi ainda quando estávamos em Coruscant, quando Tuden Sal o convenceu a tentar assassinar Palpatine.

– Sim. Um pouco antes de Vader me explodir em pedacinhos pela primeira vez.

– É um dogma aceito por todos que conhecem a Força – Jax disse num tom de voz baixo, quase como se falasse consigo mesmo – que ela se manifesta nos seres vivos por meio dos midi-chlorians. Quanto maior for a contagem de midi-chlorians, maior será a conexão com a Força.

– Mas mesmo assim... – I-Cinco disse.

– Pois é. O seu neuroprocessador não possui componentes orgânicos... ou, ao menos, não deveria possuir. E seu corpo I-5YQ, e os outros temporários que você usou, também não possuíam. Esse corpo DRH chega mais próximo disso, mas mesmo assim ainda é feito de carne sintética e componentes eletrônicos nanomoleculares. Você não tem midi-chlorians, I-Cinco.

– Isso é verdade.

– Mas a Força vive em você. Como explica isso?

— Aparentemente — disse I-Cinco —, a Força age de maneiras misteriosas. Ou, ao menos, o meu neuroprocessador age.

Os dois permaneceram em silêncio por um tempo. Então Jax apanhou a árvore de Laranth e se levantou num único movimento gracioso. Ele devolveu a árvore para seu alimentador e se dirigiu para a escotilha.

O droide se virou para segui-lo.

— Para onde você está indo?

— Vou enviar uma mensagem para uma pessoa no Clã da Montanha Cantante. Uma pessoa com muito potencial e uma mente aberta. Afinal de contas, alguém precisa reconstruir a Ordem Jedi. Se eu *realmente* for o último Jedi, essa responsabilidade recai sobre mim.

I-Cinco riu levemente.

— Quem diria, parece que os humanos *conseguem* aprender alguma coisa.

— E quanto a você, Cinco? Como se sente como um humano?

— Tem suas vantagens — o droide admitiu, seguindo Jax. — Gostei de ser capaz de fazer uma cara feia e ameaçadora.

Jax riu... e se perguntou se poderia passar os ensinamentos da Força para um droide.

Sobre os autores

MICHAEL REAVES recebeu um Emmy por seu trabalho em *Batman: A série animada*. Ele trabalhou na DreamWorks de Steven Spielberg, entre outros estúdios, e escreveu vários romances de fantasia e suspense sobrenatural. Reaves é autor best-seller da lista do *New York Times* cujas obras incluem: *Star Wars: Darth Maul – Shadow Hunter* e os dois primeiros romances da série Star Wars: Coruscant Nights, *Jedi Twilight* e *Street of Shadows*. Ele também é coautor (com Maya Kaathryn Bohnhoff) dos dois últimos romances da série *Star Wars: Shadow Games*, assim como (com Steve Perry) de *Star Wars: Death Star*, *Battle Surgeons* e *Jedi Healer*, da série *Star Wars: MedStar*. Ele vive em Los Angeles.

MAYA KAATHRYN BOHNHOFF é coautora (com Michael Reaves) de *Star Wars: perseguição ao Jedi*, *Star Wars: Shadow Games* e *Star Wars: Coruscant Nights – Patterns of Force*, assim como dos romances *The Meri*, *Taminy*, *The Crystal Rose* e *The Spirit Gate*. Também é coautora de *Magic Time: Angelfire* e contribuiu com uma plenitude de contos de ficção para revistas como *Analog*, *Amazing Stories*, *Realms of Fantasy*, *Paradox* e *Interzone*. Seus contos de ficção foram nomeados para os prêmios Nebula e British Science Fiction. Ela vive em San José, Califórnia.